古典詩歌研究彙刊

第十二輯

龔鵬程 主編

第 21 冊

明代吳門詞派研究（下）

徐 德 智 著

國家圖書館出版品預行編目資料

明代吳門詞派研究（下）／徐德智 著 — 初版 — 新北市：花
木蘭文化出版社，2012〔民 101〕
目 4+276 面；17×24 公分
（古典詩歌研究彙刊 第十二輯；第 21 冊）
ISBN 978-986-254-917-9（精裝）
1. 明代詞　2. 詞論
820.91　　　　　　　　　　　　　　　　101014518

ISBN-978-986-254-917-9

古典詩歌研究彙刊
第十二輯　第二一冊　　　　　ISBN：978-986-254-917-9

明代吳門詞派研究（下）

作　　者　徐德智
主　　編　龔鵬程
總 編 輯　杜潔祥
出　　版　花木蘭文化出版社
發 行 所　花木蘭文化出版社
發 行 人　高小娟
聯絡地址　新北市永和區中正路五九五號七樓
　　　　　電話：02-2923-1455／傳眞：02-2923-1452
網　　址　http://www.huamulan.tw 信箱 sut81518@gmail.com
印　　刷　普羅文化出版廣告事業
初　　版　2012 年 9 月
定　　價　第十二輯 24 冊（精裝）新台幣 33,600 元

明代吳門詞派研究（下）

徐德智　著

目次

第七章　吳門詞派之倡和

第一節　〈江南春〉之倡和

一、倡和之緣起、詞集之流傳、詞調之辨正

　　《四庫全書存目叢書》收錄《江南春詞集》一卷。趙尊嶽《明詞彙刊》亦有收錄。關於吳中文人倡和〈江南春〉之緣起，考諸《四庫提要總集類存目・江南春詞》，中云：

> 明沈周等追和元倪瓚作也。時吳中有得瓚手稾者，因共屬和成帙。首有作者姓氏，自周以下，共五十人。嘉靖十八年，袁表序而刻之，後有袁袞跋，二人亦皆有和作。又有張鳳翼、湯科、陳瀚三人之作。卷首不載姓氏，疑刻成後所續入也。瓚原倡題三首，而其後和者皆作二首。祝允明跋云：「案其音調是兩章，而題作三首，豈誤書耶？」袁表則云：「細觀墨蹟，本書二首，後人以詞一闋謬增爲三也。」今考雲林詩集，惟「春風顛」一首，載入七言古體，題作〈江南曲〉，而無「汀洲夜雨」一首，則後一首是七言詩，而前一首是詞耳。然文徵明《甫田集》云「追和倪元鎭〈江南春〉」，亦載入詩內，則當時實皆以詩和之。蓋唐人樂府被諸管絃者，往往收入詩集，自古而然，固非周之創例矣。〔註1〕

〔註 1〕〔元〕倪瓚等：《江南春詞集》，《明詞彙刊》本（趙尊嶽輯，上海：

《四庫提要》說明了《江南春詞集》的三個問題：分別是倡和緣起、作者與刊刻情形、〈江南春〉爲詩抑爲詞。關於倡和之緣起，從中可知《江南春詞集》乃是沈周等人追和倪瓚〈江南春〉詞之總集。所謂「時吳中有得瓚手槀者」，指的即是許朝相，字國用。〔註2〕祝允明和詞之跋云：「國用得雲林存槀，命僕追和。竊起蠅驥之想，遂不終辭。」〔註3〕徐禎卿和詞之跋有云：「後生徐禎卿敬繼嬾公高唱。國用君愼爲寶惜也。」〔註4〕沈周再和之詞跋亦云：「國用愛雲林二詞之妙，強予嘗一和。」〔註5〕則〈江南春〉倡和之具體起因，應爲許朝相獲藏倪瓚〈江南春〉手稿，甚爲喜愛，遂請同好沈周、祝允明等倡和其詞。觀其形制，原本爲手稿題跋，題在倪瓚手稿之後！故和詞在前，題款

《江南春詞集》（局部）

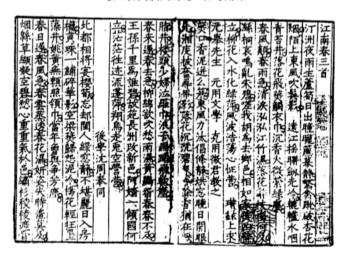

（北京大學圖書館藏明嘉靖刻本）

上海古籍出版社，1992 年 7 月第 1 版第 1 刷），頁 1153。
〔註 2〕參陳麥青：《祝允明年譜》（上海：復旦大學出版社，1996 年 3 月初版第 1 刷），頁 39。
〔註 3〕〔元〕倪瓚等：《江南春詞集》，《明詞彙刊》本，頁 1156～1157。
〔註 4〕〔元〕倪瓚等：《江南春詞集》，《明詞彙刊》本，頁 1157。
〔註 5〕〔元〕倪瓚等：《江南春詞集》，《明詞彙刊》本，頁 1158。

在後，不同於一般總集之體例。此總集即仿照題跋形制來刊刻的。祝允明詞之後又有楊循吉詞沈周與祝允明、楊循吉、徐禎卿，同受許國用邀約和詞，四人創作時間當相近。〈江南春〉首先倡和者，考諸文徵明墨跡〈江南春卷〉，可得端緒：

> 倪公〈江南春〉，和者頗多，老孏不能盡錄，錄石田先生二首，蓋首唱也。併寫倪公原唱於前，而附以拙作，亦驥尾之意云爾。卷首復用倪公墨法爲小圖，又見其不知量也。
> 甲辰十月既望。〔註6〕

文徵明墨跡識「甲辰十月既望」，未言年號。文徵明生歷兩次甲辰，一爲成化二十年（1484），時年十五歲；一爲嘉靖二十三年（1544），時年七十五歲。文中既言及倡和事，又有書畫隨之，則此墨跡當爲晚年所書無疑。文徵明於文中即明言首發其難者爲沈周。

　　周道振、張月尊《文徵明年譜》則將〈江南春〉倡和之起始時間置於弘治十一年（1498）文徵明二十九歲條下，〔註7〕所據者爲蘇州市怡園文徵明、唐寅所書和〈江南春〉詞石刻。此石刻有文徵明小楷，內容與《江南春詞集》中文徵明初和詞跋所言相同。文徵明初和詞之跋云：

> 追和倪先生〈江南春〉二篇。篇後題元舉者，蓋王元舉兄弟。
> 克用爲虞勝伯別字也。宏治戊午冬閏，後學文壁。〔註8〕

所謂「篇後題元舉者，蓋王元舉兄弟。克用爲虞勝伯別字也。」乃指倪瓚詞跋「求元舉先生、元用文學、克用徵君教之」〔註9〕一句而言。

〔註6〕〔明〕文徵明著；周道振輯校：《文徵明集》（上海：上海古籍出版社，1987年10月第1版第1刷），頁1405～1406。墨跡見文徵明：〈仿倪瓚江南春詩意圖〉，藏於上海博物館；文徵明：〈江南春圖〉藏於故宮博物院。

〔註7〕周道振、張月尊《文徵明年譜》云：「冬閏月，與沈周、祝允明、楊循吉、徐禎卿、唐寅、蔡羽等追和倪瓚〈江南春〉。時倪卷藏許國用家。」見周道振、張月尊《文徵明年譜》（上海：百家出版社，1998年8月第1版第1刷），頁92。

〔註8〕〔元〕倪瓚等：《江南春詞集》，《明詞彙刊》本，頁1157。

〔註9〕〔元〕倪瓚等：《江南春詞集》，《明詞彙刊》本，頁1156。

文徵明識云「弘治戊午多閏」，即弘治十一年（1498）閏十一月，《文徵明年譜》因之認定此次倡和在文徵明二十九歲之時。此言差矣。然考諸《江南春詞集》的編次情形，祝允明詞位列第二，僅在沈周之後，第三爲楊循吉，第四爲徐禎卿，第五方爲文徵明，第六爲唐寅。且上文已引的祝允明、徐禎卿詞跋皆言明事由，似有說明倡和緣起的意味。並且考察他人載明時間之詞跋，唐寅云：「正德丁丑清明日，後學唐寅奉同。」〔註10〕時間爲正德十二年（1517）四月，祝允明云：「宏治己酉二月，長洲祝允明記。」〔註11〕時間爲弘治二年（1489）二月。與文徵明和詞並比之下，沈周、祝允明、楊循吉、徐禎卿、文徵明、唐寅六者之編次順序似以創作先後爲準的。依保守推算，沈周首倡之詞的創作時間，應在祝允明追和之詞創作時間弘治二年二月之前左右。

關於《江南春詞集》的歷代流傳情形，從前引《四庫提要》所云：「嘉靖十八年，袁表序而刻之，後有袁裘跋，二人亦皆有和作。」可以知道其第一次的刊刻時間在明嘉靖十八年（1539），刊刻者爲袁表。據其所述，中有沈周等五十人和詞，並袁表序、袁裘跋，以及張鳳翼、湯科、陳瀚和詞。案今人編纂《四庫全書存目叢書》，收入北京大學圖書館藏明嘉靖刊本，使袁表刊本得以普見於世。然而，北京大學圖書館藏本卻無目錄、袁表序及袁裘跋，其和詞作者凡五十人，與《四庫提要》所言吻合。

黃丕烈（1763～1825）《蕘圃藏書題識》記所藏《江南春詞集》舊鈔本云：

> 《江南春》刻於嘉靖時，有袁永之所撰後序，想是袁氏梓本。五硯樓袁壽階藏有舊刻，籤係鮑丈淥飲手書，必淥飲爲之購得者。近時坊閒不復此刻矣。今夏書賈持此舊鈔示余，余一見稱快，惜其文至錫山王問子裕止，及子裕詞「新

〔註10〕〔元〕倪瓚等：《江南春詞集》，《明詞彙刊》本，頁1157。
〔註11〕〔元〕倪瓚等：《江南春詞集》，《明詞彙刊》本，頁1156～1157。

移江竹遲春筍」已下四首多脫，後復佚張餘峰意等二十人
詞，諒所據已不全本矣。茲本目錄與袁刻異，本書行款字
體多同，暇當從袁刻影鈔足之。就此殘編，已屬罕見，兼
爲姚公希孟所藏，古色古香，令人愛翫，出番餅一枚易之。
項因檢點書堆，補題數語於尾，時辛未十一月望後一日，
燒燭呵凍識，復翁。

續又檢得五硯樓藏鈔本，中多刻〈江南春詞小引〉一首，
係嘉靖十八年袁表邦正所書，又在袁永之後序之先，是刻
《江南春詞》者乃袁表非袁褧也。其詞止於陸川無塞，仍
缺清河張鳳翼已下九人，可知當日續有增入，非邦正所刻
之舊矣。用是未敢據彼益此，留此舊鈔面目可矣。壬申春
季，復翁。

辛巳二月，工人已新裝書籍歸架。中有《江南春》一冊，
知長孫整理書籍付裝也。其去得書時已歲越十一矣。見獨
學人識。〔註12〕

由其題識，可知所見《江南春詞集》凡兩本。一本爲其藏書樓士禮居
所自購藏者，另一本爲袁壽階五硯樓藏本，乃鮑廷博（1728～1814）
爲之購得者。據第一條與第三條所言，黃丕烈得此書在嘉慶辛未十六
年（1811）夏季，距離道光辛巳元年（1821）「已歲越十一」。黃丕烈
當年冬季，按其藏本目錄，知其乃殘本，和詞自沈周至王問止，並有
脫誤，且張餘、陸川、張鳳翼等二十人和詞皆遺佚不存。此本與姚希
孟藏本相同。隔數月，即嘉慶壬申十七年（1812）春季，翻檢五硯樓
藏本，將己有藏本與之相校。此本爲嘉靖十八年袁表刊本，目錄與黃
丕烈藏本不同，行款字體多同，所收和詞自沈周至陸川止，較黃丕烈
藏本目錄所載少九人。《四庫存目》本與黃說吻合。與前引《四庫提
要》內容相較，可知《四庫提要》所據之浙江巡撫采進本，並非袁表
刊本，而所收錄和詞較黃丕烈、姚希孟藏本目錄所示爲少，刊刻時間

〔註12〕〔清〕黃丕烈：《蕘圃藏書題識》，《書目叢編》本（台北：廣文書局，
民國56年8月初版），卷10，頁1016～1018。

－257－

當在兩者藏本之前。

　　袁表刊本之後的流傳情形，除了上述的袁壽階五硯樓刊本、《四庫提要》所據之浙江巡撫采進本、黃丕烈士禮居藏本、姚希孟藏本等四種之外，尚可參考金武祥〈重刻江南春詞集序〉之簡要敘述：

> 雲林此詞，明代吳下諸賢自沈、文、祝、唐以次，屬而和者，凡三十九人。萬曆閒金陵朱狀元之蕃，彙書成帙，并續和四章。《江南通志》著錄藝文志中所謂《江南春詞集》是也。道光閒金陵鄧獬筠制軍督粵時，復題詞卷中，影鈔朱本，而精刻之，并詳載作者爵里於後。……辛卯二月，汪憬吾孝廉以此本持贈，余慨炎徼之宦遊，憶江南之春好，因念故鄉韻事。傳本甚稀，爰追和一章而重刊之。其《清閟集》之字有互異者，並錄之以備參考。又集中所載周詞集《聽秋聲館詞話》所載薛詞，亦復刻卷末，均係和韻，以類相從云。光緒十七年辛卯二月江陰後學金武祥序于赤谿官廨。〔註13〕

金武祥並未提及袁表刊刻《江南春詞集》一事，或為漏書。根據他的敘述，在袁表刊刻之後，明萬曆年間朱之蕃將所得諸賢和詞，親自鈔彙為一編，並且附上自己的和詞四闋。其後，清道光年間，有鄧廷禎影刻朱之蕃鈔刻本，即金武祥他處所稱之粵本。此本不同於朱本之處，在於除了鄧廷禎題〈高陽臺〉詞一闋之外，尚有方東樹序、梁廷枏跋，並編有作者爵里附錄於後。鄧廷禎刊本詳細的刊刻經過，方東樹〈江南春詞集序〉和梁廷枏〈江南春詞集跋〉都有記載，金武祥的敘述亦是根據兩者說法而來。方東樹〈江南春詞集序〉云：

> 倪雲林〈江南春〉詞三首，明代吳中諸賢屬而和之者凡三十九人，最後萬曆閒朱狀元之蕃蘭嵎聚而書之，并續和四章。蘭嵎籍貫金陵，最有書名，清詞名翰，可誦可觀，洵稱四十賢人矣。……卷前有金箋，玩其題識，知為揚州馬

〔註13〕〔元〕倪瓚等：《江南春詞集》，《明詞彙刊》本，頁1155～1156。

氏小玲瓏山館祕藏本。雍乾之際，海內昇平，士大夫多以
池館賓客收藏鑒賞相競，而馬氏尤著，幾可方元時顧阿瑛。
獨怪屬太鴻館馬氏最久，而曾無一言及此，豈未之見邪？
此卷不知何人歸於仁和趙氏一清小山堂？余從趙氏裔孫恆
借觀，閒以呈兩粵制府尚書鄧公。公一見，擊賞謂是，宜
傳留藝苑，用永名蹟。因屬董琴涵觀察精覓書手，影鈔付
刊而歸其原璧於趙，且題〈高陽臺〉一闋，自書於後，以
當跋尾。格響清綺，楷法勁妙，其於卷中諸賢非但徑可把
臂，抑應齊當頻首。觀察藝鑒洞密，鉤模維肖，姿致如眞，
無殊響搨，於是既使五百年聲名文物威逷蒐蕱，聚見一時。
而尚書暨觀察仕優而學，又因以增一翰墨因緣佳話，是重
足尚也。道光戊戌夏六月，桐城後學方東樹謹識於粵東布
政使司署九曜一石之南軒。〔註14〕

梁廷枏〈江南春詞集跋〉云：

明正嘉閒吳下諸賢追和元倪高士所作〈江南春〉詞，凡三
十有八人，得詞百十有四闋。袁邦正表都爲一集，《乾隆
江南通志》著錄藝文所稱《江南春詞集》是也。其後顧莊
公起元、朱尚書之蕃，又各續和八闋。尚書復合以袁氏所
輯，並原唱二闋，爲之楷錄一過。舊藏揚州馬氏，展轉遂
爲仁和趙氏所得。今歲桐城方君植之東樹取呈制府鄧公，
適雷瓊觀察董公權甌會城，命鉤摹而精刻之，且以原錄不
載作者里居官爵，恐他時無所考證，屬爲搜采羣書，補
次如右。道光戊戌六月既望，順德梁廷枏識於越華池館。
〔註15〕

由前引文可知，鄧廷禎刊本的刊刻時間，是在道光十八年（1838），
所根據的底本來源是萬曆朱之蕃鈔本。朱之蕃鈔本原來是揚州馬曰
琯、馬曰璐兄弟小玲瓏山館藏本，後來輾轉爲仁和趙昱、趙信小山堂
所收藏。文中所謂趙一清，即趙信之子。方東樹又從趙氏裔孫趙恆之

〔註14〕〔元〕倪瓚等：《江南春詞集》，《明詞彙刊》本，頁1154～1155。
〔註15〕〔元〕倪瓚等：《江南春詞集》，《明詞彙刊》本，頁1172。

處借觀以獻呈，繼而由鄧廷禎主其事，將之影刻流傳。從梁廷枏跋中尚可知鄧廷禎刊本所附錄的作者爵里，乃是鄧廷禎囑咐梁廷枏纂著者。鄧廷禎刊本後來曾爲近代黃裳所得，其《來燕榭書跋》，描述鄧廷禎刊本版式爲「半葉九行，行十八字。白口單欄」，〔註16〕並有「『鑑堂』，朱文腰圓印，『積學齋徐乃昌藏書』朱文長印」〔註17〕等收藏印，知此本曾歷爲無名氏鑑堂、徐乃昌（1868～1936）積學齋所藏。

應該順帶提到的是約與鄧廷禎同時之顧文彬（1811～1889），他也藏有一本《江南春詞集》。其《過雲樓書畫記》畫類四「仇十洲江南春卷」條云：

> 前明正嘉間，吾吳諸名士追和雲林〈江南春詞〉三十八家，袁永之編輯成帙，乾隆《江南通志》所錄《江南春詞集》是也。此卷即當時十洲爲永之補圖者。……卷首陳雨泉書『江南佳麗』四字。後有石田、衡山、雅宜、酉室十家和詞，皆見《江南春詞集》。集所無者，爲黃姬永、張伯起兩家，安得朱蘭嵎重爲楷錄也？」〔註18〕

雖所述重點在仇英〈江南春卷〉，亦提及所藏《江南春詞集》。據其文意，可知顧文彬過雲樓藏本即朱文蕃鈔刻本。仇英圖後有沈周、文徵明等十家，其中黃姬永、張伯起兩人和詞爲朱之蕃鈔刻本所無，易言之，可推知朱之蕃所彙集之和詞亦非當時全貌。

鄧廷禎刊本後來又爲金武祥刊刻所據之底本。金武祥曾兩次刊刻《江南春詞集》。第一次的刊刻時間在光緒十七年（1891），金武祥自言所據之底本，則是由朋友汪憬吾所持贈。其內容大致如前，而增入了倪瓚《清閟閣集》原詞異文，以及《清閟閣集》附錄之周履靖和詞、

〔註16〕黃裳：《來燕榭書跋》（上海：上海古籍出版社，1999 年 5 月第 1 版第 1 刷），頁 232。

〔註17〕黃裳：《來燕榭書跋》（上海：上海古籍出版社，1999 年 5 月第 1 版第 1 刷），頁 232。

〔註18〕〔清〕顧文彬：《過雲樓書畫記》（南京：江蘇古籍出版社，1999 年 8 月第 1 版第 1 刷），畫類四，頁 118～119。

丁紹儀《聽秋聲館詞話》所載之薛信辰和詞。而再次刊刻的時間，則是在光緒戊申三十四年（1908）。此本於卷前引《四庫提要》之後有金武祥按語：

> 謹按《提要》云此詞和作共五十人，而粵刻方跋云三十九人，梁跋云三十八人，互相歧異。細審原目，倂沈周合計實四十人，疑《提要》之作五十是刻本之誤。方跋自沈周以下計之，故稱三十九人。梁從方跋，又誤刻九作八，遂致參差。證以《提要》，決爲四十誤作五十無疑。至云又有張鳳翼、湯科、陳瀚三人之作，則粵本無之，蓋明人續和者甚多，各家刻本不無遺漏。近又考得黃陶庵和作亦出諸本之外也。粵刻本及武祥重刊時均未攷及。《提要》茲敬錄登諸卷首，並附識管見於後。光緒戊申春日，金武祥。
> 〔註19〕

《四庫提要》所據之浙江巡撫采進本，內容不可詳考，惟可知者，其乃在袁表刻本基礎上增訂而成，明顯與朱之蕃鈔刻本流傳系統不同。金武祥考證鄧廷禎刊本，以爲《四庫提要》所云共有五十人和作，乃是「四十」之誤刻；又按方東樹序稱沈周之外和者凡三十九人，以爲梁廷枏跋稱三十八人，乃誤刻九作八之故。實則誤在金武祥。《江南春詞集》在袁表刊本之後，繁衍多本，「續有增入」，鄧廷禎刊本所據之朱之蕃鈔刻本，不過其中之一。金武祥以朱之蕃鈔刻本來校定《四庫提要》，是爲謬誤之始。至若梁廷枏跋所以稱三十八人，亦非誤刻，乃不計入顧起元、朱之蕃二人之故，不同於方東樹僅除開朱之蕃一人。朱之蕃本與袁表本只有三十七人相同，疑朱之蕃乃根據袁表本殘本，再增入路、顧、朱之作。梁廷枏所以不將顧、朱二人計入，因其以爲此二人乃後來同時追和者。顧起元、朱之蕃乃友朋關係，兩人和詞同爲四闋，並非偶合。有誤！。《四庫提要》還提及尙有張鳳翼、湯科、陳瀚三人之作，金武祥考察粵本，亦不得見，則以爲「蓋明人續和者甚多，各家刻本不無遺漏」，當爲持平之論。金武祥第二次刊

〔註19〕〔元〕倪瓚等：《江南春詞集》，《明詞彙刊》本，頁1153。

本的內容，較第一次更增入了陳維崧、徐廷華、潘遵祁、黃滏燿等人和金武祥自己的和詞，還有《四庫提要·江南春詞集》、金武祥《提要》按語。第二次刊本即《粟香室叢書》本。

之後趙尊嶽《明詞彙刊》所採用底本，即光緒三十四年金武祥刊本。趙尊嶽〈江南春詞集提要〉云：

> 《江南春詞集》一卷，未見明寫本，蓋代有增作，未嘗彙爲專集。逮萬曆朱之蕃，始合而書之也。原本展轉收藏，俱見方跋。自方刻出，而其書始盛傳於世。江陰金湉生丈又增輯《清閟集》及所載周詞、《聽秋聲館詞話》所載薛詞，合爲附錄，並以清代陳其年以次四家爲續附錄，而重鋟之，輯入《粟香室叢書》。湉生丈曩以貽示，歡喜展讀。越二十年，余刻此詞，即用全本合二續錄爲一卷。序跋率如其舊，而丈墓木已拱，不及再見山陽之感，爲可勝慨耶不盡。癸酉歲八日尊嶽校識。〔註20〕

趙尊嶽提要作於民國22年（1933），八日疑爲人日之誤。文中簡述《江南春詞集》之流傳，大抵依方東樹序所說，以爲「未嘗彙爲專集。逮萬曆朱之蕃，始合而書之也」，顯見其不知有袁表刊本。其《明詞彙刊》所據之底本，即金武祥所示《粟香室叢書》本。與其相較，《明詞彙刊》本又增入了趙尊嶽〈江南春詞集提要〉於後。

近代李盛鐸亦藏有一本《江南春詞集》。其《木犀軒藏書題記及書錄》，記所藏嘉靖刻本云：

> 此爲明沈周等追和倪雲林〈江南春〉詞，作者凡四十九人，見《四庫存目》，然書甚罕見，偶從海王邨書肆塵架中得知，殆當時原刻也。乙卯（1915）中秋前三日，盛鐸記。
>
> 按書尾有缺葉，據《提要》，知尚有湯科、陳瀚二作，又嘉靖十八年（1539）袁表序、袁褧跋並目錄皆缺。記此備他日獲遇完本抄補也。〔註21〕

〔註20〕〔元〕倪瓚等：《江南春詞集》，《明詞彙刊》本，頁1174。

〔註21〕李盛鐸著；張玉範整理：《木犀軒藏書題記及書錄》（北京：北京大學出版社，1985年12月第1版第1刷），頁31。

李盛鐸似未細校所藏《江南春詞集》，僅循《四庫提要》說法，云其作者凡四十九人，乃將《四庫提要》之作五十人，而減去倪瓚一人；且《四庫提要》云尚有張鳳翼、湯科、陳瀚三人之作，而李盛鐸云尚有湯、陳二人，又相出入。李盛鐸云「殆當時原刻」，恐非如是；即其藏本與《四庫提要》所據之本相同，亦非袁表刊本矣。

　　〈江南春〉「和者頗多」，四次刊刻的《江南春詞集》，所收也並非一時之作。自沈周以下，明清兩代繼有和詞。筆者案《明詞彙刊》本《江南春詞集》統計，除了倪瓚詞之外，和作者與數量如下：沈周一闋、祝允明一闋（1489）、楊循吉一闋、徐禎卿一闋、文徵明一闋（1498）、唐寅一闋（1517）、蔡羽一闋、沈周再和三闋、文徵明再和二闋（1530）、王守一闋、王寵一闋、王穀祥一闋、錢藉二闋、皇甫涍一闋、文嘉一闋、彭年一闋、袁表一闋（1530）、袁褧一闋、袁袠一闋、陸師道二闋、袁袠二闋、沈荊石三闋、文伯仁一闋、袁袞一闋、金世龍二闋、陳沂一闋、顧璘一闋、沈大謨一闋、張之象二闋、王逢元三闋、陳時億一闋、景爵一闋、顧崝一闋、顧聞一闋、黃壽邱一闋、嚴賓一闋、景霽一闋、文彭三闋、袁袠再和二闋、顧源一闋、路永昌一闋、顧起元四闋、朱之蕃四闋。後又有周履靖一闋、薛信辰一闋、陳維崧一闋、徐廷華一闋、潘遵祁一闋、黃滄耀二闋、金武祥一闋。凡四十七人。

　　茲將以上可考見的各種版本流傳情形並內容，彙作一簡表如下：（虛線表示不可考之流傳情形，實線箭頭表示可考之流傳情形）

《江南春詞集》各版本流傳圖

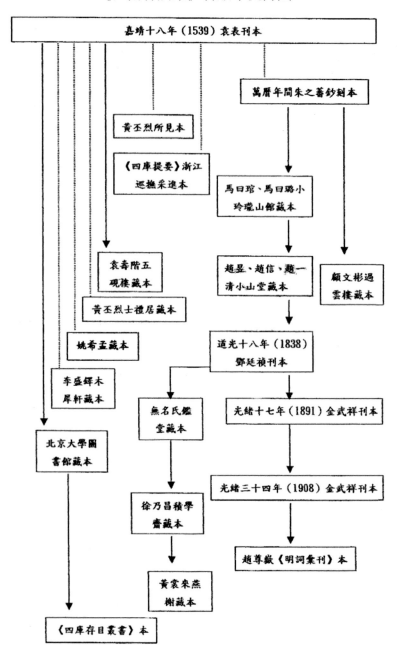

《江南春詞集》各版本內容比較表

版　　　本	內　　　容
嘉靖十八年（1539）袁表刊本	倪瓚原詞，與沈周、祝允明、楊循吉、徐禎卿、文徵明、唐寅、蔡羽、王守、王寵、王穀祥、錢藉、皇甫涍、文嘉、彭年、袁表、袁褧、袁裘、陸師道、袁裘、沈荊石、文伯仁、袁袞、金世龍、陳沂、顧璘、沈大謨、張之象、王逢元、陳時億、景爵、顧峙、顧聞、黃壽邱、嚴賓、景霽、文彭、顧源、馬淮、王問、張意、沈應魁、岳岱、胡佑、袁夢麟、袁尊尼、袁夢鯉、顧蘭如、李承烈、陸治、陸川等五十人和詞。 袁表序、袁褧跋、目錄。
萬曆年間朱之蕃鈔刻本	等三十七人和詞，增入路永昌、顧起元、朱之蕃二人和詞。無袁表序、袁褧跋、目錄。
黃丕烈所見本	增入張鳳翼等九人和詞。
《四庫提要》浙江巡撫采進本	五十人和詞，與張鳳翼、湯科、陳瀚三人和詞，以及袁表序、袁褧跋。
馬曰琯、馬曰璐小玲瓏山館藏本	同萬曆年間朱之蕃鈔刻本。
趙昱、趙信、趙一清小山堂藏本	同萬曆年間朱之蕃鈔刻本。
顧文彬過雲樓藏本	同萬曆年間朱之蕃鈔刻本。
袁壽階五硯樓藏本	同嘉靖十八年（1539）袁表刊本。
黃丕烈士禮居藏本	作者及詞作不可考，黃丕烈云至王問止，少張餘、陸川、張鳳翼等二十人和詞，有袁褧跋、目錄。
道光十八年（1838）鄧廷禎刊本	增入鄧廷禎〈高陽臺〉、方東樹序、梁廷枏跋及作者爵里。
姚希孟藏本	內容同黃丕烈藏本。
光緒十七年（1891）金武祥刊本	增入倪瓚《清閟閣集》原詞異文、周履靖、薛信辰二人和詞、金武祥序。
李盛鐸木犀軒藏本	作者及詞作不可考，無袁表序、袁褧跋、目錄。
無名氏鑑堂藏本	同道光十八年（1838）鄧廷禎刊本。

光緒三十四年（1908）金武祥刊本	同光緒十七年（1891）金武祥刊本。增入陳維崧、徐廷華、潘遵祁、黃滔耀、金武祥等五人和詞，與《四庫提要・江南春詞集》、金武祥《提要》按語。
徐乃昌積學齋藏本	同道光十八年（1838）鄧廷禎刊本。
黃裳來燕榭藏本	同道光十八年（1838）鄧廷禎刊本。
北京大學圖書館藏本	同嘉靖十八年（1539）袁褧刊本。無袁表序、袁褧跋、目錄。
趙尊嶽《明詞彙刊》本	同光緒三十四年（1908）金武祥刊本。增入趙尊嶽〈江南春詞集提要〉。
《四庫存目叢書》本	同北京大學圖書館藏本。增入《四庫提要・江南春詞集》。

　　再者，前引《四庫提要》中提到兩項形式上的問題。一是所謂「瓚原倡題三首，而其後和者皆作二首。」亦即倪瓚〈江南春〉以及後人和詞的數量計算方式；二是關於〈江南春〉究竟為詩抑為詞的問題。問題雖有二，疑難卻同出一源。關於前者，考察當時人詞跋，便可知其究竟。祝允明和詞之跋云：「按其音調，乃是兩章，而題作三首，豈誤書耶？」〔註 22〕文徵明初和詞之跋云：「追和倪先生〈江南春〉二篇。」沈周再和詞之跋云：「國用愛雲林二詞之妙，強余嘗一和。茲於酒次，復從臾繼之，被酒之亂，不覺又及三和。」〔註 23〕文徵明再和詞之跋云：「徵明往歲同諸公和〈江南春〉，咸苦韻險，而石田先生騁奇抉異，凡再四和。……今先生下世二十年，而徵明亦既老矣。因永之相示，展誦再三，拾其遺緒，亦兩和之。」〔註 24〕袁表和詞之跋云：「僕細觀墨迹，本書二首，庸人以一闋謬增為三，不可厚誣雲林也。」〔註 25〕就上文所引諸跋語，大致能夠得出一條明白的線索：

〔註22〕〔元〕倪瓚等：《江南春詞集》，《明詞彙刊》本，頁 1157。
〔註23〕〔元〕倪瓚等：《江南春詞集》，《明詞彙刊》本，頁 1158。
〔註24〕〔元〕倪瓚等：《江南春詞集》，《明詞彙刊》本，頁 1158～1159。
〔註25〕〔元〕倪瓚等：《江南春詞集》，《明詞彙刊》本，頁 1160。

根據袁表的說法，當時明顯已經認爲〈江南春〉爲一闋詞，並不是詩；倪瓚詞所以題作三首，乃是出於謬誤。至於所謂的「首」、「章」、「篇」等數量詞，其實相當於詞之一片，而沈周、文徵明的一「和」，乃是指和一闋而言。倪瓚詞僅一闋，墨跡分上下片而書，看似兩篇，沈周、文徵明、袁表俱稱之爲兩首，文嘉、錢穀手迹亦稱一闋和詞爲兩首，〔註26〕明顯與散曲一片稱一首的概念相淆混，也可反映出當時人詞曲不分的一個片面。

　　雖然當時人已明言如此，有清一代，仍然混淆不斷。首先，回頭來看方東樹序及梁廷枏跋，則均是語焉不詳。雖然兩者都認爲〈江南春〉是詞，但是對於集中詞的計算方法卻模稜兩可。方東樹〈江南春詞集序〉前稱「倪雲林〈江南春〉詞三首」，後又云「萬厤開朱狀元之蕃蘭嵎聚而書之，并續和四章」；之所以說它「三首」，是按照原書「題作三首」的說法，原封不動迻奪過來，卻未根據祝允明、袁表的看法而改正爲「二首」；說朱之蕃和四章的「章」，則又不同於祝允明「章」單位的說法，反而相當於一闋，朱之蕃實際上和了四闋詞。梁廷枏〈江南春詞集跋〉云追和者三十八人「得詞百十有四闋」，而「其後顧莊公起元、朱尙書之蕃，又各續和八闋。尙書復合以袁氏所輯，並原唱二闋，爲之楷錄一過。」味其語意，所謂「闋」，不同於袁表的「闋」，而相當於「首」、「章」、「篇」，即詞之一片。顯見方東樹、梁廷枏在這個細節問題上，並未深究。

　　前引《四庫提要》，曾檢倪瓚詩集，認定倪瓚之作爲兩首，並考得前者爲一闋詞，後者爲一首詩。不知所據何本？今筆者複檢清康熙五十二年曹培廉刊本《清閟閣全集》，則〈江南春〉雖被歸類爲詩，卻並未分割爲二。〔註27〕在文然重新校刊的明本《文徵明集》裏，文

〔註26〕〔明〕文嘉，江南春圖，中國古代書畫鑑定組編：《中國古代書畫圖目　三》，滬1－0989。〔明〕錢穀：江南春詞意圖，中國古代書畫鑑定組編：《中國古代書畫圖目　三》，滬1－1054。

〔註27〕見〔元〕倪瓚：《清閟閣全集》（台北：中央圖書館，影印清康熙五十二年曹培廉刊本，民國59年3月初版），卷4，頁149。

徵明和作亦載入詩之部。〔註28〕另外，顧文彬《過雲樓書畫記》亦云：「其體，詩也，非詞也。倪集詩詞分編，亦入詩類。」〔註29〕認爲〈江南春〉爲詩，所據亦是倪瓚本集。現代周道振、張月尊輯校《唐伯虎全集》、《文徵明集》時，認爲〈江南春〉非詞，逕編入詩之部。〔註30〕相對於以上而言，以〈江南春〉爲詞者亦非少數。上文所引祝允明、袁表等當時和者，已言明如此；明本《唐伯虎全集》亦編入詞之部；〔註31〕清人黃丕烈、丁紹儀、方東樹、梁廷柟、金武祥、李佳，近代李盛鐸、趙尊嶽《明詞彙刊》，現代黃裳、饒宗頤、張璋《全明詞》等均以之爲詞調無疑。正如李佳《左庵詞話》所云：「金粟香輯倪雲林〈江南春〉詞，並後人和作，匯刻一卷。此調除下闋起二句，句三字，餘皆七字句。似七言古體詩音節，不如他調長短相間之妙。」〔註32〕單就句式來看，〈江南春〉與古詩十分相似，不免啓人疑竇。

清人先著、程洪《詞潔・發凡》提出另一種折衷看法，云：

> 若倪元鎮之〈江南春〉，本非詞也，祇當依其韻，同其體，而時賢擬之，并入倚聲。此皆求多喜新之過。〔註33〕

〔註28〕見〔明〕文徵明：《文徵明集》，明代藝術家集彙刊本（台北：中央圖書館，影印清康熙文然刊本，民國57年7月初版），卷1，頁87～88。

〔註29〕〔清〕顧文彬：《過雲樓書畫記》（南京：江蘇古籍出版社，1999年8月第1版第1刷），畫類四，頁111。

〔註30〕見〔明〕唐寅著；周道振、張月尊輯校：《唐伯虎全集》，卷1，頁19～20。〔明〕文徵明著；周道振輯校：《文徵明集》，卷4，頁60。周道振、張月尊按明萬曆四十二年何大成刊本云：「其江南春一首，應入七言古詩。」見〔明〕唐寅著；周道振、張月尊輯校：《唐伯虎全集》，唐伯虎全集說明，頁2。

〔註31〕見〔明〕唐寅：《唐伯虎全集》（台北：台灣學生書局，影印明萬曆四十二年何大成刊本，民國68年4月再版），外編續刻，卷8，頁2下～3上。

〔註32〕〔清〕李佳：《左庵詞話》，《詞話叢編》本（台北：新文豐出版公司，民國77年2月台1版），冊4，頁3147。

〔註33〕〔清〕先著、程洪著；胡念貽輯：《詞潔輯評》，《詞話叢編》本（台北：新文豐出版公司，民國77年2月台1版），冊2，頁1330。

以爲〈江南春〉原來乃是詩，而最後竟普遍變成爲詞調之一種，在這一切的過程中，佔主導性的心理因素是明人「求多喜新」。詞體降至元明，詞樂失去大半，已不可歌。若以音樂來判斷〈江南春〉是否爲詞，事實上有其困難。若因爲明人的「求多喜新」而出現新詞牌，的確不無可能。在元以後，類似的情形迭出不窮。例子？丁紹儀《聽秋聲館詞話》云：「〈江南春〉爲倪雲林高士自度曲，與宋犖〈穆護砂〉同爲元調。雖篇中均七言句，然前後四換韻，換頭係三字兩句，明明是詞非詩，乃《詞譜》、《詞律》均未收入，後人亦無塡用者。」〔註34〕丁紹儀更直接從元帶有創調、句式、韻式等方面，認爲〈江南春〉即倪瓚自度曲。〈江南春〉是否爲倪瓚創製之詞調，難以確考；萬樹《詞律》、《康熙詞譜》之未收入，此一側面也可見得〈江南春〉在體制上的爭議性。所謂的「後人亦無塡用者」，卻點出了〈江南春〉在詞史上極爲特殊的一種現象：凡用〈江南春〉詞調，盡是步韻，而無自用他韻者。其盛行於世，起於沈周等文人風雅倡和。眾人一依倪瓚原作的句式、韻式、平仄、韻腳而賡酬，而後人和作不絕，亦援當時之例。〔註35〕不管倪瓚〈江南春〉原作爲詩抑爲詞，到了這種地步，

〔註34〕〔清〕丁紹儀：《聽秋聲館詞話》，《詞話叢編》本（台北：新文豐出版公司，民國77年2月台1版），冊3，頁2592～2593。此條續云：「吾鄉薛國符方伯信辰有賦本意一闋云：『……』方伯登順治己丑進士，任潮州知府。守將郝尚久叛，方伯被拘。密約總兵吳六奇攻城，己爲內應。謀泄，兵已加頸矣。紳民泣請，得暫繫。事平，獲免，洊擢浙江布政使。」可爲薛信辰生平資料之補充。

〔註35〕黃丕烈亦有〈江南春〉和詞一闋：「嘉慶癸酉（十八年，1813）人日，交春纔四朝，天氣漸煖，人事都閒，欲拈筆題詩，苦無題。適檢書得《江南春詞》，遂用其韻，效其體，信手書之。聊以寄興，不計工拙也。『辛盤獻歲羅疏筍。到門客稀容我靜。閒庭暗鎖玉梅香，繡戶新遺綠燕影。殘雪初消猶怯冷。汲泉乍啓轆轤井。春風飄飄吹衣巾。微雨輕浥街頭塵。　春游遲，春信急。凍塗已滌泥皆溼。農人告余以春及。春水漸漾草將碧。香車寶馬來都邑。陌上花開凝望立。莫教浪跡同漂萍。一年一度空經營。』古吳黃丕烈紹甫。」見〔清〕黃丕烈：《蕘圃藏書題識》，《書目叢編》本，卷10，頁1016～1017。

似乎也不得不稱之爲詞體之一種了。

　　金武祥在其〈重刻江南春詞集序〉中曾有一番辯證：

　　《詞律》錄〈江南春〉調，凡三十字，爲寇萊公自度曲。
　　元時倪雲林亦有自度〈江南春〉調，凡一百十一字，而《詞
　　律》不錄，殆萬氏未之見歟？……余按《清閟閣集》以此
　　詞列入七言古中，編次殊舛，其字多互異。冷字協韻，而
　　集作寒字，尤誤。……夫詩與詞界域判然，詞多七字句者，
　　尤易與詩混。且既和詞韻，則句中平仄亦必與協，而和韻
　　諸家聞，或未盡詳訂，蓋皆一時興到之作耳。然《金荃》
　　一卷，名蹟長留，吳苑鶯花，秦淮佳麗，其風華旖旎，常
　　留溢於楮墨聞，故不必概以宮商圖譜繩之也。〔註36〕

金武祥認爲〈江南春〉有三十字與一百十一字兩體，分別爲北宋寇準
與元倪瓚之自度曲。金武祥推測萬樹未見一百十一字體，故其《詞律》
僅錄寇準自度〈江南春〉三十字一體，而導源於李白〈秋風辭〉。再
者，金武祥認爲倪瓚《清閟閣集》編次舛誤，不足爲信，當以祝允明、
袁表等說法爲準，〈江南春〉爲詞而非詩；其光緒十七年刊本，並將
《清閟閣集》異文刊入附錄。筆者試根據倪瓚原作及沈周、文徵明等
明代當時倡和之人和詞，將〈江南春〉格律整理如下：（〈江南春〉爲
平仄韻轉換格。一表平，｜表仄，＋表平仄皆可）

　　＋－＋｜－－｜（仄韻）＋｜＋－－｜｜（協仄）＋－＋
　　｜｜－－（句）＋｜＋－－｜｜（協仄）＋－＋｜＋－｜
　　（協仄）＋－＋｜－－｜（協仄）＋－＋｜｜－－。（換平
　　韻）＋＋＋＋＋｜－（協平）　　＋＋＋（句）－＋｜（再
　　換仄韻）＋｜＋－－｜｜（協仄）＋－＋－＋｜（協仄）
　　＋－＋－｜－｜（協仄）＋｜＋－｜－｜（協仄）＋－＋
　　｜＋－｜（協仄）＋－＋｜－＋－（再換平韻）＋－＋｜
　　＋－－（協平）

歷代作者或有不盡合其格律之處，信是「一時興到」，倒也不必以格

────────────

〔註36〕〔元〕倪瓚等：《江南春詞集》，《明詞彙刊》本，頁1155。

律深圃之了。

二、諸家〈江南春〉內容之評析

沈周〈江南春〉云：

> 燕口香泥迸么筍。東風力汰倡條靜。烘窗曉日開眼光，湘
> 庋披籢尋紙影。落花沉沉碧泉冷。餘香猶在臙脂井。樓頭
> 少婦泣羅巾。浪子馬蹄飛軟塵。　　春來遲，春去急。柳
> 綿欲吹愁雨淫。黃鸝留春春不及。王孫千里為誰碧。故苑
> 長洲改新邑。阿嬙一傾國何立。茫茫往蹟流蓬萍。翔烏走
> 兔空營營。

上片從少婦一方面寫。開頭二句寫春景。筍之初迸，象徵春意之蓬勃；
布招在春風的薰沐之中更顯得閑靜。下兩句則轉寫人之動作。烘窗曉
日是如何地讓人心情開朗，彷彿眼界為之一開，於是開始翻檢妝奩，
貼花畫眉，準備出遊。然而，興奮之中不禁一陣酸楚，心情為之低沉。
「落花沈沈碧泉冷。餘香猶在臙脂井」兩句以景寫情，換頭兩句點出
原因，因為「浪子馬蹄飛頓塵」，只剩佳人獨守空閨了。下片則從浪
子一方面寫。春去之急，轉眼夏天來到，景物全非。思鄉，亦思美人，
然而卻如蓬萍，流浪異鄉，不知所營。不同於沈周，祝允明〈江南春〉
全從閨人一面寫。其詞如下：

> 北都相將宴櫻筍。忘卻閨人綠窗靜。不堪麗日入房櫳，真
> 珠一鋪碎花影。空梁燕歸怨泥冷。楊花輕狂挂藻井。姚黃
> 無賴照領巾。當年曾與爭芳塵。　　春日遲，春風急。春
> 雲蒸透春花淫。妍姿失時羞莫及。煙縣草纈凝空碧。愁心
> 重重氣于邑。繡衫稜稜遮骨立。空帷寂寂懸青萍。誰能持
> 寄并州營。

此詞章法上片寫閨閣室內，下片寫閨閣室外。開頭二句即點出主旨：
邊城求功名的遊子忽略了家鄉佳人的深厚相思。相、將，皆讀作去聲，
為名詞。上片自第三句以下，即扣緊「綠窗靜」三字而有所發揮。所
謂「不堪」、「碎」、「怨冷」、「輕狂」，都是佳人在閨閣中因思念而生
的觀感。「姚黃」原指宋代姚氏所栽之黃牡丹，十分名貴；此處與象

徵佳人之領巾相對舉，說明了佳人顏色之憔悴。下片從開頭至「凝空碧」句，都是寫佳人凝望時眼中之景。用「春雲蒸透春花洷」、「煙縣草繡」來形容春意過度、春天將盡，十分巧奇。結尾呼應上片開頭，含蓄而有情。至若文徵明的〈江南春〉，其詞鈔下：

> 象牀凝碧照藍筍。碧幌蘭溫瑤島靜。東風吹夢曉無蹤，起來自覓驚鴻影。彤簾霏霏宿餘冷。日出鶯花春萬井。莫怪啼痕棲素巾。明朝紅嫣塵作塵。　　春日遲，春波急。曉紅啼春春露洷。青葦一失不再及。飛絲縈空眼花碧。樓前柳色迷城邑。柳外東風嘶馬立。水中荇帶牽柔萍。人生多情亦多營。〔註37〕

文徵明此作明顯與沈、祝兩人之作不同，似寄寓了相當程度的人生思考在其中。弘治十一年，二十九歲的文徵明再試應天，獨不售，曾賦〈前年〉詩以自悼，並益加勤讀。此詞開頭二句描寫出優雅的春閣環境，亦暗指夢之美好。而這一切的美好隨著驚醒，消失無蹤跡。春夢與夢醒之間竟存在如此的落差。稍一定神，看見室內宿餘冷的彤簾，又看見室外春日無邊的鶯花，同一時間竟也有如此大的對比。然而，春光不是永遠停留的；一朝之間，紅嫣也可能成為落塵。下片進一步發揮，強調青春須及時的道理。歇拍「人生多情亦多營」一句點出了主旨：要懂得欣賞春光、努力把握春光。正德十二年四十八歲的唐寅，經歷多次人生風雨，其所作〈江南春〉顯然已和青年衝創的文徵明所作不同。今將其詞抄錄如下：

> 梅子墮花芰孕筍。江南山郭朝暉靜。殘春鞁鞁試東郊，綠池橫浸紅橋影。古人行處青苔冷。館娃宮鎮西施井。低頭照井脫紗巾。驚看白髮已如塵。　　人命促，光陰急。淚痕漬酒青衫洷。少年已去追不及。仰看鳥歿天凝碧。（案：「歿」當為「沒」之誤刻）鑄鼎鳴鐘封爵邑。功名讓與英雄立。浮生聚散是浮萍。何須日夜苦蠅營。〔註38〕

〔註37〕〔元〕倪瓚等：《江南春詞集》，《明詞彙刊》本，頁1157。

〔註38〕〔元〕倪瓚等：《江南春詞集》，《明詞彙刊》本，頁1157。

唐寅在這首詞中，表現出一派閑淡、不問功名事的悠然態度。上片寫其踏青遊玩。前四句寫得十分閑靜和平，「古人行處青苔冷。館娃宮鎖西施井。」兩句則相當有發人思古之情懷，並帶出下兩句今人亦老的感慨。下片承上，寫光陰之短促，老大無成；仰天凝視，遂轉而思及蠅營功名世事之無益。

〈江南春〉倡和的時間長度不斷向後延伸。沈周、文徵明興味不減，後來均有再和之作。文徵明再和詞有跋云：

> 徵明往歲同諸公和〈江南春〉，咸苦韻險，而石田先生騁奇抉異，凡再四和，其卒也韻益窮而思益奇。時年八十餘，而才情不衰，一時諸公爲之斂手。今先生下世二十年，而徵明亦既老矣。因永之相示，展誦再三，拾其遺餘，亦兩和之。非敢爭能于先生，亦聊以致死生存歿之感爾。嘉靖庚寅仲秋，文徵明記。〔註39〕

嘉靖庚寅爲嘉靖九年（1530），文徵明時年六十一歲，再和詞二首。文徵明云「石田先生，騁奇抉異，凡再四和」、「時年八十餘，而才情不衰」，而沈周享壽八十三歲，卒於正德四年（1509），可知沈周作再和詞三首的時間當在正德二至四年間。其詞序云：「國用愛雲林二詞之妙，強予嘗一和。茲于酒次，復從臾繼之。被酒之亂，不覺又及三和。明日再詠倪篇，不勝自愧。始信雖多何爲也。」〔註40〕詩歌隨酒，雅舉助興。於歡宴酣飲中追求個性自由正是明中葉以後文人的典型浪漫作風。沈周〈江南春〉再和三首如下。第一首云：

> 青筐攔街賤櫻筍。城外冶遊城裏靜。暖風夾路吹酒香，白日聯歌踏花影。醉歸掉臂紫袷冷。喝采攤錢喧市井。佳人苦費泣沾巾。拔賣寶釵吹暗塵。　　日遲遲，風急急。點水蜻蜓尾沾溼。江南畫船畫不及。吳江篋樓紗幕碧。汎汸浮葷連下邑。金鼓過村人起立。明朝棄置賤于萍。漂隨他姓忘經營。〔註41〕

〔註39〕　〔元〕倪瓚等：《江南春詞集》，《明詞彙刊》本，頁1158～1159。

〔註40〕　〔元〕倪瓚等：《江南春詞集》，《明詞彙刊》本，頁1158。

〔註41〕　〔元〕倪瓚等：《江南春詞集》，《明詞彙刊》本，頁1158。

上片頭兩句用城裏城外點出兩種截然不同的處境，並以「賤櫻筍」來暗喻佳人之遇人不淑。底下四句皆寫醉夫浪蕩之歡遊，酒賭不絕。換頭兩句則寫醉夫主持中饋之婦，黯然操心家計，變賣首飾以繼炊。下片頭三句先寫風景之遲麗，爲下文鋪墊。底下四句則換寫江中畫船，以之集中描繪江南之繁華。畫船之眾多、畫船之華麗、畫船之聲勢、畫船過時之人爭看，在在寫出了江南畫船的特色風貌，也寫出了江南的豪侈。然而，歇拍兩句卻一摯前轡，寫有朝一日江南畫船的破壞棄置，所強調者在於繁華有時而盡。上下片分寫二事，卻都是從表面的歡遊繁華中看出深刻的人生眞相。其第二首云：

> 蒲茸破碧尖如筍。拖煙楊柳金塘靜。水邊樓上多麗人，半揭珠簾露花影。禁煙閤雨東風冷。換玉澆萱汲銀井。不知飛鳥銜紅巾。歎息殘香棲路塵。　車輪輕，馬蹄急。排日游衫酒痕溼。百五青春畏將及。牡丹又倚闌干碧。賣花新聲滿城邑。貫錢小女迎門立。翠鈿點額小于萍。巧倩過人心自營。〔註42〕

本詞全由女子市井傷春一方面寫。起拍兩句寫景，點出春天。從三四句可知所寫乃青樓女子。下四句作者所述正是青樓女子之漫無聊賴，以及凝想年華老去之無依。下片開頭三句寫游春，而四五句從寒食和牡丹又推想及暮春之至與自身青春之逝。底下承上，由賣花新聲與正值青春之少女發想自己，並以爲映襯。所謂「心自營」，其結果究竟是繼續自怨自艾，還是大膽把握春光，自有其言外之趣。第三首云：

> 脫巢乳燕拳高筍。小隊尋芳破春靜。牆東笑語不見人，花枝自顫鞦韆影。飛籌促觥玉兒冷。殽飣簇簌珍井井。歸程趁馬拾醉巾。洗面明朝紅滿塵。　雨亦急，晴亦急。駮鞚癡騃爭踏溼。恐差春光悔莫及。滿眼心沽潑春碧。便須謀宰烏城邑。玉山既醉不成立。咄嗟還欲喚薑萍。籤籤鷖刀嫌慢營。〔註43〕

〔註42〕〔元〕倪瓚等：《江南春詞集》，《明詞彙刊》本，頁1158。

〔註43〕〔元〕倪瓚等：《江南春詞集》，《明詞彙刊》本，頁1158。

此詞寫酣游。上片泛寫，下片就尋春與歡宴兩處進行發揮。起拍用乳
燕高筍將春意寫得具體而盎然。於是作者與諸友尋春而去。三四句寫
來閑靜而快意自見。五六句用觥籌交錯、珍饈豐盛來寫歡宴，簡潔生
動。續寫歸途，紅光與醉臉相映成趣。下片上半寫尋春之熱情與渴望。
不管晴雨，唯恐莫及。下半寫歡宴醉態之暢快。以下酒小荣來側寫，
情趣十分細膩而眞摯。

　　至於文徵明的兩首再和〈江南春〉，其主旨自言爲「聊以致死生
存歿之感爾」，不僅僅感於老師沈周之卒，更因爲除了沈周之外，祝
允明、唐寅、徐禎卿於今皆天人永隔，不勝悲慟。其一云：

　　春雷江岸抽瓊筍。春雨霏霏畫簾靜。去年雙燕不歸來，寂
　　寞闌干度花影。金錢無聊故歡冷。短綆羸缾泣深井。佳人
　　何事苦沾巾。陌頭柳色棲芳塵。　　朱絃疏，飛觴急。翻
　　酒沾裙絳羅溼。前歡悠悠追莫及。天遠相思暮雲碧。美人
　　傷春情邑邑。手撚花枝傍花立。花飛萬點逐流萍。黃蜂紫
　　燕空營營。〔註44〕

文徵明第一首用美人傷春來表現其存歿之感。開頭二句描出一幅十分
平淡的初春景色。三四句則於平淡中寓有哀感。五六句分別用榆錢自
落與短瓶汲井來寫每人的鬱鬱寡歡、洛洛寡合。換頭二句則直接點出
主旨：「陌頭楊柳棲芳塵」，思人非常。「朱絃疏」三句，言歡娛少近
而多借酒澆愁。其緣故在於「前歡悠悠追莫及」，往事已矣，如今僅
能對雲凝思。「美人傷春」二句寫出萬分孤單無聊之態。歇拍蕩開一
層。花逐流萍、萍逐流水，光陰、往事無不皆然；「黃蜂紫燕空營營」，
思愁何嘗不是。其二云：

　　碧碗春盤薦春筍。春晴江岸靡蕪靜。綠油畫舫雜歌聲，楊
　　柳新波亂颭影。江南穀雨收殘冷。手汲新泉試雙井。晚風
　　吹墮白綸巾。醉歸不夢東華塵。　　榆莢忙，花信急。小
　　雨斑斑燕泥溼。秋鴻社燕不相及。只有春草年年碧。王孫
　　不歸念鄉邑。天涯落日凝情立。浮生去住眞蓬萍。百年一

〔註44〕〔元〕倪瓚等：《江南春詞集》，《明詞彙刊》本，頁1158〜1159。

噇何多營。〔註45〕

本詞的主角爲文徵明本人。從美味的春筍起筆，春景之好已於舌上略知一二，於是開始接著寫春景，似斷而實連。「江岸靡蕪靜」而生意內蘊。畫舫歌聲，柳波瀲灩，江南風光悠閑而動人。驚蟄穀雨下過之後，冬天就眞的過去了，這個時候用春泉泡茶，消得一番時日，寫得眞是安閑至極，不禁使人有欲與同游之想。宋代孟元老曾著《東京夢華錄》一書，懷念少時所游。文徵明換頭用此典故，亦有相同懷抱。上片寫得相當平淡，下片則較明顯地發抒愁思。秋鴻與春燕之不相及，正代表了他和諸友的死生異域，年年碧的春草即有如他深沉的懷念之情，不可斷絕。所謂的「死生存歿之感」，究竟何似？「浮生去住眞蓬萍。百年一噇何多營。」如此之深愁到頭來既然無法消除，也只好承認人生之無常。話說得雖然容易，對諸友之懷念卻非常痛切。

〈江南春〉除了歷代的流傳倡和之外，以之爲題的繪畫亦復不少：就明代而言，唐寅有「江南春圖」，文徵明有「江南春圖」、「仿倪瓚江南春詩意圖」，文嘉有「江南春色圖」、「江南春圖」，陸治有「江南春圖」、錢穀有「江南春詞意圖」；就清代而言，王翬有「江南春圖」二幅、「江南春詞圖」，王鑑有「江南春圖」，徐玫有「江南春圖」，吳穀祥、胡錫珪合作「江南春圖」。其中更有許多題畫詞，不僅有書法史上的意義，並提供了詞史在文獻方面重要的參考價值。明清江南春圖的繪製，也是〈江南春〉詞在詞史流傳發展上十分值得注意的一個面向。

第二節　〈滿江紅〉之倡和

一、倡和之緣起、追和之對象

〈滿江紅〉倡和之事，於〔明〕沈際飛評選《草堂詩餘新集》、〔明〕卓人月、徐士俊《古今詞統》，以及〔清〕徐釚《詞苑叢談》、

〔註45〕〔元〕倪瓚等：《江南春詞集》，《明詞彙刊》本，頁 1158～1159。

〔清〕彭邦基《閑處光陰》等書中，均有所提及。現存最早的相關資料，是沈周的墨跡，即〈行書跋趙構敕岳飛札拓本〉（現藏上海博物館），云：「蘇城沈津（案：「津」爲衍字，亦可能爲「律」之誤字，沈周點去）潤卿，好古博學，鉏圃得之。……弘治甲子七月一日，長洲沈周。」〔註46〕沈際飛《草堂詩餘新集》於沈周〈滿江紅〉詞下注云：「夏侯橋沈潤卿掘地，得宋高宗賜岳忠武王手敕石刻，裝潢成卷，丏諸名公題咏，爲石田、衡山二先生之辭甚著。」〔註47〕《古今詞統》又云：「沈石田爲之首倡。」〔註48〕從以上等引文中，可以得到關於〈滿江紅〉倡和的一些訊息。而《古今詞統》雖知首倡者爲沈周，卻未選入沈周之作，不知何故？（未見其詞乎？抑不入法眼耶？）〈滿江紅〉倡和的關鍵人物沈津，字潤卿，生平不可考，僅知爲祝允明之姻親。〔註49〕沈津，字潤卿，家世業醫，富藏法書名畫，吳門文人多

〔註46〕中國古代書畫鑑定組編：《中國古代書畫圖目二》（北京：文物出版社，1987年9月第1版，1995年9月第2刷），滬1－0360。沈周此跋全文詳見於後。

〔註47〕〔明〕沈際飛：《草堂詩餘新集》，《古香岑草堂詩餘四集》，明崇禎間太末翁少麓刊本，卷4。

〔註48〕〔明〕卓人月匯選：〔明〕徐士俊參評：谷輝之校點：《古今詞統》（瀋陽：遼寧教育出版社，2000年1月第1版第1刷），卷12，頁449。

〔註49〕祝允明〈跋宋高宗付岳武穆手箚石刻〉云：「吾姻氏沈潤卿治地得之，以表于時。」見〔明〕祝允明：《祝氏集略》，《祝氏詩文集》，明代藝術家集彙刊續集本，卷26，頁1596～1599。祝允明〈跋宋人聚帖〉云：「右宋人遺墨……今藏予姻沈潤卿家。」見〔明〕祝允明《祝氏集略》，卷25，頁19上。祝允明〈新刻龍筋鳳髓判序〉中亦曾言及沈津「好義能文」。見《祝氏集略》，卷24，頁8下～9下。《四庫全書總目》著錄沈津著作三種：《鄧尉山志》、《吏隱錄》、《欣賞編》，今將其提要抄錄如下，以供備考。《四庫全書總目・鄧尉山志》云：「明沈津撰。津，字潤卿，蘇州人。是書分本志、泉石、祠墓、梵宇、山居、名釋、草木、食品、集詩、集文十類。前爲總敘一篇。其稱本志者，以專紀山之形勢，爲作志，本意，故以冠於各類之首野。著成於嘉靖壬寅。靳學顏嘗爲之序，黃虞稷《千頃堂書目》遂以爲學顏所作，失考甚矣。」見〔清〕永瑢等：《四庫全書總目》（北京：中華書局，1965年6月第1版，1987年7月北京第4刷），卷

與之交遊，輒集於其家共賞之。〔註50〕沈津治圃，意外發掘出宋高宗手敕岳飛御札之刻石，於是邀諸名家題咏。當時為作〈滿江紅〉，於今可見者，僅沈周與文徵明二人。

《清嘯閣藏帖》亦載沈周另一本墨跡，內容大不相同，中云：

> ……（詞略）蘇城沈潤卿，好古博學，鋤圃得是刻，拓以見遺。裝為卷，繫跋如右，以寄憤憤。因錄一通，以答潤卿云。弘治甲子七月一日，長洲沈周。〔註51〕

沈周在此題跋中，先錄自作詞一首，雖未言調名，然其格律顯與文徵明詞相同，即是首倡之〈滿江紅〉。後文略道題跋之由。沈周一日作長短兩跋答許律，上海博物館藏本為自藏，《清嘯閣藏帖》者為節本，贈答許律。由沈周兩跋可以得知：宋高宗手敕岳飛石刻是因為沈津耕鋤園圃時無意間得之；沈津得此至寶後，遂將此石刻上的文字拓印下

76，頁 659 中。《四庫全書總目‧欣賞編》云：「不著撰人名氏。徐中行序，但稱沈潤卿。以《千頃堂書目》考之，乃沈津所編，潤卿其字也。所著《鄧蔚山志》，已著錄。序中所云茅子康伯續者，亦不著其名。卷中有茅一相補闕字，蓋即其人矣。序稱書十卷，然實止八冊，不分卷數。序稱始於詩法，終於修真，而書中詩品詞評乃在第三冊，尤顯舛無緒。所載書出陶宗儀《說郛》者十之八九，皆移易其名。其《說郛》所無一二種，亦皆妄增姓氏，別立標目，非其本書。至於改竄屠隆碑銘考，尤多舛戾。《說郛》一百卷，名見孫作所撰〈陶宗儀傳〉，世所行本，已非其舊，此更剽竊而變亂之，風益下矣。」見〔清〕永瑢等：《四庫全書總目》，卷 131，頁 1119 下。《四庫全書總目‧吏隱錄》云：「明沈津撰。津有《鄧蔚山志》，已著錄。明有兩沈津，知此為蘇州沈津作者。是編所載朝野逸事，并及其先世善醫事蹟。蘇州沈津，家世業醫，正德中選入太醫院，充唐藩醫正，與之合也。」見〔清〕永瑢等：《四庫全書總目》，卷 143，頁 1221 中。

〔註50〕周道振、張月尊《文徵明年譜》「弘治十年丁巳（1497）二十八歲」條云：「與徐禎卿、錢同愛、沈津等交。……律字潤卿，蘇人。家世業醫，多蓄法書名畫。選入太醫院，充唐藩醫正。」（頁 77～78）沈津非沈津，沈津為昆山人，沈津為蘇州府城內夏侯橋人，周道振誤識！

〔註51〕轉引自周道振、張月尊纂：《文徵明年譜》（上海：百家出版社，1998年 8 月第 1 版第 1 刷），頁 140。

來，一爲保存本初面目，一則分贈諸好友，共賞珍奇。沈周即收到了沈津的這份禮物，並作一詞，一方面有感於岳飛之事，「以寄憤憤」，另一方面則回謝以答。沈周跋末，識爲「弘治甲子七月一日」，與其〈行書跋趙構敕岳飛札拓本〉墨跡題歲相同，則此倡和當爲明孝宗弘治十七年（1504）七月之前之事。周道振、張月尊所纂之《文徵明年譜》，並據此將〈滿江紅〉倡和之事置諸文徵明三十五歲此年條下。〔註52〕文徵明之〈滿江紅〉，於今本《文徵明集》中亦題作「題宋思陵與岳武穆手敕墨本」，〔註53〕可見得文徵明也是因爲收到了沈津的拓本，方有此作。而從沈周、文徵明詞作內容上看，文徵明詞乃就沈周詞發展而來，可以大膽臆推文徵明不僅收到了沈津拓本，還拜讀過沈周詞；以其對沈周的崇敬，文徵明詞雖非和其韻，但將之稱爲和詞，亦爲情理之中。

　　文徵明〈滿江紅〉詞流傳較廣，歷來論者不少。諸說對於沈周、文徵明所追和之對象，則有認識含糊不清之處。如彭邦基《閑處光陰》云：「岳武穆有〈滿江紅〉詞云：『怒髮衝冠，……。』明文徵明和其詞曰：『拂拭殘碑，……。』」〔註54〕以及〔清〕褚人穫《堅瓠二集》：「岳武穆精忠天植，恢復中原之志，屢見於詞翰。其〈滿江紅〉詞曰：『怒髮衝冠，……。』文徵明嘗和其詞曰：『拂拭殘碑，……。』」〔註55〕咸認爲文徵明此詞乃和岳飛（1103～1141）〈滿江紅〉（怒髮衝冠）一詞。然筆者考諸《全宋詞》，岳飛〈滿江紅〉凡載錄二闋。今將二詞鈔錄如下。其中〈滿江紅·寫懷〉一闋，即習知之作：

　　　　怒髮衝冠，憑欄處、瀟瀟雨歇。抬望眼、仰天長嘯，壯懷
　　　　激烈。三十功名塵與土，八千里路雲和月。莫等閑、白了
　　　　少年頭，空悲切。　　　靖康恥，猶未雪。臣子恨，何時滅。

〔註52〕參周道振、張月尊：《文徵明年譜》，頁140。
〔註53〕〔明〕文徵明著；周道振輯校：《文徵明集》，補輯卷17，頁1234。
〔註54〕轉引自〔明〕文徵明著；周道振輯校：《文徵明集》，頁1687。
〔註55〕轉引自〔清〕張宗橚編；楊寶霖補正：《詞林紀事補正合編》，頁579。

駕長車踏破，賀蘭山缺。壯志飢餐胡虜肉，笑談渴飲匈奴
血。待從頭、收拾舊山河，朝天闕。〔註56〕

另一闋〈滿江紅・登黃鶴樓有感〉，則取自岳飛墨跡：

遙望中原，荒烟外、許多城郭。想當年、花遮柳護，鳳樓
龍閣。萬歲山前朱翠繞，蓬壺殿裏笙歌作。到而今、鐵騎
滿郊畿，風塵惡。　　兵安在，膏鋒鍔。民安在，填溝壑。
嘆江山如故，千村寥落。何日請纓提銳旅，一鞭直渡清河
洛。卻歸來、再續漢陽游，騎黃鶴。〔註57〕

前闋作於紹興三年（1133）九月江州，〔註58〕後闋作於紹興四年（1134）
九月鄂州，〔註59〕都是岳飛得朝廷重用之時。然而，前闋慷慨激昂，
乃大將領軍出轅門之風範；後闋掩抑低徊，有憫民報國、功成還家之
情懷。兩闋略不相似。與其說沈周、文徵明所追和者爲岳飛〈滿江紅・
寫懷〉，更不如說是追和岳飛〈滿江紅・登黃鶴樓有感〉，更爲恰當。
一者，試將沈周、文徵明兩人詞與岳飛兩詞並比，顯然可見沈周、文
徵明詞與岳飛〈滿江紅・登黃鶴樓有感〉結構相似而意旨相承，兩人
之詞皆有如應答岳飛〈滿江紅・登黃鶴樓有感〉詞，爲其「卻歸來、
再續漢陽游，騎黃鶴」的讖言而有所發擄。二者，關於此石刻之手敕
全文究竟爲何，據上海博物館藏本沈周題跋中轉錄之「以卿忠勇，志
吞此賊」兩句以爲線索，可考知此石刻內容，即紹興四年四月二十一
日宋高宗手敕，〔註60〕雖字句略異，〔註61〕然手敕與岳飛〈滿江紅・

〔註56〕唐圭璋編纂；王仲聞參訂；孔凡禮補輯：《全宋詞》，冊2，頁1615。
〔註57〕唐圭璋編纂；王仲聞參訂；孔凡禮補輯：《全宋詞》，冊2，頁1615
　　　～1616。
〔註58〕參〔宋〕岳飛著；郭光輯注：《岳飛集輯注》（鄭州：中州古籍出版
　　　社，1997年5月第1版第1刷），頁465～466。
〔註59〕參〔宋〕岳飛著；郭光輯注：《岳飛集輯注》，頁469～470。
〔註60〕參〔宋〕岳珂編；王曾瑜校注：《鄂國金佗稡編續編校注》（北京：
　　　中華書局，1989年2月第1版北京第1刷），頁240～241。
〔註61〕紹興四年四月二十一日宋高宗手敕全文：「敕岳飛，朕具省出師奏，
　　　以卿智勇，必遂克敵，更在竭力致身，早見平定。近劉光世乞行措
　　　置荊、襄，朕已命卿，豈易前制。但令光世嚴整步騎，以爲卿援，

登黃鶴樓有感〉正爲同年之作，顯見其間關係之密切；沈周、文徵明
或由此而聯想發端。三者，張仲謀《明詞史》云：「岳飛〈滿江紅〉
（怒髮衝冠）詞爲入聲月韻，徵明這首詞爲入聲燭韻，顯然不是和作。」
〔註62〕文徵明詞的確不是和岳飛〈滿江紅‧寫懷〉。然而，張仲謀以
詩韻來說明詞之倡和，亦有瑕疵。若以依宋人用韻情形而整理出來的
詞韻作爲根據，較能合理判斷和韻與否。茲以戈載《詞林正韻》爲準。
岳飛兩闋詞，〈滿江紅‧寫懷〉用的是第十八部，〈滿江紅‧登黃鶴樓
有感〉用的是第十六部。〔清〕顧璟芳、李葵生、胡應宸所編之《蘭
皋明詞匯選》，錄王世貞詞作「和沈石田題宋高宗賜岳飛手敕」，錄文
徵明詞作「前題和韻」，以爲文徵明、王世貞皆和沈周。沈周之作爲
第十七部，文徵明與王世貞之作皆是第十五部。和韻情形如此參差，
顯然不是和韻。葉嘉瑩云：「和詞有很多不同的類型，有的和詞只要
牌調相同就可以了，比如你寫〈玉樓春〉，我也寫〈玉樓春〉，這是第
一類；第二類是韻目相同，你用東冬的韻，我也用東冬的韻。詩的韻
比較嚴格，一東和二冬是分開來用的，但是在詞裏，東和冬是合起來
用的，所以原作與和作都用東冬的韻，即屬於同一韻目；第三類更嚴
格，不止是牌調相同，韻目相同，而且韻字也要相同。像蘇東坡的〈水
龍吟‧次運章質夫楊花詞〉……和作的每一個韻字都與原作的韻字相
同，這種和詩稱爲步韻，就是你一步一步都跟著他的韻字來安排，這
是最嚴格的一和法。」〔註63〕沈周、文徵明之追和，當指第一類而言：
同用〈滿江紅〉一調，且和其意。四者，〈滿江紅‧登黃鶴樓有感〉
詞下有唐圭璋案云：「見近人徐用儀所編《五千年來中華民族愛國魂》
一書卷端，原係照片，並有元統甲戌謝升孫跋及宋克、文徵明諸跋。」

緩急動息，可行關報也。亦當令卿將佐等知，庶可益壯軍心，鼓勇
士氣，所向無前，孰能禦哉！二十一日。」見〔宋〕岳珂編：王曾
瑜校注：《鄂國金佗稡編續編校注》，頁2。
〔註62〕張仲謀：《明詞史》，頁172。
〔註63〕葉嘉瑩：《南宋名家詞講錄》（天津：天津古籍出版社，2005年2月
第1版第1刷），頁202。

〔註64〕所謂元統甲戌謝升孫跋，當指元順帝元統二年（1334），至於宋克為明初名書家，文徵明則為明中葉人。文徵明既曾跋此墨跡，則必親見無疑，更加可信其詞乃追和岳飛〈滿江紅‧登黃鶴樓有感〉而作。就沈津掘圃得敕當時而言，文徵明詞乃和沈周詞；若上溯沈周、文徵明詞作之深旨，兩者詞作都是遙遙追和岳飛〈滿江紅‧登黃鶴樓有感〉一闋的。

二、沈周〈滿江紅〉之評析

　　沈周、文徵明兩人的〈滿江紅〉詞，都具有極強烈的論史性質。先看沈周〈滿江紅‧題宋高宗賜岳飛手敕〉一詞，沈際飛云：「除幼安、改之、同父，鮮有似者。」〔註65〕以南宋辛棄疾、劉過、陳亮等擅長以論為詞的詞人來相比，評價甚高。將之鈔錄如下：

> 汴鼎南遷，漫流寓、江南如客。可涕泣、瘡痍凋瘵，倩誰醫國。好個忠飛天下將，奈他逆檜舟中賊。把英雄、頓挫莫成功，成冤殛。　　飛不死，宋之得。飛不死，金之失。恨飛之一死，檜全姦策。萬里長城麟足折，兩宮歸路烏頭白。笑昏夫、亦有小聰明，看遺勅。

考諸沈周〈行書跋趙構敕岳飛札拓本〉墨跡，上有其一文一詞。詞即沈周〈滿江紅〉，文可視為詞序。文曰：

> 此宋高宗勅岳飛禦兀朮手札石本。蘇城沈津潤卿，好古博學，鈕圃得之。不知當時刻者重飛之忠義耶？旌其冤死而

〔註64〕唐圭璋編纂；王仲聞參訂；孔凡禮補輯：《全宋詞》，冊2，頁1616。唐圭璋〈讀詞札記〉另有說明：「岳武穆舊傳〈小重山〉一首及〈滿江紅〉『怒髮衝冠』一首。但從無人知武穆尚有〈滿江紅〉一首，乃登黃鶴樓有感而作者。詞見武穆墨跡云：『……』（詞略）墨跡原有二紙，一為送紫巖張先生北伐詩，一即此詞，此在《岳鄂王集》及《金陀粹編》諸書俱無之。墨跡有元統甲戌（1334）謝升孫題跋及宋克、文徵明諸人題跋，或即宋克所藏者。」見唐圭璋《詞學論叢》，頁635～636。

〔註65〕〔明〕沈際飛：《草堂詩餘新集》，《古香岑草堂詩餘四集》，明崇禎間太末翁少麓刊本，卷4。

然也。飛平生所得宸翰數百通，記嘗示辛次膺，此其一耳，即此朝廷扵飛不爲不知，不爲不信，飛亦不爲不遇，不爲不寵，扵其語中，所謂「以卿忠勇，志吞此賊」，策勵注望之至，昭然可見。迨張俊、劉錡，惟有合力措置之諭，未有此切也。以飛之忠勇、朝廷之諒察，君臣翕然兩得，何謀不協？何功不成？何中原之不可復哉？中間檜賊弄權姦之柄，行金虜之囑，以『莫非有』三字之狀而冤殺忠義。朝廷無片言折是非，默默劉一大將扵緊會倚毗之際，豈委之不聞不知耶？韓世忠雖有言，亦清談而已。比何鑄爲檜鷹犬，亦白飛冤。檜欺曰：『此上意也。』及万俟卨以逗留軍國事相羅織，飛取所賜御札以行軍道路日月爲證，被收滅之。是札亦當在收中矣。嗚呼！權姦害忠義，非害忠義，寔害國也。害國則先自無君始，無其君則天下視之無人矣。苟有奇功焉，不得不忌；深寵焉，不得不嫉。則飛也，焉可恕而特存之乎？竊謂權姦之罪，固莫容誅，抑有不足誅者存焉。高宗者，既知忠勇之可用，又奚容權姦欺罔而殺之？蓋能受欺罔，即受者所殺，非行欺罔者殺也。趙盾不討，春秋書弒；王導不救，伯仁由死。高宗不言其迹，亦然。雖然，權姦用，忠義必不立，何歟？勢莫可兩存耳。自古君臣之間，寵不可久恃，知不可終托君。社稷之幸，乾剛（案：「剛」疑爲「綱」之誤。）能獨斷而不回，忠蓋得行志而無沮。雖群姦滿朝，將誰欺罔而肆害乎？令社稷之不幸，而累飛扵不幸之地。飛之所以不幸，或曰：『天寔爲之也。』余曰：所以操握生殺之柄者，君也；所以佐行其柄者，臣也。謂天爲之，天豈假人而殺人？無辜而殺人？抑善長惡而殺人？其欲殺而殺之，欲生而生之，在君也。行其柄者，君之何庸力哉？是之不足信爲天爲之矣。余但惜夫天之生飛，既賦之忠義，已完其名，不能完其功。當時若徇父老之意，少留於金牌之頃，盡收鄘城之捷歸，而請方命之死，可矣死也。而顧無辜害于家賊毒手，泯然不得其所死。其間顛倒與奪，果何情歟？余故信飛之死生，

君實宰之；宋之存亡，飛實繫之。飛之可惜，天實玩之；
飛之不泯，天實存之。迨百世而廟食不廢，與勒俱滅，後
又刻石傳之。雖淪入土中，今又掘而出世，非天暴高宗暗
懦失國，自壞萬里長城，而使後世觀者激其憤嘆之無已耶？
復填〈滿江紅〉詞一闋，以寓有餘之感云。「⋯⋯」（詞略）
弘治甲子七月一日，長洲沈周。〔註66〕

據此文，沈周〈滿江紅〉作於弘治十七年（1504），時年七十八歲。
岳飛〈滿江紅・登黃鶴樓有感〉詞以請纓歸隱事自問，沈周此詞以數
百年後來人的悲憤心情，為之提供了解答。開頭兩句，簡述了當時情
勢。宋欽宗靖康元年（1126），金乘滅遼之威，揮軍直下，攻破開封
府。靖康二年（1127），挾獲徽、欽二帝，凡都城金寶重器、百工妃
嬪等，均被洗劫一空。北宋告亡，史稱靖康之禍。康王趙構，展轉南
逃，建炎元年（1127）於南京應天府即位，是為高宗。高宗即位之初，
政局未穩，內憂外患交煎，岳飛以其優越傑出之軍事才能，漸得高宗

沈周　行書跋趙構敕岳飛札拓本

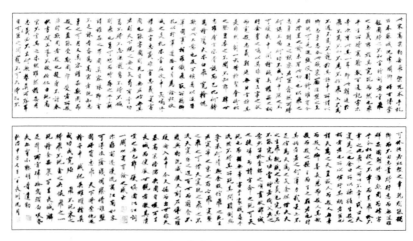

（上海博物館藏）

〔註66〕中國古代書畫鑑定組編：《中國古代書畫圖目二》（北京：文物出版
社，1987 年 9 月第 1 版，1995 年 9 月第 2 刷），滬 1－0360。

所重用。上引岳飛〈滿江紅〉詞二闋，即在他仕途最爲順遂時所作，都充滿了大刀闊斧、奮發向前的堅強魄力。故沈周云「可涕泣、瘡痍凋瘵，倩誰醫國」，能醫國者，則除岳飛莫屬。《國語‧晉語》云：「醫和對文子曰：『上醫醫國，其次醫人。』」〔註67〕岳飛乃不世出之國士，宋朝原可倚賴其力，拯救危亡於萬一，恢復宮廟於北都，然而卻因爲奸臣秦檜之政治操作，落得冤死獄中之下場。

《宋史‧何鑄傳》記載何鑄驗察岳飛之冤，云：

> 鑄引飛至庭，詰其反狀。飛袒而示之背，背有舊涅「盡忠報國」四大字，深入膚理。既而閱實，俱無驗。鑄察其冤，白之檜，檜不悅，曰：「此上意也！」……檜語塞，改命万俟卨。〔註68〕

《宋史‧岳飛傳》又載秦檜「莫須有」語，云：

> 獄之將上也，韓世忠不平，詣檜詰其實，檜曰：「飛子雲與張憲書雖不明，其事體莫須有。」世忠曰：「『莫須有』三字，何以服天下？」〔註69〕

何鑄爲秦檜鷹犬，驗之實冤，亦白秦檜。秦檜以爲親信，故據實以告。韓世忠爲秦檜政敵，質之岳飛事。秦檜以爲仇讎，故反詰以塞。岳飛之忠忱，不惟背刺「盡忠報國」可表，當其冤死，天下皆悲悼。〔註70〕「奈他逆檜舟中賊」一句，典出《史記‧吳起傳》吳起語魏武

〔註67〕《國語‧晉語》，卷8。

〔註68〕〔元〕脫脫等：《宋史》，卷380。岳飛背刺「盡忠報國」事，亦見《宋史‧岳飛傳》卷365：「初命何鑄鞠之，飛裂裳以背示，著有『盡忠報國』四大字，深入膚理，既而閱實無左驗，鑄明其無辜。改命万俟卨。」

〔註69〕〔元〕脫脫等：《宋史》，卷365。「莫須有」對話，亦見《琬琰集刪存‧韓忠武王世忠中興佐命定國元勳之碑》卷1。

〔註70〕參王曾瑜：《岳飛和南宋前期政治與軍事研究》（開封：河南大學出版社，2002年10月第1版第1刷），頁235～236。轉引相關資料，以見時人之弔。陸游《老學庵筆記》卷1：「張德遠誅范瓊於建康獄中，都人皆鼓舞；秦檜之殺岳飛於臨安獄中，都人皆涕泣。是非之公如此。」《三朝北盟會編》卷207：「飛死於獄中，梟其首。市人聞之，淒愴有墮淚者。」〈岳侯傳〉：「侯中毒而死，葬於臨安菜園內。

侯云：「若君不修德，舟中之人盡爲敵國也。」〔註71〕謂秦檜與岳飛
同爲朝廷要員，卻痛下毒手，謀害岳飛；把岳飛的恢復大業破壞殆盡，
爲了達成與金的和議。而宋高宗曾敕賜岳飛手札上百封，刻之於石而
爲許律所發掘者，乃其中之一。就沈周詞跋中所引「以卿忠勇，志吞
此賊」語而論，宋高宗的確視其爲左右手，君臣互信互持如此。然而，
岳飛之死，豈眞出於秦檜詭計？秦檜詭計眞能不費吹灰之力，草草以
「莫須有」三字置岳飛於死地？「朝廷無片言折是非，默默劉一大將
於緊會倚毗之際，豈委之不聞不知耶？」將岳飛之冤死歸罪於秦檜，
不免單純鄉愿。沈周詞序已有明言，連韓世忠、秦檜等朝廷重臣都欲
言又止。誰是幕後的黑手？很明顯地，目標指向了更高一層的統治
者身上。

　　向來評論詞中直指宋高宗之私心自用者，均以爲首發者乃文徵
明〈滿江紅〉詞，事實不然。惟沈際飛別具隻眼，看出沈周詞「『小
聰明』三字，判斷得高宗倒。」〔註72〕味沈周之詞，大抵上片言宋室
南渡之國運艱辛，以及民族英雄岳飛忠心耿耿，卻卒遭秦檜枉死；下
片則評述秦檜通敵之奸策，以及宋高宗之私心自用、借刀殺人。沈周
在文徵明之前，即有批評高宗之意。其詞序甚爲明顯；大段敘述都
在推論秦檜揣摩上意、宋高宗放任下屬的歷史眞相。文徵明乃承其
詞意，更作發揮。在沈周詩中，亦有類似意思者，其〈拜岳武穆像〉
詩云：

天下聞者無不垂涕，下至三尺之童，皆怨秦檜云。」《金佗續編》卷
21 章穎〈岳王傳〉：「送兩家之孥，徙之遠方。行路之人見者，爲之
隕涕。」《忠文王紀事實錄》卷 4：「先是，王薨前一年前後年此日，
儲將復之武昌騎戲，又一下卒忠義所激，自題一詩云：『自古忠臣帝
主疑，全忠全義不全屍。武昌門外千株柳，不見楊花撲面飛。』聞
者爲之悲泣，罷游。」

〔註71〕楊家駱：《新校本史紀三家注并附編二種》（台北：鼎文書局，民國
　　　　76 年 11 月 9 版），卷 65，頁 2167。
〔註72〕〔明〕沈際飛：《草堂詩餘新集》，《古香岑草堂詩餘四集》，明崇禎
　　　　間太末翁少麓刊本，卷 4。

嵩嶺離離草露多，碧山高廟獨崒峨。天如未喪無三字，國
自甘亡有一和。宛宛丹青尚生氣，潛潛哭泣付悲歌。伍胥
不合錢塘歿，又見前朝起後波。〔註73〕

「三字」指的便是讓岳飛下獄定罪的「莫須有」三字。「天如未喪無
三字」的句法，和李賀〈金銅仙人辭漢歌〉「天若有情天亦老」〔註74〕
的倒反立說一樣，沒有所謂天的存在，只有現實世界的無情傾軋。「國
自甘亡有一和」說得極爲婉轉；爲了和議，朝廷早已放棄了中原。岳
飛的角色，恰如重演了伍子胥爲忠義而死的故事。

　　換頭四句，言岳飛在當時宋金政治交鋒上的重要地位。雖然地位
如此，還是落得枉死的下場。而其一死，卻造成了數方面重大的影
響。一方面，就秦檜而言，達成了秦檜的詭計，和議遂成。二方
面，就南宋的整體國勢而言，岳飛正如萬里長城、麟足。萬里長城，
語出劉宋殺檀道濟《南史》：「檀道濟死，下獄瞋目，時語曰：自壞汝
萬里長城。」用以比喻國家之棟樑。麟足，語出《詩・周南・麟之趾》：
「麟之趾，振振公子。」鄭玄箋：「喻今公子亦信厚，與禮相應，有
似於麟。」用以比喻有仁德、才智的賢人。岳飛一旦就死，國家立刻
缺少了一股抵禦外侮的堅韌力量。三方面，就被擄北狩的宋徽宗、宋
欽宗而言，他們也無望回朝了。有如《燕丹子》所載：「燕太子丹質
於秦，秦王遇之無禮，不得意，欲求歸。秦王不聽，謬言令烏頭白，
馬生角，乃可許耳。丹仰天嘆，烏即白頭，馬生角，秦王不得已而遣
之。」〔註75〕燕太子丹猶得歸故里，宋徽宗、宋欽宗只有怊悵失落的
等待，返朝之日遙遙無期，未幾，乃雙雙殞歿於北國。四方面，則是
就宋高宗而言的。沈周詞全闋不敢多說宋高宗之非，只有在下片歇拍
處，言之極隱晦。所謂「昏夫」，即指宋高宗。然論其昏，豈又眞昏？
故又云「亦有小聰明」。沈周〈弋說〉云：

〔註73〕〔明〕沈周：《石田集》，《石田先生集》，頁617。
〔註74〕《全唐詩》，冊1，卷17，頁166。
〔註75〕不著撰人：《燕丹子》，《百部叢書集成》本（台北：藝文印書館，不
　　　　著出版年月），卷上，頁1上。

　　　高宗賜鄂王詔二十餘章，褒美非常，如「月三捷以奏功，
　　　日百里而闢土」是也，而卒斃諸囹圄，諺所謂「狐埋而狐
　　　掘之」者耶？〔註76〕

最終的主使者便是宋高宗。「飛之死生，君寔宰之；宋之存亡，飛寔
繫之。」用之者，是宋高宗；殺之者，也是宋高宗。「詔獄的最終判
決權掌握在皇帝手裡。王安石曾云：『自來斷獄命官罪，皆以特旨非
以法』。皇帝可以視統治之需要，對詔獄犯人作出減刑或加刑的最終
裁斷。而不必理會大理寺、刑部的判決和評議。即使是百官集議所定
刑名，也有所不用。……紹興十一年，岳飛父子一案，大理寺判岳雲
徒罪，而宋高宗下旨定爲死刑。」〔註77〕自紹興十一年（1141）十月
十三日岳飛父子下獄，至十二月二十九日賜死，前後僅僅一個半月。
〔註78〕岳飛交付大理寺審理，只是虛文，事實上還是宋高宗欲之以
死。「《建炎以來朝野雜記》乙集卷十二的刑案原件已記載得一清二
楚，不容有任何誤解。邢部、大理寺狀提議，『岳飛私罪斬，張憲私
罪絞』，『岳雲私罪徒』，并說『奉聖旨根勘，合取旨裁斷』。宋高宗當
即下旨：『岳飛特賜死。張憲、岳雲并依軍法施行，令楊沂中監斬，
仍多差兵將防護。』秦檜、万俟卨以刑部、大理寺名義上狀，主張保
留岳雲生命」，〔註79〕仍然無法阻止宋高宗非趕盡殺絕不足以安寢的
心狠手辣。

　　沈周言其聰明之小，乃是一種諷刺。宋高宗有其「小聰明」，故
縱容秦檜進行詭計，而「不言其迹」。秦檜只是其政治工具，爲其打
點疏通。「所以操握生殺之柄者，君也；所以佐行其柄者，臣也。謂
天爲之，天豈假人而殺人？無辜而殺人？抑善長惡而殺人？其欲殺而

〔註76〕轉引自〔明〕卓人月匯選；〔明〕徐士俊參評；谷輝之校點：《古今
　　　　詞統》，卷12，頁449。
〔註77〕戴建國：〈宋代詔獄制度述論〉，岳飛研究會：《岳飛研究第四輯——
　　　　岳飛暨宋史國際學術研討會論文集》（北京：中華書局，1996年8月
　　　　第1版北京第1刷），頁495～495。
〔註78〕參〔宋〕岳飛著；郭光輯注：〈岳飛年譜〉，《岳飛集輯注》，頁535。
〔註79〕王曾瑜：《岳飛和南宋前期政治與軍事研究》，頁228～229。

殺之，欲生而生之，在君也。行其柄者，君之何庸力哉？」秦檜進行諸般謀劃，設計岳飛的冤獄，皆是奉承宋高宗之上意；若非宋高宗爲之撐腰，秦檜安能輕易誅殺陣前大將？宋高宗有其「小聰明」，在他看來，岳飛也不過是一顆棋子；犧牲這顆棋子，能夠換來自身政權的穩固，亦在所不惜。當其即位之初，金朝主戰派當權，逼得宋高宗不得不破格擢拔將帥，岳飛即爲其中之一。岳飛是一顆盡職的棋子，數度犯顏直諫，也埋下了君臣猜忌、暗解兵權的肇因。宋高宗有其「小聰明」，宋徽宗、宋欽宗永不得「烏頭白」而不能歸，正好保證了他的地位不致動搖。宋高宗也曾高舉著「迎二聖」的旗幟，但其作用在於凝聚國內團結意識於一時，並非眞心眞意。犧牲岳飛，對內有殺一儆百之效，對外則可藉以求和，而兩宮亦再無威脅之日，可謂一石多鳥。〔註80〕然而，完整保存著宋高宗當時如何器重岳飛之態度的手敕，「雖淪入土中，今又掘而出世，非天暴高宗暗懦失國，自壞萬里長城，而使後世觀者激其憤嘆之無已耶？」宋高宗的手敕也向後人昭示了其內心是如何的險惡。沈周〈黃應龍失去思陵勑岳飛殺賊手詔〉詩，云：

> 東崑人來言，有賊發子帑。意非摸金手，必是探揳黨。不然尺一紙，何足厭貪掌？思陵洒此翰，破虣勑飛往。當時君臣際，天地相俯仰。知任觀哲明，眷注加溫獎。功寵致忌殺，忠義果足仗（案：誤刻作「伏」）？君心在遺墨，一讀自炳朗。矯害証逆檜，滔天信欺罔。此紙後不傳，何以暴所枉？錮子秘密藏，何爲甘標榜？天意流無方，假盜理可想。留客恐違天，水火事或倘。物豈久戀人？物亦有精爽。使之一人傳，所見目惟兩。盜去轉相售，售售萬目賞。存未爲子欣，失未爲子惝。慰子不平懷，詩與發浩蕩。〔註81〕

〔註80〕參王曾瑜：《岳飛和南宋前期政治與軍事研究》，頁212～236。龔延明：《岳飛評傳》（南京：南京大學出版社，2001年4月第1版第1刷），頁268～302。

〔註81〕〔明〕沈周：《石田集》，收入《石田先生集》，卷，頁225～226。

黃應龍爲沈周友朋，曾作〈白石翁畫梅花主人圖記〉。〔註 82〕案詩中「思陵洒此翰，破尤勑飛往」之句，黃應龍所藏宋高宗賜岳飛手敕，當爲紹興十年（1140）六月左右所下。〔註 83〕黃應龍藏宋高宗敕岳飛手詔爲賊所盜去，故沈周作此詩，爲之寬懷。沈周不以遭竊爲憾事，與其重畫趣不重畫價、任隨訛本流傳之態度極爲類似。翰墨舊物都只是糟粕，背後藉以寓存的深意才是眞正值得珍視的寶物。與其久爲私人所藏，還不如使之流傳，讓世人了解那一段眞實不虛的歷史。黃應龍所藏與沈津所掘，兩者雖不相同，卻同樣引起了沈周的感慨。以此詩與上引文和詞相比，此詩當爲較早之前所作。因爲沈周從黃應龍所藏與沈津所掘都看出了宋高宗對於岳飛的器重，而詩中的批評仍偏向秦檜一方，不像後來的文和詞，細膩地分析出宋高宗的奸狡詭詐。

沈際飛於《草堂詩餘新集》中評文徵明〈滿江紅〉詞爲「亙古一眼」，〔註 84〕當溯其功於沈周。比之文徵明所作，沈周此詞較爲淺白

〔註 82〕〔明〕錢謙益：《石田先生事略》，收入《石田先生集》，《明代藝術家集彙刊》本（台北：中央圖書館，民國 57 年 7 月初版），頁 13 上～13 下。

〔註 83〕據筆者所查考，黃應龍所藏手敕，有兩種可能，均爲紹興十年六月左右所下。今將兩份手敕皆錄出，以俟備考。宋高宗手敕：「金賊背約，尤尤見據東京。劉錡在順昌，雖屢有捷奏，然孤軍不易支吾。以委卿發騎兵策應，計已遣行。續報撒離喝犯同州，郭浩會合諸路，扼其奔衝。卿之一軍，與兩處形勢相接，況卿忠義謀略，志慕古人，若出銳師邀擊其中，左可圖復京師，右謀關陝，外與河北相應，此乃中興大計。卿必已有所處，唯是機會不可不乘。付此親札，想宜體悉。」見〔宋〕岳珂編：王曾瑜校注：《鄂國金佗稡編續編校注》，頁 25。宋高宗手敕：「劉錡在順昌屢捷，尤尤親統精騎到城下，官軍麾擊，狼狽遁去。今張俊提大軍在淮西，韓世忠輕騎取宿，卿可依累降處分，馳騎兵兼程到光、蔡、陳、許間，須七月以前乘機決勝，冀有大功，爲國家長利。若稍後時，弓勁馬肥，非我軍之便。卿天資忠智，志慕古人，不在多訓。十九日三更。」見〔宋〕岳珂編：王曾瑜校注：《鄂國金佗稡編續編校注》，頁 30。

〔註 84〕〔明〕沈際飛選評：《草堂詩餘新集》，《古香岑草堂詩餘四集》，明崇禎間太末翁少麓刊本，卷 4。

如話，含蓄有餘而醞釀不足。然而，其氣勢是不可掩的。沈際飛又云：「志至而氣從之，氣至而筆與墨從之，不爲詞囿。」沈周以「看遺敕」爲結束，爲沈津掘圃得救一事點題，也具有呼應全詞的效果，氣勢並爲之再次振起，翻高一層，餘音不絕。〔註85〕沈際飛又云：「五岳起方寸，隱然詎能平。」〔註86〕沈周以一個自甘野處的隱士觀點來看待前朝一代忠臣岳飛，其悲憤不同於一般人之單純嘆惋而已，而有更加超然而具高度的立場，譬如登峰俯視人間紅塵，流露出深刻的矜愍與哀慟。

　　由另一條資料，可對許律掘圃得石刻之時間更加細推。在沈周〈行書跋趙構救岳飛札拓本〉墨跡之後，尚有一段吳寬墨跡。吳寬未和詞而有題跋。吳寬最後一次回吳門，是弘治十一年（1497）四月，而其弘治十七年（1504）七月十日卒於朝，正是〈滿江紅〉倡和此年。而沈周墨跡書於七月一日，加以明代交通不如今日之便，吳寬得見此石刻拓本並作題跋，距許律得刻必有相當時日，故許律掘圃得石刻的時間，至少也要在七月往前推數月。吳寬墨跡云：

> 岳武穆之精忠，萬古不泯，無俟於表章者。然一石之出，而覽者猶不覺發憤於一時君臣之間也。吳文恪公按浙時，見秦檜〈記聖賢象贊〉刻石，立命磨去。視此何知哉？然則落刻不獨可以勸忠，亦可以懲奸。而潤卿之表章，非過也。〔註87〕

吳文恪公，即吳訥。吳訥見秦檜文之刻石，立刻令人磨去，不欲人見一代奸臣之做作道德文章。許律掘圃，得宋高宗賜岳飛手敕，不令毀之，反而摹拓多本，分贈同道，存其史蹟。然其表彰史蹟之功，終不過沈周、文徵明等以文詞傳世者。尤其是文徵明詞，詞史評述者

〔註85〕 〔明〕沈際飛：《草堂詩餘新集》，《古香岑草堂詩餘四集》，明崇禎間太末翁少麓刊本，卷4。

〔註86〕 〔明〕沈際飛：《草堂詩餘新集》，《古香岑草堂詩餘四集》，明崇禎間太末翁少麓刊本，卷4。

〔註87〕 中國古代書畫鑑定組編：《中國古代書畫圖目二》（北京：文物出版社，1987年9月第1版，1995年9月第2刷），滬1－0360。

最多。

　　岳飛之冤死、宋高宗之奸宄，世人早有定論。元代脫脫《宋史·
岳飛傳》傳論已有「飛與檜勢不兩立，使飛得志，則金讎可復，宋恥
可雪。檜得志，則飛有死而已。……高宗忍自棄其中原，故忍殺岳飛。
嗚乎冤哉！嗚乎冤哉！」〔註88〕之言。沈周循著《宋史》傳論的意思，
翻轉更上一層，點出「宋高宗小聰明」此一關鍵點，完成具有詞史地
位的〈滿江紅〉。沈周亦非詞史上第一個評論岳飛冤死之人。在其之
前，即有人以詞來評論岳飛冤死一事。宋元代已有人以詞評論？劉過
等如明初邱濬（1418～1495）〈沁園春·寄題岳王廟〉云：「為國除患，
為敵報仇，可恨堪哀。顧當此乾坤，是誰境界，君親何處，幾許人才。
萬死間關，十年血戰，端的孜孜為甚來。何須苦，把長城自壞。柱石
潛摧。　　雖然天道恢恢。奈人眾將天拗轉回。歎黃龍府裏，未行賀
酒，朱仙鎮上，先奉追牌。共戴仇天，甘投死地，天理人心安在哉。
英雄恨，向萬年千載，永不沉埋。」〔註89〕王鏊《震澤紀聞》曾經記
載邱濬對於岳飛、秦檜二者的意見：「論秦檜曰：宋家至是亦不得不
與虜和，南宋再造，檜之力也。……論岳飛，則以為未必能恢復。」
〔註90〕儘管邱濬對於岳飛、秦檜事另有看法，然而歷代諸多詞作，如
同邱濬詞一般，均停留在對於岳飛冤獄的同情理解與怨憤敘述，僅僅
流於表象，並不是對於史事進行有深度的觀察，在內容上就先落人一
截，失去了可讀價值。沈周、文徵明兩人之詞，在這方面格外特出，
自有其詞史地位。

三、文徵明〈滿江紅〉之評析（附錄王世貞）

　　上文討論沈周詞，此處再看文徵明的〈滿江紅·題宋思陵與岳武
穆手敕墨本〉一詞，亦將之鈔錄如下：

〔註88〕〔元〕脫脫：《宋史·岳飛傳》，卷365，頁。
〔註89〕饒宗頤初纂；張璋總纂：《全明詞》，頁270。
〔註90〕〔明〕王鏊：《震澤紀聞》，《百部叢書集成》本（台北：藝文印書館），
　　　　卷下，頁8下。

拂拭殘碑，敕飛字、依稀堪讀。慨當時、倚飛何重，後來
何酷。豈是功成身合死，可憐事去言難贖。最無端、堪恨
又堪悲，風波獄。　　豈不念，封疆蹙。豈不惜，徽欽辱。
念徽欽既返，此身何屬。千古休談南渡錯，當時自怕中原
復。笑區區、一檜亦何能，逢其欲。

沈周詞以「看遺敕」作結，文徵明則由「拂拭殘碑」起首，承接之跡，
儼然可循。至於敘述的重點，則有極大部分由岳飛、秦檜兩人而移轉
到了宋高宗身上。依詞而論，上片就岳飛方面著想，敘其冤獄。「拂
拭殘碑」二句點題，切合沈津掘圮得刻之事。由看遺敕發題，「慨當
時、倚飛何重，後來何酷」也是和沈周相同的感想。考諸文徵明所著
題跋，有〈題宋高宗敕岳忠武書〉一篇：

此宋高宗敕岳忠武公書也。後僅署日月，而不紀年。按此
當在忠武討兀朮獲勝時所降下者，故文內猶寓嘉勵之意。
嗟呼！倘高宗始終不爲檜賊所惑，三字之獄不成，將見妖
氛蕩掃，何難奏凱於旦夕哉！余觀此，深爲忠武惜。而御
書煌煌，迄今猶照耀人間。數百年餘，而爲勉之所寶，不
可謂非厚幸也。嘉靖癸卯冬十月既望。〔註91〕

此題跋書於嘉靖癸卯冬十月，即明世宗嘉靖二十二年（1543），晚於
其〈滿江紅〉詞將近四十年。其中所謂勉之，即黃省曾之字，則此敕
爲黃省曾所藏。雖然此題跋所謂「宋高宗敕岳忠武公書」不是沈津所
掘之宋高宗手敕岳飛石刻，然由此文行間仍可看出文徵明對於岳飛
冤死一事忿忿不平之處。但若有心細察，可以發現文徵明前後態度
之轉變，與沈周恰好相反。沈周原先在〈黃應龍失去思陵勅岳飛殺賊
手詔〉詩中，對於秦檜批評甚多，後來到了〈滿江紅〉詞，顯然開始
對宋高宗有所微詞。文徵明〈滿江紅〉詞中對於宋高宗不遺餘力地加
以攻擊，而過了將近四十年，卻對宋高宗的批評趨於保守，反而說成
秦檜之矇蔽。師徒兩人態度之改變，如此逕庭，箇中原因，值得進一
步討論。

〔註91〕〔明〕文徵明著；周道振輯校：《文徵明集》，頁 1351～1352。

　　沈周詞不敢多說宋高宗之非，只有在下片歇拍處，言之極隱晦。文徵明則大膽論說。紹興三年（1133），宋高宗曾手書「精忠岳飛」四字敕賜岳飛，可以想見當時岳飛是如何受到重用。然而，紹興十年（1140）朱仙鎮大捷，岳飛正欲直搗黃龍之時，卻被秦檜用十二道金牌召回，以「莫須有」之罪下獄死。於是作者不禁質問：「豈是功成身合死」？沈際飛云：「兔死狗烹，古有之，而宋則未成。」〔註92〕所謂狡兔死、走狗烹，岳飛失去了他在宋高宗心中的工具利用價值，終歸一死。「豈是功成身合死」一句，正是呼應岳飛〈滿江紅·登黃鶴樓有感〉中「何日請纓提銳旅，一鞭直渡清河洛。卻歸來、再續漢陽游，騎黃鶴。」而言的。岳飛北圖恢復的下場，不是直搗黃龍府而凱歌班師，然後功成身退而隱歸故里；卻是和許多留名汗簡的名將一樣，橫屍法場，不得好死。丹青種種，徒留得後人慨歎而已，故文徵明說「可憐事去言難贖」，再多的言語都喚不回已死的忠魂。上片歇拍所謂「風波獄」，語出《宋史·岳飛傳》云：「岳飛死於大理寺風波亭下，世謂此獄爲風波獄。」〔註93〕其故址在今浙江杭州小車橋畔。岳飛之冤獄，「堪恨又堪悲」，豈眞無端？堪人悲恨處正是繁複多端，一時無從說起之故也。最堪恨的是中原將復而未能，最堪悲的是一代忠臣而含冤。儘管史事可矜可憫，卻已如同殘碑，今日皆成陳跡矣。

　　詞之下片轉就宋高宗方面著想，論其奸險。文徵明不禁追問：在宋高宗心中，難道會不知道殺了岳飛會引起邊防的危急？難道會不知道岳飛是一報徽欽之辱的希望？但是，邊防的危急、報仇的希望都比不上自身權位保全之重要。原因在於「念徽欽既返，此身何屬。千古休談南渡錯，當時自怕中原復。」若岳飛果然北復中原，迎回宋徽宗、宋欽宗二帝，當時已然在位的宋高宗又將安所措足？最佳解決方案便

〔註92〕　〔明〕沈際飛選評：《草堂詩餘新集》，《古香岑草堂詩餘四集》，明
　　　　　崇禎間太末翁少麓刊本，卷4。
〔註93〕　〔元〕脫脫等：《宋史》，卷365。

是假意和議，偏安江南，實欲阻止岳飛的攻勢，避免一國三主的窘境。所以文徵明下了結論：「笑區區、一檜亦何能，逢其欲。」岳飛之用世、暴亡，說起來都只是宋高宗的心計。對紹興三年的宋高宗而言，他需要岳飛來作為工具以凝聚人心、鞏固勢力；對紹興十年的宋高宗而言，岳飛已經成為保全權位的最大威脅，相對來說，此時的秦檜反而是他心中最具利用價值的工具。南宋偏安正是宋高宗所欲，岳飛只是犧牲品而已。

附錄：王世貞〈滿江紅〉之評析

　　除了沈周、文徵明有〈滿江紅〉題宋高宗手敕之外，年代稍晚的王世貞亦有〈滿江紅〉一闋追和沈周、文徵明。雖然王世貞並非屬於吳門詞派之一員，而其與文徵明等吳門文人亦略有交遊。

　　茲將王世貞〈滿江紅〉鈔錄如下：

> 御墨淋漓，到飛字、百身難贖。彈指罷、遺黎夢斷，舊都淪覆。十二金牌丞相詔，風波片紙君王獄。恨匈奴、巧放兩人歸，乾坤蹙。　　翹首地，青衣辱。回馬地，朱仙哭。笑大江東去，一龜茲足。北面生看臣構在，南枝死望中原復。痛他年、降表出皋亭，鷗夷目。〔註94〕

王世貞〈滿江紅〉詞題各方記載略不相同。〔明〕卓人月、徐士俊《古今詞統》選文徵明與王世貞〈滿江紅〉詞，王世貞詞題作「前題」，即與文徵明詞題「題宋思陵賜岳忠武手敕」相同。〔清〕顧璟芳、李葵生、胡應宸《蘭皋明詞匯選》亦選作文徵明與王世貞〈滿江紅〉詞，編排順序顛倒，王世貞詞在前，其詞題作「和沈石田題宋高宗賜岳飛手敕」，文徵明詞在後，詞題作「前題和韻」，以為文徵明、王世貞皆和沈周。《全明詞》輯錄王世貞詞時，以《明詞彙刊》為底本，其〈滿江紅〉詞題作「題宋高宗賜岳武穆詔後，次文徵仲待詔」。王世貞詞

〔註94〕〔清〕顧璟芳、李葵生、胡應宸選；王兆鵬校點：《蘭皋明詞匯選》（瀋陽：遼寧教育出版社，1998年3月第1版第1刷），頁124～125。

乃和沈周、文徵明。若論用韻，依戈載《詞林正韻》為準，沈周押第十七部，文徵明與王世貞俱押第十五部。在內容上，沈周、文徵明、王世貞之作都是對岳飛史事之論議。就字句上觀之，明顯者如岳飛〈滿江紅・登黃鶴樓有感〉之「兵安在，膏鋒鍔。民安在，填溝壑。」與沈周「飛不死，宋之得。飛不死，金之失。」、文徵明「豈不念，封疆蹙。豈不念，徽欽辱。」、王世貞「翹首地，青衣辱。回馬地，朱仙哭。」，句法尤其相似。簡言之，沈周、文徵明、王世貞三人詞作乃追和岳飛〈滿江紅・登黃鶴樓有感〉。就時間順序而言，沈周先追和岳飛，文徵明再和沈周，王世貞再和文徵明。

《蘭皋明詞匯選》於王世貞詞下有胡應宸案云：「此與待詔作，俱歸獄高宗意多，切責秦檜意少，非寬檜也，亦論古家爭上流法，老杜『射人先射馬』二句，于茲可悟。」〔註95〕王世貞之作與沈周、文徵明旨意相同，惟章法略異。王世貞放大了時空格局，而不只就宋朝內部高宗、岳飛、秦檜來看。在空間上，他更以金的敵國角度來看南宋高宗對內的操弄與對外的稱臣。在時間上，延伸到南宋在蒙古鐵騎踐踏下的滅亡；他把岳飛比做春秋吳國的伍員。伍員盡忠而死，曾言欲將自己的眼睛挖下，掛在城門上，看著吳國滅亡。王世貞懸想同樣忠誠的岳飛，若九泉之下有知，看到南宋的滅亡也會痛心疾首。王世貞並不算是吳門詞派的一員，但在此次倡和中，後出轉精，就文徵明對沈周詞境上的發揮，有了更新一層的推展。沈際飛曾評沈周詞云：「五岳起方寸，隱然詎能平。」〔註96〕徐士俊則用此語評價王世貞詞。〔註97〕以氣勢而論，沈周、文徵明、王世貞三人詞作皆不愧此評。

〔註95〕〔清〕顧璟芳、李葵生、胡應宸選；王兆鵬校點：《蘭皋明詞匯選》，頁125。

〔註96〕〔明〕沈際飛：《草堂詩餘新集》，《古香岑草堂詩餘四集》，明崇禎間太末翁少麓刊本，卷4。

〔註97〕〔明〕卓人月匯選；〔明〕徐士俊參評；谷輝之校點：《古今詞統》，卷12，頁449。

　　吳門詞派兩次重要的倡和活動，均由沈周起興。一次是在弘治二
年的〈江南春〉，繼和之年代雖長，主要人物還是當時的沈、祝、唐、
文等人。其內涵已不僅僅爲一種風雅之舉，更表達出了他們的人生觀
察。一次是在弘治十七年的〈滿江紅〉詠史，沈、文皆有參與。岳飛
史事的翻案，可見出後代對歷史的思考，以及沈、文另一面的文學風
貌。從倡和的觀察中，吳門詞派的交遊輪廓、風格特色，大略已得。
若再進一步擴而大之，對相關問題加以清理，相信將能得到對吳門詞
派更深入的了解。

第八章　餘論：吳門詞派之評價

　　就筆者目前在詞學上的學力視野、直接或間接所掌握的資料、相關研究的深入程度而言，要對吳門詞派此一整體在文學史上做出適當的評價，無可諱言，是並不容易的一件大工程。雖然如此，若非從事之，不足以結束本文。心得粗淺，姑匰力而為之。

　　吳門詞派是一個以地域命名的流派。沈周、文徵明師徒二人，以卓越才能、高尚德行、享譽聲名、廣闊交遊、松鶴年壽，承前啓後，相繼而為吳門詞派領袖。以此二人為中心，其間親屬師友的密切交遊關係，綱舉目張，擴而大之，即形成此一詞派的主要架構。本文參考趙尊嶽《明詞彙刊》、饒宗頤、張璋《全明詞》這兩部現行最為完備之明詞總集，以及諸多詞人別集、明詞選、筆記叢談、墨跡、詞話等，整理其間字句歧異、相關評論，並加以考訂詞作編年，完成《吳門詞校箋》，作為研究吳門詞派之基本根據。其中輯出將近百闋《全明詞》未收錄之逸詞，稍稍可補遺珠之憾。在進入吳門詞派詞人詞作研究之前，必先了解當時當地之詞學背景。就當時詞學觀而言，可分三方面說明。一者，詞源論。普遍將詞之源頭上溯至六朝；非屬吳門詞派成員、但與其交遊密切的都穆，其《南濠詩話》便曾以追索詞調來源的方式，作過與楊慎《升庵詞話》相同的努力。二者，詞風論。首先提出婉約為正、豪放為變之說法者，是大約與吳門詞派同時的張綖。這

種看法，普遍存在於當時人腦海之中，而驗以詞作，亦是若合符節。三者，詞體論。由於明代繼宋元而起，便同時傳承了宋詞元曲二種經典文學；而詞曲本為姐妹體裁，寫作方式本即相近，更加混淆了詞曲之分別。在當時人的筆記或詞話中，在在出現了詞曲不分的情形；在創作上，兩種體裁的作風也不時雜揉在一起。關於吳門詞派詞人之詞學觀，如今可考見者，在別集或筆記中，雖存有數條材料可資探討，但就整體而言，仍屬散出之斷片，難窺全貌。詞學傳統亦為重要之詞學背景。當地前輩詞人的生平與遭際，往往對後人產生莫大的影響。若為後人所推崇之前輩，所造成之影響更大。就吳門詞派成員而言，他們以書畫藝術家為主要身分，從前代承接文人畫傳統過來，並加以發揚；元代文人畫四大家黃公望、吳鎮、倪瓚、王蒙之影響，是可以想見的。明初遭受迫害的吳中四杰高啟、楊基、徐賁、張羽，淒厲的下場，更是當地人之夢魘。元畫四家、吳中四杰的生平與創作，對吳門詞派成員來說，有一種詞學傳統的典型意義。不管是隱居逸世、文人題畫、情致蘊藉，都在吳門詞派中有相當程度的呈現。論詞學背景，不得不論此地之特殊文學精神。文學精神普遍表現於各種體材之中，詞是其中一種。從吳門詞人的生活型態、思維模式中，不但能夠看到文學精神的來由，而且可與其詞作相互印證。舉其要者，吳門文學精神有二：博學尚趣、本於情質。從中可以看見科舉對詞人之影響，以及詞作中遊戲尚趣、重視情感的表現。經由對吳門詞派諸詞人詞作的分析，可以發現科舉功名對其影響最深。雖然吳門詞派以隱逸山人的色彩較濃，但就其詞心而言，卻不代表他們始終絕意於仕途。祝顥和徐有貞，都是晚年方才歸隱的大臣顯宦，而徐有貞尤其心懷期待再度起用的不得意，就某種程度而言，和唐寅一樣都是不得已而隱。沈貞、沈恆、沈周，一生皆隱，彷彿天生悟解。事實上，沈周早年亦有意於功名，只是懼於明初以來的政治迫害，故不仕進。至於祝允明、文徵明，一生浮沉於功名，雖小有功名，最後卻看開功名。以上表現在詞作之中，是故有隱逸之想、科舉之痛苦。結合其行事生活，在詞中便

有兩種極端的呈現：漁父形象、仕女形象。在沈貞、沈恆詞中，漁父
形象只是純粹野處，出於世外，到了沈周筆下，變成市隱化身，當下
解脫而曠達，到了文徵明，漁父形象是晚年理想的寄託，代表他好不
容易才掙脫的仕進矛盾。人生矛盾在唐寅、文徵明詞中，轉變爲難言
之隱的閨情；仕女是自我心境的寫照。至於祝允明，逃避功名於聲色
之中，又從形而上的仕女細膩寫照，變爲形而下的風流妓女，其豔詞
寫來放浪大膽；不再迴避欲望，直接承認欲望的必要性，事實上卻是
心有所託。再者，詞作所呈現出的遊戲心態，亦值討論。姑不論徐有
貞與唐寅之文字遊戲，祝允明之豔詞即帶有相當濃厚的遊戲成分，直
接抒表當下感受，不論內容是如何大膽露骨。〈蘇武慢〉、〈鷓鴣天〉
等特定題材之作，既是懷抱著遊戲心態，又是寄寓著內心感受。題畫
之詞則是遊戲之昇華，以書、畫、詞三種體裁，綜合表現出作者的審
美情趣。文徵明的雅意清賞之詞，更體現出標準明代文人的閑適生
活。吳門詞派之倡和，主要有二：〈江南春〉、〈滿江紅〉。歷時長久的
〈江南春〉倡和，不僅表現其對於倪瓚的崇敬，更由此體現吳門詞派
成員之凝聚力，由此可以考見吳門詞派之交遊。吳門詞派成員不止塡
〈江南春〉詞，更畫「江南春」圖，且多以詞配畫，亦是題畫之詞。
文徵明最爲人所稱道的〈滿江紅・題宋思陵與岳武穆手敕墨本〉，是
與前輩沈周同時倡和的詞作，詞意亦步趨焉，並非人稱獨創誅心之
論。吳寬、祝允明，雖無詞倡和，但從相關記載，他們確曾參與題宋
思陵與岳武穆手敕墨本之盛事。

　　回顧自唐宋以降至清，在詞體方面有意以宗派自命者，嚴格說
來，是清代浙西詞派、常州詞派出現以後方有。至於悠悠詞學史上其
他所謂詞派者，大多爲近代學者所創說。試觀察唐宋詞派：以代表作
家爲名者，如南宋的稼軒詞派、姜張詞派；以地域爲名者，如五代的
南唐詞派、北宋的江西詞派；以總集爲名者，惟五代的花間詞派；以
社會階層爲名者，如南宋的江湖詞派、宋末元初的遺民詞派（一名江
西詞派）；以風格爲名者，如北宋的頹放詞派、南宋的雅正詞派。以

上種種定名，在研究範圍上，或多或少地彼此重複；也可以看出在唐宋時代，事實上並沒有嚴格意義上的詞派，而只是近代研究者的觀點投射，從而選擇了所需要的詞人群體，逐步完成的主觀論述，並非具有文獻上的客觀獨立意義。是故劉揚忠所總結出來的唐宋詞派領袖、群體、審美情趣等三項特徵，〔註 1〕充分說明了唐宋詞派研究定義上的可隨意性。與唐宋詞派的可隨意性截然不同的，清代詞派的結構嚴整，不止表現出領袖、群體、審美情趣等三項基本特徵，還將其審美情趣提煉至理論層次，更由出版總集的理念宣傳手段，鞏固並擴大了影響層面，回頭強化詞派的三項基本特徵。然而，從唐宋詞派的可隨意性到清代詞派的結構嚴整，中歷數百年，是否一蹴可幾？其間關鍵，便在於明代詞派的發展。目前所知明代詞派，除明末清初雲間詞派之外，即本文之主題：吳門詞派。要明瞭唐宋詞派與清代詞派之間的過渡，非從此二詞派入手不可。此二詞派首先最引人注目的共同特徵，便都是以地域為名的詞派。唐宋時代雖亦有以地域為名的詞派，但與明代此二詞派最大的不同在於：不論五代的南唐詞派、北宋的江西詞派等唐宋時候的詞派，詞人之間的關係不是群體範圍過小，就是彼此交遊倡和疏離，從吳門詞派開始有了進一步調整。以地域為範圍之所以改善了詞派的結構，乃從領袖與群體這兩方面來著力。由於地域之相近，詞人之間的交遊多為師承、朋友、親屬等多重關係，倡和自然增加，進而結成規模較為龐大而密切的群體，而從此群體中自然產生出來的領袖，其地位亦自較為穩固。由地域特點來發展詞派，這便是詞派之所以趨向嚴整的第一步。師承、朋友、親屬等多重關係來鞏固詞派結構，也可從後來的雲間詞派以及清代眾詞派身上看到這確實起了重要作用。吳門詞派雖然在領袖、群體等兩項基本特徵上改善了詞派結構，而其審美情趣仍停留在創作實踐的層次，未思及理論上的發揮；吳門詞派現存詞論寥寥可數，所見者亦是無多創意。而開始

〔註 1〕 劉揚忠：《唐宋詞流派史》（福州：福建人民出版社，1999 年 9 月第 1 版第 1 刷），頁 32。

做理論上的發揮，正是雲間詞派改善詞派結構的進一步發展。惟有經過了明代吳門詞派、雲間詞派的階段，逐步完善詞派結構，才有清代詞派的精緻宏壯可言。

　　近代學者探討明詞中衰的現象，曾從文體發展規律、詞樂失傳、詞體地位下降、曲化、文化氛圍之移轉、《花間集》《草堂詩餘》之流行等等方面深入研究，然眾說紛紜，莫衷一是，各自言之成理。所謂興盛與中衰，從來都是一組相對的概念。普遍存在的「明詞中衰」觀點，不僅說明的是唐宋清詞的興盛，從另一個角度而言，更說明了詞體的發展，已經從成熟的階段，進入到了瓶頸的境地。詞從原來的歌妓之詞，至蘇軾手上轉而為文人之詞，再歷經數百年的演化，到了明代，遂成為純粹的案頭文字，只是文人的抒情表思工具，與詩的功能無大差異。從吳門詞派來看，可以看到明詞的典型。在他們的作品中，題材、內容、風格包羅萬象，儘管有格調不尚的疵病，但更貼近當時文人生活的點點滴滴。其中最常見的是那些普遍存在於文人階層心中的隱逸理想；雖然由於人生經歷的不同，他們都嚮往著生命的平靜。至於情詞的寫作，亦為數不少；有文徵明、陳淳之類的含蓄與淡雅，亦有史鑑、祝允明、唐寅之類的脫放不羈。至於吳寬、王鏊、唐寅等人所寫的酬應之詞，如壽詞、旗帳詞，幾乎已經失去個人或友誼情感上的意義，反而具有更多敷衍虛應故事的成分，以及徐有貞、唐寅所作的文字遊戲之詞，也都說明了詩詞在用途上的同質化。所謂明詞中衰，並非代表有明一代詞史毫無可觀之處，而是其可觀之處更難發掘，更需要持續的研究。事物一旦成熟到了無法突破瓶頸的階段，自然衰落，此乃人世不變之理。然而明詞並非停滯不前，隨著時代推移，亦有伏流發展。蘇軾以後的文人詞，逐漸精緻，或從內容著手，擴大意境，或從形式著手，發展技巧，遂歸結而為南宋詠物詞之細膩，亦是物至其極，難出新意，這時題畫詞始盛。題畫詞在北宋時即有，南宋時漸多，元明以後始大行其道。詠物詞與題畫詞，處理的都是外界凡物與內在詞心的統一融洽，其間差異，則在於題畫詞所題之畫，在

精神層次上較詠物詞所詠之物更加一層。尤其是文人畫，題畫詞所題之畫本身便具有文化意義，不同於詠物詞所詠之物終究只是無知之物。詠物詞與所詠之物兩者之關係是單向的；題畫詞與所題之畫兩者之關係是雙向的。題畫詞與所題之畫之間，不僅彼此會通，尚互相補充。題畫詞在吳門詞派作品中是常見的題材。題畫詞的普遍，幾垺於題畫詩，又反證了詩詞的同質性，還將文人之詞向前推進一步，更加純粹地文人化。吳門詞派乃是一個以藝術家為主的流派，從中可看見題畫詞使得詞體更為文人化的典型文化現象；並挾其在藝術史上的莫大地位，或深或淺地影響著後代文人。後代文人往往以文學、書法、繪畫為擅場，並以之自命風雅，而題畫詞在清代大暢其流，自然也不令人覺得奇怪了。

　　這一本論文猶仍存在著許多不足和缺憾。譬如吳門詞派與中晚明詞壇之關係。從王世貞的著作中，可以考見與文徵明曾有一些交遊關係，但相互之影響如何，未見學者研究，有待考察。何良俊《四友齋叢說》中，亦有論詞部份，顯示出當時的一部分詞學觀。文徵明與何良俊之交遊，似比王世貞熱絡，曾有詩贈之；而與其他人交遊關係又如何，亦有待查考。晚明錢允治編、陳仁錫釋《類編箋釋國朝詩餘》，為一部重要的明代詞選。錢允治即錢穀之孫，陳仁錫即陳淳之孫，均是吳門後人。《類編箋釋國朝詩餘》之編纂，究竟體現了多少程度的吳門詞學觀點，亦值得進一步研究。在題畫文學的研究中，大部分以研究題畫詩為主，尚未見專論題畫詞者，是為研究之一大空間。書畫史上著名的徐渭、董其昌等人，為沈周、文徵明以後重要的文人畫大家，亦有題畫詞，前後是否有所影響？從〈江南春〉來看，後代作〈江南春〉與「江南春圖」者，不乏其人，其間的傳承情形又如何？吳門詞派從徐有貞開始，詞即帶有曲化的意味。後來在沈周詞中，漸漸顯露，至於帶有社會商業氣息的祝允明、唐寅，以曲為詞的傾向更為明顯。在題材上，通俗、大眾化，在文句上，淺直、白話。與其稱為曲化，不如說是進一步的詩化，及詩、詞、曲的合流。不論是詩、詞、

曲，對他們來說，除了在格律上的要求不相同之外，都只是一種具以抒情的文學體裁，故其表現在實際創作上，便是詩、詞、曲文字風格的極度接近，而題材內容同樣地富於變化多元。曲化似是表達相應內容的必然結果，即使蘇軾詞亦然。然而，明詞或吳門詞派的曲化，與宋詞的俗化之間，又有什麼異同參照之處？以上都是筆者未來持續努力的方向。

附錄：吳門詞派作品校箋

凡　例

一、 本附錄所收錄之範圍，包括本論文所討論之吳門詞派各詞人詞作。收錄詞人案序爲：祝顥、徐有貞、沈恆、沈周、史鑑、吳寬、王鏊、楊循吉、祝允明、唐寅、文徵明、蔡羽、徐禎卿、陳淳、王守、王寵、陸治、皇甫涍、文彭、王穀祥、文嘉、袁褒、文伯仁、彭年、錢穀、陸師道、顧岭、袁表、袁裘、袁褧、袁裒、文肇祉。

二、 本附錄之體例，按詞牌、詞題、詞序、詞作、出處、校、箋、編年等項目排列，並據實際需要，加入案語。

三、 詞作可編年者，按創作時間先後順序排列。

四、 校之部分，列出異文及其出處。異體字、俗體字、古今字、通假字，不另出校。

五、 箋之部分，列出有關詞作之資料、評語，不作典故說明。

六、 編年之部分，簡要說明創作時間，以及據以編年之由。

七、 本校箋所引用之書目，與本文之參考書目并列，不再贅述。

祝顥詞校箋凡三闋

1. 漁家傲　追和范文正公題塞垣　二闋　其一

古往今來人事異。誰能解說防胡意。邊患從來緣釁起。青史裏。玉關曾羨賢君閉。　漫築長城遮萬里。蕭墻不守非良計。試看和親并拓地。如醉寐。李陵臺下昭君淚。　　《侗軒集》卷二，頁 19 下　《全明詞》冊一，頁 261

【校】

〔蕭墻不守非良計〕「蕭」字，《全明詞》作「簫」字，當誤。據《論語・季氏》孔子云：「今由與求也，相夫子，遠人不服而不能來也；邦分崩離析，而不能守也；而謀干戈於邦內。吾恐季孫之憂，不在顓臾，而在蕭墻之內也。」改正爲「蕭」字。

【編年】

此二闋詞，當爲祝顥仕宦山西時所作。從第一闋末句引用李陵、王昭君悲劇典故，暗喻于謙來看，詞當作於天順元年（1457）明英宗復辟之後、天順八年（1464）致仕之前。

2. 漁家傲　其二

夷夏從來疆域異。皇城最得安攘意。鐵嶺遙從葱嶺起。俱腹裏。邊城到處何曾閉。　煙火桑麻彌萬里。安生樂業成家計。燕頷將軍環信地。高枕寐。嬌姿不灑崩城淚。　　《侗軒集》卷二，頁 19 下～20 上　《全明詞》冊一，頁 261

3. 踏莎行　沈同齋舟中，贈小妓綵雲

花嶼初分，蘭舟重駐。綵雲驀地來何處。當筵欲下又悠揚，盈盈似怕人留住。　艷似桃花，輕如柳絮。東風勾引還飛去。陽臺回首杳無蹤，多情宋玉空留句。　　《侗軒集》卷二，頁 20 上　《全明詞》冊一，頁 262

【編年】

此詞當作於祝顥致仕之後、隱遊吳門之時，即天順八年（1464）

至成化十九年（1483）間。

徐有貞詞校箋凡十闋

1. **桂枝香**　辛卯重陽，天平登高作，示兒子世良及壻蘊章

　　登高勝事。此會比常年，倍多佳趣。舉子初回，且喜見兒和壻。況是清秋好天氣。十分情、十分景致。奇峰千疊，淡雲一抹，恰似素綃籠翠。　　黃花也、自知時序。故向霜前，半開半閉。開閉之間，又是一番新意。罍來豪傑今存幾。休管他、陶醒孟醉。不如與箇，風流謝傅，東山遊戲。　　《雞窗叢話》，頁 29 上　　《明詞彙刊》本《類編箋釋國朝詩餘》冊下，卷五，頁 1534 上　　《全明詞》冊一，頁 262

【校】

　　〔況是清秋好天氣〕《類編箋釋國朝詩餘》作「況是清秋天氣」。

　　〔恰似素綃籠翠〕《類編箋釋國朝詩餘》作「恰是素綃籠翠」。

　　〔休管他、陶醒孟醉〕《類編箋釋國朝詩餘》作「休管他、佯醒若醉」。

【編年】

　　徐有貞詞皆爲天順四年（1460）赦歸吳門後所作，然惟有此詞得以編年。據詞序，此詞當作於成化七年（1471）九月九日。當作於 1461 年，疑爲翁廣平誤鈔或刊刻之誤。

2. **如夢令**　歲寒意

　　桃李溪空如掃。何處去尋芳草。蕙也化爲茅，誰與歲寒相保。休惱。休惱。尚有梅花伴老。　　《雞窗叢話》，頁 29 上　　《全明詞》冊一，頁 262

【校】

　　〔詞牌〕《雞窗叢話》作「又」。

　　案：《雞窗叢話》作「又」，則詞牌與上闋相同，即〈桂枝香〉。然格律顯然不合，當爲〈如夢令〉。

3. 玉漏遲　暮春寄感

　　東君將去也，有誰知得，一些消息。挽不回來，恨殺柳條無力。紅紫紛飛，但連天芳草，斷人行跡。堪歎哄。歸燕迷巢，遺雛未翼。　　想是花萼樓空，比南內、更加愁寂。春鎖重門，不管落花狼籍。高樹半遮西日，雲破處、遠山微碧。天咫尺。多少相思相憶。　　《雞窗叢話》，頁 29 上～29 下　　《全明詞》冊一，頁 263

【校】

　　〔堪歎哄〕《全明詞》：「『哄』疑誤，此處應韻。」

　　案：「哄」，疑即「嗊」字之誤刻、翁廣平誤鈔

4. 千秋歲引　詞意同前

　　風攪柳綿，雨揉花纈。早過了、清明時節。新來燕子語何多，老去鶯兒飛未歇。鞦韆院，蹴踘場，人蹤絕。　　踏青拾翠都休說。是誰走馬章臺雪。是誰簫弄秦樓月。從前已自無情緒，可奈而今更離別。一回頭，人千里，腸百結。　　《雞窗叢話》，頁 29 下　　《明詞彙刊》本《類編箋釋國朝詩餘》冊下，卷三，頁 1518 上　　《草堂詩餘新集》卷三　　《精選古今詩餘醉》卷二，頁 87～88　　《蘭皋明詞匯選》卷五，頁 117　　《御選歷代詩餘》卷五十，頁 259 上　　《詞律》卷十，頁 196 上　　《明詞綜》卷二，頁 17　　《全明詞》冊一，頁 263

【校】

　　〔詞題〕《類編箋釋國朝詩餘》、《草堂詩餘新集》、《蘭皋明詞匯選》作「暮春書感」。《精選古今詩餘醉》作「春暮」。《御選歷代詩餘》無詞題。

　　〔風攪柳綿〕《類編箋釋國朝詩餘》、《精選古今詩餘醉》、《蘭皋明詞匯選》、《御選歷代詩餘》、《明詞綜》作「風攪柳絲」。

　　〔老去鶯兒飛未歇〕《類編箋釋國朝詩餘》、《精選古今詩餘醉》、《蘭皋明詞匯選》、《御選歷代詩餘》、《詞律》、《明詞綜》作「老去鶯花飛未歇」。

　　〔是誰走馬章臺雪〕《御選歷代詩餘》作「是誰馬走章臺雪」。

　　〔從前已自無情緒〕《御選歷代詩餘》作「從前已是無情緒」。

案：《全明詞》兩出此詞，分屬徐有貞、徐元玉，乃誤，殊不知元玉即徐有貞字。

【箋】

〔明〕沈際飛《草堂詩餘新集》卷三云：「佳對不羨花落燕歸之工。」

〔清〕顧璟芳、李葵生、胡應宸《蘭皋明詞匯選》卷五，李葵生云：「鮮活無滯，筆重者不敢厝手。」

5. 臨江仙　對景寫懷

歲歲看花看不厭，與花似有因緣。一尊相對且留連。花有重開日，人無再少年。　關情最是花間月，陰晴圓缺堪憐。時光有限意無邊。安得人長老，花長好、月長圓。　《雞窗叢話》，頁 29 下　《明詞彙刊》本《類編箋釋國朝詩餘》冊下，卷三，頁 1508 下　《草堂詩餘新集》卷三　《全明詞》冊一，頁 263

【校】

〔與花似有因緣〕《類編箋釋國朝詩餘》作「與花似有姻緣」。

【箋】

〔明〕沈際飛《草堂詩餘新集》卷三云：「感慨矣，不待終篇。」「千古道理直說之，做作便低。」

6. 如夢令

春意欲透未透。悶把野梅頻嗅。正自不禁寒，更那堪、風僝雨僽。將就。將就。還有晴明時候。　《雞窗叢話》，頁 29 下　《全明詞》冊一，頁 263

7. 中秋月　八月望夕賞月之作。調寓唐人〈憶秦娥〉，譜為連環格，因首尾句，易名〈中秋月〉云。

中秋月。月到中秋偏皎潔。偏皎潔。知有多少，陰晴圓缺。　陰晴圓缺都休說。且喜人間好時節。好時節。願得年年，常見中秋月。

《雞窗叢話》，頁 29 下～30 上　《逸老堂詩話》卷下　《全明詞》，頁 263

【箋】

〔明〕俞弁《逸老堂詩話》卷下云：「又見賦中秋月一闋……（詞略）天全文集中皆不載，是以知散逸詩文尤多。」

8. 滿庭芳　明古載酒過余，飲間偶及詞話，因書此數闋與之。天全翁有貞

水長新波，山橫爽氣，朝來宿雨初晴。動人清興，紫翠眼中明。天也教吾快活，要遊處、便與完成。最好是，一峰送過，又見一峰迎。　　有舟中絃管，車前歌吹，隨飲隨行。路旁人覷了，還笑還驚。道是神仙來也，不道是個老儒生。知誰解，浮沈綠野，裴度晚年情。　　《雞窗叢話》，頁 30 上　《明詞彙刊》本《類編箋釋國朝詩餘》冊下，卷四，頁 1521 下　《草堂詩餘新集》卷四　《精選古今詩餘醉》卷二，頁 109　《全明詞》冊一，頁 263

【校】

〔詞題〕《類編箋釋國朝詩餘》、《草堂詩餘新集》作「春日遊天平山」。《精選古今詩餘醉》作「春遊天平山」。

〔山橫爽氣〕《類編箋釋國朝詩餘》、《精選古今詩餘醉》作「山橫青氣」。

〔又見一峰迎〕《類編箋釋國朝詩餘》、《精選古今詩餘醉》作「又是一峰迎」。

〔車前歌吹〕《類編箋釋國朝詩餘》、《精選古今詩餘醉》作「車前鼓吹」。

【箋】

〔明〕王世貞《弇州山人四部稿》卷一百三十一〈跋徐天全詞〉云：「天全翁自金齒還吳十餘年，多游吳中諸山水，醉後輒作小詞，宛然晏元獻、辛稼軒家語，風流自賞。詞成，輒復爲故人書之，書法遒勁縱逸，得素師屋漏痕法。此卷盖以貽吳江史明古者。詞筆俱合作，後有吳文定、沈啓南二跋，亦可寶也。」

〔明〕沈際飛《草堂詩餘新集》卷四云：「想甚欣然。」「設云一峰峰，天趣即減。」「絃管可也，鼓吹何爲？老儒生句自招。」「天全

以裴晉公自比，志違埃霧，福不如之，今議天全者頗刻，要非公論。」

9. 臨江仙

心緒悠悠隨碧浪，良宵空鎖長亭。丁香暗結意中情。月斜門半掩，才聽斷鐘聲。　　耳畔盟言非草草，十年一夢堪驚。馬蹄何事到神京。小橋松徑密，山遠路難憑。　　《逸老堂詩話》卷下

【箋】

〔明〕俞弁《逸老堂詩話》卷下：「近見天全翁徐武功墨跡一卷于友人家，筆劃遒勁可愛，其詞……（詞略）其詞句句首尾字相連續，故名之曰『玉連環』。想此體格自天全翁始。」

10. 水龍吟慢

佳麗地、是吾鄉，西山更比東山好。有罨畫樓臺，金碧巖扉，仿佛十洲三島。卻也有、風流安石，清真逸少。向望湖亭畔，西施洞口，天光雲影，上下相涵相照。似寶鏡裏，翠蛾妝曉。　　且登臨、且談笑。眼前事、幾多堪弔。香逕踪銷，屧廊聲杳。麋鹿還遊未了。也莫管、吳越興亡，為他煩惱。是非顛倒，古與今、一般難料。笑宦海風波，幾人歸早。　　得在家中老。遇酒美花新，歌清舞妙。盡開懷抱。又何須、較短量長，此生心、應自有天知道。醉呼童、更進餘杯，便拚得、到三更乘月回仙棹。　　《西園聞見錄》卷二十一　　《逸老堂詩話》卷下

【校】

〔詞牌〕《西園聞見錄》、《逸老堂詩話》作「水龍吟」。

案：沈周有〈水龍吟慢‧和武功先生韻〉，韻腳與此相同。此為徐有貞之創調，係將〈水龍吟〉原調加填一疊而成。因其不同於原調，宜據王世貞〈跋靈巖勝游卷〉，加一「慢」字。

〔向望湖亭畔，西施洞口，天光雲影，上下相涵相照〕《西園聞見錄》作「向西施洞口，望湖亭畔，對雲影天光，上下相涵相耀」。

〔翠蛾妝曉〕《西園聞見錄》作「翠蛾妝照」。

〔屧廊聲杳〕《西園聞見錄》作「屟廊聲香」。

〔為他煩惱〕《西園聞見錄》作「為煩惱」。

〔笑宦海風波〕《西園聞見錄》作「嘆宦海風波」。

〔盡開懷抱〕《西園聞見錄》作「儘開懷抱」。

〔醉呼童、更進餘杯，便拚得、到三更乘月回仙棹〕《西園聞見錄》作「醉呼童、進餘杯，更酌得、到三更乘月回仙棹」。

【箋】

〔明〕王世貞《弇州山人四部稿》卷一百三十一〈跋天全翁卷〉云：「右前一紙爲聯句詩，僅失詩題耳。後一脣爲〈水龍吟曼〉句詞，半已不全。皆天全翁手筆，故特存之。人謂翁書由米顛來，非也。其遒放波險，全得長沙面目，神彩風骨，亦自琅琅，惜結體少疎耳。」

〔明〕王世貞《弇州山人四部稿》卷一百三十一〈跋靈巖勝游卷〉云：「天全先生游靈巖，作此詞，寓〈水龍吟慢〉，已載郡乘中。此卷爲劉以則書者。以則，靈巖之東道主也。其詞不盡按格，而雄逸伉爽，時一吐洩，居然有王大將軍塵尾擊唾壺態。書筆勝法，亦徃徃稱是。卷首沈啓南畫，足爲茲山傳神。劉西臺、祝恭暄、錢學士，皆有書名者，獨桑民懌以文自豪，而語不甚稱，爲可怩也。」

〔明〕張萱《西園聞見錄》卷二十一云：「徐公有貞自金齒赦歸，放迹湖山，縱情烟霞之賞，妓樂歌嘯，風趣超逸，輝照岩谷。望之若眞仙下游，古賢復出。然念念朝廷，恆懷隱憂。平生意氣所寄，复存物外，探祕剔幽，莫非奇致。嘗買地包山之岨，有冲昇之想焉。性喜夜燈與客坐與徹曙，無倦狀。或孤步選勝，若有遇奇流至人下視，汗濁糠秕如澆。及曹、石敗，自號天全居士。以山水爲樂，遊靈岩小寺，調〈水龍唫〉詞云……（詞略）此天全歸田時自慰之作也。」

〔明〕俞弁《逸老堂詩話》卷下云：「武功伯徐公，天順間遭讒被逐，放歸田里，自號天全翁。與杜東原、陳孟賢諸老登臨山水爲適，不駕官船，惟幅巾野服而已。所至名山勝境，賦咏竟日忘倦，或塡詞曲以侑觴，其風流儀度，可以想見。其游靈岩〈水龍吟〉詞……（徐有貞詞略）。此詞膾炙人口，盛傳于世。公年六十六而卒，墓在吳縣玉遮山。吳文定公有詩吊之云：『眾口是非何日定，老臣功罪有

天知。』」

〔清〕蔡澄《雞窗叢話》云：「石田先生以詩文書畫重於世，而倚聲爲小詞，亦蘇辛之勁敵也。其題徐武功自書詞後曰：『……（沈周詞略）武功先生諸詞慷慨激烈，歌之風生江動，可見其胸抱如此。濟之妙草，字字飛舉，信爲後輩師法。德徵徵題，塡〈滿江紅〉一闋，在寫先生之所以進退者，殊不顧於形穢矣。後學沈周敬題。』又有匏庵先生跋，亦佳，云：『長短句莫盛於宋人，若我鄉天全翁，其庶幾者也。翁自蒙賜環後，放情山水，有所感歎，悉於詞發之。既沒，而前輩風流文采寥寥乎不可見矣。明古舊爲翁所知愛，得此數篇，示余於光福舟中。酒酣相與歌一二闋，山風水月，有不勝其慨然者矣。』吳寬題此冊徐武功書贈史明古者，余於吳城骨董肆見之，詞既淋漓感慨，草法亦復怪偉飛動，眞可寶貴也。惜余僅錄其沈、吳二題，未錄武功之詞。蓋此數闋，《武功集》中所無有也，今不知爲何人所藏云。」此段文字之後，又有翁廣平爲之注云：「平憶三十年前，吾里有施姓者，藏此冊。黃溪史體仁，明古後裔也。欲以米三石易之，而不果。後二十年，里中吳餘莊得之，出以示余，因得盡錄之附此。卷首有四篆書，書後有石田題詞、匏翁跋。……（徐有貞詞略）」

沈恆詞校箋凡一闋

1. 一剪梅　題畫

此老粗疏一釣徒。服也非儒。狀也非儒。生來多爲酒糊塗。朝也邨沽。暮也邨沽。　　胸中文墨半些無。名也何圖。利也何圖。烟波染就白髭鬚。生也江湖。死也江湖。　　《石田先生詩鈔》卷八，頁3下　《珊瑚網》卷三十六　《式古堂書畫彙考》卷五十五　《浪跡叢談》卷九　《湖州詞徵》《詞話叢編》本《賭棋山莊詞話》冊四，卷五，頁3383　《明詞彙刊》本《石田詩餘》冊下，頁1238下　《全明詞》冊一，頁319、冊六，頁3044

【校】

〔生來多爲酒糊塗。朝也邨沽。暮也邨沽〕《珊瑚網》、《式古堂

書畫彙考》、《浪跡叢談》、《湖州詞徵》、《賭棋山莊詞話》、《全明詞》
冊六作「年來只爲酒糊塗」，「沽」字作「酤」。

〔生也江湖。死也江湖〕《珊瑚網》、《式古堂書畫彙考》、《浪跡
叢談》、《湖州詞徵》、《賭棋山莊詞話》、《全明詞》冊六作「出也江湖。
處也江湖」。

【箋】

〔明〕汪砢玉《珊瑚網》卷三十六，沈恆題款：「……（沈恆詞
略）時雨方霽，窹寐北窗，展玩古法書名筆，聊爲作此，贈誠庵老友
一笑。沈恆。」

〔清〕卞永譽《式古堂書畫彙考》卷五十五，沈恆題款：「……
（沈恆詞略）時雨方霽，窹寐北窗，展玩古法書名筆，聊爲作此，贈
誠庵老友一笑。沈恆。」

〔清〕梁章鉅《浪跡叢談》卷九：「《式古堂畫考》載沈貞吉、恆
吉山水兩種。貞吉名貞，字南齋，又字陶庵，又號陶然道人。其弟恆
吉，名恆，字同齋，號緄庵，即啓南之父也。他書即以貞吉、恆吉爲
名，誤矣。貞吉自題畫云：『……（詞略）八十三翁沈貞，題于有竹
居。』恆吉自題畫云：『……（詞略）時雨方霽，窹寐北窗，展玩古
法書名筆，聊爲作此，贈誠庵老友一笑。沈恆。』觀此，知啓南以詞
畫名家，淵源有自。啓南壽至八十三，其父恆吉亦六十有九，貞吉則
題畫之年已八十三，一家老壽，所謂煙雲供養者，良不虛乎！」

〔清〕謝章鋌《賭棋山莊詞話》卷五：「沈啓南父恆吉，名恆，
字同齋，號緄庵。題畫云：『……』（詞略）調爲〈鵲橋仙〉。其伯貞
吉，名貞，字南齋，又字陶庵，又號陶然道人。自題小影云：『……』
（詞略）調爲〈一剪梅〉。啓南風雅，淵源有自矣。此詞《明詞綜》
失載。」

案：謝章鋌《賭棋山莊詞話》誤將沈貞、沈恆詞互植。

案：《石田先生詩鈔》、《明詞彙刊》本《石田詩餘》、《全明詞》
冊一均將此詞歸屬沈周，當據《珊瑚網》、《式古堂書畫彙考》、《浪跡

叢談》、《湖州詞徵》、《賭棋山莊詞話》、《全明詞》冊六，將作者乙正爲沈恆。

沈周詞校箋凡四十一闋

1. 人月圓　題采菱圖

　　菱湖女子棱船小，清水映江。風流何似，花間翡翠，錦上鴛鴦。　　爲翻綠蓋，誤拈紫角，纖指微傷。看他去也，一聲高唱，十里斜陽妝。　　　《文人畫粹編》「採菱圖」　《全明詞》冊一，頁 323

【校】

　　　〔清水映江〕《全明詞》作「清水映江」。

　　　〔十里斜陽妝〕《全明詞》作「十里斜陽妝」。

　　案：《沈周年譜》云：「（《文人畫粹編》）「清水映江」作「清水映紅妝」，妝字漏書，補於詞末。」當如是！

【箋】

　　　《文人畫粹編》「採菱圖」題款：「右此紙寫自丙戌夏五，秋九日雨中，復塡〈人月圓〉一闋，以寄孤興云。」

【編年】

　　　據「採菱圖」題款，本詞作於成化二年（1466）九月九日。

2. 青玉案　因劉完庵臥病，感舊而作

　　去年春色西湖路。憶與美人尋去路。今日江南春又度。回頭人事，可憐堪歎，不及春如故。　　劉郎臥病無情緒。寂寞桃花落紅雨。看取浮生能幾許。及時須樂，得閒須醉，莫爲忙時誤。　《石田稿》《石田先生詩鈔》卷八，頁 1 上　《明詞彙刊》本《石田詩餘》冊下，頁 1237 下　《全明詞》冊一，頁 317

【校】

　　　〔憶與美人尋去路〕《石田先生詩鈔》作「憶與美人尋去」。《全明詞》：「此『路』字複，疑當作『處』。」

　　案：不止「路」字重複，「去」字亦重複，前後迴環，可見有意

重複，由此可以紓解《全明詞》之疑慮。

【箋】

　　《石田先生詩鈔》詞末小註：「成化壬辰」。

【編年】

　　據《石田先生詩鈔》詞末小註，本詞作於成化八年（1472）。

3. 滿江紅　題徐武功自書詞後

　　數闋高篇，寓多少、憂悲愉懌。怕臨窗、一番歌處，一番沾臆。扶日擎天樞閣手，千山萬水滇池跡。信君恩、未可恃長存，還消息。　　人去也，天南北。人雖在，天咫尺。總浮雲滿眼，此心難隔。雨露新環銜鳳口，風雲歸路開鵬翼。好家山、何故又仙游，華胥國。　　《雞窗叢話》，頁 28 上　《明詞彙刊》本《類編箋釋國朝詩餘》冊下，卷四，頁 1519 下～1520 上　《全明詞》冊一，頁 322

【校】

　　〔詞題〕《類編箋釋國朝詩餘》作「題武功先生詞」。

　　〔信君恩、未可恃長存〕《類編箋釋國朝詩餘》卷四作「信君恩、未可恃長荷」。

　　〔人雖在〕《類編箋釋國朝詩餘》作「人雖遠」。

　　〔天咫尺〕《類編箋釋國朝詩餘》作「天只尺」。

　　〔雨露新環銜鳳口〕《類編箋釋國朝詩餘》作「雨露新環銜鳳沼」。

【箋】

　　〔清〕蔡澄《雞窗叢話》云：「石田先生以詩文書畫重於世，而倚聲為小詞，亦蘇辛之勁敵也。其題徐武功自書詞後曰：『……（沈周詞略）武功先生諸詞慷慨激烈，歌之風生江動，可見其胸抱如此。濟之妙草，字字飛舉，信為後輩師法。德徵徵題，填〈滿江紅〉一闋，在寫先生之所以進退者，殊不顧於形穢矣。後學沈周敬題。』又有匏庵先生跋，亦佳，云：『長短句莫盛於宋人，若我鄉天全翁，其庶幾者也。翁自蒙賜環後，放情山水，有所感歎，悉於詞發之。既沒，而

前輩風流文釆寥寥乎不可見矣。明古舊爲翁所知愛，得此數篇，示余於光福舟中。酒酣相與歌一二闋，山風水月，有不勝其慨然者矣。』吳寬題此冊徐武功書贈史明古者，余於吳城骨董肆見之，詞既淋漓感慨，草法亦復怪偉飛動，眞可寶貴也。惜余僅錄其沈、吳二題，未錄武功之詞。蓋此數闋，《武功集》中所無有也，今不知爲何人所藏弄云。」此段文字之後，又有翁廣平爲之注云：「平憶三十年前，吾里有施姓者，藏此冊。黃溪史體仁，明古後裔也。欲以米三石易之，而不果。後二十年，里中吳餘莊得之，出以示余，因得盡錄之附此。卷首有四篆書，書後有石田題詞、匏翁跋。……（徐有貞詞略）」

【編年】

據「好家山、何故又仙游，華胥國」兩句句意，此詞當作於徐有貞辭世後不久，故繫爲成化八年（1472）。

4. 蘇武慢　五十初度自述，時丙申年　二闋　其一

細數流年，今年五十，華髮滿頭如縷。歲月崢嶸，吾生老矣，壽夭一從天與。可否朋儕，浮沉鄉里，亦不縈心于此。漫酣時、高臥高歌，管甚饑鳶腐鼠。　　況自有、數卷殘書，三間茅宇，門外竹陰無暑。牧子誰何，耕夫爾汝，此意渾然如古。谿山佳處，抹月批風，有手信憑多取。人休問、前頭往事，夢裏幾番風雨。　　《石田稿》　《石田先生詩鈔》卷八，頁1上～1下　《明詞彙刊》本《石田詩餘》冊下，頁1237下　《明詞彙刊》本《古今詞匯二編》冊下，卷四，頁1595下　《全明詞》冊一，頁317

【校】

〔詞牌〕《石田先生詩鈔》、《明詞彙刊》本《石田詩餘》作「蘇武漫」。案：當爲誤刻。

〔五十初度自述，時丙申年〕《古今詞匯二編》作「初度自述」。

〔亦不縈心于此〕《石田先生詩鈔》作「亦不庸心于此」。

〔管甚饑鳶腐鼠〕《古今詞匯二編》作「管甚饑鳶舞鼠」。

【編年】

據詞題，此二闋詞當作於成化十二年（1476）十一月二十一日。

5. 蘇武慢　其二

伯玉是非，買臣富貴，到我全然莫曉。苴褐芒鞋，藜羹糲飯，落得一生溫飽。鳳馭鸞驂，碧城瑤島，豈是滄洲吾道。數篇詩、乘壺之酒，亦可長生不老。　　鎮日地、小小巖扉，縈縈石徑，儘有松風來掃。午睡蕾騰，餘醒尚在，可奈落花啼鳥。十分春色，知消多少，何暇為他煩惱。且追隨、流水行雲，有箇自然之妙。　　《石田集》　《石田先生詩鈔》卷八，頁1下～2上　《明詞彙刊》本《石田詩餘》冊下，頁1237下～1238上　《全明詞》冊一，頁317

【校】

〔鳳馭鸞驂〕《明詞彙刊》本《石田詩餘》、《全明詞》作「鳳叔鸞驂」。

〔十分春色〕《石田先生詩鈔》作「十□春色」。

〔有箇自然之妙〕《石田先生詩鈔》作「有箇□然之妙」。

6. 南鄉子　遣興

天地一癡仙。寫畫題詩不換錢。畫債詩逋忙到老，堪憐。白作人情白結緣。　　無興最今年。浪拍茅堂水浸田。筆硯只宜收拾起，休言。但說移家上釣船。　　《石田集》　《石田先生詩鈔》卷八，頁2上　《明詞彙刊》本《古今詞匯二編》冊下，卷二，頁1572上～1572下　《式古堂書畫彙考》卷二十四　《御選歷代詩餘》卷三十三，頁175中　《詞苑粹編》卷十六　《明詞彙刊》本《石田詩餘》冊下，頁1238上　《全明詞》冊一，頁318

【校】

〔詞題〕《式古堂書畫彙考》作「寄南村張處士」。

〔詞序〕《詞苑粹編》引《石田集》作「年來索詩畫者坌集，疲於酬應。因戲作南鄉子一闋。」

〔白作人情白結緣〕《詞苑粹編》作「自作人情白結緣」。

〔浪拍茅堂水浸田〕《式古堂書畫彙考》作「浪泊茅堂水漫田」。

【箋】

《石田先生詩鈔》詞末小註：「辛丑」。

【編年】

　　據《石田先生詩鈔》詞末小註，本詞作於成化十七年（1481）。

7. 水龍吟慢　和武功先生韻

　　前〈水龍吟〉詞一闋，蓋天全先生游靈岩而作。先生自謂超妙，嘗書示周一紙，此作其副本也，今歸恥齋所。先生觀化已十年，予每登山臨水，輒歌此詞，若見先生於乘風御氣之間。招之不得，涕淚隨之，先生亦必知周於冥冥中也。恥齋求予文綾著色小景，補爲引首，連裝成卷，因妄賡其韻，以寄懷賢之思。

　　富貴夢、勘成空，見何人、保得終身好。趁名逐功成，力健筋強，別卻鳳洲麟島。不肯做、潦倒三孤，龍鍾三少。拴條玉帶，抱雙芒屨，儘辦得風流，又是桑榆斜照。比及要眠，早驚天曉。　　鳥無聲、花無笑。舊遊地、豈堪來弔。黃鶴難招，白雲俱杳。多少閒緣未了。迨把酒、重唱遺詞，水冤山惱。子期堪鑄，也煞將、黃金爲料。固視死如歸，未應能早。　　想厭凡間老。去觀化冥虛，歸眞沖妙。無形相抱。在天上、御氣乘風，憺逍遙、端得至人之道。只除他、千載思鄉，或者在、洞庭月下逢仙棹。　　《石田先生詩鈔》卷八，頁 2 下～3 上　《明詞彙刊》本《石田詩餘》冊下，頁 1238 上～1238 下　《全明詞》冊一，頁 318

【校】

　　〔詞牌〕《全明詞》：「此詞係將〈水龍吟〉調擴充成另一體。〈水龍吟〉本調一百二字，此詞一百七十六字。」

　　案：徐有貞有〈水龍吟慢〉（佳麗地、是吾鄉），即沈周所追和者。此爲徐有貞之創調，係將〈水龍吟〉原調加塡一疊而成。因其不同於原調，宜據王世貞〈跋靈岩勝游卷〉，加一「慢」字。

　　〔詞序〕「補爲引首，連裝成卷」，《明詞彙刊》本《石田詩餘》、《全明詞》作「補爲引首連裝卷」。

【箋】

　　〔明〕王世貞《弇州山人四部稿》卷一百三十一〈跋靈巖勝游卷〉云：「天全先生游靈巖，作此詞，寓〈水龍吟慢〉，已載郡乘中。

此卷爲劉以則書者。以則，靈巖之東道主也。其詞不盡按格，而雄逸
伉爽，時一吐洩，居然有王大將軍塵尾擊唾壺態。書筆勝法，亦往往
稱是。卷首沈啓南畫，足爲茲山傳神。劉西臺、祝恭暄、錢學士，皆
有書名者，獨桑民懌以文自豪，而語不甚稱，爲可恮也。」

　　《石田先生詩鈔》卷八詞末小註：「壬寅」。

【編年】

　　據詞序「先生觀化已十年」，徐有貞死於成化八年，則此詞當作
於明憲宗成化十八年（1482）。

8. 鷓鴣天　自遣

　　頭髮毿毿積漸彫。詩逋畫欠未句消。大都教我生勞碌，一半因它
解寂寥。　　山澹澹，水迢迢。門前秋色自天描。清風儘許奚囊括，
明月還憑拄杖挑。　　《石田先生詩鈔》卷八，頁 3 下　《明詞彙刊》本《古今詞
匯二編》冊下，卷二，頁 1569 下　《御選歷代詩餘》卷二十八，頁 151 中　《明詞彙刊》
本《石田詩餘》冊下，頁 1238 下　《全明詞》冊一，頁 319

【校】

　　〔頭髮毿毿積漸彫〕《御選歷代詩餘》作「頭髮鬖鬖積漸彫」。
　　〔門前秋色自天描〕《古今詞匯二編》作「門前秋色白天描」。
　　〔清風儘許奚囊括〕《古今詞匯二編》作「清風儘許奚囊拈」。

【箋】

　　《石田先生詩鈔》卷八詞末小註：「壬寅」。

【編年】

　　據《石田先生詩鈔》詞末小註，本詞作於成化十八年（1482）。

9. 浪淘沙　題畫白牡丹

　　雨細又風斜。春在誰家。教人寂寞認天涯。閣酒關門無況味，何
處尋花。　　玉貌憶籠紗。夢裏繁華。今年情比去年差。便把娉婷追
上紙，終莫如他。　　《石田先生詩鈔》卷八，頁 4 上　《明詞彙刊》本《石田詩
餘》冊下，頁 1239 上　《全明詞》冊一，頁 319

【校】

　　〔詞牌〕《石田先生詩鈔》作「浪陶沙」。

【箋】

　　《石田先生詩鈔》詞末小註：「癸卯」。

【編年】

　　據《石田先生詩鈔》詞末小註，本詞作於成化十九年（1483）。

10. 臨江仙　題妓林奴兒畫

　　舞鬟歌聲都摺起，丹青留箇芳名。崔徽楊妹省前生。筆愁煙樹杳，屏恨晚山橫。　　描得出風流意思，愛他紅粉兼清。未曾相見儘關情。只憂相見日，花老怨鴛鴦。　　《石田先生詩鈔》卷八，頁 4 上～4 下　《金陵瑣事》卷三　《明詞彙刊》本《石田詩餘》冊下，頁 1239 上　《全明詞》冊一，頁 319

【箋】

　　〔明〕周暉《金陵瑣事》卷三：「林奴兒風流姿色，冠於一時。學畫於史廷直、王元父二人，筆最清潤。沈周〈臨江仙〉題林奴兒畫云：『……』（詞略）。」

　　《石田先生詩鈔》卷八詞末小註：「丙午」。

【編年】

　　據《石田先生詩鈔》詞末小註，本詞作於成化二十二年（1486）。

11. 臨江仙　嘲友

　　深院曉寒春料峭，惱人叫地風生。桃花零亂杏縱橫。東墻要出，留煞也無情。　　索性從他明白去，開門打破愁城。強拈春酒背花傾。黃鸝薄相，又作斷腸聲。　　《石田先生詩鈔》卷八，頁 4 下　《明詞彙刊》本《石田詩餘》冊下，頁 1239 上　《全明詞》冊一，頁 320

【箋】

　　《石田先生詩鈔》詞末小註：「丁未」。

【編年】

　　據《石田先生詩鈔》詞末小註，本詞作於成化二十三年（1487）。

12. 江南春　和倪瓚原韻

　　燕口香泥进么筍。東風力汰倡條靜。烘窗曉日開眼光，湘庹披簌尋紙影。落花沉沉碧泉冷。餘香猶在臙脂井。樓頭少婦泣羅巾。浪子馬蹄飛軟塵。　　春來遲，春去急。柳綿欲吹愁雨浥。黃鸝留春春不及。王孫千里為誰碧。故苑長洲改新邑。阿嬌一傾國何立。茫茫往蹟流蓬萍。翔烏走兔空營營。　　《中國古代書畫圖目　二》文徵明「仿倪瓚江南春詩意圖」　《中國古代書畫圖目　二十》文徵明「江南春圖」　《明詞彙刊》本《江南春詞集》冊上，頁 1156 下　《全明詞》冊一，頁 323

【箋】

　　〔明〕祝允明〈江南春・和倪瓚原韻〉詞序云：「國用得雲林存稾，命僕追和。竊起蠅驥之想，遂不終辭。按其音調，乃是兩章，而題作三首，豈誤書耶？宏治己酉二月，長洲祝允明題。」

【編年】

　　據祝允明詞序「宏治己酉二月」，祝允明詞作於弘治二年（1489）二月，為《江南春詞集》中可考年月最早者。祝允明和詞，題在沈周詞之後，則沈周詞創作時間當在祝允明之前，姑繫為弘治二年（1489）二月。

13. 憶秦娥　題秋景

　　秋蕭索。紛紛殘葉隨風落。隨風落。去來南北，幾時逢著。　　離愁逼得人懷惡。更堪昨夜羅衾薄。羅衾薄。數聲斷鴈，孤燈西閣。　　《石田先生詩鈔》卷八，頁 5 上　《明詞彙刊》本《石田詩餘》冊下，頁 1239 下　《全明詞》冊一，頁 320

【箋】

　　《石田先生詩鈔》詞末小註：「己酉」。

【編年】

　　據《石田先生詩鈔》詞末小註，本詞作於弘治二年（1489）。

14. 念奴嬌　和楊君謙雨晴韻　二闋　其一

　　柴門晴也，喜山意方舒，春湖堪寫。拄著藤條門外走，見打鼓喧

村社。逐隊隨行，南閭北巷，儘趁兒童耍。強於游宦，去鄉千里贏馬。 　　但願年年康健，百年依舊，白首甘田野。天上多桃根杏柢，處處有栽培者。儂柘雲屯，儂秧雨潑，未便風斯下。將它博換，都來各自難捨。 　　《石田先生詩鈔》卷八，頁5上 　《式古堂書畫彙考》卷二十四 　《明詞彙刊》本《石田詩餘》冊下，頁1239下 　《全明詞》冊一，頁320

【校】

　　〔詞題〕《式古堂書畫彙考》作「暮春試筆，和楊儀部〈念奴嬌〉一闋，因錄寄德澂云」。

　　〔拄著藤條門外走〕《式古堂書畫彙考》卷作「扛著藤條門外走」。

　　〔去鄉千里贏馬〕《式古堂書畫彙考》作「去鄉萬里贏馬」。

　　〔但願年年康健〕《式古堂書畫彙考》作「但願年康健」。

【箋】

　　《石田先生詩鈔》卷八詞末小註：「辛亥」。

【編年】

　　據《石田先生詩鈔》詞末小註，此二闋詞作於弘治四年（1491）。

15. 念奴嬌　其二

　　雨過雲晴，喜惠日和風，將春描寫。正是門前無客到，燕子又來新社。杏臉紅肥，桃腮粉膩，怪蝶癡蜂耍。誰家游冶，綺羅一隊珂馬。 　　我也隨去尋芳，布袍篛笠，箇裏容山野。沿路遲遲吟不進，都讓與爭先者。孤抱縈詩，微酡帶酒，播弄斜陽下。數聲黃鳥，留人尚未相捨。 　　《石田先生詩鈔》卷八，頁5下 　《明詞彙刊》本《石田詩餘》冊下，頁1239下～1240上 　《全明詞》冊一，頁320

【校】

　　〔布袍篛笠〕《明詞彙刊》本《石田詩餘》、《全明詞》作「布袍簑笠」。

16. 賣花聲　題賣花聲圖、題臨梅花道人秋江晚釣圖卷

　　斜日映江臯。波影迢迢。怪他疏樹葉蕭騷。似伴老夫雙短髩，物

弊人凋。　　放個小輕舠。順落秋潮。笛聲閑唱月見高。料得無人來和我，且自消遙。　　《我川寓賞編》　《吳越所見書畫錄》卷三，頁 52 上～52 下、頁 65 上

【校】

〔放個小輕舠〕《吳越所見書畫錄》「題臨梅花道人秋江晚釣圖卷」作「放個小漁舠」。

〔笛聲閑唱月見高〕《吳越所見書畫錄》「賣花聲圖」作「笛聲閑唱月兒高」。《吳越所見書畫錄》「題臨梅花道人秋江晚釣圖卷」作「笛聲閑送月兒高」。

【箋】

〔明〕無名氏《我川寓賞編》：「沈石田〈賣花聲圖〉：『……』（沈周詞略）後題『弘治壬子秋九月二十四日沈周』。」

〔清〕陸時化《吳越所見書畫錄》卷三沈周「賣花聲圖」，敘其形制：「紙本，高三尺五寸三分，闊九寸九分。水墨平遠山水，中流一舟，一老於船頭吹笛。見維揚張氏。」沈周題款云：「右調〈賣花聲〉一闋，以補圖之不足。八十二翁沈周。」

〔清〕陸時化《吳越所見書畫錄》卷三「題臨梅花道人秋江晚釣圖卷」沈周題跋云：「弘治壬子歲秋九月二十四日，有客携梅花道人『秋江晚釣圖』。其筆法遒勁，甚得董、巨意。漫興臨此，愧不自知醜也，見者毋以畫視之。沈周」陸時化又云：「此詞與款，從末後倒捲書。」

【編年】

據《我川寓賞編》、《吳越所見書畫錄》沈周題跋，此詞當初題於弘治五年（1492）「題臨梅花道人秋江晚釣圖卷」，正德三年（1508）又題於「賣花聲圖」。

17. 鷓鴣天　題蜀葵百合圖

風雨葵花小院前。老夫留此學安禪。家中儘有家中事，客裏聊修客裏緣。　　蒲酒畔，粽槃邊。一般佳節過年年。浮生所寓誰拘我，

著處爲歡也自仙。　　《沈周書畫集》「書端陽詞」　　《吳越所見書畫錄》卷三，頁

52下

【箋】

　　《沈周書畫集》「書端陽詞」沈周題款：「端陽雨中，偶客東禪僧寓。世榮携粽、酒至，與酌。及酣，因造〈鷓鴣天〉詞以寫客懷。弘治乙卯，沈周。」

　　〔清〕陸時化《吳越所見書畫錄》卷三敘沈周「蜀葵百合圖」形制云：「紙本設色，高四尺六寸，闊一尺五寸三分，半紙畫，半紙山谷體書題。見之清朗僧處。」題款：「『……』（詞略）端陽雨中，偶客東禪僧寓。世榮携粽、酒至，與酌。及酣，因造〈鷓鴣天〉詞以寫客懷。乙卯，沈周。」

　　案：今人所編《沈周書畫集》「書端陽詞」，乃沈周書〈鷓鴣天〉詞，而張宏補「蜀葵圖」，非沈周原畫。陸時化既親見於清朗僧處，又其畫爲設色，與《沈周書畫集》之墨筆不同；且用印爲「啓南」、「白石翁」二印，與《沈周書畫集》所用之「啓南」、「石田」二印不同，則沈周或有原畫並題畫詞，而又另書一紙，張宏補圖。

【編年】

　　據沈周題款，此詞作於弘治八年（1495）五月五日。

18. 賣花聲　與許國用

　　頭腦已冬烘。鬢亦霜蓬。只今年紀古稀中。不敢參時一輩，情況難同。　　茅屋少人蹤。滿地殘紅。君來方怪酒尊空。一味清談聊當飲，儘慰衰翁。　　《石田先生詩鈔》卷八，頁5下　　《明詞彙刊》本《石田詩餘》冊下，頁1240上　　《全明詞》冊一，頁320

【校】

　　〔不敢參時一輩〕《全明詞》作「不敢參□□□」。

　　案：疑少一字。

　　〔一味清談聊當飲〕《石田先生詩鈔》作「一□清談聊當飲」。

【編年】

由沈周詞句「只今年紀古稀中」，可知此詞約作於七十五歲之時，即弘治十四年（1501）。

19. 蝶戀花　題牡丹圖

癸亥三月十八日，坐悶掩關，國用至，云：「雨日西山茶筍頗佳。」遂理舟而行。時東闌牡丹始放，行恐負花，不行又差茶筍。國用又云：「歸亦傾國未老。」舟中憶花，染此墨本，復填此詞，以寄孤興云。

悶悶家中無意味。筍紫茶青，便爾西山去。叵奈東園花一樹。新紅不語愁先露。　　儘欲相留留不住。少倚扁舟，尚把西施顧。料理歸來春未暮。臨軒爛醉還非誤。　　《石田先生詩鈔》卷八，頁 6 下～7 上　《明詞彙刊》本《石田詩餘》冊下，頁 1240 下　《全明詞》冊一，頁 321

【校】

〔詞題〕《石田先生詩鈔》、《明詞彙刊》本《石田詩餘》、《全明詞》作「題畫」。案：所題之畫爲牡丹圖，故改。

〔雨日西山茶筍頗佳〕《石田先生詩鈔》、《明詞彙刊》本《石田詩餘》作「兩日西山茶筍頗佳」。

〔悶悶家中無意味〕《石田先生詩鈔》作「□悶家中無意味」。

【編年】

據詞序「癸亥三月十八日」，此詞作於弘治十六年（1503）三月十八日。

20. 滿江紅　題宋高宗賜岳飛手敕

汴鼎南遷，漫流寓、江南如客。可涕泣、瘡痍凋瘵，倩誰醫國。好個忠飛天下將，奈他逆檜舟中賊。把英雄、頓挫莫成功，成冤殛。　　飛不死，宋之得。飛不死，金之失。恨飛之一死，檜全姦策。萬里長城麟足折，兩宮歸路烏頭白。笑昏夫、亦有小聰明，看遺敕。　　《中國古代書畫圖目　二》「行書跋趙構敕岳飛札拓本」（滬 1－0360）　《清嘯閣藏帖》　《明詞彙刊》本《類編箋釋國朝詩餘》冊下，卷四，頁 1520 上　《精選古今

詩餘醉》卷十五，頁444

【校】

〔詞題〕《草堂詩餘新集》作「題高宗賜岳飛手敕」。

〔漫流寓江南如客〕《類編箋釋國朝詩餘》作「漫流寓錢唐如客」。《精選古今詩餘醉》卷十五作「漫流寓錢塘如客」。

〔可涕泣〕《類編箋釋國朝詩餘》、《精選古今詩餘醉》作「堪涕泣」。

〔瘡痍凋瘵〕《精選古今詩餘醉》作「傷痍凋瘵」。

〔恨飛之一死〕《類編箋釋國朝詩餘》、《精選古今詩餘醉》作「痛飛之一死」。

〔檜全奸策〕《類編箋釋國朝詩餘》、《精選古今詩餘醉》作「檜之全策」。

〔兩宮歸路烏頭白〕《草堂詩餘新集》作「兩公歸路烏頭白」。《類編箋釋國朝詩餘》、《精選古今詩餘醉》作「兩京歸路烏頭白」。

【箋】

〔明〕沈周〈行書跋趙構敕岳飛札拓本〉云：「此宋高宗勑岳飛禦兀朮手札石本。蘇城沈津潤卿，好古博學，鉏圃得之。不知當時刻者重飛之忠義耶？旌其冤死而然也。飛平生所得宸翰數百通，記嘗示辛次膺，此其一耳，即此朝廷於飛不為不知，不為不信，飛亦不為不遇，不為不寵，於其語中，所謂『以卿忠勇，志吞此賊』，策勵注望之至，昭然可見。迨張俊、劉錡，惟有合力措置之諭，未有此切也。以飛之忠勇、朝廷之諒察，君臣翕然兩得，何謀不協？何功不成？何中原之不可復哉？中間檜賊弄權姦之柄，行金虜之囑，以『莫非有』三字之狀而冤殺忠義。朝廷無片言折是非，默默劉一大將於緊會倚毗之際，豈委之不聞不知耶？韓世忠雖有言，亦清談而已。比何鑄為檜鷹犬，亦白飛冤。檜欺曰：『此上意也。』及万俟卨以逗留軍國事相羅織，飛取所賜御札以行軍道路日月為證，被收滅之。是札亦當在收中矣。嗚呼！權姦害忠義，非害忠義，寔害國也。害國則先自無君始，

無其君則天下視之無人矣。苟有奇功焉，不得不忌；深寵焉，不得不嫉。則飛也，焉可恕而特存之乎？竊謂權姦之罪，固莫容誅，抑有不足誅者存焉。高宗者，既知忠勇之可用，又奚容權姦欺罔而殺之？蓋能受欺罔，即受者所殺，非行欺罔者殺也。趙盾不討，春秋書弒；王導不救，伯仁由死。高宗不言其迹，亦然。雖然，權姦用，忠義必不立，何歟？勢莫可兩存耳。自古君臣之間，寵不可久恃，知不可終托君。社稷之幸，乾剛（案：「剛」疑爲「綱」之誤。）能獨斷而不回，忠藎得行志而無沮。雖群姦滿朝，將誰欺罔而肆害乎？令社稷之不幸，而累飛於不幸之地。飛之所以不幸，或曰：『天寔爲之也。』余曰：所以操握生殺之柄者，君也；所以佐行其柄者，臣也。謂天爲之，天豈假人而殺人？無辜而殺人？抑善長惡而殺人？其欲殺而殺之，欲生而生之，在君也。行其柄者，君之何庸力哉？是之不足信爲天爲之矣。余但惜夫天之生飛，既賦之忠義，已完其名，不能完其功。當時若徇父老之意，少留於金牌之頃，盡收鄄城之捷歸，而請方命之死，可矣死也。而顧無辜害于家賊毒手，泯然不得其所死。其間顛倒與奪，果何情歟？余故信飛之死生，君寔宰之；宋之存亡，飛寔繫之。飛之可惜，天寔玩之；飛之不泯，天寔存之。迨百世而廟食不廢，與勑俱滅，後又刻石傳之。雖淪入土中，今又掘而出世，非天暴高宗暗懦失國，自壞萬里長城，而使後世觀者激其憤嘆之無已耶？復填〈滿江紅〉詞一闋，以寓有餘之感云。『……』（詞略）弘治甲子七月一日，長洲沈周。」

〔明〕錢允治《類編箋釋國朝詩餘》卷四云：「夏侯橋沈潤卿掘地得石刻」。

〔明〕沈際飛《草堂詩餘新集》卷四云：「夏侯橋沈潤卿掘地，得宋高宗賜岳忠武王手敕石刻，裝潢成卷，丐諸名公題咏，爲石田、衡山二先生之辭甚著。」「五岳起方寸，隱然詎能平。」「志至而氣從之，氣至而筆與墨從之，不爲詞囿。」「除幼安、改之、同父，鮮有似者。」「『小聰明』三字，判斷得高宗倒。」

【編年】

據沈周〈行書跋趙構敕岳飛札拓本〉題款，此詞作於弘治十七年（1504）七月一日。

21. 惜餘春慢　題牡丹圖

院沒餘桃，園無剩李。斷送青春在地。臨軒國豔，留取遲開，香色信無雙美。何事香消色衰，不用蘧冤，是他風雨。苦厭厭、抱病佳人，支倦骨酸難起。　　儘滿眼、弱瓣殘鬚，傾臺側當、嫣紅爛紫。令人可惜，十二闌干，更向黃昏孤倚。只見東西亂飛，隨例忙忙，何曾因子。漫勞渠、弔蝶尋蜂，知得斷魂何許。　　《沈周書畫集》「牡丹圖」　《石田先生詩鈔》卷八，頁 6 上～6 下　《明詞彙刊》本《石田詩餘》冊下，頁 1240 上　《全明詞》冊一，頁 321

【校】

〔詞題〕《石田先生詩鈔》、《明詞彙刊》本《石田詩餘》、《全明詞》作「題畫」。案：因所題之畫為牡丹圖，故改。

〔遂從而填緝一闋〕《石田先生詩鈔》、《明詞彙刊》本《石田詩餘》、《全明詞》作「遂填緝一闋」。

案：上片第二句「李」字，本不必押韻，但觀沈周與薛章憲倡和四詞，皆作韻腳。下片倒數第二、三句，《全明詞》作七字句和四字句，皆不押韻，然考沈周與薛章憲倡和四詞，「子」字皆作韻腳，顯作四字句和七字句。下片第二句為八字句，《全明詞》斷為上三下五句法；案沈周另一闋〈惜餘春慢·題畫〉以及薛章憲和詞兩闋，都作四四句法；且依語意，亦當如是。

案：此闋以及底下二闋詞，均題在同一幅圖上。

【箋】

〔明〕沈周「牡丹圖」題款云：「正德改元三月二十八日，江陰薛君堯卿見過，適西軒玉樓牡丹已向衰落，餘香剩瓣，猶可把酒留戀。堯卿索賦〈惜餘春慢〉小詞，遂從而填緝一闋，以邀堯卿和篇。……（詞略）」。

〔明〕薛章憲「牡丹圖」題款云：「……（薛章憲詞三闋）石翁既爲繆君復端圖此，仍書舊作。因語及賤名，故復要余補空云。」

【編年】

據「牡丹圖」題款，此詞作於正德元年（1506）三月二十八日。

22. 惜餘春慢　題牡丹圖

艷比妃楊，仙疑白李。豈稱貧家賤地。東君顧恤，開及茅堂，依舊之才之美。應是書生分慳，故故先飄，絲然紅雨。悄西闌、墮者難拈，傾者亦難扶起。　　想昨日、羯皷豪門，山殽池酒、實朋金紫。今番今日，一體無聊，富貴悵何堪倚。打籌榮枯盛衰，了自有時，何消籌子。漫填愁、且賦新詞，命作惜春還許。　　《沈周書畫集》「牡丹圖」

【箋】

〔明〕沈周「牡丹圖」題款云：「念九日復引小酌，時花遽爲風雨淨盡，感慨無已。仍倚韻一闋，以既余懷。堯卿寧無再荅云？……（詞略）」

【編年】

據「牡丹圖」題款，此詞作於正德元年（1506）三月二十九日。

23. 臨江仙　題牡丹圖

昨日把杯今日嬾，可堪殘酒殘枝。埋冤風當玉離披。雖無嬌態度，全有病容姿。　　惱得吾儂搔白髮，帶花落地垂垂。此花雖落有開期。不教人不惜，人老少無時。　　《沈周書畫集》「牡丹圖」

【箋】

〔明〕沈周「牡丹圖」題款云：「二年二月念九日，與京口陶公輔復對殘花，以修昨者故事，填〈臨江仙〉詞，仍爲澄江繆復端錄于紙尾。復端雖未及燕游，亦不敢孤其遠意。……（詞略）三月二十四日，八十一翁長洲沈周。」

【編年】

據「牡丹圖」題款，此詞作於正德二年（1507）二月二十九日。

24. **小重山**　題臥游冊十七開之十

　　花盡春歸厭日遲。王葩撩興有新梔。淡香流韻與風宜。簾觸處、人在酒醒期。　　　生怕隔墻知。白頭癡老子、折斜枝。還愁零落不堪持。招魂去、一闋小山詞。　　　　《沈周書畫集》「臥游冊十七開之十」　《沈石田畫集》　《全明詞》冊一，頁322

【校】

　　〔詞題〕《全明詞》作「題臥游冊其五」。

　　案：上下片之歇拍，《全明詞》作三字句和五字句兩句，實爲一句，三五句法。

【編年】

　　由於沈周《臥游冊》之創作時間無法追知，這闋題畫詞創作於何時也無從確考。但從整體詞意上承於題牡丹圖的兩闋〈惜餘春慢〉和〈臨江仙〉，以及「白頭癡老子」一句嘆老，「招魂去、一闋小山詞」一句懷友，還有此幅梔子畫畫風之老到純熟、寫神不寫貌，接近正德二年三月二十四日所畫之牡丹圖，各方面皆顯示此詞與畫之創作時間當在晚年。姑將此詞繫爲正德二年至四年（1507～1509）之間所作。

25. **江南春**　再和倪瓚原韻　三闋　其一

　　國用愛雲林二詞之妙，強予嘗一和。茲于酒次，復從臾繼之。被酒之亂，不覺又及三和。明日再詠倪篇，不勝自愧，始信雖多何爲也。沈周。

　　青筐攔街賤櫻筍。城外冶遊城裏靜。暖風夾路吹酒香，白日連歌踏花影。醉歸掉臂紫袷冷。喝采攤錢喧市井。佳人苦費泣沾巾。拔賣寶釵吹暗塵。　　　日遲遲，風急急。點水蜻蜓尾沾溼。江南畫船畫不及。吳江篋樓紗幕碧。汎侈浮華連下邑。金鼓過村人起立。明朝棄置賤于萍。漂隨他姓忘經營。　　　《明詞彙刊》本《江南春詞集》冊上，頁1158上　《全明詞》冊一，頁323

【校】

〔暖風夾路吹酒香〕《全明詞》作「軟風夾路吹酒香」。

【箋】

文徵明〈江南春‧再和倪瓚原韻〉詞序云：「徵明往歲同諸公和〈江南春〉，咸苦韻險，而石田先生騁奇抉異，凡再四和，其卒也韻益窮而思益奇。時年八十餘，而才情不衰，一時諸公為之斂手。今先生下世二十年，而徵明亦既老矣。因永之相示，展誦再三，拾其遺餘，亦兩和之。非敢爭能于先生，亦聊以致死生存歿之感爾。嘉靖庚寅仲秋，文徵明記。」

【編年】

據文徵明〈江南春‧再和倪瓚原韻〉詞序「時年八十餘」，此三闋詞當作於正德二至四年（1507～1509）之間。

26. 江南春　其二

蒲茸破碧尖如筍。拖煙楊柳金塘靜。水邊樓上多麗人，半揭珠簾露花影。禁煙閣雨東風冷。喚玉澆萱汲銀井。不知飛鳥銜紅巾。歎惜殘香棲路塵。　　車輪輕，馬蹄急。排日游衫酒痕溼。百五青春畏將及。牡丹又倚闌干碧。賣花新聲滿城邑。貫錢小女迎門立。翠鈿點額小于萍。巧倩過人心自營。　　《明詞彙刊》本《江南春詞集》冊上，頁1158上　《全明詞》冊一，頁324

【校】

〔歎惜殘香棲路塵〕《全明詞》作「歎惜殘香悽路塵」。

27. 江南春　其三

脫巢乳燕拳高筍。小隊尋芳破春靜。墻東笑語不見人，花枝自顫鞦韆影。飛籌促觥玉兕冷。殷釘簇簁珍井井。歸程趁馬拾醉巾。洗面明朝紅滿塵。　　雨亦急，晴亦急。駞襪癡鞋爭踏溼。恐差春光悔莫及。滿眼新沽潑春碧。便須謀宰烏城邑。玉山既醉不成立。咄嗟還欲喚薑萍。籔籔鷰刀嫌慢營。　　《明詞彙刊》本《江南春詞集》冊上，頁1158上～1158下　《全明詞》冊一，頁324

28. **唐多令**　題灞橋詩思圖

　　聞道灞陵橋。山遙水更遙。六十年、蹤跡寥寥。牖下困人今老矣，雙短鬢，怕頻搔。　　行著要詩瓢。酒壺相伴挑。望秦川、千里翹翹。再畫一驢馱我去，雖不到，也風騷。　　《明代沈周唐寅文徵明仇英四大家書畫集》　《石田先生詩鈔》卷八，頁 4 下　《明詞彙刊》本《石田詩餘》冊下，頁 1239 上～1239 下　《味水軒日記》卷七　《明詞彙刊》本《類編箋釋國朝詩餘》冊下，卷三，頁 1509 下　《草堂詩餘新集》卷三　《精選古今詩餘醉》卷十二，頁 381　《蘭皋明詞匯選》卷四，頁 79　《清綺軒詞選》卷七　《全明詞》冊一，頁 320

【校】

　　〔詞牌〕　《石田先生詩鈔》作「糖多令」。

　　〔詞題〕　《類編箋釋國朝詩餘》、《草堂詩餘新集》、《精選古今詩餘醉》、《蘭皋明詞匯選》作「自題畫」。

　　〔望秦川、千里翹翹〕　《石田先生詩鈔》作「望秦川、□里翹翹」。

　　〔雖不到〕　《類編箋釋國朝詩餘》、《草堂詩餘新集》、《精選古今詩餘醉》、《蘭皋明詞匯選》作「便不到」。

【箋】

　　〔明〕李日華《味水軒日記》卷七萬曆四十三年十二月二十日：「太倉孫姓者，攜白定水中丞一青東磁、夔紋小彞爐來看又石田『灞橋詩思』畫卷一，作長堤枯柳，一翁騎蹇衛，雙眼反白，如屬思狀；後一奚奴，挑酒壺書卷，行行欲度野橋，神態欲絕。筆法類常粲、梁楷，此老傑作也。一詞〈唐多令〉，亦妙：『……（詞略）時正德己巳夏五月端陽日也。』字擘窠如涪翁，真成三絕。捐數金購之。」

　　〔明〕沈際飛《草堂詩餘新集》卷三云：「公親書：正德己巳夏端午，八十三翁長洲沈周，書于有竹莊之平安亭西牕。」「石田具三絕，為徵仲雁行，餘枝山、伯虎即當隅坐。」「興之所至成畫，畫之所至成文。欽岑嬋娟，豈其飛仙？」

　　〔清〕顧璟芳、李葵生、胡應宸《蘭皋明詞匯選》卷四，李葵生

云：「（『便不』二句）老高興。」

〔清〕顧璟芳、李葵生、胡應宸《蘭皋明詞匯選》卷四，顧璟芳
云：「喜其不作老病臥游之態。」

【編年】

據沈際飛《草堂詩餘新集》卷三所載沈周題款「正德己巳夏端
午」，此詞作於正德四年（1509）五月五日。

31. **柳梢青** 圖而賦之，將以自況云

十丈枯槎。長身兀兀，一半敧斜。水洗孤根，風搖瘦影，月掛殘
椏。　　烟江渡口渠家宿，幾度斜陽暮鴉。無意青黃，無意雨露，老
大何耶。　　《式古堂書畫彙考》卷五十五

32. **賣花聲** 送春

谿閣小憑闌。一餉貪閒。夕陽臨水偶看山。照見蕭蕭滿鬢，好景
將慳。　　剛又送春還。興已闌珊。綠陰青子鳥聲閒。強把孤懷來事
酒，暫借紅顏。　　《石田先生詩鈔》卷八，頁 6 上　　《明詞彙刊》本《石田詩餘》
冊下，頁 1240 上　　《全明詞》冊一，頁 321

【校】

〔綠陰青子鳥聲閒〕《石田先生詩鈔》作「綠陰青子鳥聲間」。

33. **鷓鴣天** 詠春水

潑綠按藍好染衣。溶溶漾漾雪消時。劈魚翡翠頻晴浪，脫蛻蜻蜓
且晚漪。　　桃葉渡，竹枝詞。為郎江上費相思。相思比似深無底，
郎若來量自得知。　　《石田先生詩鈔》卷八，頁 7 上　　《明詞彙刊》本《石田詩
餘》冊下，頁 1240 下　　《全明詞》冊一，頁 321

34. **鷓鴣天** 詠春草

往事何須慨六朝。王孫今已去人遙。踏遺更有新金策，鬪墮空思
舊玉翹。　　青冉冉，綠迢迢。恨煙愁雨夢勞勞。忘歸不是當歸種，
消恨天涯首重搔。　　《石田先生詩鈔》卷八，頁 7 上～7 下　　《明詞彙刊》本《石
田詩餘》冊下，頁 1240 下　　《全明詞》冊一，頁 321

【校】

〔踏遍更有新金策〕《石田先生詩鈔》作「□□□□□金策」。

〔忘歸不是當歸種〕《明詞彙刊》本《石田詩餘》、《全明詞》作「志歸不是當歸種」。

35. 鷓鴣天　詠春柳

　　媚在輕柔嫋娜中。幾枝斜映驛亭紅。微煙啅雀金猶嫩，細雨藏鴉綠未濃。　　攀傍岸，折隨風。管人離別有何功。開花更是無聊賴，一朵西飛一朵東。　　《石田先生詩鈔》卷八，頁 7 下　《明詞彙刊》本《石田詩餘》冊下，頁 1240 下～1241 上　《明詞彙刊》本《古今詞匯二編》冊下，卷二，頁 1569 下　《御選歷代詩餘》卷二十八，頁 151 中　《明詞綜》卷二，頁 21　《全明詞》冊一，頁 322

【校】

　　〔詞題〕《古今詞匯二編》、《御選歷代詩餘》作「春柳」。《明詞綜》作「柳」。

　　〔媚在輕柔嫋娜中〕《明詞綜》作「慣得輕柔綺陌中」。

　　〔微煙啅雀金猶嫩〕《明詞綜》作「微煙啅雀金猶懶」。

　　〔細雨藏鴉綠未濃〕《明詞彙刊》本《石田詩餘》作「細雨藏雅綠未濃」。

　　〔管人離別有何功〕《明詞綜》作「管人離別思無窮」。

　　〔一朵西飛一朵東〕《明詞綜》作「一片西飛一片東」。

36. 鷓鴣天　詠春鶯

　　二月園林蟄已驚。一梭飛處曳新聲。衣隨雨溼愁金重，舌犯風寒覺玉生。　　花點出，柳妝成。傍花隨柳最分明。吝情最是崔家女，不借前身只借名。　　《石田詩鈔》卷八，頁 7 下～8 上　《明詞彙刊》本《石田詩餘》冊下，頁 1241 上　《全明詞》冊一，頁 322

【校】

　　〔二月園林蟄已驚〕《石田先生詩鈔》作「□月園林蟄已驚」。

37. 漁家傲

殘葉林梢風瑟瑟。秋波照眼通天碧。南北東西聊泛宅。人不識。江湖自有江湖客。　　裊裊釣竿三百尺。金龜未換鱸魚白。船本窄。一般自有客身策。　　《式古堂書畫彙考》卷二十四、五十五　《全明詞》冊一，頁 323

38. 鵲橋仙　題畫

霞容開雨，波痕弄晚。更著霜楓妝點。不應黃鶴斷磯頭，恰坐定、功名都嬾。　　春暖陞階，雪寒遷棧。沒箇來推去挽。枉勞榮辱總成空，不長似、江山在眼。　　《石田先生詩鈔》卷八，頁 2 上　《明詞彙刊》本《石田詩餘》冊下，頁 1238 上　《全明詞》冊一，頁 318

39. 鵲橋仙　題釣圖

翛然青竹，佳哉白叟。滿地斜陽疏柳。西風短髮不勝吹，剛剩得、紅顏殘酒。　　金塢雖深，冰山雖厚。不似破船能久。舉雙醉眼看時人，一轉瞬、英雄何有。　　《石田先生詩鈔》卷八，頁 2 上～2 下　《明詞彙刊》本《石田詩餘》冊下，頁 1238 上　《明詞彙刊》本《古今詞匯二編》冊下，卷二，頁 1572 下～1573 上　《全明詞》冊一，頁 318

【校】

〔翛然青竹〕《古今詞匯二編》作「修然青竹」。

〔剛剩得、紅顏殘酒〕《古今詞匯二編》作「只剩得、紅顏殘酒」。

40. 鳳棲梧　立春

九十芳辰纔屈指。換了年頭，百事宜人意。惟歎鏡中吾老矣。鬢霜髭雪今如許。　　薄酒聊聊詩耳耳。隨日捱排，待盡乾坤裏。如此餘生知有幾。梅花報道春還未。　　《石田先生詩鈔》卷八，頁 7 下　《明詞彙刊》本《石田詩餘》冊下，頁 1241 上　《全明詞》冊一，頁 322

案：「九十芳辰纔屈指」，謂春天方始，非指詞人於八十一歲時作此詞。文徵明〈虎丘春遊詞〉十首之一有句云「韶光九十從頭數」，

可證其句意。

41. 蝶戀花　春日登金山望焦山有作

誰道金強焦亦稱。兩朵芙蓉，浸在玻璃鏡。頭白老翁尋此勝。過江先盡金山興。　　隔水焦山闌小凭。寄語西風，後日來當定。白鶴如期駸我乘。一聲獨笑江聲靜。　　《式古堂書畫彙考》卷二十四　《全明詞》冊一，頁323

42. 唐多令　題畫

江盡正分吳。山多繞越都。一望中、還見重湖。昔日霸圖何在者，空雲樹，□煙蕪。　　遙指廢臺孤。論興亡一訐。迤如今、仍似姑蘇。剩與後人傳作畫，王孫曾，有傷無。　　《六研齋筆記》卷二

【校】

〔論興亡一訐〕《六研齋筆記》作「論興亡一軌」。

案：本詞輯自〔明〕李日華《六研齋筆記》。此句原作「論興亡一軌」，然此句當押韻，顯然不合律。疑「軌」字為「訐」字之誤刻。考前人用「一軌」者，有；用「一訐」者，有。就字形而言，「軌」、「訐」相近。就押韻而言，「軌」字出韻，「訐」字合韻。就詞意而言，若依原「軌」字，則此句意指古今人事之興亡皆出一轍；若為「訐」字，則此句意指古今人事之興亡不禁發人深深一嘆。綜合以上諸方面，當以「訐」字為是，故逕改。

【箋】

〔明〕李日華《六研齋筆記》卷二：「趙仲穆『越山圖』，云臨高尚書者，峰巒潑翠，雲氣鬱勃，倏斂倏開，乍遠乍近，上下作數十層出沒，意非不華妙，縑素亦舊，但絕無高、趙二公法，於直斷以為元人，不知誰何之作耳。玉雪坡老人番（當作鄱）陽周伯溫詩曰：『……』（詩略）沈石田填〈唐多令〉一詞：『……』（沈周詞略）」

43. 疏簾淡月　題友人亡妓小像

風流往事。只剩于今，兩行清淚。故影遺真，便與在時無異。

略是眉彎銷翠。剛顯出、一分顋頷。篋裏溫存，就中情意，豈能忘記。　生死茫茫兩地。貫月天香，緘雲錦字。因欠仙緣，傳不到人間世。丹青中有還魂計，眼極處、精神會。鐙闌夜悄，窣牀頭，見君休忌。　　《石田先生詩鈔》卷八，頁 3 下～4 上　《明詞彙刊》本《古今詞匯二編》冊下，卷四，頁 1590 上　《明詞彙刊》本《石田詩餘》冊下，頁 1238 下～1239 上　《全明詞》冊一，頁 319

【校】

　　〔詞牌〕《古今詞匯二編》作「桂枝香」。

　　〔風流往事〕《石田先生詩鈔》作「□流往事」。

　　〔只剩於今，兩行清淚〕《石田先生詩鈔》作「只剩於今，兩行情淚」。《古今詞匯二編》卷四作「只剩得于今，兩行情淚」。

　　〔略是眉彎銷翠〕《石田先生詩鈔》作「□是眉彎銷翠」。《古今詞匯二編》卷四作「略是眉彎銷翠黛」。

　　〔豈能忘記〕《古今詞匯二編》作「豈能存記」。

　　〔生死茫茫兩地〕《古今詞匯二編》作「生死茫茫分兩地」。

　　〔貫月天香〕《古今詞匯二編》作「想貫月天香」。

　　〔窣牀頭〕《石田先生詩鈔》、《古今詞匯二編》、《明詞彙刊》本《石田詩餘》作「窣窣牀頭」。

存目詞

1. 一剪梅　題畫

　　此老粗疎一釣徒。服也非儒。狀也非儒。生來多為酒糊塗。朝也邨沽。暮也邨沽。　　胸中文墨半些無。名也何圖。利也何圖。烟波染就白髭鬚。生也江湖。死也江湖。

　　案：《石田先生詩鈔》、《明詞彙刊》本《石田詩餘》、《全明詞》均將此詞歸屬沈周，當據《珊瑚網》、《式古堂書畫彙考》、《浪跡叢談》、《湖州詞徵》、《賭棋山莊詞話》、《全明詞》冊六，將作者乙正為沈恆。見沈恆詞。

2. 天淨沙　和東籬小詞二闋　其一

　　人來問我生涯。百年端的農家。識字無多幾箇，挂書牛角，繞邨閒訪梅花。　　《石田先生詩鈔》卷八，頁8上　《明詞彙刊》本《石田詩餘》冊下，頁1241上　《全明詞》冊一，頁322

【校】

　　〔詞牌〕《石田先生詩鈔》、《明詞彙刊》本《石田詩餘》、《全明詞》作「缺調名」。

　　〔詞題〕《石田先生詩鈔》、《明詞彙刊》本《石田詩餘》、《全明詞》作「和東坡小詞二闋」。

　　案：《石田先生詩鈔》、《明詞彙刊》本《石田詩餘》、《全明詞》所謂「東坡」，當指蘇軾。然蘇軾並無類似之作，則沈周非和蘇軾。查馬致遠有〈天淨沙〉（枯藤老樹昏鴉），句式、用韻與此相合，而其號爲東籬，則沈周所和者可知矣。今人已知馬致遠〈天淨沙〉爲曲無疑，然而《康熙詞譜》猶收此調，清人尚且不辨，何況明人之詞曲不分。頗疑《石田先生詩鈔》收錄之時，即誤辨在先，自此而後，《明詞彙刊》本《石田詩餘》、《全明詞》俱沿其訛，遂成懸案。今逕將改正。

3. 天淨沙　其二

　　人來問我農家。短墻斜撩鷗沙。老矣疏茅破屋，閉門高臥，外邊撩亂楊花。　　《石田先生詩鈔》卷八，頁8上　《明詞彙刊》本《石田詩餘》冊下，頁1241上　《全明詞》冊一，頁322

　　案：此二詞爲曲。

史鑑詞校箋凡五十八闋

1. 玉樓春　賞克振弟牡丹

　　名花綽約東風裏。佔盡韶華多在此。芳心一片可人憐，春色三分愁雨洗。　　玉人盡日懨懨地。猛被笙歌驚破睡。起臨妝鏡似嬌羞，近日傷春輸與爾。　　《西村集》卷十三　《明詞彙刊》本《類編箋釋國朝詩餘》

冊下，卷二，頁 1504 上　《草堂詩餘新集》卷二　《精選古今詩餘醉》卷十三，頁 398　《明詞彙刊》本《西村詞》冊下，頁 1655 下　《全明詞》冊一，頁 337

【校】

〔詞題〕《草堂詩餘新集》、《精選古今詩餘醉》作「克振弟賞牡丹」。《類編箋釋國朝詩餘》作「克振弟賞牡丹作」。

〔佔盡韶華多在此〕《類編箋釋國朝詩餘》、《草堂詩餘新集》、《精選古今詩餘醉》、《西村詞》作「占斷韶華都在此」。

〔近日傷春輸與爾〕《類編箋釋國朝詩餘》、《草堂詩餘新集》、《精選古今詩餘醉》作「近日傷春輸與你」。

【箋】

〔明〕沈際飛《草堂詩餘新集》卷二云：「愁雨洗不板。」「謙己，不願自薄。」

2. 賣花聲　觀天摩舞

瓔珞五花冠。雲鬢鬖鬖。霞衣縹帶綴琅玕。玲舌輕彈天樂響，人在雲端。　弓樣轉彎彎。左右回盤。鏡光如月照孤鸞。天女散花穿隊子，環珮珊珊。　《西村集》卷十三　《明詞彙刊》本《西村詞》冊下，頁 1655 上～1655 下　《全明詞》冊一，頁 337

【校】

〔詞題〕《西村詞》作「觀天魔舞」。

〔環珮珊珊〕《西村詞》作「環佩珊珊」。

3. 憶秦娥　登保叔寺湖光寶閣

湖邊寺。樓台舊是春游地。春游地。千花張錦，兩山橫翠。　西風闌檻秋無際。青山不改朱顏異。朱顏異。斷橋殘柳，伴人憔悴。　《西村集》卷十三　《明詞彙刊》本《類編箋釋國朝詩餘》冊下，卷一，頁 1495 上　《明詞彙刊》本《古今詞匯二編》冊下，卷二，頁 1561 上　《御選歷代詩餘》卷十五，頁 82 下　《明詞彙刊》本《西村詞》冊下，頁 1655 上　《全明詞》冊一，頁 337～338

【校】

〔詞題〕《御選歷代詩餘》作「湖上次韻」。《古今詞匯二編》作

「湖邊閣」。

4. 醉落魄　賞紫蛺蝶史正夫家

　　紅嬌白嫩。紫綿顏花標猶勝。羅山魏府交相競。畢竟重樓，始與斯名稱。　　羅帷不卷東風靜。錦纏旖旎晨裝靚。六銖衣薄肌膚映。寄語嬌娥，莫把闌干凭。　　《西村集》卷十三　《明詞彙刊》本《西村詞》冊下，頁 1656 上　《全明詞》冊一，頁 338

【校】

　　〔詞題〕《西村詞》作「賞宗弟正夫家紫蛺蝶」。

　　〔紫綿顏花標猶勝〕《西村詞》作「紫綿顏色標猶勝」。

　　〔羅帷不卷東風靜〕《西村詞》作「羅幃不卷東風靜」。

　　〔錦纏旖旎晨裝靚〕《西村詞》作「錦纏旖旎晨妝靚」。

5. 點絳唇　聞歌

　　春夜厭厭，珠明玉瑩雙雙見。惺惚言語，耳畔相思怨。　　對酒嬌歌，睍睆流鶯轉。香風扇。花枝撩亂。月照鞦韆院。　　《西村集》卷十三　《明詞彙刊》本《西村詞》冊下，頁 1654 下　《全明詞》冊一，頁 338

【校】

　　〔惺惚言語〕《西村詞》作「惺忪言語」。

　　〔睍睆流鶯轉〕《西村詞》作「睍睆流鶯囀」。

6. 喜遷鶯　觀舞料峭

　　襟袖裒、髻鬟鬆。隱耳玉丁東。文鴛度影錦谿中。新綠蕩香紅。　　越樣腰、肢嬌小。一捻柳絲鶯裊。瞥然披拂鬧花叢。婀娜不禁風。　　《西村集》卷十三　《明詞彙刊》本《西村詞》冊下，頁 1656 上　《全明詞》冊一，頁 338

7. 點絳唇　贈妓

　　體態嬌嬈，柳絲無力腰肢小。向人無語，似肯花開早。　　薄倖不來，思憶何時了。音書杳。悶愁如草。滿地知多少。　　《西村集》卷十三　《全明詞》，頁 338

8. 醉桃源　寄劉邦彥

　　北新橋下雨催詩。春歸人也歸。多君重約再來期。春來人未知。花掃地，笋翻泥。還家時節移。青山南望渺天涯。美人相見稀。　　《西村集》卷十三　《明詞彙刊》本《西村詞》冊下，頁 1655 上　《全明詞》冊一，頁 338

9. 浣溪沙　夏夕賞蓮

　　日射新妝汗未消。雨洒芳臉靜尤嬌。晚涼波動錦雲漂。　　珠顆亂跳圓翠蓋，淚紅偏聚軟紅綃。唱歌人去恨難招。　　《西村集》卷十三　《全明詞》冊一，頁 338

10. 浣溪沙　其二

　　絳蠟籠紗夜賞蓮。碧筩檠酒汲如川。嬌歌宛轉雜繁絃。　　急雨濺珠彈脫葉，亂沙衝石軋流泉。此時不道夜如年。　　《西村集》卷十三　《明詞彙刊》本《西村詞》冊下，頁 1654 下　《全明詞》冊一，頁 338

【校】

　　〔碧筩檠酒汲如川〕《西村詞》作「碧筩擎酒吸如川」。

　　〔亂沙衝石軋流泉〕《西村詞》作「亂沙銜石軋流泉」。

11. 浣溪沙　其三

　　水面風來脫更宜。酒香荷氣水沉微。誰家長笛倚樓吹。　　五月梅花今夜落，千門梧葉未秋飛。不知零落濕人衣。　　《西村集》卷十三　《明詞綜》卷二，頁 25　《全明詞》冊一，頁 338～339

【校】

　　〔水面風來脫更宜〕《明詞綜》作『水面風來晚更宜」。

　　〔千門梧葉未秋飛〕《全明詞》案：「未秋飛」原作「未知秋」，不叶韻，據《明詞綜》改。

12. 浣溪沙　其四

　　曲水通流濯錦紅。新門移轉納香風。畫舟時傍彩雲中。　　半夜月明歌楚調，雙蓮被冷泣吳宮。鴛鴦驚散各西東。　　《西村集》卷十三　《明詞綜》卷二，頁 25　《明詞彙刊》本《西村詞》冊下，頁 1654 下　《全明詞》

冊一，頁 339

【校】

〔曲水通流濯錦紅〕 《明詞綜》、《西村詞》作「曲水流通濯錦紅」。

〔雙蓮被冷泣吳宮〕 《明詞綜》、《西村詞》作「雙蓮波冷泣吳宮」。

13. 攤破浣溪沙　贈舞妓

天與濃華一段奇。東風吹動小桃枝。臨水願將雙珮解，是何時。　　翠袖舞低明月下，紫簫聲斷彩雲飛。多少愁懷無說處，皺雙眉。　　《西村集》卷十三　《明詞彙刊》本《西村詞》冊下，頁 1655 下～1656 上　《全明詞》冊一，頁 339

【校】

〔天與濃華一段奇〕 《西村詞》作「天與穠華一段奇」。

14. 菩薩蠻　贈舊妓

柳腰清減花容瘦。眼波凝綠眉山皺。春去已多時。不堪聽子規。　　相逢時話舊。淚濕羅衫袖。對酒莫高歌。聞歌愁更多。　　《西村集》卷十三　《明詞彙刊》本《西村詞》冊下，頁 1654 下～1655 上　《全明詞》冊一，頁 339

【校】

〔詞題〕 《西村詞》作「贈妓」。

15. 阮郎歸　嘲人

竹林曾約去尋僧。舟行天未明。叩門回道已先行。誰知無信憑。　　春意透，曉涼生。蓮花香又清。兒嬌紅嫩太多情。迷人夢未醒。　　《西村集》卷十三　《全明詞》冊一，頁 339

16. 虞美人　贈陸廷美

海榴枝上啼黃鳥。好夢驚殘早。起將雙陸賭楊梅。只見馬兒骰子走如雷。　　涼臺水榭相携手。盡日酣歌酒。小娃頻打子規飛。底事

聲聲叫道不如歸。　　《西村集》卷十三　　《明詞彙刊》本《西村詞》冊下，頁 1655 下　　《全明詞》冊一，頁 339

17. 少年遊　題小景

青山重疊繞回溪。空翠濕人衣。好似嬌娥，曉臨妝鏡，石黛掃雙眉。　　丹楓映水如縹錦，秋色慪春姿。風振華林，滿空林籟，走上小亭時。　　《西村集》卷十三　　《明詞彙刊》本《西村詞》冊下，頁 1655 上　　《全明詞》冊一，頁 339

【校】

〔丹楓映水如縹錦〕《西村詞》作「丹楓映水如漂錦」。

〔滿空林籟〕《西村詞》作「滿空靈籟」。

18. 少年遊　壽馮大尹

高州別駕，吳家歸老，宦海息風波。紫誥陛階，錦衣行盡，七十未爲多。　　老人星見懸弧日，滿耳沸笙歌。內子相携，共摩銅狄，曾見鑄時麼。　　《西村集》卷十三　　《全明詞》冊一，頁 339～340

19. 少年遊　贈歌妓劉紅香

春波明月蕩妝樓。花艷照芳洲。入耳弦歌，動人諧笑，那個最風流。　　名園近水春無際，花柳弄嬌柔。結帶低垂，寶釵斜墮，獨自打千秋。　　《西村集》卷十三　　《全明詞》冊一，頁 340

20. 南鄉子　壽亢縣丞母

春色動妝樓。滿眼繁花映黑頭。膝下佳兒持壽酒，凝眸。南極星光爛不收。　　西北是并州。山擁黃河入塞流。試數夫人花甲子，悠悠。水盡山平算始休。　　《西村集》卷十三　　《全明詞》冊一，頁 340

21. 南鄉子　觀扮趙氏孤兒

元夜月何明。火樹銀花滿地生。處處笙歌如鼎沸，伊人。談語諧聲百樣新。　　優孟可爲倫。疑是程嬰有後身。能使奸雄心一轉，休云。風化無關重與輕。　　《西村集》卷十三　　《全明詞》冊一，頁 340

22. 望江南　閻尚溫招飲湖中

船攏處，恰是藕花洲。別處歌聲剛得借，去時春色不堪留。花落水空流。　　天漸晚，臨去更回頭。山翠遠如黛眉曉，湖光凝是眼波秋。越女不勝愁。　　《西村集》卷十三　《明詞綜》卷二，頁 25　《明詞彙刊》本《西村詞》冊下，頁 1655 下　《全明詞》冊一，頁 340

【校】

〔船攏處〕《明詞綜》作「船欖處」。

〔去時春色不堪留〕《明詞綜》作「去時春色那堪留」。

〔山翠遠如黛眉曉〕《明詞綜》、《西村詞》作「山翠遠如眉黛曉」。

23. 小重山　贈妓

秋到蟾宮桂子香。嫦娥應愛惜、付秋娘。翠襦金縷繡鴛鴦。紅淚濕，腸斷爲劉郎。　　對鏡理新妝。燕釵橫鳳髻、珮鳴璫。臨行重爲捧離觴。江水去，難比此愁長。　　《西村集》卷十三　《全明詞》冊一，頁 340

24. 謁金門　贈歌者

春夜杳。火樹滿街開早。年少沈郎風度好。踏歌聲更巧。　　嫋嫋餘香未了。一似游絲縈繞。漏盡月斜天忽曉。彩雲猶縹緲。　　《西村集》卷十三　《明詞彙刊》本《西村詞》冊下，頁 1655 上　《全明詞》冊一，頁 340

【校】

〔春夜杳〕《全明詞》案：原作「香」不叶，據惜陰堂本改。

〔嫋嫋餘香未了〕《西村詞》作「嫋嫋餘音未了」。

25. 踏莎行　觀觀音舞

翠袖低垂，湘裙輕旋。地衣紅皺弓彎倩。曉風搖曳柳絲青，春流蕩漾桃花片。　　矯若游龍，翩如飛燕。彩雲揮擢華燈炫。海波搖月晚潮生，大家齊道觀音現。　　《西村集》卷十三　《明詞彙刊》本《西村詞》冊下，頁 1656 上　《全明詞》冊一，頁 340～341

26. 浪淘沙　月窗

　　窗外月來時。無限光輝。通明一室似琉璃。疑向廣寒宮裏住，風露侵衣。　　桂樹影離離。萬古芳菲。讀書窗下有佳兒。借問嫦娥能許否，折取高枝。　　《西村集》卷十三　《全明詞》冊一，頁341

27. 浪淘沙　贈歌生

　　香霧滿堂生。羅綺盈盈。歌喉宛轉度新聲。玉鴛瀉珠流不定，一縷相縈。　　態度巧妝成。醉眼難明。中郎往事了無憑。待到悲歡離合處，鐵也留情。　　《西村集》卷十三　《全明詞》冊一，頁341

28. 長相思　無題

　　花滿枝。蝶滿枝。臥舍厭厭臥病時。愁聞春鳥啼。　　爲相思。苦相思。相對常多相見稀。纏綿無了期。　　《西村集》卷十三　《明詞彙刊》本《西村詞》冊下，頁1654下　《全明詞》冊一，頁341

【校】

　　〔臥舍厭厭臥病時〕《西村詞》作「客舍厭厭臥病時」。

　　〔相對常多相見稀〕《西村詞》作「相別常多相見稀」。

29. 鵲橋仙　壽人六十

　　華燈罷市，驚雷起蟄，人道壽星出世。春風花柳自年年，滿甲子、一周重起。　　蟠桃漢妄，靈椿莊寓，怎與君齡比擬。只消過了乃翁年，再添個二十二歲。　　《西村集》卷十三　《全明詞》冊一，頁341

30. 臨江仙　壽世祥百戶

　　塞北江南游徧了，等閒六十流年。揮戈到處掃烽烟。天山飛羽箭，滄海泛樓舡。　　洞府羣仙來慶賀，秋風爛醉花前。兜鍪共道出貂蟬。他年麟閣上，畫像會居先。　　《西村集》卷十三　《全明詞》冊一，頁341

31. 臨江仙　贈余浩

　　秋水芙蓉江上飲，憐渠無限風流。紅牙低按小梁州。淡雲拖急雨，依約見江樓。　　最是采蓮人似玉，相逢並著蓮舟。唱歌歸去水悠悠。清砧孤館夜，明月太湖秋。　　《西村集》卷十三　《明詞綜》卷二，頁26　《明

詞彙刊》本《西村詞》冊下，頁 1656 上　《全明詞》冊一，頁 341

【箋】

　　王步高主編《金元明清詞鑒賞辭典》，頁 339～340，李奇林云：「這是一首寄贈詞，表現詞人對舊友的懷念之情。余浩的具體情況不明，恐爲詞人之友。　　　上片追憶昔日飲宴場面。首句，『秋水芙蓉江上飲』，點明飲宴的節序、地點和環境：秋日、江上、芙蓉花開。脈脈的流水一片碧清，綠色荷葉襯映著紅、白交錯的荷花，裊裊秋風送來縷縷清香。這時，江面上飄蕩著一葉輕舟，詞人和舊友在周中縱飲豪談。看到秋水中的芙蓉風致特別、妍姿迷人，詞人心中禁不住產生一種愛惜之情：『憐渠無限風流』。『江』，此處指吳江，即吳淞江，在吳江縣北，係太湖的一個支流，爲太湖通海之道。『芙蓉』，荷花。『渠』，他，此處代芙蓉。『紅牙低按小梁州』，寫飲宴中間再添雅致，有窈窕歌女演唱佐興。他手執紅牙板，蔥白指頭輕輕地撫按著，一取〈小梁州〉宛轉凄清，動人心弦。雖然這位歌女的容貌、身姿讀者沒有看到，但受到她的歌聲的感染，讀者完全可以體會出來，宴終席散，知心友朋就分手別離了。飲宴中可以寫的事很多，詞人只抓住這一件來寫，其用心十分明顯，借一曲〈小梁州〉透露令人感傷的離情別緒。『紅牙』，指調節樂曲版演的拍板或牙板，以檀木製成，色紅。『〈小梁州〉』，曲牌名。聲調宛轉悲涼。『淡雲』兩句，寫自然景物的變化，襯映人物的心境。起先，天空飄蕩著片片薄雲，以後雲彩逐漸加重，結果化作一場嘩嘩急雨；白色雨簾之中，江邊閣樓依稀可見。一個『拖』字用得十分傳神，將『淡雲』和『急雨』擬人化，好像『淡雲』伸出一隻大手，費了很大力氣，才慢慢將『急雨』拖拽出來。嘩嘩大雨打在秋水芙蓉之上，『無限風流』轉眼變成凋零飄落景象，叫人惋惜不已！『千里搭長棚，沒有不散的筵席。』離別以後，何時方能再聚？念及於此，人的心境也如天上的陰雲一樣，愈來愈沉重了。無情吳旭，意興闌珊，眞是慘不成歡的飲宴呵！上片中的秋水、芙蓉、紅牙、急雨、江樓……組成了一幅色彩淡雅、格調清新、意境幽美的江上飲宴

圖。　　　南朝樂府〈西洲曲〉中有江南採蓮的動人詩句：『采蓮南塘秋，蓮花過人頭；低頭弄蓮子，蓮子青如水。』下片，『最是』以下三句，由回憶跌入現實，記眼前實景：那些采蓮姑娘潔白如玉，荷花映襯下，簡直美極了。他們的蓮舟在水面上相遇，總是並排緊挨著，大概是在低聲交談可心的事吧，陣陣笑雨從舟裡傳出。江水悠悠，蓮舟晃晃，採好蓮藕該歸家了，愉快的歌聲在江面上飛揚。結拍『清砧孤館夜，明月太湖秋』二句，承上作比，由此及彼：看到采蓮姑娘表現出來的親密友情和歡快情緒，詞人自然觸景動情，念遠懷友。一輪秋月高掛在太湖上空，思緒隨著月光的流駛到了遙遠的異地，舊友在客館裡孑然一身，孤燈弔影，正凝聽那單調的淒清的砧杵搗衣之聲。這是詞人的想像，表示自己無人共語、孤寂惆悵之情。結尾之『秋』字與開首之『秋』字兩相對照，明喻節序雖同，可人事已非！　　　史鑑的詩詞作品雄深古雅，卓然成家。此詞以景起始，以景語作結，中間融情入景，使情與景和，意與境會。風格清新爽朗，不乏含蓄委婉；自然樸素，不乏工麗俊秀。陳廷焯《詞則》中稱譽這首詞『筆力清勁，不減青田』，細加體味，確是中肯之言。」

　　　錢仲聯等《元明清詞鑑賞辭典》，頁 250～251，吳晶云：「江南是天下文采風流之地，歷來又多隱逸之士。明朝江南多名士，史鑑是江蘇吳江人，他書無不讀，尤飽讀經史，留心經世之務，卻終身隱居不仕。詩宗魏晉，長於五言。好著古衣冠，曳履揮塵，望之若仙。所居地名西村，水幽竹茂，亭館相通，人稱西村先生。西村或西疇，出於陶淵明的詩，是隱士的代稱。這一首〈臨江仙〉就是這位隱居的西村先生在駕舟遊歷秋江後懷念他的朋友余浩而寫的。　　　在秋天的寒江之上的一葉小舟裏獨自飲酒，這情景正有無限風致。江上秋來風光，氣象疏朗蕭瑟，景色清冷寥落。秋水明淨，共長天一色，如素練明鏡一般，而何花則已微有憔悴之色，正是『菡萏香銷翠葉殘』，『還與韶光共憔悴』（李璟〈攤破浣溪沙〉）的眾芳蕪穢的遲暮之感。芙蓉（荷花）在古典詩詞裏是高潔的象徵，往往代表隱士的形象，芙

蓉憔悴，微微道出世道昏亂，不如歸隱江湖之意。　　泛舟江上，又聽見遠處的江樓上也有人在飲酒，那是歌妓們手持著紅色牙板輕輕叩拍著以應樂曲的節奏，吹唱的是一曲帶悲涼之意的〈小梁州〉，水中聽曲，那聲音借著水面傳來，是格外清亮入耳，令人心曠神怡。放眼望去，只見江上風急雲輕，在急促的樂曲聲中見江風吹得淡淡的雲彩貼緊將面飛過，接著就是一陣疾風驟雨。正是柳永詞『對瀟瀟暮雨灑江天』之意，雨幕中江邊高樓的身影也變得只隱約可見。但江上天氣，雨來得快也去得快，雨驟歇，江上又是一片明朗秀麗風景。眼中所見，耳中所聞，又是另一番景象，歐陽修〈蝶戀花〉有『越女採蓮秋水畔』之句，芙蓉花盡，時已入秋，但蓮花雖老，蓮子正可採摘，江南歷來有採蓮江上的傳統，採蓮的江南女子人似美玉，連杜甫也說『越女天下白』。蓮舟三三兩兩，船上女子笑著唱著〈採蓮子〉的歌，和詞人坐的小船相逢一笑，已擦肩而過。夕陽中她們婉轉嬌柔的歌聲漸漸遠去，是她們滿載蓮子歸去，只留下一片水悠悠、水澹澹、水綠綠。　　採蓮女子去後，江上忽然一片寂靜，詞人也忽然感到一絲憂傷。不知不覺中明月已升上了天幕，在江樓邊，他想起遠在他鄉的朋友余浩。已是秋天的夜晚，你在遠方的孤館可聽到萬戶搗衣聲？可也想起故鄉的我？寒夜聞砧聲，那砧聲是為離人遠客準備秋衣的，這『斷續寒砧斷續風』，是典型的秋聲秋景，最易勾起離愁別恨。這時的我在明月下的太湖的秋色裏，太湖秋色好，更讓我想起同你泛舟遊太湖、登樓看江景的情境，如今我獨自思緒渺然，閑叩船舷，深感『寂寞秋江冷』（蘇軾〈卜算子·黃州定慧院寓居作〉），望穿秋水，願託它寄去對你的思念。　　全詞由〈古詩十九首〉之六『涉江採芙蓉，蘭澤多芳草，採之欲遺誰？所思在遠道』引出懷友寄贈的主題。江船上詩酒風流的情景，是詞人對往昔歡會的回憶。一曲〈小梁州〉淒清幽咽，則透出到了離別之時雙方的惆悵心情。上片末用朦朧之景一勒，令詞之情致有搖曳不定、迷離怊悅之效。下片轉入採蓮之事，既呼應開頭，又有借採蓮女的歌聲來排遣綿綿不盡的離愁

別恨的作用，更有『採之欲遺誰，所思在遠道』的暗示。而『水悠悠』
不啻是思悠悠的代稱。最後收結到『明月』之景，則隱寓『但願人長
久，千里共嬋娟』（蘇軾〈水調歌頭・丙辰中秋〉）之意，以景見情，
味自雋永。」

32. 風入松　送治水何通府六年考滿

導江通海水波平。六載已功成。曉裝又促朝天去，相追送、冠蓋
空城。千里雲山馬首，五更茅屋雞聲。　　日華催囀上林鶯。仙樂半
空鳴。銓衡奏最金鑾殿，天顏喜、寵賚相仍。始信古來循吏，致位到
公卿。　　《西村集》卷十三　《全明詞》冊一，頁 342

33. 杏花天　壽楊經歷七十一

杏花開徧春風裏。愛春色、年年相似。仙翁試把朱顏比。不是等
閑桃李。　　借問胡麻和石髓。怎能比、子孫甘旨。古來七十人能幾。
過了從頭數起。　　《西村集》卷十三　《明詞彙刊》本《西村詞》冊下，頁 1655
下　《全明詞》冊一，頁 342

【校】

〔愛春色、年年相似〕《全明詞》案：「年年」上原衍一「相」
字，據惜陰堂本刪。

34. 太常引　贈歌者

閑花叢裏一聲歌。鶯囀曉風和。雲約水無波。俄急雨，翻萍打
荷。　　游絲墮絮，悠揚宛轉，春意傷人多。老子為婆娑。儘行樂、
人生幾何。　　《西村集》卷十三　《全明詞》冊一，頁 342

35. 風入松　會稽

會稽山水盡知名。人在鏡中行。彩霞暖護雲門寺，裏風過、吹散
還生。賀監湖頭草綠，謝公宿處猿鳴。　　採蓮越女照人明。花下只
聞聲。剡溪流水依然在，何人再、雪夜尋盟。許我他年來否，月明何
處吹笙。　　《西村集》卷十三　《明詞彙刊》本《西村詞》冊下，頁 1656 下　《全
明詞》冊一，頁 342

【校】

〔詞題〕《全明詞》案：「嵇」原誤作「乩」，據惜陰堂本改。

〔裏風過、吹散還生〕《西村詞》作『東風過、吹散還生』。

36. 蝶戀花　贈歌者沈魁春

雨㑋風㑋春未透。卯酒微醒，頻把花枝覷。倦倚妝台垂素手。柳條妬殺腰枝瘦。　　一曲嬌歌人靜後。圓轉清和，鶯囀花時候。裊裊香風傳翠袖。彩雲驚墜仙裙縐。　　《西村集》卷十三　《明詞彙刊》本《西村詞》冊下，頁1656上～1656下　《全明詞》冊一，頁342

【校】

〔詞題〕《西村詞》作「贈歌妓沈春魁」。

〔彩雲驚墜仙裙縐〕《西村詞》作「彩雲驚墜仙裙縐」。

37. 青玉案　武夷

武夷春色年年早。花滿洞、天清曉。玉女峰頭雲縹緲。幔亭張列，羣仙來下，環珮知多少。　　天生九曲清溪繞。幾處流來棹歌好。音韻悠揚風嬝嬝。舟橫絕壑，巖留仙掌，知是何人巧。　　《西村集》卷十三　《明詞彙刊》本《西村詞》冊下，頁1656下　《全明詞》冊一，頁342～343

【校】

〔幾處流來棹歌好〕此句應爲韻，《全明詞》作句。《全明詞》案：「幾」上原衍一「有」字，據惜陰堂本刪。

〔巖留仙掌〕《西村詞》作「巖留仙掌」。

38. 金人捧露盤　金陵

大江南，繁華地，帝王州。嘆六朝、往事悠悠。山圍故國，秦淮萬古水東流。廢台春草，幾回綠、鳳去誰游。　　自皇朝，來都此，普天上，共尊周。信東南、王氣常浮。龍蟠虎踞，凌雲霄紫殿彤樓。舊時王謝，燕栖處、又屬公侯。　　《西村集》卷十三　《全明詞》冊一，頁343

39. 醉江月　酬邦彥招飲竹東館賞桂花

　　竹東莊上，記當年春盡，歸舟會歌。莫雨和風催客去，猛地作時還報。小館茶香，行廚酒盡，執手難爲別。歸家南望，寸腸幾度千結。　　誰道買棹重游，主人情重，樽俎依前設。桂樹團香纖月露，漸近中秋時節。試問嫦娥，今年才子，誰把高枝折。夜深無語，霄霄滿地金屑。　　《西村集》卷十三　《明詞彙刊》本《西村詞》冊下，頁1657上～1657下　《全明詞》冊一，頁343

【校】

　　〔詞調〕《西村詞》作「百字令」。

　　〔詞題〕《西村詞》作「劉邦彥招飲竹東館賞桂花」。

　　〔歸舟會歌〕《西村詞》作「歸舟曾歌」。

　　〔試問嫦娥〕《西村詞》作「試問姮娥」。

40. 水龍吟　錢塘

　　錢塘自古繁華，憶去年一春游遍。山明水麗，花嬌柳娜，流鶯百囀。滿路笙歌，幾舡簫鼓，往來游宴。正晚來堪賞，酒闌人散，有明月，相留戀。　　別後事多更變。悵重游、可憐無便。人面已非，桃花依舊，劉郎不見。光景星飛，風流雲散，悶懷誰遣。嘆人生，不向少年行樂，老來空羨。　　《西村集》卷十三　《明詞彙刊》本《西村詞》冊下，頁1658上　《全明詞》冊一，頁343

【校】

　　〔悵重游、可憐無便〕《全明詞》案：原誤作「更」，據惜陰堂本改。

41. 賀新郎　天台

　　聞道天台路。洞門深、瑤草常青，桃花無數。仙子雲鬟低欲墮，倚石迷花凝竚。憶劉阮、當年曾遇。霧帳雲房深幾許，夢魂中，不管流年度。緣分淺，又歸去。　　于今路斷無尋處。惟舊時、華頂依然，霞城如故。古寺石橋風雨響，瀉下半天瀑布。有頭白、老僧常住。世上名山能有幾，強登臨，莫待青春暮。婚嫁畢，聽分付。　　《西

村集》卷十三　《明詞彙刊》本《西村詞》冊下，頁 1658 上～1658 下　《全明詞》，頁 343

　　按：《全明詞》「夢魂中，不管流年度」當作「夢魂中、不管流年度」。

　　《全明詞》「強登臨，莫待青春暮」「強登臨、莫待青春暮」。

42. 金菊對芙蓉　雁蕩

　　雁蕩名山，蓉村勝境，天教粧點東甌。有東西天柱，大小龍湫。下臨滄海如無地，疑大水、晝夜常浮。筆鋒常卓，石斿猶展，萬古千秋。　　何日拂袖南游。任勞探極覽，未肯回頭。直除非騎鶴，東訪瀛洲。海波清淺揚塵起，等閒見、石屋添籌。此時方始歸來，盡拚敝了貂裘。　　《西村集》卷十三　《明詞彙刊》本《西村詞》冊下，頁 1657 上　《全明詞》冊一，頁 344

【校】

　　〔疑大水、晝夜常浮〕《全明詞》案：原誤作「小」，據惜陰堂本改。

　　〔任勞探極覽〕《西村詞》作「任窮探極覽」。

　　〔直除非騎鶴〕《西村詞》作「直除非跨鶴」。

43. 玉女搖仙佩　中原

　　神州赤縣，盡在中原，知是幾遭分剖。洛邑王城，秦關天府，形勝儼然依舊。算隋堤楊柳。狂風流，怎及孔林長久。欲往日英雄何在，野草閒花，不堪回首。天開我皇明，四海一家，民安物阜。　　況乃岱宗孕秀，崧嶽降神，河水盤迴左右。太華終南，恆山王屋，總是神仙淵藪。故人同去否。且莫管、家計誰無誰有。趁早早、膏車秣馬，東馳西上，登山臨水相携手。休教落在他人後。　　《西村集》卷十三　《全明詞》冊一，頁 344

【校】

　　〔狂風流〕狂字，《全明詞》案：疑係「枉」字誤。

　　〔欲往日英雄何在〕欲字，《全明詞》案：疑係「歎」字誤。

44. 水調歌頭　沈經衞賞杜鵑花

今日復何日，對酒把花吟。杜鵑何事啼血，望帝託春心。幻出赭羅巾子，無恨濃華佳麗，多在淺和深。斷送暮春去，粧點夏初臨。　　鶴林寺，重九日，爛如春。花陰二女游戲，妖冶稱花神。可惜繁華費盡，一夕掃歸閬苑，轉眼迹成陳。豈若順天造，歲歲一番新。　　《西村集》卷十三　《全明詞》冊一，頁344

【校】

　〔無恨濃華佳麗〕恨字，《全明詞》案：疑作「限」。

45. 孤鸞　賞友松弟牡丹

天然佳麗。有傾國容姿，絕倫嬌媚。萬紫千紅，盡在下風迴避。君家去年勝賞，翠帷低、粉勻朱膩。蝶使蜂媒似織，摠為餘香至。　　喜今年重見舊風味。想尚怯春寒，開也還閉。無限穠花，最是露珠凝綴。只疑太真浴罷，所霓裳、羽衣新試。軟玉香肌紅透，倚東風酣睡。　　《西村集》卷十三　《明詞彙刊》本《類編箋釋國朝詩餘》冊下，卷四，頁 1527 下　《明詞彙刊》本《西村詞》冊下，頁 1656 下～1657 上　《全明詞》冊一，頁 344

【校】

　〔詞題〕《類編箋釋國朝詩餘》作「賞牡丹作」。《西村詞》作「賞牡丹」。

　〔有傾國容姿〕《類編箋釋國朝詩餘》、《西村詞》作「有傾國姿容」。

　〔摠為餘香至〕《類編箋釋國朝詩餘》、《西村詞》作「總為餘香至」。

　〔無限穠花〕《類編箋釋國朝詩餘》、《西村詞》作「無限穠華」。

　〔所霓裳、羽衣新試〕《類編箋釋國朝詩餘》、《西村詞》作「把霓裳羽衣新試」。

　〔軟玉香肌紅透，倚東風酣睡〕《類編箋釋國朝詩餘》無此二句。

46. 瑞龍吟　賞牡丹水月觀

　　春消息。開遍紅紫芳菲，粉香狼藉。慳留傾國名花，那般富貴，眞成第一。　　自矜惜。如個美人初覺，染香勻色。清晨卯酒微酣，怨紅啼素，重重暈積。　　天寶君王妃子，姹妍爭寵，沉香亭北。歡賞未終，漁陽鼙鼓聲急。清平古調，惟有天仙筆。誰知道、張油命酒，按花評格。也許吾儕得。晚來小雨催花坼。轉覺嬌無力。風露下、偏生橫斜欹仄。倩人扶起，載傾餘瀝。　　《西村集》卷十三　《明詞彙刊》本《西村詞》冊下，頁 1658 下　《全明詞》冊一，頁 345

【校】

　　〔詞題〕《西村詞》作「水月觀賞牡丹」。

　　〔眞成第一〕《西村詞》作「眞成弟一」。

　　〔風露下、偏生橫斜欹仄〕《西村詞》作「風露下、偏生橫斜攲仄」。

47. 滿江紅　贈歌生

　　畫舸浮空，蚤移入、錦雲鄉裏。羨年少、點翠勻紅，姹花爭美。葉底鴛鴦初不見，歌聲漸近繞驚起。向晚來、尤自愛新妝，臨秋水。　　闌干曲，頻徙倚。長袖舉，朱唇啓。覷舞妖歌艷，不勝羅綺。逗雨驚鴻飛不定，囀春黃鳥嬌無比。最苦是、一霎便分離，人千里。　　《西村集》卷十三　《明詞彙刊》本《西村詞》冊下，頁 1656 下　《全明詞》冊一，頁 345

【校】

　　〔詞題〕《西村詞》作「贈歌者」。

　　〔覷舞妖歌艷〕《西村詞》作「覷舞嬌歌艷」。

48. 木蘭花慢　漁隱

　　年來多少旱，苦耕稼、久無收。且覓取綸竿，尋將釣綫，走上漁舟。滿前山青水綠，似生綃畫采漾中流。風起停槎古渡，月明鼓枻滄洲。　　桐江千古水悠悠。何處覓羊裘。但釣得魚來，沽將酒去，痛飲爲謀。醉來幕天席地，把簑衣蓋了臥舡頭。要識其中樂趣，除非請

問沙鷗。　　《西村集》卷十三　　《明詞彙刊》本《西村詞》冊下，頁 1657 下　　《全明詞》冊一，頁 345

【校】

〔年來多少旱〕《西村詞》作「年來多水旱」。

49. 念奴嬌　詠美人

玉蘭奇花也，予嘗於浙藩之紫薇樓前見之。或者名之，將取其標韻耶？而賦詠者皆岐爲二，表而證之。

紫薇樓下，記持觴、醉把名花將酬。愛爾玉蘭名字好，況乃色香幽媚。娟淨無瑕，清芬離俗，臨去猶凝盼。時移事換，夢中頻見佳麗。　　誰道買笑吳門，美人携手，儼與花相似。氣味風標無兩樣，疑是花神游戲。嬌囀歌喉，明珠一串，散落金盤脆。曲終凝望，碧雲猶在天際。　　《西村集》卷十三　　《明詞彙刊》本《西村詞》冊下，頁 1657 下　　《全明詞》冊一，頁 345

【校】

〔詞題〕《西村詞》作「贈妓玉蘭」。

〔予嘗於浙藩之紫薇樓前見之〕《西村詞》作「予嘗於浙紫薇樓前見之」。

〔而賦詠者皆岐爲二〕《西村詞》作「而賦韻者皆岐爲二」。案：疑岐字爲歧字之誤。

〔記持觴、醉把名花將酬〕《西村詞》作「記持觴、醉把名花將酹」。

〔臨去猶凝盼〕《西村詞》作「臨去猶凝睇」。

〔明珠一串〕《西村詞》作「明珠一弗」。

〔碧雲猶在天際〕《全明詞》案：「雲」字下原衍一「本」字，據惜陰堂本刪。

50. 滿庭芳　題狀元紅桂花

粟染丹砂，枝繚碧玉，天工應與多情。冠黃魁白，方占狀元名。好象宮袍贈出，動人處、照眼霞明。多應是、瓊林宴罷，霑酒未曾

醒。　　吳剛何處見，廣寒宮裏，舊與花盟。一枝攀入手，更有誰爭。覺天香滿袖，袖風露、重步雲生。從今去，杏花紅處，領著眾人行。　　《西村集》卷十三　《全明詞》冊一，頁346

51. 渡江雲　閏月燈夕觀戲

別來驚許久，相逢何夕，燈月再團圓。爲嫌春色淺。特地調朱，弄粉鬭嬋娟。風流韻藉，人都道、勝似當年。搬古人、悲歡離合，恩怨盡成妍。　　偏憐。香烟靉霧，醉眼生花，把闌干倚徧。消受他、歌喉宛轉，舞袖蹁躚。更沉漏斷人歸後，再秉燭、猶自忘眠。怕聽鳥啼，金井闌邊。　　《西村集》卷十三　《全明詞》冊一，頁346

52. 玉蝴蝶　贈歌妓解愁兒

天與多嬌，好似春初楊柳，雨洗風揉。披拂鬧花深處，綠怨紅羞。遠山橫、修眉顰翠，江水淨、嬌眼凝秋。盡風流。新翻料峭，斜抱箜篌。　　休論石城佳麗，盧家女子，往事悠悠。倩將愁解，多應解後轉添愁。空江水、肯捐珠珮，思遠道、欲采芳洲。倚危樓。雲中江樹，天際歸舟。　　《西村集》卷十三　《明詞彙刊》本《西村詞》冊下，頁1657上　《全明詞》冊一，頁346

【校】

〔多應解後轉添愁〕添字，《全明詞》案：原誤作「解」，據惜陰堂本改。

〔空江水、肯捐珠珮〕《西村詞》作「向空江、肯捐珠珮」。

53. 念奴嬌　詠妓，名桂枝

天然風韻，想前身曾住，廣寒宮闕。密恨幽情千萬種，知道直須明月。霧鬢輕盈，霓裳旖旎，自與人間別。夜涼人靜，天風吹下金屑。　　何幸年少吳郎，尋芳較蚤，把高枝攀折。風露滿身花影下，醉把同心雙結。兩袖天香，一痕秋色，金榜名高揭。看花上苑，休將思意輕絕。　　《西村集》卷十三　《全明詞》冊一，頁346

54. 意難忘　贈尼僧寇智璽老妓謁汝惟弘

　　冷落門前。便出家離俗，禮佛參禪。鬢雲隨手落，燈焰與誰傳。捐翠袖，謝花鈿。風韻尚依然。想少年，嬌歌妙舞，似夢如顛。　　知音曾愛曾憐。悵望飛雨散，月暗花屏。青衫應有淚，錦帳已忘緣。相見後，兩無言。不忍話當年。試問聲，西湖琴操，誰後誰先。　　《西村集》卷十三　《全明詞》冊一，頁 347

55. 蘭陵王　與張子靜、李貞伯、汝其通賞芍藥

　　曲池北。紅葉盈盈半折。傷春重，情惹思牽，因倚東風倦無力。無言自脉脉。恨殺春歸似客。斜陽裏，勾蝶引蜂，應與東君送行色。　　維揚舊踪跡。有圍帶欺黃，盤盂姹白。傾城尋賞馳油壁。嗟物與時忤，世隨人換，而今名勝久寂寂。受多少悽惻。　　堪惜。易狼藉。且露傾花前，醉臥在側。夜深花露沾衣濕。便日下登對，省中輪直。當階翻處，料此會，須記憶。　　《西村集》卷十三　《明詞彙刊》本《西村詞》冊下，頁 1658 下　《全明詞》冊一，頁 347

【校】

　　〔詞題〕《西村詞》作「與張子靜、李貞伯、朱歧鳳、汝其通賞芍藥」。

　　〔紅葉盈盈半折〕《西村詞》作「紅葉盈盈半拆」。

　　〔應與東君送行色〕《西村詞》作「應悵東君送行色」。

　　〔且露傾花前〕《西村詞》作「且露飲花前」。

　　〔醉臥在側〕《西村詞》作「醉臥花側」。

56. 風流子　壽馮大尹

　　天意愛吾君。生賢俊、聊出養斯民。致蝗避花封，昆蟲感化，雉馴桑下，孺子兼仁。處處，弦歌生意好，百里盡陽春。律管就盈，時臨初度，階蓂餘五，氣轉洪鈞。　　廟堂需循吏，飛丹詔召起，大展經綸。布惠施恩，須教四海平均。惟吾鄉舊日，在人遺愛，吳山不改，吳山無垠。管取年年，望風遙祝莊椿。　　《西村集》卷十三　《全明詞》冊

一，頁 347

【校】

〔詞調〕《全明詞》案：原缺調名，據《詞譜》補。

57. 解連環　送別

銷魂時候。正落花成陣，可人分手。縱臨別、重訂佳期，恐軟語無憑，盛歡難又。雨外春山，會人意、與眉交皺。望行舟漸隱，恨殺當年，手栽楊柳。　　別離事、人生常有。底何須爲著，成個消瘦。但若是、兩情長，便海角天涯，等是相守。潮水西流，肯寄我、鯉魚雙否。倘明歲、來遊燈市，爲儂沽酒。　　《西村集》卷十三　《明詞綜》卷二，頁 26　《明詞彙刊》本《西村詞》冊下，頁 1658 上　《全明詞》冊一，頁 347

【校】

〔詞調〕《西村集》無詞調。

〔正落花成陣〕花字，《全明詞》案：原作「風」，據惜陰堂本改。

〔縱臨別、重訂佳期〕縱字，《全明詞》案：原作「摠」，據惜陰堂本改。

〔但若是、兩情長〕《西村集》作「但若是、下情長」。

【箋】

王步高主編《金元明清詞鑒賞辭典》，頁 340～342，李奇林云：「詞題標爲『送別』，可見作者立意是寫別離之苦。古人送別有折柳相贈的傳統習俗，長亭短驛、河岸渡頭附近都栽種柳樹。《雍錄》載：『漢世凡東出函、潼，必自灞陵始，故贈行者於此折柳相送。』作者的驚人之筆不是寫折柳相送，而是在歇拍三句，使這兒出現層次更深的感情湍流：『望行舟漸隱，恨殺當年，手栽楊柳。』眼看戀人所乘之舟漸行漸隱，再想一睹芳容也不可能，無可奈何，就把滿腔悔恨朝著楊柳發洩出去。兩個四字句，詞語激切，情意深婉。李白曾經低吟『春風知別苦，不遣柳條青』（〈勞勞亭〉）的詩句，不過流露詩人的悲憫情懷；我們的作者不止後悔，還有怨恨，竟然到了悔恨交加的地

步，似乎往年他沒有『手栽楊柳』這樣一個『過錯』，今天也不至於飽嘗送別之苦了。我們好像看見作者於岸邊柳下長吁短嘆，其孤寂神傷之態畢現眼前。細細咀嚼『恨殺當年，手栽楊柳』二句，自然使讀者聯想到王昌齡的〈閨怨〉詩：『忽見陌頭楊柳色，悔教夫婿覓封侯』，都是以悔、怨映襯相思，追悔、怨恨之意愈深，映襯出相思之情也愈深。『恨殺』二字十分傳神，令人有淒切入骨之感。『殺』同『煞』，甚辭。李煜〈望江南〉：『船上管絃江面綠，滿城飛絮混輕塵，愁殺看花人。』　　上片歇拍處的感情潸流如何發生，需要摸清整個上片的意脈發展。先看首句『銷魂時候』，直點題旨『送別』。人生何時悲傷愁苦，如魂將離體，那當然要屬送別之際了。開篇即抒離別之苦，實足使人感到辛酸。此句本於南朝江淹〈別賦〉中的名句：『黯然銷魂者，惟別而已矣！』二、三兩句，『正落花成陣，可人分手』，交代時間和環境，引出送別對象。『落花成陣』，寫暮春時節百花凋謝，一陣一陣飄落下來。此時送別，更增悲涼氣氛。李煜〈浪淘沙〉中有『流水落花春去也，天上人間』，早把『落花』與『春去』緊緊連在一起，『落花』成為『春去』的一個標誌。『可人』，原指有長處可取的人。《三國志·蜀志·黃禕傳》：『君信可人，必能辦賊者也。』蘇軾〈廣陵後園題申公扇子〉：『須信淵明是可人。』後常作心中可愛的人解。此時『落花成陣』，聯繫下面詞句來看，更兼春雨瀟瀟，故與戀人執手送別，怎能不悲傷失魄？接著筆鋒陡轉，意思翻進一層，設想即使分手時依戀不捨，重訂了相會嘉期，恐怕柔密的話語沒有憑證，很難再有團聚歡愛的機會。對『分手』之後相見無望的憂慮，表現了作者情思的婉曲和沉鬱。『軟語』，輕柔、甜蜜的話語。史達祖〈雙雙燕·詠燕〉：『還相雕樑藻井，又軟語商量不定。』『雨外春山』三句照應開頭，用擬人手法，認為煙雨迷濛的遠處春山富有人意，好像知曉送行人的心中苦悲，與送行人的愁眉交相皺蹙。這三句與『春山總把，深勻翠黛，千疊在眉頭』（石延年〈燕歸梁〉）有異曲同工之妙，把環境寫活了，使身在其中的雙眉緊鎖、愁緒滿懷的送行人形象更加鮮明

生動。接著，眼見戀人他去，作者的離愁別恨便形成一股感情湍流在心田深處汩汩穿過。　　上片情景皆有，情景交融，從暮春雨天送別銷魂，寫到不見戀人，遷怨於柳，更增別恨之情。下片緊扣題旨，全部寫情。換頭起以『別離事，人生常有』發抒感慨，感情的湍流進入深廣的河道，感情的描寫進入一個新的層次。『底』，底事，什麼事。『底何須』二句承上，自我寬慰之語，為什麼事一定要把人弄成消瘦模樣呢。『但若是』三句，筆法一振，說什麼只要是兩情深長，就分離在海角天涯，同樣能夠相守下去。此即『兩情若是久長時，又豈在朝朝暮暮』（秦觀〈鵲橋仙〉）之意，語極真切。『潮水西流』以下，直至結拍，筆勢再振，作者在難以相見之時，迸發出希望的火花。江水東流，潮水為什麼西流呢？因為月亮引力的作用，海水有起有落。農曆每月十八日左右，海水上漲比平日要猛；農曆八月十八日這一天，月亮引力最大，海水上漲也相應迅猛，錢塘觀潮即在此日。潮水西流，即海水漲潮之時。『鯉魚雙』，放書信的函，用兩塊木板做成，一底一蓋，刻作魚形。亦代指書信。古樂府詩〈飲馬長城窟〉：『客從遠方來，遺我雙鯉魚，呼兒烹鯉魚，中有尺素書。』作者在想像中揣測，潮水西流是天上月圓之時，遠方戀人肯不肯、願不願寄來書信呢？繼而又興奮得好像與戀人對話：倘若明年你歸來遊賞燈市，那一定為你置酒盡興取樂。『燈市』，唐代開始，農曆正月十五日元宵節（上元節）之夜張燈，故又叫燈節。據宋孟元老《東京夢華錄》卷六〈元宵〉：『正月十五日元宵，大內前自歲前多至後，開封府絞縛山棚、立木正對宣德樓……燈山上彩，金碧相射，錦繡交輝。』燈節，既是萬家百姓熱鬧、歡樂的日子，也是情侶們共赴密約佳期的時候。以上所寫，表現了作者的一片痴情。『可人』何故離去，去向何方，能否回歸？這些在詞中均未點出，只好留給讀者去思索體味了。　　這首送別詞，善於採用鋪敘手法，反復抒發作者對戀人的一片痴情。語言平淡無奇、樸素無華，卻能把直露、淳真的感情深婉入微地表現出來。柳永工於言情別緒之詞，而此詞深得柳詞之堂奧，不失為送別詞中的一

篇佳作。」

58. 哨遍　端午日飲都玄敬於豫章堂

梅雨弄晴，梧葉生陰，深院榴花吐。見釵頭、齊綴赤靈符。恰又經一番重五。君聽取、斜陽竹西歌吹，分明不是揚州路。信彼此無殊，古今不異，逢場自足歡娛。但未能免俗與人俱。也試舉芳樽泛菖蒲。艾虎懸門，綵絲纏臂，尚傳荊楚。　吁。滿地江湖。龍舟競渡曉喧譁。相習成故事，騷魂此日知夫。戲水馬爭馳，錦標平錧，浪華捲雪轟旗鼓。幸得雋歸來，拈花弄酒，向人誇笑矜舞。有誰解、屈子懷沙故。睠宗國難，忘心獨苦。想曾懷、瓊糈椒糈。浮遊蟬脫，應笑世俗沉菰黍。是非非都休評論，聊且長歌弔古。閱風縣圃渺蒼梧。望夫君、弭節何所。　　《西村集》卷十三　《明詞彙刊》本《西村詞》冊下，頁 1658 下～1659 上　《全明詞》冊一，頁 348

【校】

〔恰又經一番重五〕《西村詞》作「恰又經一番重午」。

〔相習成故事〕《西村詞》作「相習成古事」。

〔錦標平錧〕《西村詞》作「錦標平插」。

〔睠宗國難〕《全明詞》案：原本重「難」字，據惜陰堂本刪。

〔是非非都休評論〕《西村詞》作「是非非是都休評論」。

吳寬詞校箋凡三十五闋

1. 醜奴兒　詠墨菊

風枝露葉涼思起，占斷東籬。愛殺開時。只恨王弘送酒遲。　　綠衣黃裳詩人句，不是相知。顏色堪疑。新浴羲之洗研池。　　《瓠翁家藏集》　《明詞彙刊》本《類編箋釋國朝詩餘》冊下，卷一，頁 1494 上　《明詞彙刊》本《匏翁詞》冊下，頁 1190 上　《全明詞》冊一，頁 352

2. 滿江紅　詠木芙蓉

桃李無言，悵久與、青春相別。誰料到、秋深依舊，紅芳未歇。亂蕊偏承白露滋，柔枝肯被涼風折。望耶谿、有種二名同，真比

竊。　　桂枝香，菊花節。月中儔，霜下傑。試移來，向老圃爲同列。寶髻偏非墜馬妝，綠裙低爲凌波揭。歎知心、惟有一高蟾、惟有一高蟾，詩題絕。　　《瓠翁家藏集》　《明詞彙刊》本《匏翁詞》冊下，頁1190上　《全明詞》冊一，頁352

3. 浪淘沙　詠桂花

節候屬金行。花信堪憑。鳳釵亂插綴黃英。驀地涼風吹落地，猶作金聲。　　洛下未知名。合喚花卿。天香不與眾芳爭。何事芙蓉遙避去，野水盈盈。　　《瓠翁家藏集》　《明詞彙刊》本《匏翁詞》冊下，頁1190上　《全明詞》冊一，頁353

4. 大江東去　秋夜對月

危樓百尺，隱秋蟾、微露半規簷角。吹滅銀鐙聊坐待，自卷西堂簾幕。積雨初收，纖雲不起，訝星河俱落。屋梁光滿，赴人如有盟約。　　何事李白題詩，強分今古，有酒宜高酌。慢撫枯桐三二引，寫我一時之樂。古樹風回，荒階蛩語，未覺秋聲惡。芙蓉花上，今夜露華堪濯。　　《瓠翁家藏集》　《御選歷代詩餘》卷六十九，頁348下～349上　《明詞彙刊》本《匏翁詞》冊下，頁1190上～1190下　《全明詞》冊一，頁353

【校】

〔詞調〕《御選歷代詩餘》作「念奴嬌」。

〔自卷西堂簾幕〕《御選歷代詩餘》作「自卷西堂簾幙」。

〔今夜露華堪濯〕《御選歷代詩餘》作「露華今夜堪濯」。

5. 滿庭芳　翰林齋宿對雪

官燭未銷，朝衣未著，籔籔誰打西窗。春威猶弱，滕六尙難降。信是春前少見，燕市上、也復嘵尨。庭槐白，一時點綴，冰柱倩誰扛。　　齋居當此夜，香凝紙帳，酒調銀缸。馬蹄散，空留玉斗成雙。郢曲無人傳得，詞苑客、宜製新腔。爭如唱，柳州佳句，簑笠釣寒江。　　《瓠翁家藏集》　《明詞彙刊》本《匏翁詞》冊下，頁1190下　《全明詞》冊一，頁353

6. 南鄉子　又和李石城

　　深苑上衣飄。誰把風前玉樹搖。起望街頭人獨去，迢迢。足蹟分明過石橋。　　近午恨還銷。平滿階除待此宵。惡客猶嫌無酒飲，寥寥。明日東家折簡招。　　《瓠翁家藏集》　《明詞彙刊》本《類編箋釋國朝詩餘》冊下，卷二，頁 1504 上～1504 下　《明詞彙刊》本《匏翁詞》冊下，頁 1190 下　《全明詞》冊一，頁 353

【校】

　　〔詞題〕《類編箋釋國朝詩餘》作「和李石城翰林齋宿對雪」。

　　〔明日東家折簡招〕《類編箋釋國朝詩餘》作「明日東家折柬招」。

7. 定風波　賀張東海太守致仕

　　庾嶺寒梅千樹開。南安太守賦歸來。向晚春風狂卷地，只有梅花，一笑不吾猜。　　拂袖高臺亦快哉，風月相隨，直到九峰隈。遙計到時春已暮，白髮蒼顏，醉也不曾頹。酒洌魚肥，料得要人陪。　　《瓠翁家藏集》　《明詞彙刊》本《匏翁詞》冊下，頁 1190 下　《全明詞》冊一，頁 353

8. 青玉案　答傅體齋約遊西山

　　西山於我如無分。要游時、春長盡。住向京華凡六閏。出城偏近，山僧笑我，此事無人信。　　故人書札勞相問。可惜情懷還不順。冒暑同游游也悶。湖隄須待，杏花疏雨，吹濕雙吟鬢。　　《瓠翁家藏集》　《明詞彙刊》本《類編箋釋國朝詩餘》冊下，卷三，頁 1512 上～1512 下　《御選歷代詩餘》卷四十三，頁 223 上　《明詞彙刊》本《匏翁詞》冊下，頁 1190 下～1191 上　《全明詞》冊一，頁 353～354

【校】

　　〔詞題〕《御選歷代詩餘》無詞題。

　　〔要游時、春長盡〕《類編箋釋國朝詩餘》、《御選歷代詩餘》作「要游時、春常盡」。

　　〔住向京華凡六閏〕《類編箋釋國朝詩餘》作「住向金華凡六

閨」。

　　〔可惜情懷還不順〕《類編箋釋國朝詩餘》、《御選歷代詩餘》作
「可惜情懷不順」。

9. 如夢令　玉延亭午坐

　　午枕莫教重睡。亭上老槐垂翠。暑氣此間消，一陣好風隨至。多事。多事。又過榮畦行水。　　《瓠翁家藏集》　《明詞彙刊》本《類編箋釋國朝詩餘》冊下，卷一，頁 1488 上　《明詞彙刊》本《匏翁詞》冊下，頁 1191 上　《全明詞》冊一，頁 354

10. 臨江仙　壽費藥軒廷言兄正月四日生辰

　　此日藥翁開七帙，人來併賀新年。逢恩堂裏鼓塡然。改元聞好語，紀事作長編。　　江上扁舟初到也，憑將玉季書傳。買田抽取俸中錢。它年如得請，一笑兩華顛。　　《瓠翁家藏集》　《明詞彙刊》本《匏翁詞》冊下，頁 1191 上　《全明詞》冊一，頁 354

【校】

　　〔此日藥翁開七帙〕案：帙疑作秩。

11. 風入松　和答李世賢慶五十

　　一從身作翰林官。氣味便酸寒。圖書堆裏匆匆過，功名晚、青鏡羞看。無事不修年譜，有時還上詩壇。　　卯君逢卯歲將殘。五指屈來完。往年難比今年好，圍鑪處、妻子團欒。新歲行人欲發，家書先報平安。　　《瓠翁家藏集》　《明詞彙刊》本《類編箋釋國朝詩餘》冊下，卷三，頁 1515 上　《明詞彙刊》本《匏翁詞》冊下，頁 1191 上　《全明詞》冊一，頁 354

【校】

　　〔詞題〕《類編箋釋國朝詩餘》作「答李世賢」。

　　〔卯君逢卯歲將殘〕《類編箋釋國朝詩餘》作「卯君逢卯歲將殘」。

12. 水龍吟　又答王濟之

　　短籬重過詩筒，生朝引起東鄰興。厭歌舊調，恭承新約，年年來慶。酌則鄉人，不似軻書，斯須之敬。媲雲路先驅，老婦當時，學舞柘枝腰硬。　　如今細數行年，若流水、吾心不競。多謝纍纍珠玉，客邸將何回贈。賴庵居、一物堪分，月兒端正。期生子、攀月裏最高枝，吾言非佞。　　《瓠翁家藏集》　　《明詞彙刊》本《類編箋釋國朝詩餘》冊下，卷五，頁 1535 上　　《明詞彙刊》本《匏翁詞》冊下，頁 1191 上～1191 下　　《全明詞》冊一，頁 354

【校】

　　〔詞題〕《類編箋釋國朝詩餘》作「答王濟之」。

　　〔多謝纍纍珠玉〕《類編箋釋國朝詩餘》作「多謝纍纍珠玉」。

　　〔客邸將何回贈〕《類編箋釋國朝詩餘》作「客邸將何為贈」。

13. 滿庭芳　又答陳玉汝

　　三十年前，以文為戲，把筆曾答長鬚。有繩難繫，西日漸桑榆。堪歎髮鬚都白了，兼撚斷、顒頓非吾。今猶健，他年見客，回拜要人扶。　　朝來無限恨，白雲零落，春草荒蕪。傷情處，錦繃當日呱呱。富貴非吾願也，松菊畔、能保遺軀。吳門去，扁舟蕩漾，時復過陳湖。　　《瓠翁家藏集》　　《明詞彙刊》本《類編箋釋國朝詩餘》冊下，卷四，頁 1521 下　《草堂詩餘新集》卷四　《明詞彙刊》本《匏翁詞》冊下，頁 1191 下　　《全明詞》冊一，頁 354

【校】

　　〔詞題〕《類編箋釋國朝詩餘》、《草堂詩餘新集》作「答陳玉汝」。

　　〔把筆曾答長鬚〕《類編箋釋國朝詩餘》、《草堂詩餘新集》作「把筆曾咎長鬚」。

　　〔堪歎髮鬚都白了〕《草堂詩餘新集》作「堪笑鬚都白了」。《類編箋釋國朝詩餘》作「堪歎鬚都白了」。

　　〔錦繃當日呱呱〕《類編箋釋國朝詩餘》、《草堂詩餘新集》作

「錦褓當日呱呱」。

【箋】

〔明〕沈際飛《草堂詩餘新集》卷四云：「原博有〈咎鬚文〉盛傳。」「一生之變態畢于鬚，一鬚之變態畢于數句。」

14. 沁園春　又答周原己

蠟炬銷銀，夜頌新詞，美成再來。覺癡年漸長，後生可畏。秋籐垂雨，春筍驚雷。傳菊堂中，夢梅室裏，兩處尋常幾往回。願他日，並舟射瀆，接履胥臺。　　命宮浪把韓蘇比，磨蝎于人安取哉。想共瞻山斗，何其重望，如開武庫，是甚高才。雪擁藍關，風清赤壁，落得平生眾手推。但持酒，信人生萬事，有命安排。　　《瓠翁家藏集》　《明詞彙刊》本《類編箋釋國朝詩餘》冊下，卷五，頁 1539 上　《明詞彙刊》本《匏翁詞》冊下，頁 1191 下　《全明詞》冊一，頁 354～355

【校】

〔詞題〕《類編箋釋國朝詩餘》作「答周元吉，慶五十」。

〔夜頌新詞〕《類編箋釋國朝詩餘》作「夜調新詞」。

〔後生可畏〕《類編箋釋國朝詩餘》作「何生可畏」。

〔何其重望〕《類編箋釋國朝詩餘》作「河干重望」。

〔落得平生眾手推〕《類編箋釋國朝詩餘》作「落得平生夼手推」。

15. 千秋歲　又答孫希銳

殘年奇事。試看門如市。怪壽旦，人能記。藏鉤今夜樂，飲酒全家醉。春又至，銀幡插鬢隨兒戲。　　有問吾年紀。逢五初辭四。杜老句，坡僵字。雕蟲空自苦，畫虎難相類。始知得，蓬公往事真堪愧。　　《瓠翁家藏集》　《明詞彙刊》本《類編箋釋國朝詩餘》冊下，卷三，頁 1514 下　《明詞彙刊》本《匏翁詞》冊下，頁 1191 下～1192 上　《全明詞》冊一，頁 355

【校】

〔詞題〕《類編箋釋國朝詩餘》作「答孫希慶，慶五十」。

16. **賀新郎**　又答朱天昭

　　分袂嗟何久。天一方、望美人兮，吳趨坊口。今日喜重逢燕地，不見雪花如手。正殘多、清明時候。賤子行年剛半百，征車來、帶得閶門酒。歌一闋，酌三斗。　　況君本出睢陽後。便如五老來祝壽。更把筵中詞客數，又合著香山九。眼底事、大都非偶。春半報君惟兩語，喚小童，急向西樓走。金榜首，題朱某。　　《瓠翁家藏集》　《明詞彙刊》本《類編箋釋國朝詩餘》冊下，卷五，頁 1539 下～1540 上　《明詞彙刊》本《匏翁詞》冊下，頁 1192 上　《全明詞》冊一，頁 355

【校】

　　〔詞題〕《類編箋釋國朝詩餘》作「答朱天昭，慶五十」。

　　〔正殘多、清明時候〕《類編箋釋國朝詩餘》作「正殘多、晴明時候」。

　　〔便如五老來祝壽〕《類編箋釋國朝詩餘》作「便如五老來吾壽」。

　　〔又合著香山九〕《類編箋釋國朝詩餘》作「又合作香山九」。

　　〔喚小童〕《類編箋釋國朝詩餘》作「喚小童」。

17. **醉蓬萊**　又答趙栗夫

　　歎平生事業，禿筆成堆，殘書盈架。九載心勞，擬陽城書下。氣力無多，頭顱如許，向老來誰怕。瞻望西山，經營東圃，頻年無暇。　　匹馬何來，白雲司裏，語妙非詩，意濃如畫。世俗相過，笑稱觴持柸。豈待楓落吳江，一句為鄉閭增價。兔管停毫，鳳箋留尾，試題除夜。　　《瓠翁家藏集》　《明詞彙刊》本《類編箋釋國朝詩餘》冊下，卷四，頁 1525 下～1526 上　《明詞彙刊》本《匏翁詞》冊下，頁 1192 上　《全明詞》冊一，頁 355

【校】

　　〔詞題〕《類編箋釋國朝詩餘》作「答趙栗夫」。

　　〔擬陽城書下〕《類編箋釋國朝詩餘》作「儗陽城書下」。

　　〔瞻望西山〕《類編箋釋國朝詩餘》作「遙望西山」。

〔兔管停豪〕《類編箋釋國朝詩餘》作「兔管停毫」。

18. 喜遷鶯　又答賀其厚

蓬門朝啓。笑委巷荒涼，誰施朱榮。京國繁華，貧居幽僻，村塢依然堪抵。卻有三間破屋，能作故人客邸。稱壽處，吾見其兄，若逢其弟。　　好禮。為我再解金龜，當槽坊新醴。狂客如君，謫僊非我，何事將尊俎洗。且復呵開凍硯，親手探詞源底。歲既暮，肯謝盧家茶，乞顏公米。　　《瓠翁家藏集》　《明詞彙刊》本《類編箋釋國朝詩餘》冊下，卷五，頁1536下　《明詞彙刊》本《匏翁詞》冊下，頁1192上～1192下　《全明詞》冊一，頁355～356

【校】

〔詞題〕《類編箋釋國朝詩餘》作「答賀其厚」。

〔當槽坊新醴〕《類編箋釋國朝詩餘》作「當醴坊新醴」。

〔肯謝盧家茶〕《類編箋釋國朝詩餘》作「肯謝雪家茶」。

19. 大江東去　又答楊君謙二首　其一

早年疏懶，豈知得、到中歲童心猶在。五十無聞，我預向、論語篇中高載。破研冰堅，空罍塵滿，此是常家態。寒窗孤坐，悠然徒有深慨。　　何事車馬喧闐，入門來總是，親朋寮寀。執雉持魚，薦宿醅、況有堆盤生菜。舉盞相酬，適臘盡春回，羲和交代。老夫衰矣，惟君宜加自愛。　　《瓠翁家藏集》　《明詞彙刊》本《類編箋釋國朝詩餘》冊下，卷四，頁1530下～1531上　《明詞彙刊》本《匏翁詞》冊下，頁1192下　《全明詞》冊一，頁356

【校】

〔詞題〕《類編箋釋國朝詩餘》作「答楊君謙」。

〔此是常家態〕《類編箋釋國朝詩餘》作「此是家常怨」。

〔執雉持魚〕《類編箋釋國朝詩餘》作「執雁持魚」。

〔薦宿醅、況有堆盤生菜〕《類編箋釋國朝詩餘》作「□宿醅、況有堆盤生菜」。

〔惟君宜加自愛〕《類編箋釋國朝詩餘》作「惟君宜□自愛」。

20. 大江東去　其二

曲高難和，問誰倡、此陽春白雪新調。須是宗人，纔識得、曹氏碑文之妙。蒲柳姿零，牛羊齒長，得此眞堪笑。才如甕繭，一時繰出成緒。　　老手親付新郎，作長綸便向，六鰲垂釣。波及鯨魚，驚昨宵、地下鬐揚尾掉。病眼摩挲，看春榜題名，靈龜休焦。嘗聞人語，科場最怕年少。　　《瓠翁家藏集》　《明詞彙刊》本《類編箋釋國朝詩餘》冊下，卷四，頁 1531 上　《明詞彙刊》本《匏翁詞》冊下，頁 1192 下　《全明詞》冊一，頁 356

【校】

〔詞題〕《類編箋釋國朝詩餘》無詞題。

〔問誰倡、此陽春白雪新調〕《類編箋釋國朝詩餘》作「問誰倡、此陽春新調」。

〔靈龜休焦〕《類編箋釋國朝詩餘》作「靈龜休燋」。《全明詞》案：「焦」疑當作「醮」。

21. 浣溪沙　苦雨

幾陣南風挾雨飄。霎時窗外過春潮。端愁西郭眾山漂。　　翠繞玉河牽荇菜，綠搖金水舞蘭苕。田中宿麥恐無苗。　　《瓠翁家藏集》　《明詞彙刊》本《類編箋釋國朝詩餘》冊下，卷一，頁 1490 上　《明詞彙刊》本《匏翁詞》冊下，頁 1192 下　《全明詞》冊一，頁 356

22. 浣溪沙　喜晴

晚來疏雨過柴關。還我斜陽屋滿間。東方蠓蝀一何彎。　　把筆欲題山宛轉，枕書高臥鳥綿蠻。意隨天上白雲閒。　　《瓠翁家藏集》　《明詞彙刊》本《類編箋釋國朝詩餘》冊下，卷一，頁 1490 下　《明詞彙刊》本《匏翁詞》冊下，頁 1192 下～1193 上　《全明詞》冊一，頁 356

【校】

〔東方蠓蝀一何彎〕《類編箋釋國朝詩餘》作「東方蠓蝀一何灣」。

23. 木蘭花慢　追和元張伯淳學士，贈長蘆彈琵琶者

自潯陽客散，千古事、少風情。忽丹穴將雛，空山啄木，上下和鳴。誰云。不如竹也，卻千愁萬恨託絲聲。好把金龜當酒，莫將銀甲彈箏。　　玉堂。風靜落花輕。學士舊曾聽。想淚濕青衫，情纏綵筆，沉醉初醒。長蘆。往時年少，恨悠然對坐到天明。空使後人懷古，夜窗映雪時晴。　　《瓠翁家藏集》　《明詞彙刊》本《匏翁詞》冊下，頁1193上　《全明詞》冊一，頁356

24. 江神子　遊虎丘

千人石上可中亭。僧說法，鬼來聽。此事休談、但愛石崚嶒。二十餘年身再到，頭已白，樹猶青。　　劍池一道更清泠。第三名。載泉經。斜陽嘵鳥酒初醒。小閣半間重徙倚，蘇子語，是詩銘。　　《瓠翁家藏集》　《明詞彙刊》本《類編箋釋國朝詩餘》冊下，卷三，頁1513上　《明詞彙刊》本《匏翁詞》冊下，頁1193上　《全明詞》冊一，頁357

25. 清平樂　謝吳中親友

金閶亭下。舟泊當春夜。水底星光光許大。風利颭開似馬。　　時來送客忙迫。不知人在天涯。莫誚牽裳宵遁，怕當人面分離。　　《瓠翁家藏集》　《明詞彙刊》本《類編箋釋國朝詩餘》冊下，卷一，頁1496上　《明詞彙刊》本《匏翁詞》冊下，頁1193上　《全明詞》冊一，頁357

【校】

〔金閶亭下〕《類編箋釋國朝詩餘》作「金昌亭下」。

〔時來送客忙迫〕《類編箋釋國朝詩餘》作「晚來送客忙迫」。

26. 憶王孫　舟中詠沙燕

身輕不受柳風吹。小穴藏身託上隄。隄若崩時穴更移。免銜泥。誰說華堂便好棲。　　《瓠翁家藏集》　《明詞彙刊》本《類編箋釋國朝詩餘》冊下，卷一，頁1487上　《明詞彙刊》本《匏翁詞》冊下，頁1193下　《全明詞》冊一，頁357

27. **柳梢青**　臨清晚泊

　　畫鷁高飛。長河作帶，細柳成帷。晚睡初醒，棹歌聲起，錯認
南歸。　　清源城郭旁圍。望道上，行人未稀。油壁香車，紅泥細
酒，故土全非。　　《瓠翁家藏集》　《明詞彙刊》本《類編箋釋國朝詩餘》冊
下，卷一，頁1498下　《明詞彙刊》本《匏翁詞》冊下，頁1193下　《全明詞》冊一，
頁357

28. **西江月**　晚行御河

　　隱隱高原碧柳，茫茫古岸黃沙。小舟不見賣魚蝦。有酒何曾論
價。　　水學客腸九曲，路迷人蹟三叉。灘頭茅屋兩三家。此景畫師
休畫。　　《瓠翁家藏集》　《明詞彙刊》本《匏翁詞》冊下，頁1193下　《全明詞》
冊一，頁357

29. **蝶戀花**　公署冬晚

　　落葉滿階吹不去。上苑啞啞，只有鳥爭樹。吏散堂空人靜處。□
□風景嗟如許。　　時事驚心那忍賦。白髮垂垂，總是愁千縷。日隱
西山當薄暮。扁舟好問江湖路。　　《瓠翁家藏集》　《明詞彙刊》本《匏翁詞》
冊下，頁1193下　《全明詞》冊一，頁357

30. **阮郎歸**　題修竹士女圖

　　嫣然何物步苔茵。霞裙誰染塵。澹妝一面認來眞。水邊非麗
人。　　如抱恨，更含顰。□□□□□。隔園修竹接東鄰。風前忙轉
身。　　《瓠翁家藏集》　《明詞彙刊》本《類編箋釋國朝詩餘》冊下，卷二，頁1497
上　《明詞彙刊》本《匏翁詞》冊下，頁1193下　《全明詞》冊一，頁357

31. **阮郎歸**　題倦繡士女圖

　　日高碧樹午陰圓。繡牀人未眠。回文錦字綵絲纏。停鍼還悵
然。　　飛絮底，落花邊。青春將暮天。遼陽人去幾時還。眞將詩意
傳。　　《瓠翁家藏集》　《明詞彙刊》本《類編箋釋國朝詩餘》冊下，卷二，頁1497
上　《蘭皋明詞匯選》卷二，頁41　《御選歷代詩餘》卷十六，頁86中　《明詞彙刊》
本《匏翁詞》冊下，頁1194上　《全明詞》冊一，頁357～358

【校】

〔遼陽人去幾時還。眞將詩意傳〕《御選歷代詩餘》作「玉人一去不知還。難將幽恨傳」。

32. 重疊金　題宮人二景　其一

太湖石畔苔痕滑。玉階扶上看明月。若此廣寒宮。宮中人又空。　　夜寒風力重。別館廉鉤動。爲問夜如何。松陰月正多。　　《瓠翁家藏集》　《蘭皐明詞匯選》卷二，頁 30　《明詞彙刊》本《匏翁詞》冊下，頁 1194 上　《全明詞》冊一，頁 358

【校】

〔詞牌〕《蘭皐明詞匯選》作「菩薩蠻」。

〔詞題〕《蘭皐明詞匯選》作「題宮人圖」。

〔若此廣寒宮〕《蘭皐明詞匯選》作「若比廣寒宮」。

【箋】

〔清〕顧璟芳、李葵生、胡應宸《蘭皐明詞匯選》卷二，顧璟芳云：「（『玉階』句）寫嬌怯，雅甚。」

〔清〕顧璟芳、李葵生、胡應宸《蘭皐明詞匯選》卷二，胡應宸云：「（『別館』句）不堪。」

〔清〕顧璟芳、李葵生、胡應宸《蘭皐明詞匯選》卷二，顧璟芳云：「（『松陰』句）如何消遣。」

〔清〕顧璟芳、李葵生、胡應宸《蘭皐明詞匯選》卷二，李葵生云：「宮詞如此蘊藉，允稱大家。」

33. 重疊金　其二

離宮複道遙相望。步來不設青絲障。琪樹列千行。更聞金粟香。　　玉奴傳信至。上有飛瓊字。明日會蓬萊。還同仙姥來。　　《瓠翁家藏集》　《明詞彙刊》本《匏翁詞》冊下，頁1194上　《全明詞》冊一，頁358

34. 踏莎行　癸亥歲除自壽

一歲之終，吾生之始。年稱七字從今起。俗說添年是減年，不添

不減那能此。　　天念疏庸，人憐委靡。詞林老大成何事。若教歸去更安閒，不知活到多年紀。　　《瓠翁家藏集》　　《明詞彙刊》本《匏翁詞》冊下，頁 1194 上　　《全明詞》冊一，頁 358

35. 采桑子

　　纖雲盡卷天如水，蘆荻風殘。松竹霜寒。更看前溪月滿山。　　畫船紅燭金尊酒，子夜歌闌。緩吹輕彈。得意人生且盡歡。　　《明詞彙刊》本《類編箋釋國朝詩餘》冊下，卷一，頁 1494 上　　《明詞綜》卷二，頁 22　　《御選歷代詩餘》卷十，頁 53 下

【校】

　　〔詞調〕《類編箋釋國朝詩餘》作「醜奴兒」。

　　〔詞題〕《類編箋釋國朝詩餘》作「十一月初十夜，泛舟白公隄」。

　　案：王兆鵬《明詞綜‧校勘記》云：「此首爲明吳子孝詞，見《歷代詩餘》卷十。吳寬《匏翁家藏集》未載。此係誤收。」

王鏊詞校箋凡七闋

1. 滿江紅　壽徐少傅

　　自昔君臣，信際會、風雲有數。看聖節纔過，又值生申初度。金鼎調元親手付，十年海內歸陶鑄。聽童詩、好箇太平朝，賢宰輔。　　量韓崎，身裴度，勳丙魏，謀房杜。稱蟒衣玉帶，日承恩注。特免常朝朝罷入，平章軍國中書務。看行年、七十轉精神，無求去。　　《明詞彙刊》本《震澤詞》冊上，頁 703 下　　《全明詞》冊二，頁 395

【校】

　　〔詞題〕《全明詞》案：原題缺，據《四庫全書》本補。

　　〔詞題〕《明詞彙刊》本《震澤詞》無詞題。

　　〔看行年、七十轉精神〕《明詞彙刊》本《震澤詞》作「□行年、七十轉精神」。

2. 浪淘沙　六十自壽四首　其一

　　今日是生時。滿座親知。都來上壽把金卮。百歲人生今過半，好共開胤。　　玉帶掛花枝。醉墨淋漓。世間名利不關伊。況復功成名遂了，不樂何為。　　〈行書六十初度壽詞〉（蘇 1－028）　沈周、唐寅、文徵明、仇英〈四家集錦〉（滬 1－0338）　《明詞彙刊》本《震澤詞》冊上，頁 703 下　《全明詞》冊二，頁 395～396

【校】

　　〔詞題〕沈周、唐寅、文徵明、仇英〈四家集錦〉（滬 1－0338）作「六十壽筵詞」。王鏊〈行書六十初度壽詞〉（蘇 1－028）作「六十初度壽詞」。

3. 阮郎歸　其二

　　行年六十鬢斕斒。皇恩特放還。高堂設席對青山。秋來正未闌。　　陰忽霽，暑新寒。笙歌夜未闌。旁人莫笑老嗤頑。人生到此難。　　〈行書六十初度壽詞〉（蘇 1－028）　沈周、唐寅、文徵明、仇英〈四家集錦〉（滬 1－0338）　《明詞綜》卷二，頁 22　《明詞彙刊》本《震澤詞》冊上，頁 703 下　《全明詞》冊二，頁 396

【校】

　　〔暑新寒〕《明詞綜》作「暑初寒」。

4. 漁家傲　其三

　　寶月天邊光未缺。昨宵纔過中秋節。大官酒饌年年設。今年別。壽筵開處依林樾。　　碧水丹山常夢說。如今總在門前列。舞妙詞新聲激烈。歌一闋。金尊滿泛清秋月。　　〈行書六十初度壽詞〉（蘇 1－028）　沈周、唐寅、文徵明、仇英〈四家集錦〉（滬 1－0338）　《明詞彙刊》本《震澤詞》冊上，頁 703 下～704 上　《全明詞》冊二，頁 396

5. 踏莎行　其四

　　紫閣黃扉，蟒衣玉帶。功名至此人人愛。掛冠一日賦歸來，閒情又在功名外。　　明月消遙，白雲自在。別是人間閒世界。起來把酒

醉青山，年年與汝常相會。　　〈行書六十初度壽詞〉（蘇 1－028）　沈周、唐寅、文徵明、仇英〈四家集錦〉（滬 1－0338）　《明詞彙刊》本《震澤詞》冊上，頁 704 上　《全明詞》冊二，頁 396

6. 南鄉子　賀林冢宰二首　其一

盜弄朝權。群佞爭趨走欲顛。蠅蟻紛紛何所慕，腥羶。一疏真能障百川。　　宇宙名懸。晚節完歸更覺賢。過眼浮華何所似，雲煙。青史他時好細編。　　《明詞彙刊》本《震澤詞》冊上，頁 704 上　《全明詞》冊二，頁 396

7. 踏莎行　其二

天運終還，室圖孔厚。一朝公道明如晝。冰山傾倒倩誰扶，誅流竄殛嗟何咎。　　公秩仍遷，公名逾茂。閩山閩水增清秀。吳儂稽首面邦君，一尊遙上南山壽。　　《明詞彙刊》本《震澤詞》冊上，頁 704 上　《全明詞》冊二，頁 396

楊循吉詞校箋凡十五闋

1. 望海潮　錢塘懷古

香衢貨湧，錦城山繞，前朝幾許繁華。長樂禁鐘，臨安甲策，餘踪回首堪嗟。江水自淘沙。問一時和議，誰勸官家。贏得州人，至今歌舞競豪奢。　　西湖翠柳風斜。有霧絲煙縷，惆悵藏鴉。三竺道場，六橋春色，曾迴鳳輦龍車。傳說漫相誇。又豈知遺恨，古堞感悲笳。撫景興懷，可憐商女後庭花。　　《松籌堂集》　《明詞彙刊》本《松籌堂詞》冊下，頁 1671 上　《全明詞》冊二，頁 404

【校】

〔贏得州人〕《全明詞》作「贏得州人」。

〔問一時和議〕《全明詞》作「間一時和議」。

2. 燭影搖紅　元夕

三五鰲山，蓮開陸海良宵永。乾坤爛熳錦舒光，人踏蓬萊境。

處處綵樓高並。早十日、前頭打整。邨田社火，舞鬼跳獅，粉圓油餅。　　巧炬新奇，連門看去多難省。排歌幾隊少年來，喧笑貪豪逞。那更風暄月烔。看簇擁、眠街酩酊。夜深艷質，慢躍飛紅，還乘漏靜。　　《松籌堂集》　《明詞彙刊》本《松籌堂詞》冊下，頁 1671 上　《全明詞》冊二，頁 404

3. 醉蓬萊　春望

正郊原霽雨，暖候噓春，土膏肥沃。紫翠交陳，類西川錦濯。潑眼韶光，冰餘雪後，記燒痕非昨。誰撒輕煙，依微半野，惱人淒漠。　　新漲溶溶，梅開野店，來尋疏萼。駘蕩風和，看紙鳶遼廓。社鼓聲中，承平氣象，待相將東作。便有王維，沉吟舉筆，定知難落。　　《松籌堂集》　《明詞彙刊》本《松籌堂詞》冊下，頁 1671 上～1671 下　《全明詞》冊二，頁 404

【校】

〔新漲溶溶〕《松籌堂詞》作「新張溶溶」。

4. 哨遍　觀社

歲序乍新，閒出近郊，要覽遺風古。驀見隊、妝束賽神巫。看村家、爭敲迓鼓。迎且舞。前驅手持椰栗，戴花假面先開路。更徹扇參差，旛幢絡繹，香煙散滿通衢。喜今春、瑞雪早紛如。誰不待、酬盟趁年初。按節婆娑，盡保田疇，一風五雨。　　吁。儺禮有之，依稀老輩舊規模。知是唐與宋，傳來此箇鄉土。更犒酒、隨村鳴鉦，吹笛貫魚。走字穿場圃。有年少兒郎，咿嗄唱和，扮成彼孟姜女。爭似今、婚嫁只陳朱，無離別、終身永歡娛。向逡巡、轉過廟宇。斐兮繡襖錦袴，掩映川原去。看教一日，不曾駐眼，還憶向來儔侶。人生老至定斯須。愧清時、樗散無補。　　《松籌堂集》　《明詞彙刊》本《松籌堂詞》冊下，頁 1671 下　《全明詞》冊二，頁 404～405

【校】

〔更犒酒、隨村鳴鉦〕《松籌堂詞》作「更犒酒、隨村鳴錚」。

5. **渡江雲**　除夜

　　新陽回暖律，東風欲動，殘臘苦崢嶸。一年惟此夜，斷送流光，感慨最關情。茅堂汎掃，看兒輩、爆竹前庭。添獸爐、流霞慢酌，擁褐戀寒更。　　堪驚。無端老大，鬢點吳霜，愧來朝幡勝。盛里閭、沾醲市竭，燎紙街頹。歲華迤邐拋人去，都不管、落魄無成。爭似得，神荼長守貧扃。　　《松籌堂集》　《明詞彙刊》本《松籌堂詞》冊下，頁 1671 下　《全明詞》冊二，頁 405

【校】

　　〔鬢點吳霜〕《松籌堂詞》作「鬢點吳霜」。

　　〔歲華迤邐拋人去〕《全明詞》作「歲華迤邐遇拋人去」。

6. **洞仙歌**　題酒家壁

　　吳郊春滿，綠草薰南陌。風弄輕簾小橋側。看荒垣濃麗，幾樹夭桃，彷彿似、凝眺西旋顏色。　　醲香飄十里，更著流鶯，亂擲金梭向林織。野芳繁，天宇淨，日暖遊蜂，早攔住、高陽狂客。便卻典羅衫又何如，算容易飛花，韶光難得。　　《松籌堂集》　《明詞綜》卷二，頁 23　《明詞彙刊》本《松籌堂詞》冊下，頁 1672 上　《全明詞》冊二，頁 405

【校】

　　〔看荒垣濃麗〕《明詞綜》作「瞰荒垣濃麗」。

　　〔幾樹夭桃〕《松籌堂詞》作「幾樹天桃」。

　　〔彷彿似、凝眺西旋顏色〕《明詞綜》作「彷彿似、凝眺西施顏色」。

　　〔野芳繁，天宇淨〕《明詞綜》作「天宇淨野芳」。

　　〔日暖遊蜂〕《明詞綜》作「日暖峰游」。

　　〔便卻典羅衫又何如〕《明詞綜》作「便典卻羅衫又何妨」。《松籌堂詞》作「便典卻羅衫又何如」。

7. **念奴嬌**　清明

　　晚來寒峭，正柳條青嫩，插滿雕簷。雲日弄晴春色淡，野外杏酪

初甜。油壁車輕，金鞍馬俊，士女競遊恬。亭臺深處，時看樂舉杯拈。 　膾有造化新奇，排枝將絳蕊，一一安粘。覓艷尋香誰不愛，人與蜂蝶情兼。地酒翻漿，鬢鈿遺翠，麗景耀華襜。續人殘興，碧空仍掛銀蟾。 　《松籌堂集》 《明詞彙刊》本《松籌堂詞》冊下，頁 1672 上 《全明詞》冊二，頁 405

8. 瑞鶴仙　暑雨喜涼

微風林檖動。見雲暗溪堂，水禽鳴哢。輕雷度郊壠。乍翻荷點點，雨如拳重。新涼誰送。向階下、流泉汹汹。便桔橰滿陌，何如未抵，滂沱足用。 　欣共爽氣蕭疏，井甘山潤，清虛自奉。修篁翠拱。殘暑退，不旋踵。恁其間最是，凡人輕快，堪上蓬萊騎鳳。恨仙凡更不由人，塵緣尚冗。 　《松籌堂集》 《明詞彙刊》本《松籌堂詞》冊下，頁 1672 上 《全明詞》冊二，頁 405～406

【校】

〔滂沱足用〕《全明詞》作「滂泥足用」。

9. 促拍滿路花　題友人園亭

編籬分境界，積土作岡巒。咄嗟林圃就、亦何難。茅亭竹梠，彷彿據仙端。收拾西郊趣，盡納其中，周圍錦繡琅玗。 　到閑來、與客遊觀。魚躍水珠攛。暑風并臘雪、盡盤桓。更憑歌吹，時復寫餘歡。幾番沉醉後，纓斷腸顛，月推花上朱欄。 　《松籌堂集》 《明詞彙刊》本《松籌堂詞》冊下，頁 1672 下 《全明詞》冊二，頁 406

10. 瑞鶴仙　壽杜訓科恆庵

童顏春不老。想採藥、長年自攀雲島。陰功達真道。向三吳隱跡，濟人不少。寸心自好。爭不遣、榮華壽考。比神仙更有，兒孫宦海，從來歸早。 　那討熙熙仁域，康強善飯，金荷頻倒。無憂無惱。騎白鹿，弄瑤草。便教天乞與，二三百歲，也未副儂祈禱。直願伊、雙桂同榮，福星長杲。 　《松籌堂集》 《明詞彙刊》本《松籌堂詞》冊下，頁 1672 下 《全明詞》冊二，頁 406

11. 江神子　石湖避暑

　　船頭翹足臥湖風。火雲紅。有奇峰。多少雲山都在醉眸中。萬頃清涼消不盡，飛鳥度，鏡光融。　　蓮花開徧水晶宮。玉玲瓏。錦香濃。燦燦上方，金碧聳虛空。痛飲從來眞得計，堪愛賞，碧荷筒。　　《松籌堂集》　　《明詞彙刊》本《松籌堂詞》冊下，頁 1672 下　　《全明詞》冊二，頁 406

【校】

　　〔火雲紅〕《松籌堂詞》作「大雲紅」。

　　〔蓮花開徧水晶宮〕《松籌堂詞》作「蓮花開偏水晶宮」。

12. 賀新郎　丙午生日自壽

　　少壯眞難倚。向人間、不知不覺，偌多年紀。謝得皇天生育我，磊落名爲男子。也喚做、頂天立地。二十九年何所就，但寒窗、一味交書史。胡把筆，作文字。　　先生於世無嗔喜。儘隨他、道言佛說，總皆圓美。下至街談入耳，尤嗜者、青山綠水。只恁逍遙胡亂看，過江湖、何處非遊戲。愁甚麼，三千歲。　　《松籌堂集》　　《明詞彙刊》本《松籌堂詞》冊下，頁 1672 下～1673 上　　《全明詞》冊二，頁 406

13. 西江月　侍御姚公舟中宴集作

　　雨腳如麻正密，波紋化暈初圓。陰陰四月熟梅天。仙舫朱簾高卷。　　金彈枇杷無核，瓊肪石首新鮮。揮觴共醉古濠邊。一幅斜陽山展。　　《松籌堂集》　　《明詞彙刊》本《松籌堂詞》冊下，頁 1673 上　　《全明詞》冊二，頁 406

14. 千秋歲　壽大學士劉公

　　豐功偉烈。是處人能說。風雨順，陰陽燮。婁公含量雅，杜相持明哲。眞豪傑。朝廷依任心方切。　　三事階隆絕。一品官超越。山樣重，冰般潔。時常天語近，日逐龍顏接。金鼎熱。東班首位生辰節。　　《松籌堂集》　　《明詞彙刊》本《松籌堂詞》冊下，頁 1673 上　　《全明詞》冊二，頁 407

【校】

〔朝廷依任心方切〕《松籌堂詞》此句為上片首句。

〔金鼎熱〕《全明詞》作「全鼎熱」。

15. 江南春　和倪瓚原韻

春風渡江爛蔬筍。繡簾低垂洞房靜。東郊翠轂飛香埃，雙雙蝴蝶斜翻影。酒鑪當門天尚冷。花姬汲泉自臨井。同心相贈有羅巾。紅英撲面多如塵。　　日月長，時序急。雨絲霏霏楊柳溪。畫船追遊歡相及。遠天無雲雞卵碧。風土清嘉古都邑。太平熙熙時道立。東家年少如浪萍。笑視錢奴苦經營。　　《松籌堂集》　《明詞彙刊》本《江南春詞集》冊上，頁 1157 上　《全明詞》冊二，頁 407

祝允明詞校箋凡五十闋

1. 鳳銜杯

石頭城裏少年遊。莫愁歌、夜館晨樓。回首吳門烟月隔吟眸。三百里，帝王州。　　詩似海，酒如油。有青山、處處堪留。只怕秣陵今日不宜秋。風緊黑貂裘。　　《中國古代書畫圖目　十八》「行草書詩詞」（湘 3-01）　《祝氏文集》卷十，頁 6 下　《明詞彙刊》本《枝山先生詞》冊下，頁 1680 上　《全明詞》冊二，頁 422

【編年】

祝允明曾將此詞與另外三詞同書以贈人，案四詞順序為：〈眼兒媚〉（梯駕彤雲接青冥）、〈鳳凰閣〉（枉擔風負月）、〈鳳銜杯〉（石頭城裏少年遊）、〈南歌子・墨菊〉（面背東皇歛）。祝允明所書時，為弘治九年（1496）八月十五日，三十七歲。乃書其舊作，則此四詞當作於此前。味其內涵，此詞當為詞人早年應試於南京應天府，落榜感作。且其中感慨頗深，應非第一、二次落榜；又自稱「少年」，則不出三十歲，故此詞可能作於成化二十二年（1986）秋日鄉試後不久。「不宜秋」三字，亦可證其為秋日。

2. 江城子　戊申重九

碧天黃日挂寒晴。桂花零。菊花明。點檢重陽，風物滿江城。有約可人登眺去，人不至，念空生。　　且憑新酒潑愁情。酒還醒。意還縈。作麼有條，良計可調停。思計未成成獨坐，心萬里，月三更。

《祝氏文集》卷十，頁 1 下　《明詞彙刊》本《枝山先生詞》冊下，頁 1676 下　《全明詞》冊二，頁 417

【編年】

案詞題「戊申重九」，則此詞作於弘治元年（1488）九月九日。

3. 江南春　和倪瓚原韻

北都相將宴櫻筍。忘卻閨人綠窗靜。不堪麗日入房櫳。眞珠一鋪碎花影。空梁燕歸怨泥冷。楊花輕狂挂藻井。姚黃無賴照領巾。當年曾與爭芳塵。　　春日遲，春風急。春雲蒸透春花溼。妍姿失時羞莫及。煙縣草纈凝空碧。愁心重重氣于邑。繡衫稜稜遮骨立。空帷寂寂懸青萍。誰能持寄并州營。　　《明詞彙刊》本《江南春詞集》冊上，頁 1156 下～1157 上　《全明詞》冊二，頁 424

【箋】

祝允明詞序云：「國用得雲林存稿，命僕追和。竊起蠅驥之想，遂不終辭。按其音調，乃是兩章，而題作三首，豈誤書耶。弘治己酉二月，長洲祝允明記。」

【編年】

據祝允明詞序，此詞作於弘治二年（1489）二月。

4. 南歌子　墨菊

面背東皇歟，心從白帝傾。避炎趨冷久惺惺。誰識一般風味儘多情。　　索性拋金縷，渾身付墨卿。偎紅年少想應憎。又爲一生緣分近書生。　　《中國古代書畫圖目　十八》「行草書詩詞」（湘 3－01）　《祝氏文集》卷十，頁 5 上～5 下　《明詞彙刊》本《枝山先生詞》冊下，頁 1679 上　《全明詞》冊二，頁 421

【箋】

〔明〕祝允明「行草書詩詞」題款：「余託交扵了庵，尊宿有所酬應詩文，常借其居。山亭助興，暇一獨坐亭中。了庵曰：「吾見子作字，甚愛之。雖煙雲過眼不必留滯，而子獨無意扵我邪？」予未答，而其諸孫西之已布紙筆案前矣。遂字字如右，蓋不直法眼一勘。所望者正在他日所作。所書可校今日之進退耳。了菴亮之。丙辰中秋，後學允明。」

【編年】

祝允明曾將此詞與另外三詞同書以贈人，案四詞順序爲：〈眼兒媚〉（梯駕彤雲接青冥）、〈鳳凰閣〉（枉擔風負月）、〈鳳銜杯〉（石頭城裏少年遊）、〈南歌子・墨菊〉（面背東皇歛）。祝允明所書時，爲弘治九年（1496）八月十五日，三十七歲。乃書其舊作，則此四詞當作於此前。

5. 鳳凰閣

枉擔風負月，挑雲載雨。風流不肯滿支付。頗恨司花仙吏，忒煞無據。刻減盡、玉人風度。　　慳緣吝福，不管鸞分鳳去。怎知年少不長住。春老也，這其間、沈腰潘鬢，一底板、推辭沒處。　　《中國古代書畫圖目　十八》「行草書詩詞」（湘3－01）　《祝氏文集》卷十，頁8下～9上　《明詞彙刊》本《枝山先生詞》冊下，頁1681上　《全明詞》冊二，頁424

【編年】

參〈南歌子・墨菊〉部分。

6. 眼兒媚

梯駕彤雲接青冥。風露滿瑤京。紫霄花雨，洞天玉笛，隔斷凡情。　　暢哉仙吏軒轅子，隨處有歸程。瑤臺白鳳，玄洲黃鶴，骨俊神清。　　《中國古代書畫圖目　十八》「行草書詩詞」（湘3－01）　《祝氏文集》卷十，頁9上　《明詞彙刊》本《枝山先生詞》冊下，頁1681下　《全明詞》冊二，頁424

【編年】

　　參〈南歌子・墨菊〉部分。

7. 蘇武慢　十二闋　其一

　　初，元人馮尊師作二十篇，虞學士和十二篇。繼虞韻者，今凡三五家，朱性父集一冊。予閱之，復得此，亦用虞韻，以附朱冊之末，惜不稱前賞耳。

　　道味悠悠，塵緣袞袞，怎得上他鉤釣。面外紅顏，心頭白髮，別有老翁年少。忙殺情懷，弊窮骸骨，換得白麻丹詔。好衣裳、肥馬高軒，總在一身之表。　　又況有、勞也無功，求之不得，枉卻舞蛇奔鳥。樹上菩提，臺端明鏡，不是濁銅枯杪。可惜塵埃，等閑斤釜，都把那些忘了。甚時間、返本還原，這個法兒誰曉。　　《祝氏文集》卷十，頁1下～2上　　《明詞彙刊》本《枝山先生詞》冊下，頁1676下～1677上　　《全明詞》冊二，頁417～418

【校】

　　〔惜不稱前賞耳〕《明詞彙刊》本《枝山先生詞》作「惜不稱前賢耳」。

【編年】

　　朱存理卒於正德八年（1513）七月，其蒐集歷代〈蘇武慢〉成一集之時間，當在此之前。案祝允明詞序文意，其追和於朱存理編成之後。且察詞意，〈蘇武慢〉其十二云：「意到終篇，偶然成此，不是傚摹之作。眞堪笑、仙也儒乎，奇特龜毛兔角。」不仿效前人而語帶自負，表達詞人一己之成熟志意，自非早年能作。其一云：「面外紅顏，心頭白髮，別有老翁年少。」顯然為晚年所作。又，其二云：「得失投瓊，榮枯射覆，為請先生姑歇。開眼投餘，放心射後，何不當初通徹。」其五云：「種子休拋，前程早辦，只看兔烏朝晚。……此路原來不遠。……歸去來兮，時將至矣，供事紫皇清燕。混茫中、曾露天機，自信福緣非淺。」其九云：「看風塵、故國蒼茫，歷劫豈能重去。」由此觀之，似是詞人棄官歸里前夕之思考。其七又云：「獨坐虛庭，

秋高夜永，明月屋東移過。」則爲秋天所作無疑。詞人於正德十六年（1521）棄官，則祝允明之〈蘇武慢〉十二闋，約作於正德十六年秋天。此亦可證其棄官，當在本年秋天以後。

8. 蘇武慢　其二

打破機關，踏番坑窪，不悟你乖吾拙。得失投瓊，榮枯射覆，爲請先生姑歇。開眼投餘，放心射後，何不當初通徹。這般時、心似澄波，兩眼也如明月。　　若當時、下箇心籌，做些手勢，一發支離滅裂。所以高人，只從玄運，便覺不圓無缺。束手蒙蒙，閉門呐呐，不曉將迎趨謁。大都來、一水爲身，堪雨堪雲堪雪。　　《祝氏文集》卷十，頁2上　《明詞彙刊》本《枝山先生詞》冊下，頁1677上　《全明詞》冊二，頁418

【校】

〔只從玄運〕《明詞彙刊》本《枝山先生詞》、《全明詞》作「只從元運」。

9. 蘇武慢　其三

橘子樹邊，芭蕉林裏，結個低低茆宇。綠陰畫合，青蓋晴鋪，透出茶烟雙縷。上究儒編，外觀佛說，也有道言仙語。或爲師、爲友爲朋，三者盡堪吾侶。　　究竟處、俱在無言，都非有象，歸宿靈臺丹府。廣大高明，精微細密，天宰泰然安住。無始無終，無餘無欠，無我無今無古。看長空、一色青青，那得贅雲疣雨。　　《祝氏文集》卷十，頁2上～2下　《明詞彙刊》本《枝山先生詞》冊下，頁1677上～1677下　《全明詞》冊二，頁418

10. 蘇武慢　其四

足厭寰塵，眼憎世土，要看海波清碧。馭氣爲舟，馮風作楫，汗漫東西南北。踏徧三山，遊窮四渤，赤腳不須梟鳥。笑麻姑、未斷機心，尚計海桑今昔。　　靈宴啓、玄郭綺窗，圓丘紫奈，月醴日華雲實。個水玉精，閬風日腦，蘊就玄黃之液。宴罷瀛洲，笑呼青翼，飛報婉衿消息。道今番、眞箇相逢，何似偷桃之日。　　《祝氏文集》卷十，

頁 2 下　《明詞彙刊》本《枝山先生詞》冊下，頁 1677 下　《全明詞》冊二，頁 418

【校】

〔要看海波清碧〕《全明詞》作「要看浪波清碧」。

〔靈宴啓、玄郭綺窗〕《祝氏文集》卷十作「靈晏啓、玄郭綺葱」。《全明詞》作「靈晏啓、元郭綺窗」。

〔圓丘紫柰〕《明詞彙刊》本《枝山先生詞》、《全明詞》作「圓邱紫柰」。

〔蘊就玄黃之液〕《全明詞》作「蘊就元黃之液」。

11. 蘇武慢　其五

沙飯飽餘，鏡甌明後，忽把念頭移轉。種子休拋，前程早辦，只看兔烏朝晚。檢玉靈筌，流珠聖引，早授七籤一卷。鬼門關、便可丹臺，此路原來不遠。　　爭忍得、長演戲場，困居夢境，埋了出人之見。半夜雷鳴，三多電掣，放出倚天靈劍。歸去來兮，時將至矣，供事紫皇清燕。混茫中、曾露天機，自信福緣非淺。　　《祝氏文集》卷十，頁 2 下～3 上　《明詞彙刊》本《枝山先生詞》冊下，頁 1677 下　《全明詞》冊二，頁 418～419

【校】

〔前程早辦〕《全明詞》作「前程早辨」。

12. 蘇武慢　其六

勇謝塵區，直超玄境，合是上仙階格。靈音導引，玉女參迎，受用那般聲色。笑揖羣眞，都來相問，何事久爲凡客。悔當初、一念之差，今日如何說得。　　誰知道、舊種靈苗，別來無恙，暗地長成千尺。妄鑿深鑽，忽然生懼，逆旅昨來孤特。左抱飛瓊，右扶弄玉，不似包荒陳迹。是鴻濛、一段因緣，要了這場雜劇。　　《祝氏文集》卷十，頁 3 上　《明詞彙刊》本《枝山先生詞》冊下，頁 1677 下～1678 上　《全明詞》冊二，頁 419

【校】

〔直超玄境〕《全明詞》作「直超元境」。

〔靈音導引〕《全明詞》作「靈音道引」。

13. 蘇武慢　其七

　　獨坐虛庭，秋高夜永，明月屋東移過。光入杯中，和光一吸，不省杯微光大。恍惚須臾，墙頭影出，了了不同燈火。有誰知道、這影分明，是月是墙是我。　　若說道、影自形生，形爲影祖，見解恁般都左。影本無兮，形非有也，墙月更無□些。妙妙玄玄，玄玄妙妙，欲說難言將那。但冥冥、相對嫦娥，或者許吾言可。　　《祝氏文集》卷十，頁3上～3下　《明詞彙刊》本《枝山先生詞》冊下，頁1678上　《全明詞》冊二，頁419

【校】

　　〔有誰知道、這影分明〕案：當爲七字句，「有」字疑爲襯字。

　　〔墙月更無□些〕《全明詞》作「墙月更無一些」。

14. 蘇武慢　其八

　　缺陷因緣，娑婆世界，受盡夏炎冬雪。夢斷雲場，走迷人徑，想煞舊時高潔。玉宇千重，瑤臺萬仞，怎得肉軀超越。但當中、一點靈光，不忍自家拋絕。　　須信道、糞土黃金，天堂地獄，相去只爭毫髮。五嶽眞形，三峯妙旨，有個入頭之訣。假去眞還，功成行滿，方信一般無別。大虛空、雨散雲收，依舊一輪明月。　　《祝氏文集》卷十，頁3下　《明詞彙刊》本《枝山先生詞》冊下，頁1678上　《全明詞》冊二，頁419

15. 蘇武慢　其九

　　巧浪滔天，頑塵滿地。開口可和誰語。老婆心切，六賊魔纏，醉裏無頭無路。虯駕獨驂，霓旌雙引，恭謁寥陽金宇。叩侍宸、左右眞僚，一一鷺行如故。　　應天詔、定籙西龜，校名東極，且喜三官收取。眞童相迓，素女邀留，散布九霞容與。香迷玉蘂，音暢鈞天，亂墮繽紛花雨。看風塵、故國蒼茫，歷劫豈能重去。　　《祝氏文集》卷十，頁4上　《明詞彙刊》本《枝山先生詞》冊下，頁1678上～1678下　《全明詞》冊二，頁419～420

16. 蘇武慢　其十

混沌餘波，洪濛眞液，多謝杜康遺惠。自然一斗，大道三杯，這是吾儂能事。腐鼠飢鳶，來牛去馬，古古今今無已。一酕醄、都付冥茫，可謂聖之和矣。　　起來時、覓自然師，挈無爲友，去問山尋水。一勺滄溟，些兒泰華，眞箇忒低忒細。山水忽亡，友師俱泯，此際有些甚底。要形容、言也空空，何況校醒量醉。　　《祝氏文集》卷十，頁 4 上～4 下　《明詞彙刊》本《枝山先生詞》冊下，頁 1678 下　《全明詞》冊二，頁 420

【校】

〔去問山尋水〕案：此句少一字。

17. 蘇武慢　其十一

晨吸朱暉，夜吞黃月，久久工夫到處。姹女嬌嬝，手持玉欖，日午走過南圃。龜精滿鼎，鳳髓盈壺，也有馬牙爲脯。把嬋娟、配合郎君，月老只憑黃母。　　君看取、頂聚三花，元朝五氣，此際不知朝暮。東海青龍，西山白虎，會在金川之路。玄體紫光，脫胎入口，無限龍神驚去。鐵牛兒、眞箇頑皮，把定死生之戶。　　《祝氏文集》卷十，頁 4 下　《明詞彙刊》本《枝山先生詞》冊下，頁 1678 下　《全明詞》冊二，頁 420

【校】

〔日午走過南圃〕《祝氏文集》卷十、《全明詞》作「日午走過南園」。《全明詞》案：「當係『圃』字之誤。」

〔玄體紫光〕《全明詞》作「元體紫光」。

18. 蘇武慢　其十二

妙入眞無，縱橫顚倒，誰似我心之樂。識得天中，越南燕北，陋矣世間河洛。後也無端，前乎無緒，豈有來今去昨。看玄珠、原不相離，何用倩人搜索。　　便教我、萬變千移，洪纖高下，動植飛走游躍。也只如斯，渾無別樣，一任玄玄斟酌。意到終篇，偶然成此，不是傚摹之作。眞堪笑、仙也儒乎，奇特龜毛兔角。　　《祝氏文集》卷十，頁 4 下～5 上　《明詞彙刊》本《枝山先生詞》冊下，頁 1678 下～1679 上　《全明詞》

冊二，頁 420

【校】

〔後也無端〕《明詞彙刊》本《枝山先生詞》作「後也元端」。

〔看玄珠、原不相離〕《全明詞》作「看元珠、原不相離」。

〔一任玄玄斟酌〕《祝氏文集》、《明詞彙刊》本《枝山先生詞》、《全明詞》作「一任元元斟酌」。

19. 蝶戀花　蘇臺八景　八闋　其一　虎阜晴嵐

暖日晴霞蒸染透。草樹峯巒，結上千層秀。濃綠嫩青相攔就。夫容一朵初陽候。　　睡醒真娘纔沐首。玉潤香溫，放了眉峯皺。游子入山相逗過。雲鬟剪贈霑襟袖。　　上虞羅氏影印本希哲書〈蘇臺八咏〉　《中國古代書畫圖目　十五》「行草書咏蘇臺八景詞」（遼 2－008）　《詞範》

【校】

〔詞序〕《詞範》無詞序。

〔睡醒真娘纔沐首〕《詞範》作「睡醒貞娘纔沐首」。

【箋】

上虞羅氏影印本「希哲書〈蘇臺八咏〉」，祝允明題款云：「癸未春三月望後，允明鈔。」

案：「癸未」即嘉靖二年（1523）。

《中國古代書畫圖目　十五》〈行草書咏蘇臺八景詞〉（遼 2～008），祝允明題款云：「詠蘇臺八景小詞八闋錄布說卷上……白石薜蘿房，青山雨水鄉。琴傳雷氏斲，玉是汲丘藏。鹿友同無我，鑣分亦讓王。枕巾存雅道，一臥即羲皇。乙酉三月望日，酒次為子朗灙書。枝山。」

案：「乙酉」即嘉靖四年（1525）。

【編年】

案此八詞之詞意，為登山臨水之作，且其中所表達出來的遣玩之逸興，以及塵俗之悟解，均顯示此八詞當作於正德十六年（1521）歸

隱之後，嘉靖二年（1523）三月十六日之前。

20. 點絳唇　其二　蘸臺夕照

落日荒臺，碧霞影斷黃雲委。殘山剩水。暝色來千里。　　一抹微紅，閃閃帰鴉背。千年事。銷亡興癈。慘淡糢糊裏。　　《中國古代書畫圖目　十五》「行草書咏蘇臺八景詞」（遼2−008）　《詞範》

【校】

〔閃閃帰鴉背〕《中國古代書畫圖目　十五》作「閃閃帰□背」，漫漶不辨。

〔銷亡興癈〕《中國古代書畫圖目　十五》作「□□興癈」。

21. 八聲甘州　其三　上方春色

算吳門風景最佳時，都來是春天。看上方山下，行春橋畔，杜若洲邊。隨意萬聲千色，天錦雜神絃。都倚東君寵，恣媚爭妍。　　還看冶郎遊女，競紅粧素飾，竹轎花船。任高歌爛醉，醉倒錦窗前。幸吾儂、三生有分，淂生來、此地作遊仙。而今後、願天從我，歡賞年年。　　《中國古代書畫圖目　十五》「行草書咏蘇臺八景詞」（遼2−008）　《詞範》

【校】

〔看上方山下〕《詞範》作「上方山下」。

〔天錦雜神絃〕《詞範》作「錦旌神絃」。

〔恣媚爭妍〕《詞範》作「姿媚爭妍」。

〔竹轎花船〕《詞範》作「竹橋花船」。

〔淂生來、此地作遊仙〕《詞範》作「淂坐此地作遊仙」。

22. 憶秦娥　其四　包山秋月

包山月。四時都好秋還絕。秋還絕。冰輪碾玉，碧波流雪。　　洞天僊老憐塵劫。水宮龍女傷離別。傷離別。也應不似，世間悲切。　　《中國古代書畫圖目　十五》「行草書咏蘇臺八景詞」（遼2−008）　《詞範》

【校】

〔碧波流雪〕《詞範》作「波流雪」。

23. 摸魚兒　其五　越溪漁話

並輕舟、与君商話，且收掌中鈎釣。天空水闊風光美，摸得魚兒多少。卻堪咲。癡獃老、得魚又向波中倒。釣還有道。在不淺非深，莫遲休急，更要收綸早。　　還聞說，此處越兵來到。亡吳蹤跡堪咡。只今溪水清如玉，還是越池吳沼。君且道。人間世、功名爭似安閑好。且開懷抱。便鮮煮肥鱸，滿傾香酒，萬事醉都了。　　《中國古代書畫圖目　十五》「行草書咏蘇臺八景詞」（遼2－008）　《詞範》

【校】

〔此處越兵來到〕《中國古代書畫圖目　十五》作「此處越□來到」，漫漶不辨。

〔萬事醉都了〕《詞範》作「萬事都醉了」。

24. 憶王孫　其六　甫里帆帰

風高浪大日昏黃。天際飛蓬一寸長。隱隱歌聲送夕陽。路微茫。認得先生鬥鴨莊。　　《中國古代書畫圖目　十五》「行草書咏蘇臺八景詞」（遼2－008）　《詞範》

【校】

〔詞題〕《詞範》作「甫里帰帆」。

25. 西江月　其七　橫塘曉霽

水面小風輕快，樹頭涼日熹微。青煙一縷繞湖飛。正是橫塘曉霽。　　岸上小娃初起，映簾描罷山眉。荷花蕩裏去休遲。怕負藕心蓮意。　　《中國古代書畫圖目　十五》「行草書咏蘇臺八景詞」（遼2－008）　《詞範》

26. 尾犯　其八　寒山晚鐘

落日下層城，鐘發近村，聲亂人鳥。隱約依稀，縈風遠到。傷離緒、孤娥悲慘，急歸心、行人驚擾。最無端處，夜夜聲聲，敲淂人都老。　　堪憎人世上，兩事鐘鳴雞叫。豪傑英雄，被銷磨過了。但隨時、流行坎止，且寬懷、眠遲起早。便無煩惱，此法不向忙人道。　　《中國古代書畫圖目　十五》「行草書咏蘇臺八景詞」（遼2－008）　《詞範》

【校】

〔傷離緒、孤娥悲慘〕《詞範》作「傷離別、孤娥悲慘」。

〔最無端處〕《詞範》作「最無滯處」

〔堪憎人世上〕《詞範》作「堪惜人世上」。

〔兩事鐘鳴雞叫〕《詞範》作「多事鐘鳴雞叫」。

〔被銷磨過了〕《中國古代書畫圖目　十五》作「被銷磨過□」。

27. 賀新郎

　　老子眞癡子。算人間、誰箇有痴如此。萬事把來拋掉了，喫酒看花而已。另自是、一般滋味。不是要和人厮拗，也非關、不愛名和利。大概是，一癡耳。　　思量癡好眞無比。者其間、無頭無腦，一團妙理。既是世人須世法，胡亂做些張志。但不必、多勞多事。對了阿公都一笑，老山中、多少無名鬼。你醉否，我須醉。　　《祝氏文集》卷十，頁6下～7上　　《明詞彙刊》本《枝山先生詞》冊下，頁 1680 上　　《全明詞》冊二，頁 422

【校】

　　〔者其間、無頭無腦〕《祝氏文集》作「者其間、無頭無惱」。

　　案：「頭」與「腦」對舉，用「惱」則不相應。逕改。

【編年】

　　案詞意，當爲棄官後作，即正德十六年至嘉靖五年（1521～1526）。

28. 清平樂

　　未央春夜。酒去未暗熏蘭麝。珊枕交橫暈金藉。準拟鴛鴦嬌冷。　　三千紅粉明※，箇箇欲賦高唐。一境呈雲獻雨，教誰行接君王。　　《中國古代書畫圖目　十二》「行書詩詞」（滬 7－0011）

【箋】

　　〔明〕祝允明「行書詩詞」題款云：「枝山潒寫，甲申五月※日。」

【編年】

案祝允明題款，此詞作於嘉靖三年（1524）五月。

29. 憶王孫　春睡美人圖

黎花蒸透錦堂雲。堆下巫山一段春。化作遼西身外身。憶王孫。枝上流鶯休要聞。　　《祝氏文集》卷十，頁9下　　《明詞彙刊》本《枝山先生詞》冊下，頁1681下　　《全明詞》冊二，頁424

30. 長相思　多情

喚多情。說多情。誰把多情換我名。換名人可憎。　　為多情。轉多情。死向多情心也平。休教情放輕。　　《草堂詩餘新集》卷一　　《精選古今詩餘醉》卷十二，頁363　　《蘭皋明詞匯選》卷一，頁11

【校】

〔誰把多情換我名〕《精選古今詩餘醉》作「誰把多情喚我名」。

〔換名人可憎〕《精選古今詩餘醉》作「喚名人可憎」。

【箋】

〔明〕沈際飛《草堂詩餘新集》卷一云：「時有以多情呼枝山者，因賦。」「無古無今，一時邂逅，急起追之，情流韻溢，不須點染。」「倒說可憎。」

〔明〕潘游龍《精選古今詩餘醉》卷十二云：「時有以多情呼枝山者，因賦。」

〔清〕顧璟芳、李葵生、胡應宸《蘭皋明詞匯選》卷一，李葵生云：「（『死向』句）情癡語。」

31. 點絳唇

燕笑鶯憎，東君心事誰行託。一場蕭索。休也當初錯。　　夢斷秦樓，可恨因緣惡。愁腸薄。怎禁評泊。筆淚齊拋落。　　《祝氏文集》卷十，頁5上　　《明詞彙刊》本《枝山先生詞》冊下，頁1679上　　《全明詞》冊二，頁421

32. 謁金門　錦帕壽人

吳女製。一片綠闌紅地。雲鶴靈芝為四際。當中金壽字。　此法起於今世。我復為君題識。還有祝詞從大例。一絲添一歲。　《祝氏文集》卷十，頁 5 下　《明詞彙刊》本《枝山先生詞》冊下，頁 1679 下　《全明詞》冊二，頁 421

33. 鷓鴣天　林生畫扇

幾見和寧小曲身。吳綾蜀楮滿前陳。渾非薛媛圖中貌，也異崔徽鏡裏真。　山接屋，樹連雲。這回風景更清新。馮君莫訝丹青妙，元是丹青裏面人。　《祝氏文集》卷十，頁 5 上　《本事詩》　《明詞彙刊》本《枝山先生詞》冊下，頁 1679 上　《全明詞》冊二，頁 420

34. 鷓鴣天　白扇和韻

夢想三生杜紫薇。輕羅銀燭閃寒輝。雪從姑射山頭降，雲向瑤臺頂上飛。　秋日老，晚風微。碧梧桐下手頻揮。班姬已是多涼冷，陣陣那禁貼素衣。　《祝氏文集》卷十，頁 8 上　《明詞彙刊》本《枝山先生詞》冊下，頁 1680 下～1681 上　《全明詞》冊二，頁 423

35. 鷓鴣天

燈火三更把算籌。風沙萬里覓封侯。蠶兒作繭生難罷，蛾子親燈死卻休。　身外苦，夢中忙，渾無些子為吾謀。世間富貴真何物，賺得英雄白了頭。　《式古堂書畫彙考》卷二十五

36. 浪淘沙　春情

含笑倚朱門。脫盡羅裙。一團白玉碾腰身。剛把肚兒圍抹了，三尺紅雲。　移步到花陰。做盡妖淫。抬身背面掩羞奔。愛煞進房三四步，絲不沾身。　《蘭皋明詞匯選》卷三，頁 55

【箋】

〔清〕顧璟芳、李葵生、胡應宸《蘭皋明詞匯選》卷三，顧璟芳云：「妖豔極矣，然無填曲氣。」

〔清〕沈雄《古今詞話》詞話下卷云：「柳塘詞話曰：唐子畏素

性不羈，及坐廢，益游于酒人以自娛。宸濠禮聘之，子畏見有異志，裸形箕踞以處，得遣歸。又傳其矯身梁谿學士家以求美婢，見諸劇戲。祝枝山嘗傅粉墨，從優伶入市度新聲，多向挾邪游。所著有擲果、窺簾、醉紅、金縷諸曲，皆言情之作。好負逋債，出則羣萃而呼責之者踵相接也。兩人同濫筆墨，每多諧謔，而人爭重之。唐有〈踏莎行〉、〈千秋歲引〉，祝有〈鳳棲梧〉、〈浪淘沙〉。不甚精警，故逸其詞而敘其人。」

37. 踏莎行

堂合燈紅，簾凝草翠。畫樓東畔山屏裏。香花淡月暖溶溶，人間天上春無底。 也有微情，卻無眞喜。隔墻小笑通些意。不逢美景也能拼，可憐辜負春如此。 《祝氏文集》卷十，頁 1 上 《明詞彙刊》本《枝山先生詞》冊下，頁 1676 下 《全明詞》冊二，頁 417

38. 踏莎行 月梅

暈雪成花，削瓊爲骨，人間一品芳菲格。冰輪遙駕素娥來，馮空幻出風流色。 彩樣瑤柯，香薰寶魄，合和秀氣都無迹。東君樓閣瑣重重，春風莫管分南北。 《祝氏文集》卷十，頁 9 上 《明詞彙刊》本《枝山先生詞》冊下，頁 1681 下 《全明詞》冊二，頁 424

【校】

〔東君樓閣瑣重重〕《枝山先生詞》作「東君樓閣鎖重重」。

39. 鵲橋仙

雲師觸突，雨師頑劣。連夏連春不歇。看看弄得沒來由，都不管、好時好節。 兒童沒興，老人愁結。怕又把、江南魚鼈。想天也會弔忠臣，直哭到、今朝不歇。 《祝氏文集》卷十，頁 5 下 《明詞彙刊》本《枝山先生詞》冊下，頁 1679 上～1679 下 《全明詞》冊二，頁 421

【校】

〔連夏連春不歇〕《明詞彙刊》本《枝山先生詞》作「連春不歇」。

40. 鳳棲梧

　　鬧蝶窺春花性淺。試重含輕，未放風流點。玉絮吹寒飛力軟。深深繡戶珠簾捲。　　厭放臨時仍泥戀。一把風情，錯認徐娘減。略綽暈香紅半片。闌干回首東風遠。　　《祝氏文集》卷十，頁6上　　《蘭皋明詞匯選》卷四，頁 85　　《明詞綜》卷二，頁 26～27　　《詞則‧閑情集》卷二　　《明詞彙刊》本《枝山先生詞》冊下，頁 1679 下　　《全明詞》冊二，頁 421

【校】

　　〔詞牌〕《蘭皋明詞匯選》卷四、《明詞綜》卷二、《詞則‧閑情集》卷二作「蝶戀花」。

　　〔詞題〕《蘭皋明詞匯選》卷四、《明詞綜》卷二、《詞則‧閑情集》卷二作「贈妓」。

　　〔鬧蝶窺春花性淺〕《明詞彙刊》本《枝山先生詞》、《全明詞》作「鬥蝶窺春花性淺」。

　　〔試重含輕，未放風流點〕《明詞綜》卷二、《詞則‧閑情集》卷二作「未了妝梳，小顆唇朱點」。

　　〔深深繡戶珠簾捲〕《蘭皋明詞匯選》卷四作「深深繡戶朱簾捲」。《明詞綜》卷二、《詞則‧閑情集》卷二作「深深繡戶珠簾掩」。

【箋】

　　〔清〕顧璟芳、李葵生、胡應宸《蘭皋明詞匯選》卷四，胡應宸云：「（『厭放』句）眷顧之極，反無意態。可言得『泥戀』二字，曲為寫照。」

　　〔清〕顧璟芳、李葵生、胡應宸《蘭皋明詞匯選》卷四，李葵生云：「京兆風流絕代，放浪狹斜間，情會所之，淋漓咳唾。今觀《擲果》、《窺簾》、《醉紅》、《金縷》諸集，大抵皆有所托而逃焉者也。世有以導淫呵之者，其亦不知京兆之深哉。」

　　〔清〕顧璟芳、李葵生、胡應宸《蘭皋明詞匯選》卷四，顧璟芳云：「情之所鍾，正在吾輩。淡遠如陶徵君，亦不以〈閑情〉一賦，遂指微瑕。若枝山即未敢擬陶，然亦不必代作莊語，請與李子參之。」

〔清〕沈雄《古今詞話》詞話下卷云：「柳塘詞話曰：唐子畏素性不羈，及坐廢，益游于酒人以自娛。宸濠禮聘之，子畏見有異志，裸形箕踞以處，得遣歸。又傳其鬻身梁谿學士家以求美婢，見諸劇戲。祝枝山嘗傅粉墨，從優伶入市度新聲，多向挾邪游。所著有擲果、窺簾、醉紅、金縷諸曲，皆言情之作。好負逋債，出則羣萃而呼責之者踵相接也。兩人同濫筆墨，每多諧謔，而人爭重之。唐有〈踏莎行〉、〈千秋歲引〉，祝有〈鳳棲梧〉、〈浪淘沙〉。不甚精警，故逸其詞而敘其人。」

〔清〕陳廷焯《詞則・閑情集》卷二云：「雅聲足想宗吉一流人。」

41. 一剪梅

南皋小亭臺。薄有山花取次開。寄與多情熊少府，晴也須來。雨也須來。　　隨意且銜杯。莫惜春衣坐綠苔。若待明朝風雨後，人在天涯。春在天涯。　　《式古堂書畫彙考》卷二十五

42. 一剪梅　元夕　二闋　其一

蕙約蘭期鬪玉郎。新樹銀花，舊巷秋娘。映簾呼看夜深妝。羅袖通溫，脂點分香。　　輕雲重雨暗商量。口應西樓，眼赴東墻。春心滿趁兩宵長。夜夜鴛鴦。歲歲鸞凰。　　《祝氏文集》卷十，頁 6 上～6 下　《蘭皋明詞匯選》卷四，頁 80　《明詞彙刊》本《枝山先生詞》冊下，頁 1679 下　《全明詞》冊二，頁 421～422

【校】

〔詞題〕《蘭皋明詞匯選》卷四作「燈夜」，並有注云：「前段少一字。」可參見《蘭皋明詞匯選・校勘記》。

〔羅袖通溫，脂點分香〕《蘭皋明詞匯選》卷四作「羅袖通溫脂點香」。

【箋】

〔清〕顧璟芳、李葵生、胡應宸《蘭皋明詞匯選》卷四，胡應宸

云：「京兆乞花索醉，至今傳爲佳話。想其于情豔上步步體貼，刻刻流連，故歌詞輕蕩，令讀者欲狂。」

43. 一剪梅　其二

　　愛煞三生杜舍人。竊玉情腸，擲果風神。揚州三月鬧花塵。骨沁流霞，髓膩行雲。　　誰在司空座上親。鶯燕流蹤，蝴蝶迷魂。□□□□□□。自譜芳菲，塡入陽春。　　《祝氏文集》卷十，頁6下　《明詞彙刊》本《枝山先生詞》冊下，頁1680上　《全明詞》冊二，頁422

44. 祝英臺近　問月

　　隔三春，空半夏，何處自孤睡。驀地因誰，今夜到庭戶。一團怨粉愁黃，依然嫵媚，卻禁得、世間顯顇。　　別離處。曾照幾度歡娛，誰家不孤負。怕也有人，不似我知遇。見伊便愁歡娛，歡娛何在，知久後、怎分付。　　《祝氏文集》卷十，頁5下～6上　《明詞彙刊》本《枝山先生詞》冊下，頁1679下　《全明詞》冊二，頁421

【校】

　　〔見伊便愁歡娛，歡娛何在〕《明詞彙刊》本《枝山先生詞》作「見伊便愁歡娛何在」。

45. 法曲獻仙音

　　鬢弱吳霜，臉羞湯餅，一把青春難住。院落笙歌，樓臺燈火，空留許多饞語。問月姊花娘，道今番怎張主。　　且容與。王孫舊時月色，君管取、從此不教虛度。玉樹後庭花，做三千、金屋收貯。舞鳳歌鸞，映腰間、金印如許。待封侯事了，卻向鳳麟洲去。　　《祝氏文集》卷十，頁8上～8下　《明詞彙刊》本《枝山先生詞》冊下，頁1681上　《全明詞》冊二，頁423

46. 念奴嬌

　　顛風劣雨，忒無賴、逗訂一場愁絕。酒困花慵曾犯著，不似這番又別。玉臂溫盟，香綃嫩約，陡頓成虛設。無腸可斷，但餘兩眼清血。　　怪底見慣司空，從得了那人，便成交結。□□姻緣，算而今、

合補三生欠闕。對月深思，情是人間何物，恁般難滅。但教如人，若滅時有如此月。　　《祝氏文集》卷十，頁 1 上～1 下　　《明詞彙刊》本《枝山先生詞》冊下，頁 1676 下　　《全明詞》冊二，頁 417

【校】

　　〔但教如人〕《明詞彙刊》本《枝山先生詞》、《全明詞》作「但教如此」。

47. 念奴嬌　詠銀製鞋杯

　　玉奴三寸，慳受得、一點麴生風味。味盡春心深又淺，何用搵羅挨綺。緊緊幫兒，口兒小小，更愛尖兒細。風流無限，怎教人不歡喜。　　遙想飛上吟肩，比掌中擎處，一般心醉。醉意薔騰頭上起，真到妖嬈腳底。半縷頑涎，要吞吞未下，吐尤難矣。笑他當日，郭華無量乾死。　　《祝氏文集》卷十，頁 7 下～8 上　　《明詞彙刊》本《枝山先生詞》冊下，頁 1680 下　　《全明詞》冊二，頁 423

48. 花犯

　　軟紅塵，東華滾滾，滔滔者風浪。緣紅障空。惹月露雲，情緒難放。舊時剔透因緣到，而今費念想。枉受了、一些分付，玲瓏嬌五臟。　　嫦娥為人誇青鸞，排雲叫閶闔，分明問當。既有意，生成就、恁般品相。緣何又、磨礧到此，似忒煞、無情孤指望。敕旨到、謝恩迎取，燒香長拜仰。　　《祝氏文集》卷十，頁 8 下　　《明詞彙刊》本《枝山先生詞》冊下，頁 1681 上　　《全明詞》冊二，頁 423

49. 瑞龍吟　夏景仕女

　　炎光永。堪愛嫁日葵嬌，媚風荷淨。池臺夜色沉沉，有情月柳，分來淡影。　　好清景。人在水晶宮裏，態真妝靚。風鬟雪骨蕭蕭，放嬌趁弱，闌干斜凭。　　無奈風流姊妹，妥肩垂袖，厭厭相竝。應是一般無言，心下自省。雙鬟何事，心相恁難定。相將去、撩花撥蝶，惱人情性。水閣鴛鴦冷。紅雲會與，深深隱映。天賜長交頸。銀漏轉、冥冥天埁人靜。恰安排睡，被風吹醒。　　《祝氏文集》卷十，頁 7

上～7下　《明詞彙刊》本《枝山先生詞》冊下，頁 1680 上～1680 下　《全明詞》冊二，頁 422

【校】

〔好清景〕《明詞彙刊》本《枝山先生詞》、《全明詞》作「如清景」。

〔妥肩垂袖〕《明詞彙刊》本《枝山先生詞》作「鬋妥肩垂袖」。

〔心相恁難定〕《明詞彙刊》本《枝山先生詞》作「心相凭難定」。

〔紅雲會與，深深隱映〕《祝氏文集》卷十作「紅雲會深，與深隱映」。

50. 瑞龍吟　秋景仕女

蓬萊境。誰把黃入桂屏，碧歸桐井。風高院落清寒，綺寮靈瑣，瓊瑤相映。　　漫思省。誰念星娥離別，月妃孤另。問天乞紙婚書，鎮成姻眷，天應也肯。　　何處青鸞飛過，玉樓雲凍，瑤臺風緊。吹墮蕊珠金盆，仙掌難穩。雲編粉簡，空滿舊吟咏。爭如是、秦蕭竝品，蜀琴雙聽。銀燭秋光冷。人間天上，嬋娟爭勝。且抱羅衾剩。行雨轉、芳心悲歡共警。有人繾綣，有人薄倖。　　《祝氏文集》卷十，頁 7 下　《明詞彙刊》本《枝山先生詞》冊下，頁 1680 下　《全明詞》冊二，頁 422～423

【校】

〔詞題〕《明詞彙刊》本《枝山先生詞》無詞題。

〔鎮成姻眷〕《明詞彙刊》本《枝山先生詞》、《全明詞》作「填成姻眷」。

唐寅詞校箋凡三十六闋

1. 秦樓月　謝醫

業傳三世，學通四庫，志在濟人利物。刀圭信手就囊拈，能事在醫人醫國。　　雷封薄宦，寄身逆旅，忽感咥危困厄。過承恩惠賜餘生，祇撰箇新詞酬德。　　何刻續刻卷八，頁 5 上　唐刻全集卷四　《明詞彙刊》

本《六如居士詞》冊上，頁 491 上～491 下　《唐伯虎全集》卷四，頁 161～162

【編年】

　　據周道振、張月尊《唐伯虎全集‧附錄六‧年表》，弘治十二年（1499）秋歸里。案下片「雷封薄宦，寄身逆旅，忽感阽危困厄」語，知此爲科場案後，罰黜浙藩，逕歸不往，路途中所作，即弘治十二年（1499）秋。

2. 過秦樓　題鶯鶯小像

　　瀟灑才情，風流標格，脈脈滿身春倦。修薦齋場，禁煙簾箔，坐見梨花如霰。乘斜月，赴佳期，燭燼墻陰，釵敲門扇。想伉儷鸞凰，萬千顚倒，可禁嬌顫。　　塵世上、昨日朱顏，今朝青塚，頃刻時移事變。秋孃命薄，杜牧緣慳，天不與人方便。休負良宵，大都好景無多，光陰如箭。聞道河東普救，剩得數間荒殿。　　何刻續刻卷八，頁 3 上～3 下　唐刻全集卷四　《明詞彙刊》本《六如居士詞》冊上，頁 490 下　《大觀錄》卷二十　《書畫鑑影》卷二十一　《唐伯虎詩輯逸箋注》　《唐伯虎全集》卷四，頁 165、補輯卷五，頁 476　《全明詞》冊二，頁 494

【校】

　　〔詞題〕《大觀錄》、《書畫鑑影》作「崔鶯鶯小像」。

　　〔風流標格〕《書畫鑑影》作「風流約束」。

　　〔脈脈滿身春倦〕《大觀錄》、《書畫鑑影》作「默默滿身春倦」。《明詞彙刊》本《六如居士詞》、《全明詞》作「脈脈滿身□倦」。

　　〔修薦齋場〕《書畫鑑影》作「羞薦齋場」。《明詞彙刊》本《六如居士詞》、《全明詞》作「脩薦齋場」。

　　〔坐見梨花如霰〕《全明詞》作「坐見黎花如霰」。

　　〔燭燼墻陰〕《大觀錄》、《書畫鑑影》作「燭燼墻影」。

　　〔想伉儷鸞凰，萬千顚倒，可禁嬌顫〕《大觀錄》作「想伉儷鸞皇萬年，不勝羞顫」。《書畫鑑影》作「想伉儷鸞鳳，萬千顚倒，不勝羞顫」。

　　〔塵世上、昨日朱顏〕《大觀錄》作「塵世上、昨日紅粉」。《書

畫鑑影》作「塵世上、昨日紅妝」。

〔秋孃命薄〕《書畫鑑影》作「佳人命薄」。

〔杜牧緣慳〕《大觀錄》作「杜牧無緣」。《書畫鑑影》作「才子緣輕」。

〔大都好景無多〕《書畫鑑影》作「大都春色無多」。

〔聞道河東普救〕《大觀錄》作「聞道河中普救」。《書畫鑑影》作「試看如今普救」。

【箋】

〔清〕吳升《大觀錄》錄唐寅題款云：「宋陳居中模唐人畫，正德辛未，唐寅再模。」

〔清〕李佐賢《書畫鑑影》錄唐寅題款云：「宋陳居中摹唐人畫崔鶯鶯小像，太原王澤重摹，唐寅再摹並續新詞一闋。」

【編年】

據吳升《大觀錄》所錄唐寅題款，此詞作於正德六年（1511）。

3. 望湘人　春日花前詠懷

想盤鈴傀儡，寒食裏蒸，曾嘗少年滋味。凍勒花遲，香供酒醒。又算一番春計。鏡裏光陰，尊前明月，眼中時事。有許多、閒是閒非，我說與君君記。　　道是榮華富貴。恁掀天氣概，霎時搬戲。看今古英雄，多少葬身無地。名高惹謗，功高相忌。我且花前沉醉。管甚箇、兔走烏飛，白髮蒙頭容易。　　《中國古代書畫圖目　七》「行書扇頁」（蘇 24－0073）　曹刻彙集卷二　何刻續刻卷八，頁 1 下～2 上　唐刻全集卷四　《明詞彙刊》本《六如居士詞》冊上，頁 489 下～490 上　《書法叢刊》第八輯唐寅行書扇面　《明詞彙刊》本《類編箋釋國朝詩餘》卷五，頁 1538 上　《唐伯虎全集》卷四，頁 164　《全明詞》冊二，頁 493

【校】

〔想盤鈴傀儡〕《書法叢刊》第八輯唐寅行書扇面作「愛元宵燈火」。

〔眼中時事〕《書法叢刊》第八輯唐寅行書扇面作「眼中時

勢」。

〔看今古英雄〕《書法叢刊》第八輯唐寅行書扇面作「看自古英雄」。

〔名高惹謗〕《書法叢刊》第八輯唐寅行書扇面作「功高惹謗」。

〔功高相忌〕《書法叢刊》第八輯唐寅行書扇面作「名高相忌」。《類編箋釋國朝詩餘》作「功高相忘」。

【箋】

〔明〕《袁中郎先生批評唐伯虎彙集》，袁宏道云：「好。」

【編年】

從「曾嘗少年滋味」、「白髮蒙頭容易」的年齡形容，以及對於「閒是閒非」的徹底看破來看，此詞當作於正德十年（1515）佯狂歸里，與嘉靖元年（1522）病卒之間。

4. 憶秦娥　王守谷壽詞

解纓投散，抽簪辭鬧。此意誰知至妙。其間樂地，吾儒自有名教。春臺玉燭，霽月光風，翹首堪長嘯。　世間名利，境苦勞勞，爭似清風一枕高。孔北海，沈東老。祝長生，梁上歌聲繞。黃梁夢先覺。　何刻續刻卷八，頁4下　唐刻全集卷四　《明詞彙刊》本《六如居士詞》冊上，頁491上　《唐伯虎全集》卷四，頁163

【校】

〔詞牌〕案：此詞格律與〈憶秦娥〉頗不同，疑非此調。

〔翹首堪長嘯〕《唐伯虎全集》作「翅首堪長嘯」。

【編年】

此詞祝壽之意，對於隱者頗多讚揚，與詞人正德十年（1515）後絕意功名之心態頗合，亦當作於此晚年之際。

5. 江南春　次倪元鎮韻

梅子墮花葵孕筍。江南山郭朝暉靜。殘春鞋襪試東郊，綠池橫浸

紅橋影。古人行處青苔冷，館娃宮鎖西施井。低頭照井脫紗巾，驚看白髮已如塵。　　人命促，光陰急。淚痕漬酒青衫浥。少年已去追不及，仰看鳥沒天凝碧。鑄鼎銘鐘封爵邑，功名讓與英雄立。浮生聚散是浮萍。何須日夜苦蠅營。　　曹刻彙集卷一　袁評本卷一　何刻續刻卷八，頁2下～3上　唐刻全集卷一　《明詞彙刊》本《六如居士詞》冊上，頁490上　文唐合璧江南春拓本　《郁氏書畫題跋記》卷十　《明詞彙刊》本《江南春詞集》冊上，頁 1157下　《唐伯虎全集》卷一，頁19～20　《全明詞》冊二，頁494

【校】

〔梅子墮花荽孕筍〕《全明詞》作「梅子墮花菱孕筍」。

〔綠池橫浸紅橋影〕《全明詞》作「綠池橫浸紅槁影」。

〔仰看鳥沒天凝碧〕文唐合璧江南春拓本、《郁氏書畫題跋記》作「仰看鳥沒天凝碧」。《江南春詞集》作「仰看鳥歿天凝碧」。

〔鑄鼎銘鐘封爵邑〕《江南春詞集》作「鑄鼎鳴鐘封爵邑」。

〔浮生聚散是浮萍〕《郁氏書畫題跋記》作「浮生聚散似浮萍」。

【箋】

文唐合璧江南春拓本題款云：「正德丁丑清明日」。《江南春詞集》有詞跋：「正德丁丑清明日，後學唐寅奉同。」

【編年】

正德丁丑為正德十二年（1517），則此詞作於正德十二年清明。

6. 水龍吟　題山水二闋　其一

正德庚辰四月既望，泊舟梁溪，為心菊先生漫書。

江山風景依然，一望碧山三十里。愛丹楓林外，白蘋洲上，紫烟光裏。繫住扁舟，呼來旨酒，吟餘秋水。看西飛鳥翼，東奔兔足，朝昏能幾。　　浮生不及時為樂，塵土事，又隨人起。海翁鷗鳥，漆園蝴蝶，謝家燕子。多少清華，尋常消歇，百年眼底。都不如子同西塞，橛頭細雨。　　《自怡悅齋書畫錄》卷十二唐六如水龍吟冊　《唐伯虎全集》補輯卷五，頁474

【校】

〔看西飛烏翼〕《自怡悅齋書畫錄》、《唐伯虎全集》作「看西飛鳥翼」。

案：「烏翼」與「兔足」對舉，如其〈畫堂春〉即云「簾前兔走逐烏飛」，〈望湘人・春日花前詠懷〉亦云「管甚箇、兔走烏飛」，分指日烏、月兔，則此「鳥」字當為「烏」字之誤。故逕改。

【編年】

案詞序「正德庚辰四月既望」，則此二詞作於正德十五年（1520）四月十六日。

7. 水龍吟　其二

門前流水平橋，有人曳竹閑行過。愛樹林陰翳，鳥聲上下，巖花妥墮。有魚可狃，有賓可樂，有農可課。更竹堪題字，水堪垂釣，草堪藉坐。　　所見者清泉白石。那淂有軟紅塵涴。雲添景象，雨催清思，風飄吒唾。渴時即飲，饑時即飯，倦時即臥。浮世間觸蠻蝸角，多時識破。　　《自怡悅齋書畫錄》卷十二唐六如水龍吟冊　《唐伯虎全集》補輯卷五，頁 474

8. 謁金門　吳縣旗帳詞

天子睿聖。保障必須賢令。賦稅今推吳下盛。誰知民已病。　　一自公臨邑政。明照奸豪如鏡。敕旨休將親待聘。少留安百姓。　　何刻續刻卷八，頁 4 下～5 上　唐刻全集卷四　《明詞彙刊》本《六如居士詞》冊上，頁 491 上　《唐伯虎全集》卷四，頁 160～161　《全明詞》冊二，頁 495

9. 鷓鴣天　吳縣旗帳詞

君王意在恤黎民。妙選英賢令要津。金字榜中題姓氏，玉琴堂上布陽春。　　歌梓道，上楓宸。青驄一騎漲黃塵。九重半夜虛前席，定把疲癃子細陳。　　何刻續刻卷八，頁 5 上　唐刻全集卷四　《明詞彙刊》本《六如居士詞》冊上，頁 491 上　《唐伯虎全集》卷四，頁 161　《全明詞》冊二，頁 495

10. **鷓鴣天　廖通府帳詞**

蓮花幕滯仙才。梓葉秋風謁帝臺。七縣蒼生攀四馬，一輪明月上三臺。　　雞唱發，別尊開。佳名先自動春雷。調和鼎鼐海鹽味，專待蒼龍大手來。　　《明詞彙刊》本《六如居士詞》冊上，頁491下　《全明詞》冊二，頁495

【校】

〔蓮花幕滯仙才〕《全明詞》案：「首句脫一字。」

〔調和鼎鼐海鹽味〕《明詞彙刊》本《六如居士詞》作「調和鼎鼐梅鹽味」。

11. **二犯水仙花　題鶯鶯小像二闋　其一**

鈴璧風流是阿家。滿腔情緒絮如麻。西廂赴約月斜斜。　　將珮捧，趁牆遮。半踏裙襜半踏花。　　何刻續刻卷八，頁3上　唐刻全集卷四　《明詞彙刊》本《六如居士詞》冊上，頁490上～490下　《唐伯虎全集》卷四，頁160

12. **二犯水仙花　其二**

今日蒲東只暮鴉。祇留名字沁人牙。千金一刻儻容賒。　　殘蠟燭，且琵琶。休把光陰去了些。　　何刻續刻卷八，頁3上　唐刻全集卷四　《明詞彙刊》本《六如居士詞》冊上，頁490下　《唐伯虎全集》卷四，頁160

【校】

〔休把光陰去了些〕《明詞彙刊》本《六如居士詞》作「休把光陰□了些」。

13. **畫堂春**

簾前兔走逐烏飛。又驚綠暗紅稀。養蠶眠足插秧齊。多半春歸。　　賴是花能送酒，最愁雨要催詩。倘教玉勒賞花期。拚踏香泥。　　何刻續刻卷八，頁3下　唐刻全集卷四　《明詞彙刊》本《六如居士詞》冊上，頁490下　《唐伯虎全集》卷四，頁161　《全明詞》冊二，頁494

14. **踏莎行　閨情　四闋　其一　春**

可怪春光，今年偏早。閨中冷落如何好。因他一去不歸來，愁時

只是吟芳草。　　奈爾雙姑，隨行隨到。其間況味予知道。尋花趁蝶好光陰，何須步步回頭笑。　　曹刻彙集卷二　何刻續刻卷八，頁1上　唐刻全集卷四　《明詞彙刊》本《六如居士詞》冊上，頁489下　《唐伯虎題畫詩》　《明詞彙刊》本《類編箋釋國朝詩餘》冊下，卷二，頁1506下　《草堂詩餘新集》卷二　《古今詞統》卷九，頁322　《精選古今詩餘醉》卷六，頁201　《唐伯虎全集》卷四，頁162　《全明詞》冊二，頁493

【校】

〔詞題〕《類編箋釋國朝詩餘》、《草堂詩餘新集》、《古今詞統》、《精選古今詩餘醉》作「春閨」。

〔其間況味予知道〕《明詞彙刊》本《六如居士詞》、《全明詞》作「其間況味儂知道」。

【箋】

〔明〕《袁中郎先生批評唐伯虎彙集》，袁宏道云：「好。」

〔明〕何大成《伯虎遺事》引《娛野園漫筆》云：「戊午六月二十五日，吾從梁溪崇安寺，見六如美人圖一軸。凡畫美人者四，其一背面而立，皆宮樣粧也。一美人手執梳具若縣，而未試者，狀亦奇絕。有白陽山人陳淳題〈踏莎行〉一闋。」

〔明〕沈際飛《草堂詩餘新集》卷二云：「四詞想有所指。一時為之殉情，俚耳。罔避俳文，未至也，牧之以塞耳食之望。枝山云：『其于應世文字詩歌，不甚措意。謂：「後知不在是見我一斑已矣。」』則觀子畏者，別當著眼。」

〔明〕卓人月匯選；徐士俊參評《古今詞統》卷九，徐士俊云：「子畏于應世文字詩歌，不甚措意，謂：『後世知不在是見我一斑已矣。』」

〔清〕顧璟芳、李葵生、胡應宸《蘭皋明詞匯選》卷三，胡應宸云：「子畏吳下才人，而佳詞絕少。四時閨詞，沈天羽并登之，今只存二調者，以是選概嚴，不獨阿此公耳。」

〔清〕顧璟芳、李葵生、胡應宸《蘭皋明詞匯選》卷三，顧璟芳

云：「予讀《陳白楊集》，始知伯虎閨詞俱係陳作。陳集編于其孫明卿者，諒無傳疑，予擬爲改正。殿臣、西雯語余曰：『倩陳山人彩毫作唐解元風流點染也可』，乃不果改。」

〔清〕沈雄《古今詞話》詞話下卷云：「柳塘詞話曰：唐子畏素性不羈，及坐廢，益游于酒人以自娛。宸濠禮聘之，子畏見有異志，裸形箕踞以處，得遣歸。又傳其鬻身梁谿學士家以求美婢，見諸劇戲。祝枝山嘗傅粉墨，從優伶入市度新聲，多向挾邪游。所著有擲果、窺簾、醉紅、金縷諸曲，皆言情之作。好負逋債，出則羣萃而呼責之者踵相接也。兩人同濫筆墨，每多諧謔，而人爭重之。唐有〈踏莎行〉、〈千秋歲引〉，祝有〈鳳棲梧〉、〈浪淘沙〉。不甚精警，故逸其詞而敍其人。」

〔清〕沈雄《古今詞話》詞辨上卷云：「柳塘詞話曰：唐子畏春閨，若不經意出之者，詞云：『……（詞略）』此與巨源、簡齋同一眞趣，而有妙理。余恐其流於漁樵問答也，特拈一詞云：『雙燕相依，深閨寄語。鈎簾未放銜泥去。央伊趁曉向天涯，探郎昨夜和誰住。　　桃葉輕風，杏花微雨。芹香不啄來何遽。喃喃惱逐絮顚狂，分明薄倖人如許。』稍爲明破，亦以云救也。」

案：〔清〕王奕清等：《歷代詞話》卷十、〔清〕馮金伯《詞苑萃編》卷二十一所引《蘭皋集》，當指〔清〕顧璟芳、李葵生、胡應宸《蘭皋明詞匯選》，而其論唐寅、陳淳，乃雜糅胡應宸、顧璟芳兩人評語而成。

15. 踏莎行　其二　夏

日色初驕，何妨逃暑。綠陰庭院荷香渚。冰壺玉斝足追懽，還應少箇文章侶。　　已是無聊，不如歸去。賞心樂事常難濟。且將杯酒送愁魂，明朝再去尋佳處。　　何刻續刻卷八，頁1上～1下　唐刻全集卷四　《明詞彙刊》本《六如居士詞》冊上，頁489下　《唐伯虎題畫詩》　《明詞彙刊》本《類編箋釋國朝詩餘》冊下，卷二，頁1506下　《草堂詩餘新集》卷二　《唐伯虎全集》卷四，頁162　《全明詞》冊二，頁493

【校】

〔詞題〕《類編箋釋國朝詩餘》、《草堂詩餘新集》詞題作「夏閨」。

〔且將杯酒送愁魂〕《類編箋釋國朝詩餘》作「且將悲酒送愁魂」。《草堂詩餘新集》於「杯」字下注：「一作悲，誤。」

〔明朝再去尋佳處〕《草堂詩餘新集》於「去」字下注：「一作去，誤。」

【箋】

〔明〕沈際飛《草堂詩餘新集》卷二云：「此人大不俗。」

16. 踏莎行　其三　秋

八月中秋，涼飈微逗。芙蓉卻是花時候。誰家姊妹鬪新妝，園林散步頻攜手。　　折得花枝，寶瓶隨後。歸來賞翫全憑酒。三杯酩酊破愁城，醒時愁緒還應又。　　何刻續刻卷八，頁 1 下　唐刻全集卷四　《明詞彙刊》本《六如居士詞》冊上，頁 489 下　《唐伯虎題畫詩》　《明詞彙刊》本《類編箋釋國朝詩餘》冊下，卷二，頁 1506 下　《草堂詩餘新集》卷二　《精選古今詩餘醉》卷六，頁 205　《蘭皋明詞匯選》卷三，頁 69　《唐伯虎全集》卷四，頁 162　《全明詞》冊二，頁 493

【校】

〔詞題〕《類編箋釋國朝詩餘》、《草堂詩餘新集》、《精選古今詩餘醉》、《蘭皋明詞匯選》作「秋閨」。

〔芙蓉卻是花時候〕《類編箋釋國朝詩餘》作「夫容卻是花時候」。《精選古今詩餘醉》、《蘭皋明詞匯選》作「芙蓉卻似花時候」。

〔誰家姊妹鬪新妝〕《蘭皋明詞匯選》作「誰家娣妹鬪新妝」。

〔寶瓶隨後〕何刻續刻、唐刻全集、《唐伯虎題畫詩》、《唐伯虎全集》作「寶瓶隨得」。

【箋】

〔明〕沈際飛《草堂詩餘新集》卷二云：「俊爽。」

17. **踏莎行　其四　冬**

寒氣蕭條，剛風凜烈。薄情何事輕離別。經時不去看梅花，窗前一樹通開徹。　　急喚雙鬟，爲儂攀折。南枝欲寄憑誰達。對花無語不勝情，天邊雁叫添愁絕。　　何刻續刻卷八，頁 1 下　唐刻全集卷四　《明詞彙刊》本《六如居士詞》冊上，頁 489 下　《唐伯虎題畫詩》　《明詞彙刊》本《類編箋釋國朝詩餘》冊下，卷二，頁 1506 下～1507 上　《草堂詩餘新集》卷二　《精選古今詩餘醉》卷六，頁 206　《蘭皋明詞匯選》卷三，頁 70　《唐伯虎全集》卷四，頁 162　《全明詞》冊二，頁 493

【校】

　　〔詞題〕《類編箋釋國朝詩餘》、《草堂詩餘新集》、《精選古今詩餘醉》、《蘭皋明詞匯選》作「冬閨」。

　　〔寒氣蕭條〕《唐伯虎題畫詩》作「寒風蕭條」。

　　〔剛風凜烈〕《類編箋釋國朝詩餘》、《精選古今詩餘醉》、《蘭皋明詞匯選》作「剛風凜冽」。

　　〔南枝欲寄憑誰達〕《蘭皋明詞匯選》作「南枝欲寄憑誰說」。

【箋】

　　〔明〕沈際飛《草堂詩餘新集》卷二云：「不從做得做，不能得。」

18. **一剪梅　二闋　其一**

紅滿苔階綠滿枝。杜宇聲歸。杜宇聲悲。交歡未久又分離。彩鳳孤飛。彩鳳孤棲。　　別後相思是幾時。後會難知。後會難期。此情何以表相思。一首情詞。一首情詩。　　何刻續刻卷八，頁 4 上　唐刻全集卷四　《明詞彙刊》本《六如居士詞》冊上，頁 490 下　《唐伯虎全集》卷四，頁 163　《全明詞》冊二，頁 494

19. **一剪梅　其二**

雨打梨花深閉門。孤負青春。虛負青春。賞心樂事共誰論。花下銷魂。月下銷魂。　　愁聚眉峰盡日顰。千點啼痕。萬點啼痕。曉看

天色暮看雲。行也思君。坐也思君。 　　何刻續刻卷八，頁4上～4下　唐刻
全集卷四　《明詞彙刊》本《六如居士詞》冊上，頁491上　《明詞綜》卷二，頁30　《詞
則・閑情集》卷二　《唐伯虎全集》卷四，頁163　《全明詞》冊二，頁494

【校】

　　〔雨打梨花深閉門〕《全明詞》作「雨打黎花深閉門」。

　　〔孤負青春〕《詞則・閑情集》、《明詞綜》作「忘了青春」。

　　〔虛負青春〕《詞則・閑情集》、《明詞綜》作「誤了青春」。

【箋】

　　〔清〕陳廷焯《詞則・閑情集》云：「此詞頗工，但千點萬點一意分不出兩層，亦小疵也。」

　　嚴迪昌《金元明清詞精選》，頁63～64，云：「『閨怨』之作在歷代詞人筆下堪稱汗牛充棟，無疑，愈是習見的題材愈難出新意，從而所貴也尤在能別出心裁。唐寅這闋〈一剪梅〉的佳處不只在於詞句之清圓流轉，其於自然明暢的吟哦中所表現的空間灼痛著痴戀女子的幽婉心態更是動人。空間，既無情地拉開著戀者的距離，而空間的阻隔又必然在一次次『雨打梨花』、春來春去中加重其往昔曾經有過的『賞心樂事』的失落感；至若青春年華也就無可挽回地在花前月下神傷徘徊之間被殘酷地空耗去。時間在空間中流逝，空間的凝滯、間距的未能縮卻，尤加速著時光的消逝。上片的『花下銷魂，月下銷魂』，是無處不令『我』回思往時的溫馨；下片的『行也思君，坐也思君』則寫盡朝暮之間無時不在翹首企盼所戀者的歸來，重續歡情。唐寅輕捷地抒述了一種被時空折磨的痛苦，上下片交叉互補、回環往復，將一個淚痕難拭的痴心女子形象靈動地顯現於彼端，誠無愧其『才子』之譽稱。」

　　錢仲聯等《元明清詞鑒賞辭典》，頁255，李夢生云：「首句以景語帶起全篇，用的是李重元〈憶王孫〉詞中的成句，以寫閨怨，恰似天成。雨打梨花，是暮春景色，濛濛細雨，滿地落花，慘白愁綠，構成一派淒迷冷淡的氛圍。『深閉門』，無人又有人，將門外的淒涼過渡

到門內，把主人身份與心情在若有若無中漫不經心地帶出，使景語兼為情語，令人回味。深閉門的少婦，在這雨打梨花的蕭瑟冷漠中，自然會產生寂寞、傷心，甚至對丈夫遠行不歸生出怨恨，於是詞人代這少婦，娓娓將心思道出。『忘了』句以下，逐次深入。因為丈夫遠出，閨中寂寥，本應感嘆一年春事又過，但這裏卻說成是『忘了青春』，是加一倍寫法；『青春』又指春天，更指年齡，語意雙關。實際上，她又何曾能忘，豈不是『才下眉頭，又上心頭』（李清照〈一剪梅〉詞），更使人錐心摧心地難受麼？『賞心樂事共誰論』是明點，無人陪伴，無人可語，她自然只能默默地徘徊在花前月下，傷神感慨了。　　上片，詞已將少婦的心思寫盡，但詞人偏偏不收停，又轉從旁觀的角度對少婦刻畫，說她整天愁眉不展，眼淚漣漣，苦苦思念著丈夫。『曉看天色暮看雲』，含蓄委婉，曲折深邃。少婦盼望丈夫回來，久而久之，似乎丈夫真的已在途中，於是她不免又關心起天氣來，惟恐丈夫旅途過於辛勞，更怕丈夫歸程受風雨阻隔。這樣妙逗，又把少婦的百結愁腸、一片癡心更加深刻地托出。　　詞作用語活潑，密合少婦纏繞於心的愁思給人以回味：在構思布局上又正說旁襯，寫景述情，隨意盤旋。前後片在內容上一以貫之，與傳統的求變化的寫法不同，所以陳廷焯《詞則・閑情集》說：『此詞頗工，但千愁萬愁，一意分不出二層，憶小疵也。』實則陳廷焯以傳統準則衡量所找出的不足之處，正是本詞的特色。詞多用疊字，僅抽換其中一字，緊緊圍繞中心，使涵意不斷深入，這樣的寫法，正是遠承《詩經》中的重章疊句之法，中取樂府民歌〈江南可採蓮〉的回環句式，近規宋李清照〈一剪梅〉詞『才下眉頭，又上心頭』、蔣捷〈一剪梅〉詞『風又飄飄，雨又瀟瀟』一類語調而成的變格，兼有散曲的風味，意雖重複而不嫌冗繁，是詞人學古通變之作。」

20. 千秋歲引　題古松，贈壽

　　蘇疊蒼鱗，蘿纏翠角。萬丈虯龍奮騰躍。深更抱雲宿夜澗，清朝捧日登秋壑。挺風霜，傲泉石，倚寥廓。　　下有茯苓上有鶴，守護

地丹竈藥。粟粒黏唇世緣卻。丸時細調白玉髓，藏來密鎖黃金橐。祝
千齡，向初度，齊天樂。　　曹刻彙集卷二　何刻續刻卷八，頁2上～2下　唐刻
全集卷四　《明詞彙刊》本《六如居士詞》冊上，頁490上　《唐伯虎全集》卷四，頁164
《明詞彙刊》本《類編箋釋國朝詩餘》冊下，卷三，頁1518上～1518下　《蘭皋明詞匯
選》卷五，頁117　《全明詞》冊二，頁493～494

【校】

〔蘿纏翠角〕《全明詞》作「羅纏翠角」。

〔守護地丹竈藥〕《類編箋釋國朝詩餘》作「守護他丹竈藥」。
《明詞彙刊》本《六如居士詞》作「守護地□丹竈藥」。《全明詞》作
「守護地口丹竈藥」。《蘭皋明詞匯選・校勘記》：「此首後段第二句
『地』字後脫一字，按律應是七字一句。」

〔粟粒黏唇世緣卻〕《類編箋釋國朝詩餘》、《蘭皋明詞匯選》作
「粟粒沾唇世緣卻」。

〔丸時細調白玉髓〕《蘭皋明詞匯選》作「九時細調白玉髓」。
《全明詞》作「凡時細調白玉髓」。

〔祝千齡〕《全明詞》作「祝天齡」。

【箋】

〔清〕顧璟芳、李葵生、胡應宸《蘭皋明詞匯選》卷五，顧璟芳
云：「（『蘚疊』五句）老杜奇絕語。」

〔清〕顧璟芳、李葵生、胡應宸《蘭皋明詞匯選》卷五，李葵生
云：「（『倚寥廓』）三字高甚。」

〔清〕顧璟芳、李葵生、胡應宸《蘭皋明詞匯選》卷五，胡應宸
云：「（『祝千』三句）數語丑。」「讀前段，真有一古松生其筆端，兼
有一古松在吾眼底，挺風霜，傲泉石，即借以擬其詞品。」

〔清〕沈雄《古今詞話》詞話下卷云：「柳塘詞話曰：唐子畏素
性不羈，及坐廢，益游于酒人以自娛。宸濠禮聘之，子畏見有異志，
裸形箕踞以處，得遣歸。又傳其賣身梁谿學士家以求美婢，見諸劇戲。
祝枝山嘗傅粉墨，從優伶入市度新聲，多向挾邪游。所著有擲果、窺

簾、醉紅、金縷諸曲,皆言情之作。好負逋債,出則羣萃而呼責之者
踵相接也。兩人同濫筆墨,每多諧謔,而人爭重之。唐有〈踏莎行〉、
〈千秋歲引〉,祝有〈鳳棲梧〉、〈浪淘沙〉。不甚精警,故逸其詞而敍
其人。」

21. 如夢令　新燕詞　二闋　其一

　　　燕子歸來驀地。恁是窩兒解記。門裏主人公,依舊落花殘醉。無
異。無異。添卻一年憔悴。　　眞書新燕詞扇面　行書詞扇頁　《唐伯虎全集》
補輯卷五,頁 473

【校】

　　〔恁是窩兒解記〕《唐伯虎全集》作「□怪窩兒解記」。

22. 如夢令　其二

　　　王謝門牆狼藉。今是誰家食客。無限報恩心,憔悴烏衣猶昔。贏
得。贏得。一把風流窮骨。　　眞書新燕詞扇面　行書詞扇頁　《唐伯虎全集》
補輯卷五,頁 473

23. 滿庭芳

　　　月下歌聲,風前笛韻,遙思當日風流。枕邊言語,猶記在心頭。
玉珮叮噹別後,恐惆悵、永巷閑幽。行雲去,纔離楚岫,卻又入瀛
洲。　　　仙境裏,奇逢姝麗,端好綢繆。羨金桃玉李,鳳偶鸞儔。一
個文章清雅,一個體態嬌柔。誰念我、雕闌獨倚,一日似三秋。　　何
刻外編卷三,頁 16 上～16 下　唐刻全集外集卷二　《伯虎遺事》　《明詞彙刊》本《六
如居士詞》冊上,頁 492 上　《唐伯虎詩輯逸箋注》　《唐伯虎全集》補輯卷五,頁 473
～474　《全明詞》冊二,頁 496

24. 醉璃香譜

　　　香閨長日不勝情,把春心分付銀箏。巧弄十三弦,間關花底流
鶯,寫幽怨,綠慘紅驚。還記得,天寶年中舊曲,調促音清。且移宮
換徵,試奏新聲。　　　能彈,更羨人如玉,玉生香,笑語盈盈。十指
弄纖柔,傳芳意,款語叮嚀。催象板,一任它翠鈿零落,金雁縱橫。

恁風流，也應未屬薛瓊瓊。 　　《中國古代書畫圖目　二十》「行書琴香譜辭」（京
1－1399） 　　《式古堂書畫彙考》卷二十五 　　《唐伯虎全集》補輯卷五，頁 475

【校】

〔詞牌〕《式古堂書畫彙考》作「醉琴香」。

〔催象板〕《中國古代書畫圖目　二十》作「權象板」。

〔恁風流，也應未屬薛瓊瓊〕《唐伯虎全集》作「憑風流也應，
應未屬薛瓊瓊」。

25. 惜奴嬌

春從天上來，春霽和風扇淑。沁園春景巧安排，花柳分春，有流
鶯宿。單衣初試探春令，喜的是畫堂春滿，錦堂春足。那更慶春澤
畔，正雪消春水來，有魚遊春水分萍綠。　　玉樓春盎日初長，忽看
海棠春放，春光好看無拘束。又何如登帝春臺，賞漢宮春，謾醉春風
中，齊唱徹、宜春令曲。休輕放，絳都春光，武陵春去，春雲怨惹愁
眉蹙。　　何刻外編卷三，頁 16 下　唐刻全集外集卷二　《明詞彙刊》本《六如居士詞》
冊上，頁 492 上～492 下　《唐伯虎詩輯逸箋注》　《唐伯虎全集》補輯卷五，頁 475

【校】

〔喜的是畫堂春滿〕唐刻全集外集卷二、《唐伯虎全集》作「喜
的是書堂春滿」。

〔正雪消春水，來有魚遊，春水分萍綠〕《唐伯虎詩輯逸箋注》
斷句作「正雪消春水來，有魚遊春水分萍綠」。

〔春光好，看無拘束〕《唐伯虎詩輯逸箋注》斷句作「春光好看
無拘束」。

〔休輕放絳都春光〕《唐伯虎詩輯逸箋注》斷句作「休輕放，絳
都春光」。

案：《明詞彙刊》本《六如居士詞》將此分為兩闋。

26. 一剪梅　題春圖

春來顋頞欲眠身。爾也溫存。我也溫存。纖纖玉手往來頻。左也

銷魂。右也銷魂。　　條桑采得一籃春。大又難分。小又難分。惟貪
繰繭合繰綸。吃不盡愁根。放不下愁根。　　何刻外編卷三，頁 13 下　《明
詞彙刊》本《六如居士詞》冊上，頁 491 下　《全明詞》冊二，頁 495

【校】

〔詞題〕《明詞彙刊》本《六如居士詞》、《全明詞》作「題畫」。

【箋】

何刻外編卷三：「伯虎嘗作春圖，其題詞云：……（〈一剪梅〉（春
來憔悴欲眠身）、〈水仙子〉（東海蟠桃花正紅）、〈江神子〉（山童背我
去尋芳）、〈闕調名〉（鴛鴦飛向蓮塘浴）、〈點絳唇〉（床下銀瓶）、〈如
夢令〉（昨夜八紅沉醉）等詞略）」

27. 江神子　題春圖

山童背我去尋芳。出條鎗。入條鎗。一度登高，遭此兩重陽。
不是連連雙玉柱，撐不到，武陵鄉。　　鮮魚一串柳條長。望潮郎。
在中央。且對薰風，唱簡急三腔。雨過江南望江北，桃葉暗，木犀
香。　　何刻外編卷三，頁 13 下～14 上　《明詞彙刊》本《六如居士詞》冊上，頁 491
下　《全明詞》冊二，頁 495

【校】

〔詞題〕《明詞彙刊》本《六如居士詞》、《全明詞》無詞題。

〔山童背我去尋芳〕《明詞彙刊》本《六如居士詞》、《全明詞》
作「山神背我去尋芳」。

〔不是連連雙玉柱〕《全明詞》作「不是連連雙玉桂」。

〔鮮魚一串柳條長〕《明詞彙刊》本《六如居士詞》作「鮮魚一
弗柳條長」。《全明詞》作「鮮魚一弗柳條長」。

〔木犀香〕《全明詞》作「水犀香」。

【箋】

何刻外編卷三：「伯虎嘗作春圖，其題詞云：……（〈一剪梅〉（春
來憔悴欲眠身）、〈水仙子〉（東海蟠桃花正紅）、〈江神子〉（山童背我
去尋芳）、〈闕調名〉（鴛鴦飛向蓮塘浴）、〈點絳唇〉（床下銀瓶）、〈如

夢令〉（昨夜八紅沉醉）等詞略）」

28. 點絳脣　題春圖

　　床下銀瓶，夜來側倒流香膩。從頭到底。一湊生雙蒂。　　　前度劉郎，去後成何濟。春過矣。大家同醉。各一般滋味。　　何刻外編卷三，頁 14 上　　《明詞彙刊》本《六如居士詞》冊上，頁 492 上　　《全明詞》冊二，頁 495

【箋】

　　何刻外編卷三：「伯虎嘗作春圖，其題詞云：……（〈一剪梅〉（春來憔悴欲眠身）、〈水仙子〉（東海蟠桃花正紅）、〈江神子〉（山童背我去尋芳）、〈闕調名〉（鴛鴦飛向蓮塘浴）、〈點絳脣〉（床下銀瓶）、〈如夢令〉（昨夜八紅沉醉）等詞略）」

29. 如夢令　題春圖

　　昨夜八紅沉醉。連我大家同睡。孤鳳入鸞羣，鬧殺不容成配。歡會。歡會。竟做一場空退。　　何刻外編卷三，頁 14 上～14 下　　《明詞彙刊》本《六如居士詞》冊上，頁 492 上　　《全明詞》冊二，頁 495

【箋】

　　何刻外編卷三：「伯虎嘗作春圖，其題詞云：……（〈一剪梅〉（春來憔悴欲眠身）、〈水仙子〉（東海蟠桃花正紅）、〈江神子〉（山童背我去尋芳）、〈闕調名〉（鴛鴦飛向蓮塘浴）、〈點絳脣〉（床下銀瓶）、〈如夢令〉（昨夜八紅沉醉）等詞略）」

30. 闕調名　風花雪月四闋　其一　風

　　風嫋嫋。風嫋嫋。冬嶺泣孤松，春郊搖弱草。收雲月色明，卷霧天光早。清秋暗送桂香來，拯夏頻將炎氣埽。風嫋嫋。野花亂落令人老。　　何刻外編卷三，頁 17 上　　《明詞彙刊》本《六如居士詞》冊上，頁 492 下　　《唐伯虎詩輯逸箋注》　　《唐伯虎全集》，頁 355　　《全明詞》冊二，頁 496

31. 闕調名　其二　花

　　花豔豔。花豔豔。妖嬈巧似妝，瑣碎渾如翦。露凝色更鮮，風送香常遠。一枝獨茂逞冰肌，萬朵爭妍含笑臉。花豔豔。上林富貴眞堪

羨。　何刻外編卷三，頁 17 上　《明詞彙刊》本《六如居士詞》冊上，頁 492 下　《唐伯虎詩輯逸箋注》　《唐伯虎全集》，頁 355　《全明詞》冊二，頁 496

【校】

　　〔瑣碎渾如翦〕《伯虎遺事》、《唐伯虎詩輯逸箋注》作「鎖碎渾如翦」。

32. 闕調名　其三　雪

　　雪飄飄。雪飄飄。翠玉封梅萼，青鹽壓竹稍。灑空飛絮浪，積檻聳銀橋。千山渾駭鋪鉛粉，萬木依稀挂素袍。雪飄飄。長途遊子恨迢遙。　何刻外編卷三，頁 17 上　《明詞彙刊》本《六如居士詞》冊上，頁 492 下　《唐伯虎詩輯逸箋注》　《唐伯虎全集》，頁 355　《全明詞》冊二，頁 496

【校】

　　〔翠玉封梅萼〕《全明詞》作「翠玉分梅萼」。

　　〔青鹽壓竹稍〕《明詞彙刊》本《六如居士詞》作「青鹽壓竹梢」。

33. 闕調名　其四　月

　　月娟娟。月娟娟。乍缺鉤橫野，方圓鏡挂天。斜移花影亂，低映水紋連。詩人舉盞搜佳句，美女推窗遲夜眠。月娟娟。清光千古照無邊。　何刻外編，卷三，頁 17 上～17 下　《明詞彙刊》本《六如居士詞》冊上，頁 493 上　《唐伯虎詩輯逸箋注》　《唐伯虎全集》，頁 355　《全明詞》冊二，頁 496

　　案：以上四闕，鄭騫《唐伯虎詩輯逸箋注》編入「七言古風及雜言」。

34. 水仙子　題春圖

　　東海蟠桃花正紅。二士行來一徑通。不爭他浪蝶狂蜂。鴛鴦核齊下種。　喜相逢。雲雨重重兩邊情。做一番兒用。說甚麼乘龍臥龍。大寒來做一孔蟄蟲。　何刻外編卷三，頁 13 下　《明詞彙刊》本《六如居士詞》冊上，頁 491 下

【校】

〔詞題〕《明詞彙刊》本《六如居士詞》、《全明詞》無詞題。

〔做一番兒用〕《明詞彙刊》本《六如居士詞》、《全明詞》作「做一番兒用」。

【箋】

何刻外編卷三：「伯虎嘗作春圖，其題詞云：……（〈一剪梅〉（春來憔悴欲眠身）、〈水仙子〉（東海蟠桃花正紅）、〈江神子〉（山童背我去尋芳）、〈闕調名〉（鴛鴦飛向蓮塘浴）、〈點絳唇〉（床下銀瓶）、〈如夢令〉（昨夜八紅沉醉）等詞略）」

35. 闕調名　題春圖

鴛鴦飛向蓮塘浴。回頭要啄湖田粟。蒹葭何幸依雙玉。東家食也西家宿。各唱單題曲。　　東家喫素徒供肉。西家有火無燈燭。三人各別誰歡足。教他都是半身，惆悵恨沒專房福。　　何刻外編卷三，頁 14 上　《明詞彙刊》本《六如居士詞》冊上，頁 492 上

【校】

〔惆悵恨沒專房福〕《明詞彙刊》本《六如居士詞》作「惆悵沒專房福」。

【箋】

何刻外編卷三：「伯虎嘗作春圖，其題詞云：……（〈一剪梅〉（春來憔悴欲眠身）、〈水仙子〉（東海蟠桃花正紅）、〈江神子〉（山童背我去尋芳）、〈闕調名〉（鴛鴦飛向蓮塘浴）、〈點絳唇〉（床下銀瓶）、〈如夢令〉（昨夜八紅沉醉）等詞略）」

36. 闕調名　戲題二女踏鞦韆

二八嬌娥美少年。綠陽影裏戲鞦韆。兩雙玉臂挽復挽，四隻金蓮顛倒顛。紅粉面看紅粉面，玉酥肩並玉酥肩。遊春公子遙鞭指，一對飛仙下九天。　　何刻外編卷三，頁 16 上

文徵明詞校箋凡六十九闋

1. 江南春　和倪瓚原韻

　　追和倪先生〈江南春〉二篇。篇後題元舉者，蓋王元舉兄弟。克用爲虞勝伯別字也。宏治戊午冬閏，後學文璧徵明。

　　象牀凝寒照籃筍。碧幌蘭溫瑤島靜。東風吹夢曉無蹤，起來自覓驚鴻影。彤簾霏霏宿餘冷。日出鶯花春萬井。莫怪啼痕棲素巾。明朝紅嫣鑿作塵。　　春日遲，春波急。曉紅啼春香露溼。青華一失不再及。飛絲縈空眼花碧。樓前柳色迷城邑。柳外東風嘶馬立。水中荇帶牽柔萍。人生多情亦多營。　　四卷本卷一　《翰林選》上　三十五卷本卷一，頁9上～9下　《中國古代書畫圖目　二》「仿倪瓚江南春詩意圖」（滬1－0562）　《中國古代書畫圖目　二十》「江南春圖」（京1－1322）　《郁氏書畫題跋記》卷十一　《明詞彙刊》本《江南春詞集》冊上，頁1157下　《文徵明集》冊上，卷四，頁60　《全明詞》冊二，頁504～505

【校】

　　〔碧幌蘭溫瑤島靜〕四卷本、《翰林選》、三十五卷本、《中國古代書畫圖目　二》、《郁氏書畫題跋記》、《文徵明集》作「碧幌蘭溫瑤鴨靜」。

　　〔起來自覓驚鴻影〕《全明詞》作「起來自覺驚鴻影」。

　　〔莫怪啼痕棲素巾〕《全明詞》作「莫怪啼痕樓素巾」。

　　〔明朝紅嫣鑿作塵〕《郁氏書畫題跋記》作「玉容暗作梁間塵」。

　　〔曉紅啼春春露溼〕四卷本、《翰林選》、三十五卷本、《中國古代書畫圖目　二》、《郁氏書畫題跋記》、《文徵明集》作「曉紅啼春香霧溼」。《郁氏書畫題跋記》作「曉鳥啼春香霧溼」。

　　〔青華一失不再及〕《郁氏書畫題跋記》作「青華一去不再及」。

　　〔柳外東風嘶馬立〕四卷本、《翰林選》、三十五卷本、《中國古代書畫圖目　二》、《郁氏書畫題跋記》、《文徵明集》作「柳外東風馬

嘶立」。

〔後學文壁徵明〕《全明詞》作「後學文壁徵明」。

案：《文徵明集》將此編入七古，並無跋。

【編年】

據詞序，此詞作於弘治十一年（1498）十一月。

2. 鵲橋仙　送人秋試

璧水浮秋，天香汎夜，銀河三星徐度。玉洞仙郎自有期，誰說道蟾宮無路。　　月殿虛明，雲梯迤邐，剛得姮娥回顧。看取金莖入手，不枉了袖中柯斧。　　《明詞彙刊》本《類編箋釋國朝詩餘》冊下，卷二，頁 1502 下　《全明詞》冊二，頁 498

【編年】

從詞中略有自傷功名未成的內涵看，此詞當作於弘治十四年（1501）秋。詞人九試鄉舉，惟有此年因父喪守制，而未應試。此年有詩〈懷錢孔周、徐昌國〉，題下注云：「時應試南京。」其詩云：「停雲寂寞病中身，旅夢秦淮夜夜新。見說踏槐隨舉子，終期鳴鹿薦嘉賓。人言漫漶真無據，吾道逶迤合有伸。想見馬蹄輕疾處，薄羅微染帝京塵。」詩意亦與詞相近。此闋〈鵲橋仙〉或即送錢同愛、徐禎卿應試之作。

3. 滿江紅　題宋思陵與岳武穆手敕墨本

拂拭殘碑，敕飛字、依稀堪讀。慨當初、倚飛何重，後來何酷。豈是功成身合死，可憐事去言難贖。最無端、堪恨又堪悲，風波獄。　　豈不念，封疆蹙。豈不惜，徽欽辱。念徽欽既返，此身何屬。千古休談南渡錯，當時自怕中原復。笑區區、一檜亦何能，逢其欲。　　《說庫》本《閒處光陰》　《滿江紅詞》拓本　《書苑眾芳》　《明詞彙刊》本《類編箋釋國朝詩餘》冊下，卷四，頁 1520 上　《草堂詩餘新集》卷四　《古今詞統》卷十二，頁 448　《精選古今詩餘醉》卷十五，頁 444　《蘭皋明詞彙選》卷六，頁 125　《詞苑叢談》卷八　《文徵明集》冊下，補輯卷十七，頁 1234　《全明詞》冊二，頁 501

【校】

〔詞題〕《類編箋釋國朝詩餘》、《全明詞》作「題宋思陵與鄂王手敕墨本，石田先生同賦」。《草堂詩餘新集》、《精選古今詩餘醉》作「前題」，並注云：「同石田先生賦」。《蘭皋明詞匯選》作「前題和韻」，並注云：「多一字」。王兆鵬《蘭皋明詞匯選・校勘記》云：「此首仍是〈滿江紅〉九十三字體，所云『多一字』乃相對前詞（王世貞和詞）原脫一『笑』字而言。」

〔拂拭殘碑〕《蘭皋明詞匯選》作「拂試殘碑」。

〔敕飛字依稀堪讀〕《說庫》本《閒處光陰》作「飭飛字依稀堪讀」。

〔豈是功成身合死〕《類編箋釋國朝詩餘》、《精選古今詩餘醉》、《蘭皋明詞匯選》、《全明詞》作「果是功成身合死」。

〔最無端堪恨又堪悲〕《說庫》本《閒處光陰》作「最無辜堪恨又堪憐」。《滿江紅詞》拓本、《類編箋釋國朝詩餘》、《精選古今詩餘醉》、《蘭皋明詞匯選》、《全明詞》作「最無辜堪恨更堪悲」。《書苑眾芳》作「最無孤堪恨更堪悲」。

〔豈不念〕《草堂詩餘新集》於「念」字下注云：「一作措。」

〔封疆蹙〕《滿江紅詞》拓本、《書苑眾芳》、《類編箋釋國朝詩餘》、《精選古今詩餘醉》、《蘭皋明詞匯選》、《全明詞》作「中原蹙」。

〔豈不惜〕《類編箋釋國朝詩餘》、《古今詞統》、《精選古今詩餘醉》、《蘭皋明詞匯選》、《全明詞》作「豈不念」。

〔念徽欽既返〕《說庫》本《閒處光陰》等作「但徽欽既返」。《草堂詩餘新集》於「念」字下注云：「一作但。」

〔千古休談南渡錯〕《說庫》本《閒處光陰》、《書苑眾芳》、《類編箋釋國朝詩餘》、《古今詞統》、《精選古今詩餘醉》、《蘭皋明詞匯選》、《全明詞》作「千載休談南渡錯」。

【箋】

〔明〕沈際飛《草堂詩餘新集》卷四云：「兔死狗烹，古有之，

而宋則未成。」「春秋誅意。」「高宗于徽欽不兩立。」「互古一眼高，有詞下徽仲否？」「高豈不欲復中原，但胆落金人。檜以父兄恐喝，遂墜其計，直加之刃。『怕復』，輕檜罪而重其辜，人心始快。」

〔明〕卓人月匯選、徐士俊參評《古今詞統》卷十二，徐士俊云：「（『念徽欽』二句）徽欽、高宗不兩立，互古一眼。」

〔清〕顧璟芳、李葵生、胡應宸《蘭皋明詞匯選》卷六，胡應宸云：「（『最無辜』）初終差別，千古薄待功臣，皆病在此。」「（『當時』句）「怕」字誅心。」

〔清〕顧璟芳、李葵生、胡應宸《蘭皋明詞匯選》卷六，李葵生云：「（『念徽』二句）二語了卻一段公案。」

〔清〕顧璟芳、李葵生、胡應宸《蘭皋明詞匯選》卷六，顧璟芳云：「（『笑區』二句）即〈采苓〉詩意。」「讀元美作，氣結不能發一語。得此快論，便令受者心甘，吟者首肯。」

〔清〕徐釚《詞苑叢談》卷八云：「激昂慷慨，自具論古隻眼。」

〔清〕丁紹儀《聽秋聲館詞話》卷九云：「文衡山待詔題宋高宗賜岳武穆手詔石刻，〈滿江紅〉云：「……（文徵明詞略）」余嘗謂高宗非昏庸之主，武穆又深荷眷顧，檜何人斯，敢於擅戮，高宗亦竟不問，與待詔之意正同。至寓議論於協律之中，尤覺激昂慷慨，讀之色舞。」

章泰和主編《歷代詞賞析辭典》，頁998～1000，云：「這首詞句《聽秋聲館詞話》說是文徵明〈題宋高宗賜岳武穆手詔石刻〉之作。詞中指出，岳飛被害，咎在宋高宗。宋高宗貪圖帝位，主張和金議和，所以岳飛必遭殺害。　詞的上片寫岳飛的冤死。開頭三句『拂拭殘碑，敕飛字，依稀堪讀。』寫石碑。作者拂拭殘碑上塵土，還可模糊地讀到宋高宗賜與岳飛的詔文。看到這殘存的碑文，想到岳飛的生平事迹及慘遭殺害的不幸遭遇，不禁感慨萬分。以下完全是作者的感慨。中間五句『慨當初，倚飛何重，後來何酷。豈是功成身合死，可憐事去言難贖。』指責宋高宗對岳飛的態度反復無常。當初需要岳

飛的時候，『依飛何重』，是那麼信賴，那麼重用。史載，宋高宗紹興
四年十一月，援淮西二詔，『卿有憂君憂國之心，可即日引道，兼程
前來。朕非卿到，終不安心。』『卿義勇之氣，震怒無前……既見可
乘之機，即爲搗虛之計。』宋高宗在詔裡贊揚岳飛有憂君憂國之心，
有義勇之氣，讓他見機行事，有效地進行抗敵鬥爭。還說岳飛不到京
城保駕，就不能安心。這裡信託之詞多麼懇切，求賢之心多麼迫切。
就在發詔的這一年，岳飛因大破敵軍，入復襄陽、信陽等六郡，被任
爲清遠軍節度使。然而，『後來何酷』，僅幾年時間，岳飛就被誣陷入
獄，受盡酷刑。最後以『莫須有』罪名被殺害。這又是多麼殘酷？作
者對此冤獄是極爲憤慨的。於是，發出質問道：『豈是功高身合死。』
豈是難道的意思，合是應該的意思。『可憐事去言難贖』一句，又結
合眼前碑文來談，說可憐事過境遷，宋高宗雖然當年依託岳飛，有碑
文作證；但也贖不了慘殺岳飛的罪惡。最後三句『最無端，堪恨又堪
悲，風波獄。』深刻揭露了殺害岳飛是可恨可悲而又極爲無理的惡行。
『堪恨又堪悲』，強烈地表達了作者對岳飛冤獄又恨又悲的情感。『堪
恨』，恨的是以宋高宗爲首的投降派，苟安江南，陷害忠良，以致國
破江山改。『堪悲』，悲的是勞苦功高的抗敵重臣被冤屈而死，奸臣得
勢，引狼入室，人民遭塗炭之苦。『最無端』，寫出了作者激憤難捺的
心情。　　詞的下片明確地點出殺害岳飛的元兇是宋高宗；並寫出了
他的醜惡靈魂。開頭六句『豈不念，封疆蹙。豈不惜，徽欽辱。念徽
欽既返，此身何屬。』作者以設問和答問，把宋高宗不顧國恨家仇，
只圖個人帝位的醜惡心理，維妙維肖地刻畫出來。國家疆土日益縮
小，靖康國恥猶未雪除，這些他都不顧念了。兩個『豈不念』，以反
復的修辭手法，表達了作者對宋高宗醜惡靈魂的指責。這六句寫得極
爲深刻，他有力地揭示了一切投降派的實質──不顧國家民族利益，
不念江山日蹙，不圖雪恥洗辱，只考慮個人得失。『念徽欽既返，此
身何屬』，寫出宋高宗不僅不顧國家民族利益，而且連父子之情也不
顧及了。作者以層層遞進的方式，尖銳地抨擊了南宋統治者。最後五

句『千載休談南渡錯，當時自怕中原復。笑區區，一檜亦何能，逢其欲。』作者在這裡糾正了以前幾百年來的錯誤評論。指出宋高宗是殺岳飛的罪魁禍首。『千載休談南渡錯』，是說即使百年、千年之後，也別說南渡有錯，因為偏安是宋高宗的本意。『當時自怕中原復』，說宋高宗自從登基那天起，就害怕收復中原，害怕抗戰，害怕徽欽二帝南歸。這樣，他對這樣堅決主戰的英雄必然忌恨，非置之死地不可。人們不理解宋高宗的醜惡本質，所以在結句中寫道『笑區區，一檜亦何能，逢其欲。』指出小小的秦檜，何足掛齒，他不過是迎合宋高宗要殺岳飛，大力推行投降主義的心意罷了。作者的這種觀點，頗有見地，澄清了歷史上長期存在的錯誤認識。本詞大改作者往日詩詞中的娟秀纖弱之風，承辛派格調，以議論入詞，語言樸實無華，直書胸臆，慷慨陳詞，酣暢淋漓。」

王步高主編《金元明清詞鑒賞辭典》，頁 348～350，胡國瑞云：「《詞苑叢談》引《詞統》卷十二云：『夏侯橋沈潤卿掘地，得宋高宗賜岳飛手敕刻石，文徵明待詔題〈滿江紅〉詞云。』岳飛之慘遭冤殺，人情普遍集恨於秦檜，檜固足恨，而實有更可恨者在。《宋史・岳飛傳論》末云：『高宗忍自棄其中原，固忍殺飛。』語極中肯，然尚有未盡。文徵明此詞，更進而抉開趙構的肺腑，剖析其必殺岳飛的心迹，實是誅心之至論。　　開始二句以敘事起，引出以下直至終篇的感慨。在這兩句敘事中，隱含對於歷史舊事重加辨識之意。宋高宗趙構曾於紹興三年（1133）手書『精忠岳飛』四字以賜岳飛，此殘碑原刻當即此四字。『敕』為皇帝下給臣子的一種文書稱謂。『依稀』為隱約可辨之狀。『慨當初』二句為從上二句引出的感慨，言趙構賜飛字之時，是多麼倚重岳飛，可是後來為何那麼殘酷啊！查趙構手書『精忠岳飛』賜岳飛在紹興三年秋，岳飛掃平閩粵贛相連地區群盜入朝時，這對趙構安居東南當是莫大的安慰，賜飛四字正是出於這種心理，與『後來何酷』的因由恰是一致的，而後來岳飛破金的功績倒是威脅著趙構帝位的安定。『豈是』二句舉古來不合理之事相對照，以見飛死

之冤酷。韓信與漢高祖會於陳被縛時說：『狡兔死，良狗烹，天下已定，我固當烹。』這是歷來帝王對待功臣的規律。然而岳飛功尚未成而身遭殺戮，其事更爲可恨。這種已經成爲過去的恨事，雖千言萬語亦於事無補了。『豈是』有的本子作『果是』，似覺語氣更有力。『最無辜』二句歸到『後來何酷』的事實。紹興十年（1140），岳飛正當朱仙鎮大捷之時，被秦檜以金牌召回，次年即張羅誣陷其入獄，『歲暮，獄不成（即不能定案），檜手書小紙付獄，即報飛死』（《宋史・岳飛傳》）。飛死處爲杭州大理寺風波亭獄。飛在獄中時，大理寺（如今之最高法院）丞及卿皆言飛無罪，韓世忠質問秦檜，檜謂『其事體莫須有』，世忠曰：『莫須有三字何以服天下？』當時上書爲飛辯白的很多，飛之無罪，事極顯然，而竟不免被害死，故云『堪恨又堪悲』。上闋略述事實，深致慨嘆，於感慨中連發三層疑議，層層緊逼，引起無限激憤，自然導入下闋對事理的剖析。　　下闋換頭四句，從尋常事理著想，提出疑問，端出趙構內心深處作答，如見其肺肝然。豈不念國家疆界在敵人侵略下縮小了，豈不念徽欽二帝被俘的恥辱，這本是不成問題的，所以作爲問題提出，正因爲當時事理出乎尋常情理之外。當南渡之初，舉國上下莫不義憤沸騰，切齒於中原淪陷，徽欽被擄，如趙構善於利用此大好形勢，恢復中原以迎還二帝並不難，而趙構但求苟安，保持一己君位，故不願意積極抗金，『念徽欽』二句，實一針見血之論，因爲徽欽二帝回來，一父一兄在面前，自己還能安居君位嗎？紹興初年，趙構尚以其父在金爲屈服口實，及徽宗死後，欽宗在金還生活過十多年，趙構從未念及，曾有宋使者在金見到欽宗，欽宗囑傳語趙構，希望能回到南方，只得蜀中一城居住即足，但使臣回後終不敢傳語趙構，可見這位使臣是深知趙構心地的。『千載』二句言趙構所以必殺岳飛之故。岳飛一貫主張恢復中原，與趙構私心是根本矛盾的，及朱仙鎮大捷，更是給趙構莫大威脅，趙構是決不能容忍其發展下去的，所以在戰爭那樣大好的形勢下，竟讓秦檜一日發十二道金牌促岳飛班師，可見趙構是怕中原收復的。這二句是從『此

身何屬』抉發趙構的心迹，以見岳飛悲劇之不可免。結尾二句歸到岳飛悲劇的產生，乃出於君相的罪惡默契。從當時的事實看來，岳飛之死是不可理解的，以岳飛這樣一位戰功卓越的大將，竟被秦檜以『莫須有』的罪名置之死地，趙構竟不過問，這太不合常理。在趙構統治的三十多年間，秦檜居相位達十九年之久，即因其始終力主和議，適合趙構心意，而『飛不死，終梗和議』（《宋史‧岳飛傳》），故秦檜竟能殺害岳飛以成和議，正迎合了趙構的欲望。末句『逢』即迎合之意。這最後二句深中事理要害，可作岳案千秋定論。　　本詞藉殘碑字迹發端，抒寫對岳飛冤獄的義憤，作者以其胸中蘊積著的當時大量歷史事實，獨具隻眼，運《春秋》誅心之筆，慷慨發之，使僭王無所逃其罪責，讀來至覺淋漓痛快，不覺其為議論，正由作者激情充沛之故。歷來封建統治者深懷陰私，縱任宵小，誅殺功臣，屠戮元勳，為歷史留下無可彌補的遺憾，玩讀本詞，尤覺感慨無限。」

　　嚴迪昌《金元明清詞精選》，頁 66，云：「南宋岳飛以『莫須有』之罪冤死風波亭事，為民族歷史一大悲劇，世人皆知。趙構之罪責難逃，《宋史‧岳飛傳論》亦已載明：『高宗忍自棄其中原，故忍殺飛。』但是，史論需有實證，實證之物最能挑出邪佞心肝，明代中葉，出土了一實證，即趙構手敕岳飛的『御書』。徐釚《詞苑叢談》說：『夏侯橋沈潤卿掘地得宋高宗賜岳侯手敕刻石』，除了點明吳地吳人『掘地得』之事，『手敕』是什麼內容未言。《壯陶閣書畫錄》卷五載有文徵明嘉靖二十二年（1543）作的〈題宋高宗敕岳忠武書〉。忠武亦岳飛贈封之號。〈書〉說：『後僅署日月，而不紀年。按此當在忠武討兀朮獲勝時所降下者，故文內猶寓嘉勵之意。嗟乎！倘高宗始終不為檜賊所惑，三字之獄不成，將成妖氛蕩掃，何難奏凱於旦夕哉！』據此可知，『手敕』不止『精忠』二字，如毛慶臻《一亭考古雜記》所云。其次，題跋語氣舒緩，『始終不為』秦檜『所惑』一句，只『始終』二字有春秋筆意，則兼君臣，重心在檜。此詞慷慨激烈，則專在抉心，而『賊檜固不足汙齒也』。以詞與〈書〉並觀，韻文之體，作史論竟

銳過題跋散文，且同出一手，頗不多見，然而偏見於以溫雅謙恭素稱的文徵明之筆。據文獻，與文衡山同時題詞的尚有沈周，感憤淋漓的氣勢或許正和互相酬和氛圍有關。」

　　錢仲聯等《元明清詞鑒賞辭典》，頁258～259，李夢生云：「《詞統》卷十二載，夏侯橋沈潤卿掘地，發掘出宋高宗賜岳飛手敕刻石，文徵明見後感慨萬分，作了這首詞。石上所刻詔書，不知是哪一通，高宗給岳飛的各次詔書，收岳珂所編《金陀粹編》（案：當為《金陀粹編》），可參。文徵明作此詞時，正值明朝權閹劉瑾用事，內亂外患頻仍的時代，他有感於時事，所以將滿腔激情，借題岳飛是傾發出來，詞調與岳飛著名作品〈滿江紅〉（怒髮衝冠）相同，也有深意。　　詞承宋高宗敕賜碑起，由碑文生發，逐步深入。詞人見到碑已字體模糊，文句僅依稀可辨，不禁想到歲月流逝，人世滄桑變化，想起當年宋高宗在敕文中對岳飛是何等贊賞倚重，沒料到岳飛的結局會是如此悲慘。『依飛何重，後來何酷』，語氣鏗鏘，一揚一抑，對比鮮明；前以『慨』字領句，將無限怨憤不平，沉重道出。據史載，岳飛當時轉戰南北，宋高宗在地位沒有鞏固、南北對峙的形勢沒有確定時，對他十分器重，如紹興四年（1134）十一月，援淮西二詔中就有『君有憂國憂君之心，可即日引道，兼程前來。朕非卿到，終不安心』，『卿義勇之氣，震怒無前……既見可乘之機，即為搗虛之計』等語；可是轉眼之間，變化不測，令人難解。所以詞人以此二語作總束，可抵岳飛本傳論斷。以下，詞就事論事，展開評論，指出岳飛並不是驕奢橫肆之將，無功高震主之嫌，而宋高宗為了自己，忘卻前言，任憑秦檜羅織，終於在紹興十一年（1141）以『莫須有』的罪名，把岳飛殺害在臨安大理寺的風波亭中。對此事實，詞人以低沉哀惋的語句歷歷述來，不平之氣，透騰紙外。　　上片夾敘夾議，主要通過史實，引發人們對岳飛蒙冤受屈產生憤慨，從而追思罪惡產生的源頭，所以下片過渡到對罪魁禍首的集中批判。因為詞是由高宗敕碑引起，批判的矛頭也就直接指向宋高宗。詞人別出心裁，不用旁觀者口氣，而是直接站在岳

飛的立場上，對宋高宗的心態窮本追源，猛批狠斥。詞以反問句起，增加力度，說宋高宗作爲皇帝，難道會不把國土淪喪、徽欽二宗被虜遭辱放在心上嗎？應該說岳飛力圖恢復，『靖康恥，猶未雪，臣子恨，何時滅』這樣的赤膽忠心，正是宋高宗夢寐以求的，何以恰恰相反呢？說到底，宋高宗怕的是岳飛北伐一旦成功，二帝南歸，他的皇帝寶座就不穩了。因此，他不得不屈辱求和，不得不聽憑秦檜誣陷岳飛，因爲秦檜想做的事正與他不謀而合。這樣一批斥，把宋高宗昏庸鄙劣的品格入木三分地揭示在光天化日之下，痛快林哩，可謂替岳飛出了一大口怨氣。　　全詞以敕碑引發，漸次深入，既對岳飛的遭遇表示了深刻的同情，又對宋高宗不以國家人民利益爲重，殘害忠良進行毫不留情地撻伐，語言犀利，正如《詞統》所評：『激昂感慨，自具論古隻眼。』元明以來，大多數詠岳飛的詩詞，都強調岳飛的忠勇，指斥秦檜奸邪賣國與宋帝軟弱苟且，坐觀傾覆，自壞長城，如趙孟頫〈岳鄂王廟〉云：『南渡君臣輕社稷，中原父老望旌旗。英雄已死嗟何及，天下中分遂不支。』也有人見到秦檜所以敢冒天下之大不韙殺死岳飛，與高宗不無關係，如陶宗儀詩云：『逆檜陰圖傾大業，昭陵無意問神州。偷安甫遂邦家志，飲痛甘忘父母仇。』但從來沒有像文徵明這首詞那樣直接抓住要害，揭示出事件的本質，尤其是『念徽欽既返，此身何屬』二句，鞭闢入裏，不僅辛辣地誅撻了宋高宗醜惡的內心世界，也是數千年來帝王爭位奪權史中黑暗內幕的大曝光，讀後令人拍案擊節。因此，至此人們瞻仰岳飛詞墓，見到文徵明這首詞的碑石，仍會爲之激動不已。」

【編年】

　　據沈周跋末，識爲「弘治甲子七月一日」，與其〈行書跋趙構敕岳飛札拓本〉墨跡題歲相同，則此倡和當爲明孝宗弘治十七年（1504）七月之前之事。

4. 酹江月　中秋無月

　　商飆微度，算九十秋光，今宵參半。已辨虛庭吸桂華，剛被晚

雲瀰漫。人何負月，月負佳期，不與人相見。懸望眼，安得破雲絃管。　　莫道姮娥無意，意為仙郎，留取清光滿。十里輕風送馬蹄，屈指明年非遠。兩袖天香，滿身金粟，直抵瑤華館。眼前羣彥，總是看花仙伴。　　《明詞彙刊》本《類編箋釋國朝詩餘》冊下，卷四，頁 1528 下　　《草堂詩餘新集》卷四　　《精選古今詩餘醉》卷一，頁 66　　《全明詞》冊二，頁 502

【校】

〔詞牌〕《草堂詩餘新集》、《精選古今詩餘醉》作「百字令」。《全明詞》作「醉江月」。

【箋】

〔明〕沈際飛《草堂詩餘新集》卷四云：「責月妙。張燕公詩：『秋風不相待，先至洛陽城。』責風妙。無意生意以自期。」

【編年】

據其中「屈指明年非遠」句意，此詞當作於應試之前一年；又從「人何負月，月負佳期，不與人相見。懸望眼，安得破雲絃管。」等句看，頗有自傷不得意於科舉之意。則此詞可能作於正德元年（1506）、正德四年（1509）、正德七年（1512）、正德十年（1515）、正德十三年（1518）、正德十六年（1521）之中秋。檢其集中，正德四年（1509）、正德七年（1512）已分別作有〈中秋夜坐〉、〈中秋日同諸友月洲亭看雨有作〉中秋詩以寄懷；換言之，此詞可能作於正德元年（1506）、正德十年（1515）、正德十三年（1518）、正德十六年（1521）之中秋，不可確考。

5.**醉江月**　甲子中秋，出試場對月

桂花浮玉，正月滿天街，夜涼如洗。風泛鬢眉病骨寒，人在水晶宮裏。蛟龍偃蹇，觀闕嵯峨，縹緲笙歌沸。霜華滿地，欲跨彩雲飛起。　　記得去年今夕，釃酒溪亭，淡月雲來去。千里江山昨夢非，轉眼秋光如許。青雀西來，姮娥報我，道佳期近矣。寄言儔侶，莫負廣寒沉醉。　　《明詞彙刊》本《類編箋釋國朝詩餘》冊下，卷四，頁 1528 下～1529 上　　《草堂詩餘新集》卷四　　《全明詞》冊二，頁 502～503

【校】

〔詞牌〕《草堂詩餘新集》作「百字令」。《全明詞》作「酹江月」。

〔詞題〕《草堂詩餘新集》作「中秋對月」，並注云：「弘治十七年甲子，出試場，憶舊歲事。」

〔姮娥報我〕《草堂詩餘新集》於「姮」字下注云：「一作嫦。」

〔道佳期近矣〕《草堂詩餘新集》於「近矣」下注云：「一作莫誤。」

【箋】

〔明〕沈際飛《草堂詩餘新集》卷四云：「志士急功名。」

【編年】

據詞題，此詞作於弘治十七年（1504）秋。

6. 鵲橋仙　寄祝夢窗封君老先生

鬢雪髯霜，碧瞳丹臉，剛道啓期年及。經書口自授諸孫，不愧濟南人物。　德慶無涯，壽星方照，只假十年成百。地行若是比神仙，更有兒孫繞膝。　《沈周書畫集》沈周「爲祝淇作山水圖」　詞幅墨蹟　《明詞彙刊》本《類編箋釋國朝詩餘》冊下，卷二，頁 1502 下　《文徵明集》冊下，補輯卷十七，頁 1229　《全明詞》冊二，頁 498

【校】

〔寄祝夢窗封君老先生〕《類編箋釋國朝詩餘》、《全明詞》作「慶九十壽」。

〔鬢雪髯霜〕《類編箋釋國朝詩餘》、《全明詞》作「鬢雪髭霜」。

〔碧瞳丹臉〕《類編箋釋國朝詩餘》、《全明詞》作「臉丹瞳碧」。

〔經書口自授諸孫〕《類編箋釋國朝詩餘》、《全明詞》作「六經口自授孫」。

〔不愧濟南人物〕《類編箋釋國朝詩餘》、《全明詞》作「曾不愧濟南人物」。

〔更有兒孫繞膝〕《類編箋釋國朝詩餘》、《全明詞》作「更有芝

蘭繞膝」。

【箋】

　　《沈周書畫集》沈周「爲祝淇作山水圖」，文徵明題款云：「右調〈鵲橋仙〉寄祝夢窗封君老先生。」

　　《沈周書畫集》沈周「爲祝淇作山水圖」，沈周題款云：「九十封君天下稀，耳聰目瞭步如飛。間生邦國稱人瑞，高隱山林與世違。燈火元宵開壽域，梅花初月照重闈。青雲令子榮歸早，甘旨登堂玉鱠肥。長洲沈周爲夢窗祝先生壽并圖。」

【編年】

　　案沈周卒於正德四年（1509），則沈周畫與文徵明詞當作於此年之前。姑繫於此，待考。

7. 風入松　寄徐子仁

　　春風晴日裊花枝。何處滯幽期。金閶寶館香雲暖，人如玉、高髻蛾眉。纖指競傳冰碗，清歌緩送瑤卮。　　醉圍紅袖寫烏絲。宮錦墨淋漓。十年一覺揚州夢，還應費、多少相思。見說而今老矣，風流不減當時。　　《翰詔》　《吳越所見書畫錄》卷三，頁 26 下　《明詞彙刊》本《類編箋釋國朝詩餘》冊下，卷三，頁 1515 下　《草堂詩餘新集》卷三　《文徵明集》冊上，卷十五，頁 433～434　《全明詞》冊二，頁 500

【校】

　　〔詞題〕《吳越所見書畫錄》作「寄南京徐子仁」。《類編箋釋國朝詩餘》、《草堂詩餘新集》作「戲柬陳以可」，《類編箋釋國朝詩餘》並注云：「道復父，文嘗館其家」。《全明詞》作「戲柬陳以可，道復父。文嘗館其家。」

　　〔金閶寶館香雲暖〕《吳越所見書畫錄》作「金房寶館香雲暖」。《類編箋釋國朝詩餘》、《草堂詩餘新集》、《全明詞》作「金昌寶館香雲暖」。

　　〔宮錦墨淋漓〕《類編箋釋國朝詩餘》、《草堂詩餘新集》、《全明詞》作「字錦墨淋漓」。

〔十年一覺揚州夢〕《全明詞》作「十年一覺揚洲夢」。

〔還應費、多少相思〕《吳越所見書畫錄》作「還費多少相思」。

〔見說而今老矣〕《類編箋釋國朝詩餘》、《草堂詩餘新集》、《全明詞》作「見說而今老景」。

【箋】

〔明〕沈際飛《草堂詩餘新集》卷三云：「此樂不輸貴妃捧硯時也。」

〔清〕沈雄：《古今詞話》詞話下卷云：「曹爾堪曰：余性不喜豔詞，亦爲筆性之所近而已。曾聞衡山先輩端方之至，不受污藝。而〈水龍吟〉、〈風入松〉、〈南鄉子〉諸調，復詠吳閶麗人及閨情之作，想亦詞用情景有必然者。乃知歐、晏雖有綺靡之語，而亦無關正色立朝之大節也。」

【編年】

案陳鑰卒於正德十一年（1516）九月，則本詞當作於此前。

8. 滿庭芳　初夏賞牡丹

紅雨釀花，綠陰鏤日，名園景色撩人。游衫初試，汗揎薄羅新。節候今年差晚，增歲閏四月猶春。應無那，暖烘朝麗，微翠惹游塵。　向尊前花下，聽歌□□，接笑逡巡。古來四事，難得是良辰。起坐何曾問主，斜陽亂主亦忘賓。拚沈醉，太湖石畔，翠軟草敷茵。　《珊瑚網書錄》卷十五　《式古堂書畫彙考》卷二十四　《文徵明彙稿》　《類編箋釋國朝詩餘》卷四　《明詞彙刊》本《類編箋釋國朝詩餘》冊下，卷四，頁1522上　《文徵明集》冊下，補輯卷十七，頁1236　《全明詞》冊二，頁501～502

【校】

〔詞題〕《類編箋釋國朝詩餘》、《草堂詩餘新集》、《全明詞》作「春賞」。

〔紅雨釀花〕《類編箋釋國朝詩餘》、《草堂詩餘新集》、《全明詞》作「紅雨釀塵」。

〔綠陰鏤日〕《式古堂書畫彙考》作「綠陰縷日」。

〔游衫初試〕《類編箋釋國朝詩餘》、《全明詞》作「游山初試」。

〔汗揔薄羅新〕《式古堂書畫彙考》作「汗□薄羅新」。《文徵明彙稿》作「汗濕薄羅新」。

〔增歲閏四月猶春〕《類編箋釋國朝詩餘》、《草堂詩餘新集》、《全明詞》作「蹉歲閏四月猶春」。

〔暖烘朝麗〕《式古堂書畫彙考》、《類編箋釋國朝詩餘》、《草堂詩餘新集》、《全明詞》作「暖烘韶麗」。

〔微翠惹游塵〕《類編箋釋國朝詩餘》、《全明詞》作「微吹惹游塵」。

〔聽歌□□〕《式古堂書畫彙考》、《文徵明彙稿》作「聽歌荏冉」。《類編箋釋國朝詩餘》、《草堂詩餘新集》、《全明詞》作「聽歌掩冉」。

【箋】

〔明〕沈際飛《草堂詩餘新集》卷四云：「史邦卿手。」「余祖風泉公，于衡山公僚埧也，相高詩酒。晚年喜哦此詞，以為兩人公案。」「我醉欲眠君且去。」

【編年】

案陳鑰卒於正德十一年（1516）九月，則本詞當作於此前。

9. 江神子　陳氏牡丹盛開而不速客，戲作此詞

東風已到牡丹花。錦蒸霞。玉籠紗。應事春韶，妝點貴人家。去歲花時人在病，深負卻，好鉛華。　而今準擬醉琵琶。鼓須撾。酒須賒。莫待風吹，委地作泥沙。卻笑東君殺風景，剛辦得，一杯茶。　《明詞彙刊》本《類編箋釋國朝詩餘》冊下，卷三，頁 1513 上　《草堂詩餘新集》卷三　《蘭皋明詞匯選》卷五，頁 106　《全明詞》冊二，頁 499

【校】

〔詞牌〕《蘭皋明詞匯選》作「江城子」。

〔詞題〕《草堂詩餘新集》、《蘭皋明詞匯選》作「寓嘲」，《草堂

詩餘新集》並注云：「陳氏牡丹盛開而不速客，戲作此詞。」

〔應事春韶〕《草堂詩餘新集》、《蘭皋明詞匯選》作「應是春韶」，《草堂詩餘新集》並於「是」字下注云：「一作事。」

【箋】

〔明〕沈際飛《草堂詩餘新集》卷三云：「惜去歲爲今日地。」「笑倒俗人、吝人。」「還有速客賞翫而折辱花者，有石公監戒。」

〔清〕顧璟芳、李葵生、胡應宸《蘭皋明詞匯選》卷五，胡應宸云：「（『去歲』三句）只恐遣去病鬼，又來吝鬼也。」「（『而今』句）『去歲』正跌出，『而今』有筆勢。」

〔清〕顧璟芳、李葵生、胡應宸《蘭皋明詞匯選》卷五，顧璟芳云「（『莫待』五句）想是寒夜主人。」「徵仲舌尖，以可心硬。」

【編年】

案陳鑰卒於正德十一年（1516）九月，則本詞當作於此前。

10. 倦尋芳　陳以可招賞花，不赴

暗風汎午，遲日酣春，萬錦新濯。傳樂亭東，記得向來曾約。正是春明堪醉也，等閒愁病剛蹉卻。漫多情，憶舊倚闌干，此時蕭索。　　空自有憐春思致，賦玉才情，無處堪著。怎及東君，時自對花吟酌。檀板風流在念，錦佳麗還留諾。待遲遲，卻又怕，雨狂風惡。　　《明詞彙刊》本《類編箋釋國朝詩餘》冊下，卷四，頁1525上　《御選歷代詩餘》卷六十四，頁324上　《全明詞》冊二，頁502

【校】

〔詞題〕《草堂詩餘新集》於詞題下注云：「前段多一字，後段少一字。」《御選歷代詩餘》無詞題。

〔傳樂亭東〕《草堂詩餘新集》、《御選歷代詩餘》作「傅樂亭東」。

〔憶舊倚闌干〕《御選歷代詩餘》作「憶闌干舊倚」。

〔錦佳麗還留諾〕《類編箋釋國朝詩餘》、《草堂詩餘新集》、《御選歷代詩餘》作「錦堂佳麗還留諾」。

【箋】

〔明〕沈際飛《草堂詩餘新集》卷四云：「花有獨賞，有共賞。以茗賞，上也，以談賞，次也，以酒賞，下也。徵仲未嘗賞，而追往念今，結契肝膈，花之爲徵仲賞者多矣。」

【編年】

案陳鑰卒於正德十一年（1516）九月，則本詞當作於此前。

11. 漁父詞　十二闋　其一

白鷺羣飛水映空。河豚吹絮日融融。溪柳綠，野桃紅。閒弄扁舟錦浪中。　　《中國古代書畫圖目　十七》「隸書漁父詞十首」（川 1−038）　鈔本卷九　商務印書館本《吳仲圭漁父圖卷》　《虛齋名畫續錄》卷一　《文徵明集》冊下，補輯卷十七，頁 1225

【箋】

周道振《文徵明集》繫爲「嘉靖壬午」年作。

【編年】

據周道振《文徵明集》繫年，此十二闋詞作於嘉靖元年（1522）。

12. 漁父詞　其二

笠澤魚肥水氣腥。飛花千片下寒汀。歌欸乃，扣笭箸。醉臥春風晚自醒。　　《中國古代書畫圖目　十七》「隸書漁父詞十首」（川 1−038）　鈔本卷九　商務印書館本《吳仲圭漁父圖卷》　《虛齋名畫續錄》卷一　《文徵明集》冊下，補輯卷十七，頁 1225

【校】

〔歌欸乃〕《虛齋名畫續錄》作「朝欸乃」。

〔扣笭箸〕《虛齋名畫續錄》作「扣笭箸」。

〔醉臥春風晚自醒〕《吳仲圭漁父圖卷》、《虛齋名畫續錄》作「醉臥春風酒自醒」。

13. 漁父詞　其三

湖上楊花捲雪濤。湖魚出水擲銀刀。春浪急，晚風高。前山欲雨

且迴橈。　《中國古代書畫圖目　十七》「隸書漁父詞十首」（川 1－038）　鈔本卷

九　商務印書館本《吳仲圭漁父圖卷》　《虛齋名畫續錄》卷一　《文徵明集》冊下，補

輯卷十七，頁 1225

14. 漁父詞　其四

五月新波拂鏡平。青天白日映波明。風不動，雨初晴。水底閒雲

自在行。　《中國古代書畫圖目　十七》「隸書漁父詞十首」（川 1－038）　鈔本卷

九　商務印書館本《吳仲圭漁父圖卷》　《虛齋名畫續錄》卷一　《文徵明集》冊下，補

輯卷十七，頁 1225

【校】

〔五月新波拂鏡平〕《中國古代書畫圖目　十七》、《吳仲圭漁父

圖卷》、《虛齋名畫續錄》作「四月新波錦浪平」。

15. 漁父詞　其五

江魚欲上雨蕭蕭。棟子風生水漸高。停短棹，住輕橈。楊柳灣頭

避晚潮。　《中國古代書畫圖目　十七》「隸書漁父詞十首」（川 1－038）　鈔本卷

九　商務印書館本《吳仲圭漁父圖卷》　《虛齋名畫續錄》卷一　《文徵明集》冊下，補

輯卷十七，頁 1226

【校】

〔住輕橈〕《吳仲圭漁父圖卷》、《虛齋名畫續錄》作「駐輕橈」。

16. 漁父詞　其六

白藕花開占碧波。榆塘柳隩綠陰多。拋釣餌，枕漁簑。臥吹蘆管

調吳歌。　鈔本卷九　商務印書館本《吳仲圭漁父圖卷》　《虛齋名畫續錄》卷一　《文

徵明集》冊下，補輯卷十七，頁 1226

17. 漁父詞　其七

霜落吳淞江水平。荻花洲上晚風生。新壓酒，旋炊粳。網得鱸魚

不入城。　《中國古代書畫圖目　十七》「隸書漁父詞十首」（川 1－038）　鈔本卷

九　商務印書館本《吳仲圭漁父圖卷》　《虛齋名畫續錄》卷一　《文徵明集》冊下，補

輯卷十七，頁 1226

18. 漁父詞　其八

　　月照蒹葭露有光。木蘭輕檝篾頭航。烟漠漠，水蒼蒼。一片蘋花十里香。　　《中國古代書畫圖目　十七》「隸書漁父詞十首」（川 1-038）　鈔本卷九　商務印書館本《吳仲圭漁父圖卷》　《虛齋名畫續錄》卷一　《文徵明集》冊下，補輯卷十七，頁 1226

【校】

　　〔月照蒹葭露有光〕《吳仲圭漁父圖卷》、《虛齋名畫續錄》作「月照蒹葭夜有光」。

19. 漁父詞　其九

　　黃葉磯頭雨一簑。平頭舴艋去如梭。桑落酒，竹枝歌。橫塘西下少風波。　　《中國古代書畫圖目　十七》「隸書漁父詞十首」（川 1-038）　鈔本卷九　商務印書館本《吳仲圭漁父圖卷》　《虛齋名畫續錄》卷一　《文徵明集》冊下，補輯卷十七，頁 1226

20. 漁父詞　其十

　　敗葦蕭蕭斷渚長。烟消水面日蒼涼。魚尾赤，蟹膏黃。自釀邨醪備雪霜。　　鈔本卷九　商務印書館本《吳仲圭漁父圖卷》《虛齋名畫續錄》卷一　《文徵明集》冊下，補輯卷十七，頁 1226

【校】

　　〔自釀邨醪備雪霜〕《虛齋名畫續錄》作「白釀村醪倍雪霜」。

21. 漁父詞　其十一

　　雪晴溪岸水流澌。閒罩冰鱗掠岸歸。收晚釣，傍寒磯。滿篷斜日晒簑衣。　　《中國古代書畫圖目　十七》「隸書漁父詞十首」（川 1-038）　鈔本卷九　商務印書館本《吳仲圭漁父圖卷》　《虛齋名畫續錄》卷一　《文徵明集》冊下，補輯卷十七，頁 1226

22. 漁父詞　其十二

　　陂塘夜靜白烟凝。十里河流瀉斷冰。風颭笠，月涵燈。水冷魚沉不下罾。　　《中國古代書畫圖目　十七》「隸書漁父詞十首」（川 1-038）　鈔本卷

九　商務印書館本《吳仲圭漁父圖卷》　《虛齋名畫續錄》卷一　《文徵明集》冊下，補
輯卷十七，頁 1226

23. 南鄉子　詠懷

水木淡清暉。憶著□身便拂衣。見說官閒無箇事，歸兮。本不離
家底用歸。　　尊酒日追隨。屋後垂楊十畝池。不用遠尋山共水，相
期。傳樂亭東舊釣磯。　　《明詞彙刊》本《類編箋釋國朝詩餘》冊下，卷二，頁
1504 下　《全明詞》冊二，頁 499

【校】

〔傳樂亭東舊釣磯〕《類編箋釋國朝詩餘》、《全明詞》作「待樂
亭東舊釣磯」。

案：「待」字誤，逕改。其〈倦尋芳‧陳以可招賞花，不赴〉即
云：「傳樂亭東，記得向來曾約。」傳樂亭，為好友陳鑰家中亭名。

【編年】

從上片「見說官閒無箇事，歸兮。本不離家底用歸。」、「不用遠
尋山共水，相期。待樂亭東舊釣磯。」等句看，此詞當作於辭官返里
途中。嘉靖五年（1526）冬，詞人以河冰阻留於潞河，隔年春，冰雪
解凍，方得起行。參以首句「水木淡清暉」，姑將此詞繫於嘉靖六年
（1527）春。

24. 風入松　夏日漫興

近來無奈病淹愁。十日廢梳頭。避風簾幙何曾捲，悠然處、古鼎
香浮。興至閒書棐几，困來時覆茶甌。　　新涼如洗簟紋流。六月類
清秋。手拋團扇拈書冊，無情緒、欲展還休。最是詩成酒醒，月明徐
度南樓。　　《中國古代書畫圖目　二十》「行書夏日漫興詞」（京 1－1328）　《翰詔》
《珊瑚網畫錄》卷二十二　《吳越所見書畫錄》卷三，頁 24 下～25 上　《穰梨館雲煙過
眼錄》卷十八　《味水軒日記》卷五　《草堂詩餘新集》卷三　《明詞綜》卷三，頁 42
～43　《文徵明集》冊上，卷十五，頁 430～431、冊下，補輯卷十七，頁 1232　《全明
詞》冊二，頁 503

【校】

〔近來無奈病淹愁〕《草堂詩餘新集》作「近來無奈病淹留」。

〔避風簾幙何曾捲〕《全明詞》作「避風簾幕何曾捲」。

〔悠然處、古鼎香浮〕《穰梨館雲煙過眼錄》作「悠然處、玉鼎香浮」。《明詞綜》、《全明詞》作「脩然處、古鼎香浮」。

〔新涼如洗簟紋流〕《珊瑚網畫錄》、《味水軒日記》、《草堂詩餘新集》、《明詞綜》、《全明詞》作「新涼如水簟紋流」。

〔六月類清秋〕《穰梨館雲煙過眼錄》作「六月頓清秋」。

〔手拋團扇拈書冊，無情緒、欲展還休〕《味水軒日記》、《明詞綜》、《文徵明集》冊下，補輯卷十七作「盍簪坊裏人如玉，空相憶、相見無由」。

〔最是詩成酒醒〕《吳越所見書畫錄》作「剛是詩成酒醒」。

〔月明徐度南樓〕《草堂詩餘新集》、《明詞綜》作「月明時度南樓」。

【箋】

〔明〕李日華《味水軒日記》載文徵明題款云：「病中有懷王君祿之，塡此奉寄，時戊子歲六月八日也。越今七年，君歸自選曹，檢篋得之。持來相示，而予忘之矣。且以舊作小圖，俾錄其上。而余日益衰老，無復當時情致，書罷爲之慨然。嘉靖甲午四月十四日。」

〔明〕沈際飛《草堂詩餘新集》卷三云：「色頗淡而意逸。」

【編年】

據〔明〕李日華《味水軒日記》載文徵明題款，此詞作於嘉靖七年（1528）六月八日。

25. 江南春　再和倪瓚原韻　二闋　其一

徵明往歲同諸公和〈江南春〉，咸苦韻險，而石田先生騁奇抉異，凡再四和，其卒也韻益窮而思亦益奇。時年八十餘，而才情不衰，一時諸公爲之斂手。今先生下世二十年，而徵明亦既老矣。因永之相示，展誦再三，拾其遺餘，亦兩和之。非敢爭能于先生，亦聊以致死生存

歿之感爾。嘉靖庚寅仲秋，文徵明記。

　　春雷江岸抽瓊筍。春雨霏霏畫簾靜。去年雙燕不歸來，寂寞闌干度花影。金錢無聊故歡冷。短綆羸缾泣深井。佳人何事苦沾巾。陌頭柳色棲芳塵。　　朱絃疏，飛觴急。翻酒沾裙絳羅溼。前懽悠悠追莫及。天遠相思暮雲碧。美人傷春情邑邑。手撚花枝傍花立。花飛萬點逐流萍。黃蜂紫燕空營營。　　《中國古代書畫圖目　二》「仿倪瓚江南春詩意圖」（滬 1-0562）　《中國古代書畫圖目　二十》「江南春圖」（京 1-1322）　《珊瑚網畫錄》卷二十二　《壯陶閣書畫錄》卷十　鈔本卷十二　《辛丑銷夏錄》卷五　《虛齋名畫錄》卷三　《蔬香館法書》　《唐文合璧江南春拓本》　《明詞彙刊》本《江南春詞集》冊上，頁 1158 下　《文徵明集》冊下，補輯卷三，頁 826~827　《全明詞》冊二，頁 505

【校】

　　〔其卒也韻益窮而思亦益奇〕《唐文合璧江南春拓本》作「其末也韻益窮而思亦益奇」。

　　〔時年八十餘〕《壯陶閣書畫錄》、鈔本、《辛丑銷夏錄》、《虛齋名畫錄》、《蔬香館法書》、《唐文合璧江南春拓本》、《文徵明集》作「時年已八十餘」。

　　〔而才情不衰，一時諸公爲之斂手〕《壯陶閣書畫錄》、鈔本、《辛丑銷夏錄》、《虛齋名畫錄》、《蔬香館法書》、《文徵明集》作「而才情不異少時，諸公爲之斂手」。

　　〔春雨霏霏畫簾靜〕《珊瑚網畫錄》、《辛丑銷夏錄》作「春雨霏霏畫簾靜」。

　　〔短綆羸缾泣深井〕《珊瑚網畫錄》作「短綆羸缾汲深井」。

　　〔飛觴急〕《中國古代書畫圖目　二》、《珊瑚網畫錄》、《壯陶閣書畫錄》、鈔本、《辛丑銷夏錄》、《虛齋名畫錄》、《蔬香館法書》、《唐文合璧江南春拓本》、《文徵明集》作「羽觴急」。

【箋】

　　《中國古代書畫圖目　二》、《中國古代書畫圖目　二十》載文徵明題款云：「倪公〈江南春〉和者頗多，老孏不能盡錄之。石田先生

二首蓋首唱也，併寫倪公原唱扵前，而附以拙作，亦驥尾之意云爾。卷首復用倪公墨法爲小圖，又見其不自量也。甲辰十月既望，文徵明識。」

【編年】

據詞序，此二詞作扵嘉靖九年（1530）八月。

26. 江南春　其二

碧碗春盤薦春筍。春晴江岸蘼蕪靜。綠油畫舫雜歌聲，楊柳新波亂颭影。江南穀雨收殘冷。手汲新泉試雙井。晚風吹墮白綸巾。醉歸不夢東華塵。　　榆莢忙，花信急。小雨斑斑燕泥溼。秋鴻社燕不相及。只有春草年年碧。王孫不歸念鄉邑。天涯落日凝情立。浮生去住眞蓬萍。百年一噱何多營。　　〈仿倪瓚江南春詩意圖〉（滬 1－0562）　〈江南春圖〉（京 1－1322）　《壯陶閣書畫錄》卷十　鈔本卷十二　《辛丑銷夏錄》卷五　《虛齋名畫錄》卷三　《蔬香館法書》　《唐文合璧江南春拓本》　《明詞彙刊》本《江南春詞集》冊上，頁 1158 下　《文徵明集》冊下，補輯卷三，頁 827　《全明詞》冊二，頁 505

【校】

〔碧碗春盤薦春筍〕《壯陶閣書畫錄》作「碧碗春盤薦櫻筍」。

〔榆莢忙〕《壯陶閣書畫錄》、鈔本、《辛丑銷夏錄》、《虛齋名畫錄》、《蔬香館法書》、《唐文合璧江南春拓本》、《文徵明集》作「榆筴忙」。

〔小雨斑斑燕泥溼〕《中國古代書畫圖目　二》作「小雨班班燕泥溼」。

27. 風入松　詠盆中金魚

白頭自笑似兒癡。汲水作盆池。臨池盡日看金鯽，悠然逝、羣詠羣嬉。朱鬣時翻碧藻，錦鱗或漾清漪。　　金梭來往擲如飛。斗水樂恩私。較他玉帶高懸處，恩波浩、滄海無稽。一段江湖眞樂，只應我與魚知。　　《中國古代書畫圖目　十三》「行書風入松、卜算子詞」（粵 1－0050）　《明詞彙刊》本《類編箋釋國朝詩餘》冊下，卷三，頁 1515 下　《全明詞》冊二，頁 500

【校】

〔詞題〕《中國古代書畫圖目　十三》作「詠金魚」。

【箋】

《中國古代書畫圖目　十三》題款：「癸巳十月三日徵明書于玉磬山房」。

【編年】

案《中國古代書畫圖目　十三》題款，此詞作於嘉靖十二年（1533）十月三日。

28. 卜算子

酒醒夜堂涼，雨過湘簾捲。時見流螢度短墻，乍近依然遠。　　欲睡更遲徊，徙倚闌干徧。不覺西樓缺月斜，寂寞桐陰轉。　　《吳越所見書畫錄》卷三，頁 25 下　《歷代白話詞選》《大字詞卷墨蹟》《行書詞卷墨蹟》《中國古代書畫圖目　十三》「行書風入松、卜算子詞」（粵 1－0050）　《中國古代書畫圖目　十六》「行書詞」（吉 1－039）　《明詞彙刊》本《類編箋釋國朝詩餘》冊下，卷一，頁 1494 下　《草堂詩餘新集》卷一　《精選古今詩餘醉》卷七　《蘭皋明詞匯選》卷一，頁 25　《歷代詩餘》卷十　《明詞綜》卷三，頁 42　《文徵明集》冊下，補輯卷十七，頁 1226～1227　《全明詞》冊二，頁 503

【校】

〔詞題〕《行書詞卷墨蹟》詞調下題云：「夏夜納涼即事」。《類編箋釋國朝詩餘》、《精選古今詩餘醉》詞題作「秋夜」。《蘭皋明詞匯選》詞題作「秋思」。《中國古代書畫圖目　十三》、《全明詞》詞題作「夜坐」。

〔乍近依然遠〕《草堂詩餘新集》作「乍見依然遠」。

〔欲睡更遲徊〕《中國古代書畫圖目　十三》作「欲睡更遲回」。

【箋】

《中國古代書畫圖目　十三》題款：「癸巳十月三日徵明書于玉磬山房」。

〔明〕沈際飛《草堂詩餘新集》，卷一云：「步趣子瞻不辨。」「見

字犯重。」

　　錢仲聯等《元明清詞鑑賞辭典》，頁 256～257，陳列云：「此詞寫於某個夏末初秋之夜，作者通過對彼時彼景的描寫，表現其淒清的心境。　　『酒醒夜堂涼，雨過湘簾捲』，頭兩句不但點出了時間——『夜』、地點——『堂』與感受——『涼』，還暗示了在這之前已發生過的事情——作者曾喝了不少的酒；還有這之後的情狀——作者以酒澆愁乃至醉去，而又因雨過天涼乃至醒來，淒涼人又遇清涼天，真乃『抽刀斷水水更流，舉杯銷愁愁更愁』（李白〈宣城謝朓樓餞別校書叔雲〉）（案：敘字為叔字之誤）啊！更作者不堪的是，在雨過捲簾時，又看到湘妃竹（斑竹）織成的湘簾上雨滴斑斑，猶如淚珠盈盈！此情此景，作者不禁怔怔地看著窗外，又陷入沉思之中。至此，作者並不抒寫內心的情感，而是把筆宕開寫景：『時見流螢度短牆，乍近依然遠。』深夜中，不時看到點點閃閃、輕盈飄逸的流螢，飛過矮牆，悄然飛近，又悄然飛遠。這時隱時現的度牆流螢，不正像侵入作者心頭那此消彼長的思緒嗎？這兩句寫景清絕疏宕，攝盡秋夜的神韻，從中折射出作者寂寞淒清的心境。　　過片『欲睡更遲徊』句，『欲睡』寫的是作者主觀意願，想想還是去睡吧，睡著之後也許就可以擺脫這惱人的思緒。『欲』與『更』兩字寫出了作者的理智與情感的鬥爭。『更遲徊』，但猶豫良久，徘徊良久，最終還是不能自拔，只好來到樓頭一觀夜景以解悶。獨自憑欄沉思，把欄杆倚遍，也無一絲睡意，正所謂『憂從中來，不可斷絕』（曹操〈短歌行〉）。『不覺西樓闌月斜，寂寞桐陰轉』，在殘月如鉤的初秋之夜，夜深人靜，作者獨自徘徊獨自凝佇，思緒萬千，不知不覺中西樓上的殘月已西斜，寂寥清冷的梧桐樹影也隨著西斜的月光移轉拉長。『不覺』濃縮了作者沉思的時間，和表現沉思時的忘我。『桐陰』及梧桐的樹影，中國古代的詩詞常見梧桐意象，如李煜的『寂寞梧桐深院鎖清秋』（〈相見歡〉）；李清照的『梧桐更兼細雨，到黃昏，點點滴滴』（〈聲聲慢〉）等，梧桐的意象常表現蕭瑟清冷的秋意，且與人淒冷的心境有關。一個『轉』字，動

態而形象地表現了時間的流逝過程和月轉光斜之下的梧桐樹影。最後一句以景結情，給人留下一個寂寞淒清的意境。 全詞以景為表，以情為裏，言傳景，意會情，用酒、雨、湘簾、流螢、闌干、西樓、闕月、桐陰等與愁有關的意象來構成意境，讓人感受到的只是一種思緒與心境，但終不道破為何情而傷，讓讀者在意會與尋索之間，倍覺意味深長。」

【編年】

案《中國古代書畫圖目 十三》題款，此詞作於嘉靖十二年（1533）十月三日。

29. 南鄉子　慶壽

和氣靄彤塵。十月江南應小春。臨頓橋西春意滿，盈盈。彼腳殘痾慶七旬。　繞膝總騏驎。自是人間快活人。見說病多還壽考，閹閹。一笑前頭是百齡。　《明詞彙刊》本《類編箋釋國朝詩餘》冊下，卷二，頁1504下　《全明詞》冊二，頁499

【編年】

案詞意，此詞當為自壽，作於七十歲時，即嘉靖十八年（1539）十一月六日。

30. 滿庭芳　遊石湖，追和徐天全

岸柳霏煙，溪桃炫畫，時光最喜春晴。風暄日煦，況是近清明。漫有清歌送酒，酒醒處一笑詩成。春爛熳，啼鶯未歇，語燕又相迎。　向茶磨山前，行春橋畔，放杖徐行。喜沙鷗見慣，容與無驚。不覺青山漸晚，夕陽天遠白烟生。非是我，與山留戀，山見我自多情。　《翰詔》鈔本卷十五　《吳越所見書畫錄》卷三，頁25下　文徵明彙稿　《明詞彙刊》本《類編箋釋國朝詩餘》冊下，卷四，頁1522上～1522下　《文徵明集》冊上，卷十五，頁430　《全明詞》冊二，頁502

【校】

〔詞題〕《類編箋釋國朝詩餘》、《全明詞》作「遊石湖，和天全

翁游天平山韻」。

〔溪桃炫晝〕《類編箋釋國朝詩餘》、《全明詞》作「溪桃眩目」。

〔風暄日煦〕《類編箋釋國朝詩餘》、《全明詞》作「蜂暄蝶煦」。

〔況是近清明〕《吳越所見書畫錄》作「況自近清明」。

〔向茶磨山前〕《類編箋釋國朝詩餘》、《全明詞》於此句之前尚有一句「□□□□□」五字句。

〔喜沙鷗見慣，容與無驚〕《類編箋釋國朝詩餘》、《全明詞》無此二句。

〔不覺青山漸晚〕「不覺青山漸曉」。

〔與山留戀〕《吳越所見書畫錄》作《類編箋釋國朝詩餘》、《全明詞》作「與山留意」。

〔山見我自多情〕《吳越所見書畫錄》作「山與我自多情」。鈔本、《全明詞》作「山亦自多情」。

【箋】

　　文徵明詞題下小注云：「嘉靖甲寅作」。

【編年】

　　據文徵明詞題下小注，此詞作於嘉靖三十三年（1554）。

31. 鵲橋仙　壽

　　翁及告存，兒偕鄉杖，共說老萊重見。不辭田家五色衣，自具得緋袍象管。　　　和氣東瀛，祥光南極，又是老人星現。若比當年萬石君，況有箇休官石建。　　　《明詞彙刊》本《類編箋釋國朝詩餘》冊下，卷二，頁1502下　　《全明詞》冊二，頁498

【編年】

　　案詞意，「翁及告存，兒偕鄉杖」，顯指父子二人皆老矣；若老萊指文彭，《列女傳》載老萊子七十而彩衣娛親，則文彭時年當為七十，而文徵明時年為八十九，可知此詞作於嘉靖三十七年（1558）十一月六日。

32. **謁金門　送歐令**

　　刑務恤。更是征輸毋急。病不流移饑得食。咸沾明府澤。　　一任青蠅白黑。自守此心無斁。此去定知膺峻陟。聖君方仄席。　　《明詞彙刊》本《類編箋釋國朝詩餘》冊下，卷一，頁 1495 下～1496 上　　《全明詞》冊二，頁 497

【校】

　　〔聖君方仄席〕《類編箋釋國朝詩餘》作：「聖君方側席」。

33. **風入松　夜坐**

　　空庭人散語音稀。獨坐漏遲遲。風吹團扇無聊賴，桐陰亂、露下沾衣。斗轉銀河東瀉，月斜烏鵲南飛。　　無端心事集雙眉。睡思轉迷離。牆西突兀高樓靜，流螢度、疑是星移。何處一聲長笛，等閒喚起相思。　　《中國古代書畫圖目　十六》「行書詞」（吉 1–039）　　《翰詔》　　《珊瑚網畫錄》卷二十二　　《吳越所見書畫錄》卷三，頁 25 上　　《明詞彙刊》本《類編箋釋國朝詩餘》冊下，卷三，頁 1515 上　　《草堂詩餘新集》卷三　　《精選古今詩餘醉》卷七，頁 212　　《御選歷代詩餘》卷四十九，頁 250 下～251 上　　《文徵明集》冊上，卷十五，頁 431　　《全明詞》冊二，頁 499～500

【校】

　　〔詞題〕《類編箋釋國朝詩餘》、《全明詞》作「夏日漫興」。《草堂詩餘新集》、《精選古今詩餘醉》、《御選歷代詩餘》作「夏夜露坐」。

　　〔風吹團扇無聊賴〕《吳越所見書畫錄》、《類編箋釋國朝詩餘》、《草堂詩餘新集》、《精選古今詩餘醉》、《御選歷代詩餘》、《全明詞》作「風撩團扇無聊賴」。《珊瑚網畫錄》作「風撩翠幕無聊賴」。

　　〔無端心事集雙眉〕《珊瑚網畫錄》作「無端一事集雙眉」。

　　〔等閒喚起相思〕《吳越所見書畫錄》作「等閒笑起相思」。

【箋】

　　〔明〕沈際飛《草堂詩餘新集》卷三云：「長笛漸成套語，賴相思句生味。」

　　〔清〕沈雄：《古今詞話》詞話下卷云：「曹爾堪曰：余性不喜豔

詞，亦爲筆性之所近而已。曾聞衡山先輩端方之至，不受污褻。而〈水龍吟〉、〈風入松〉、〈南鄉子〉諸調，復詠吳閶麗人及閨情之作，想亦詞用情景有必然者。乃知歐、晏雖有綺靡之語，而亦無關正色立朝之大節也。」

34. 風入松　石湖開泛

　　輕風驟雨捲新荷。湖上晚涼多。行春橋外山如畫，緣山去、十里松蘿。滿眼綠陰芳草，無邊白鳥滄波。　　夕陽還聽竹枝歌。天遠奈愁何。漁舟隱映垂楊渡，都無繫、來往如梭。爲問玉堂金馬，何如短棹輕簑。　　《中國古代書畫圖目　二十》「行書夏日漫興詞」（京１－１３２８）　《翰詔》《式古堂書畫彙考》卷二十四　《珊瑚網畫錄》卷十五　《味水軒日記》　《甫田集》四卷本副頁附錄　《書畫鑑影》卷六　《明詞彙刊》本《類編箋釋國朝詩餘》冊下，卷三，頁1516上　《草堂詩餘新集》卷三　《文徵明集》冊上，卷十五，頁431　《全明詞》冊二，頁501

【校】

　　〔詞題〕《式古堂書畫彙考》作「泛湖作，爲紫溪書」。《珊瑚網畫錄》作「泛湖作」。《類編箋釋國朝詩餘》、《全明詞》作「石湖夜泛」。

　　〔輕風驟雨捲新荷〕《書畫鑑影》、《類編箋釋國朝詩餘》、《草堂詩餘新集》、《全明詞》作「輕風驟雨展新荷」。

　　〔夕陽還聽竹枝歌〕《味水軒日記》、《甫田集》四卷本副頁附錄、《書畫鑑影》、《類編箋釋國朝詩餘》、《草堂詩餘新集》、《全明詞》作「夕陽遙聽竹枝歌」。

　　〔天遠奈愁何〕《類編箋釋國朝詩餘》作「天遠奈愁河」。

　　〔爲問玉堂金馬〕《書畫鑑影》作「笑道玉堂金馬」。

【箋】

　　〔明〕沈際飛《草堂詩餘新集》卷三云：「自得語。」

35. 風入松　行春橋看月

　　晚涼斜倚赤欄橋。天遠白烟銷。酒醒顧見花間影，浮雲散、月在

林梢。野火青山隱隱，漁歌綠水迢迢。　　當年曾此醉清宵。共饟木蘭橈。白頭重踏行春路，同遊伴、半已難招。夜靜山高月小，玉人何處吹簫。　　《中國古代書畫圖目　二十》「行書夏日漫興詞」（京 1−1328）　　《翰詔》《中國古代書畫圖目　六》「行書風入松詞」（蘇 1−062）　　《中國古代書畫圖目　十六》「行書詞」（吉 1−039）　　《式古堂書畫彙考》卷五十八　　《珊瑚網畫錄》卷十五　　《味水軒日記》卷四　　《書苑文氏父子集》　　《明詞彙刊》本《類編箋釋國朝詩餘》冊下，卷三，頁 1515 上　　《明詞綜》卷三，頁 43　　《文徵明集》冊上，卷十五，頁 432　　《全明詞》冊二，頁 504

【校】

〔詞題〕《式古堂書畫彙考》作「右調風入松并石湖圖夏月望日徵明寫」。《明詞綜》作「行春橋望月」。

〔晚涼斜倚赤欄橋〕《中國古代書畫圖目　六》作「晚庭斜倚赤欄橋」。《類編箋釋國朝詩餘》、《明詞綜》、《全明詞》作「夜涼斜倚赤欄橋」。

〔天遠白烟銷〕《類編箋釋國朝詩餘》作「天遠白烟消」。《明詞綜》、《全明詞》作「天遠碧烟銷」。

〔酒醒顧見花間影〕《明詞綜》、《全明詞》作「酒醒忽見花間影」。

〔浮雲散、月在林梢〕《明詞綜》、《全明詞》作「輕雲散、月在林梢」。

〔當年曾此醉清宵〕《中國古代書畫圖目　六》、《書苑文氏父子集》作「昔年曾此醉清宵」。

〔共饟木蘭橈〕《書苑文氏父子集》作「共倚木蘭橈」。

〔白頭重踏行春路〕《味水軒日記》作「十年曾踏行春路」。

〔同遊伴、半已難招〕《珊瑚網畫錄》作「同遊客、半已難招」。

〔夜靜山高月小〕《明詞綜》、《全明詞》作「夜靜單衫露冷」。

36. 風入松　咏燈花

了知無喜到貧家。底事燭生花。纍纍銀柳垂金粟，紅雲暖、火齊

騰霞。風焰漸消清淚，春心細吐靈葩。　　短屏雲母護緋紗。人影共交加。沉沉清夜掩春酌，虛簷外、雨腳斜斜。別院誰敲棋子，等閒零落鉛華。　　《翰詔》　　《明詞彙刊》本《類編箋釋國朝詩餘》冊下，卷三，頁 1516 上　《文徵明集》冊上，卷十五，頁 432　《全明詞》冊二，頁 500～501

【校】

〔纍纍銀柳垂金粟〕《類編箋釋國朝詩餘》、《全明詞》作「纍纍銀樹垂金粟」。

〔風焰漸消清淚〕《類編箋釋國朝詩餘》作「風焰微消清淚」。

〔沉沉清夜掩春酌〕《類編箋釋國朝詩餘》、《全明詞》作「沉沉清夜淹春酌」。

〔別院誰敲棋子〕《類編箋釋國朝詩餘》、《全明詞》作「別院閒敲棋子」。

〔等閒零落鉛華〕《類編箋釋國朝詩餘》、《全明詞》作「頓閒零落鉛華」。

37. 風入松　簡湯子重

西齋睡起雨濛濛。雙燕語簾櫳。平生行樂都成夢，難忘處、碧鳳坊中。酒散風生棋局，詩成月在梧桐。　　近來多病不相逢。高興若為同。清樽白苧交新夏，應辜負、綠樹陰濃。憑仗柴門莫淹，興來擬扣牆東。　　《翰詔》　　《明詞彙刊》本《類編箋釋國朝詩餘》冊下，卷三，頁 1515 下　《草堂詩餘新集》卷三　《御選歷代詩餘》卷四十九，頁 251 上　《明詞綜》卷三，頁 43　《文徵明集》冊上，卷十五，頁 433　《全明詞》冊二，頁 503～504

【校】

〔詞題〕《草堂詩餘新集》於詞題下註云：「湯住玄妙觀南碧鳳坊，一名錢官人巷。」《明詞綜》、《全明詞》作「簡湯子重，湯居碧鳳坊」。

〔憑仗柴門莫淹〕《類編箋釋國朝詩餘》、《草堂詩餘新集》、《御選歷代詩餘》、《明詞綜》、《全明詞》作「憑仗柴門莫掩」。

【箋】

　　〔明〕沈際飛《草堂詩餘新集》卷三云：「正取之無禁，用之不竭者。妙。妙。」

38. 風入松　簡錢孔周

　　日長無事掩精廬。繞屋樹扶疏。南窗雨過湘簾捲，烟綃帳、冰簟平鋪。午困全消茗椀，宿醒自倒冰壺。　　虛堂風定一塵無。香裊博山鑪。何時去覓山公笑，花間醉、樹底挏蒲。見說香生丹桂，莫教秋近庭梧。　　《翰詔》　《明詞彙刊》本《類編箋釋國朝詩餘》冊下，卷三，頁 1515下　《草堂詩餘新集》卷三　《御選歷代詩餘》卷四十九，頁 251 上　《文徵明集》冊上，卷十五，頁 433　《全明詞》冊二，頁 500

【校】

　　〔詞題〕《類編箋釋國朝詩餘》、《草堂詩餘新集》、《全明詞》作「寄錢孔周」。《草堂詩餘新集》注云：「錢名同愛，世醫也，以女配壽承。」《御選歷代詩餘》作「寄友」。

　　〔烟綃帳、冰簟平鋪〕《類編箋釋國朝詩餘》作「煙霏帳、冰簟平敷」。《草堂詩餘新集》、《御選歷代詩餘》作「煙霏帳、冰簟平鋪」，《草堂詩餘新集》並注云：「一作敷，誤。」《全明詞》作「煙霏悵、冰簟平敷」。

　　〔宿醒自倒冰壺〕《全明詞》作「宿醒自倒水壺」。

　　〔花間醉、樹底挏蒲〕《類編箋釋國朝詩餘》、《類編箋釋國朝詩餘》、《御選歷代詩餘》、《全明詞》作「花間醉、樹底樗蒲」。

【箋】

　　〔明〕沈際飛《草堂詩餘新集》卷三云：「仙窟。」「孔周堂中有二桂蔭，畝後歸陸氏，今又歸徐氏，一枯林矣。」

39. 風入松

　　城居煩暑避無方。野寺覓清涼。通湖閣外搖新竹，南薰度、如在瀟湘。醉依何須雪檻，倦眠自有雲牀。　　晚來天氣減炎光。歸意已

渾忘。山風不及湖風冷，移舟傍、柳綠荷香。沙渚幾羣飛鷺，烟波無斷歸航。　日本《書苑》四卷九號《文氏父子集》　《文徵明集》冊下，補輯卷十七，頁 1233

40. 風入松　詠秋葵

　　秋來炎豔試宮妝。蘸染薄羅裳。翠翹斜映鴛兒淡，比鴛兒、卻自芬芳。舊恨檀心暈紫，新嬌粉額塗黃。　　湘袍新翦菊英長。露冷浥天香。晚涼似是無聊賴，底垂首、默默傾陽。剛被西風斂卻，含情自倚東牆。　《明詞彙刊》本《類編箋釋國朝詩餘》冊下，卷三，頁 1516 上　《草堂詩餘新集》卷三　《蘭皋明詞匯選》卷五，頁 113　《御選歷代詩餘》卷四十九，頁 250 下　《全明詞》冊二，頁 500

【校】

　　〔詞題〕《蘭皋明詞匯選》、《歷代詩餘》作「秋葵」。

　　〔秋來炎豔試宮妝〕《御選歷代詩餘》作「秋來幽豔試宮妝」。

　　〔露冷浥天香〕《蘭皋明詞匯選》、《御選歷代詩餘》作「露浥冷天香」。

　　〔晚涼似是無聊賴〕《草堂詩餘新集》、《蘭皋明詞匯選》、《歷代詩餘》作「晚涼自是無聊賴」，《草堂詩餘新集》並於「自」字下注云：「一作似。」

　　〔底垂首、默默傾陽〕《草堂詩餘新集》、《蘭皋明詞匯選》、《御選歷代詩餘》作「低垂首、默默傾陽」，《草堂詩餘新集》並於「陽」字下注云：「一作觴。」

【箋】

　　〔明〕沈際飛《草堂詩餘新集》卷三云：「光華溢目。」「新字犯重。」

　　〔清〕顧璟芳、李葵生、胡應宸《蘭皋明詞匯選》卷五，李葵生云：「(『舊恨』二句) 為無情花草描出嬌恨。」「詠香豔易，詠淡雅難。此題淡雅極矣。乃能字字淡雅，字字香豔，蓋不淡雅不香豔也。」

　　〔清〕顧璟芳、李葵生、胡應宸《蘭皋明詞匯選》卷五，胡應宸

云：「（『晚涼』二句）作者心事不覺向花前吐出。」

〔清〕沈雄：《古今詞話》詞話下卷云：「曹爾堪曰：余性不喜豔詞，亦為筆性之所近而已。曾聞衡山先輩端方之至，不受污蔑。而〈水龍吟〉、〈風入松〉、〈南鄉子〉諸調，復詠吳閶麗人及閨情之作，想亦詞用情景有必然者。乃知歐、晏雖有綺靡之語，而亦無關正色立朝之大節也。」

41. 風入松　賞蓮

虛堂殘暑已無多。急雨戰秋荷。雨晴瞥見芙蕖秀，新妝靚、錦襪凌波。出水天然婀娜，含風更自婆娑。　　花前有客鼓雲和。倚笛更長歌。酒醒忽動江湖興，陶然處、如在煙蘿。一片瀟湘晚景，相看玉女銀河。　　《明詞彙刊》本《類編箋釋國朝詩餘》冊下，卷三，頁1516上　《御選歷代詩餘》卷四十九，頁250下　《全明詞》冊二，頁501

【校】

〔酒醒忽動江湖興〕《類編箋釋國朝詩餘》作「酒醒忽動江潮興」。

【箋】

〔清〕沈雄：《古今詞話》詞話下卷云：「曹爾堪曰：余性不喜豔詞，亦為筆性之所近而已。曾聞衡山先輩端方之至，不受污蔑。而〈水龍吟〉、〈風入松〉、〈南鄉子〉諸調，復詠吳閶麗人及閨情之作，想亦詞用情景有必然者。乃知歐、晏雖有綺靡之語，而亦無關正色立朝之大節也。」

42. 風入松　竹堂看梅

江南二月晝初長。草綠淡煙光。相期野寺探春去，殘梅在、過臘猶芳。春意已調鶯舌，柳絲漸染鵝黃。　　暖風新試薄羅裳。春酒鬱金香。清歌宛轉傳觴處，觥籌亂、賓主相忘。乘醉不嫌歸晚，西郊月映林塘。　　《明詞彙刊》本《類編箋釋國朝詩餘》冊下，卷三，頁1516下　《全明詞》冊二，頁501

43. **柳梢青**　和楊無咎補之題畫梅原詞　其一　未開

特地尋芳，含情匿意，春猶乖隔。脈脈佳人，酷令相愛，難通相識。　　後時定有逢時，何恁地先多憐惜。還煞歸休，把儂來興，半途生勒。　　《郁氏書畫題跋記》卷一　《文徵明集》冊下，補輯卷十七，頁1227

44. **柳梢青**　其二　欲開

休較休量，且澆新酒，爲爾催妝。曉袂巡邊，風襟立處，略有微香。　　北枝不及南枝，一樣樹春分別腸。勒轉芒鞋，探遊近隱，或在僧房。　　《郁氏書畫題跋記》卷一　《文徵明集》冊下，補輯卷十七，頁1227

45. **柳梢青**　其三　盛開

東枝西搭，鬭開如約，不遺餘霙。一夜西湖，六橋無路，百重千匝。　　逋山破屋尤多，好則好疏茆怕壓。不敢臨流，弄珠搔玉，打鴛驚鴨。　　《郁氏書畫題跋記》卷一　《文徵明集》冊下，補輯卷十七，頁1227

46. **柳梢青**　其四　將殘

昨日繁蘤，今朝欲落，意尙遲遲。弱質消香，餘鬚抱粉，雨掠風披。　　這場敗興誰期，春轉眼如秋可悲。更極相思，斷魂殘夢，月墮之時。　　《郁氏書畫題跋記》卷一　《文徵明集》冊下，補輯卷十七，頁1227

47. **鷓鴣天**　秋風

拂草揚波復振條。白雲千里雁行高。時飄墜葉驚秋雨，還入長松捲夜濤。　　情漠漠，意蕭蕭。總幃紈扇總無聊。潘郎愁鬢添新恨，滿鏡西風怕見搔。　　《式古堂書畫彙考》畫錄卷七　《明詞彙刊》本《類編箋釋國朝詩餘》冊下，卷二，頁1501下　《草堂詩餘新集》卷二　《古今詞統》卷七，頁269　《御選歷代詩餘》卷二十八，頁151中　《文徵明集》冊下，補輯卷十七，頁1229　《全明詞》冊二，頁497

【校】

〔時飄墜葉驚秋雨〕《類編箋釋國朝詩餘》、《草堂詩餘新集》、《古今詞統》、《御選歷代詩餘》、《全明詞》作「時飄墜葉驚寒雨」。

〔總幃紈扇總無聊〕《類編箋釋國朝詩餘》、《草堂詩餘新集》、

《古今詞統》、《御選歷代詩餘》作「縑帷紈扇總無聊」。《全明詞》作「縑幬紈扇總無聊」。

〔潘郎愁鬢添新恨〕《類編箋釋國朝詩餘》、《草堂詩餘新集》、《古今詞統》、《御選歷代詩餘》、《全明詞》作「潘郎愁鬢添清雪」。

〔滿鏡西風怕見搔〕《類編箋釋國朝詩餘》、《全明詞》作「滿鏡蕭疏怕見騷」。《草堂詩餘新集》、《古今詞統》、《御選歷代詩餘》作「滿鏡蕭疏怕見搔」，《草堂詩餘新集》注云：「一作騷，誤。」

【箋】

〔明〕沈際飛《草堂詩餘新集》卷二云：「颼颼颯颯之聲刮耳。」「以無聊代棄捐字，妙。」

〔明〕卓人月匯選、徐士俊參評《古今詞統》卷七，徐士俊云：「繪風第一手。」

48. 鷓鴣天　秋月

灩灩溶溶缺又盈。秋清寒重轉分明。玉關羈雁年年度，桂殿寒潮夜夜生。　　橫玉氣，溢金精。照人離別更多情。長風不斷吹秋色，何處江樓有笛聲。　　《式古堂書畫彙考》畫錄卷七　《明詞彙刊》本《類編箋釋國朝詩餘》冊下，卷二，頁 1501 下　《草堂詩餘新集》卷二　《精選古今詩餘醉》卷十四，頁 420　《御選歷代詩餘》卷二十八，頁 151 中～151 下　《文徵明集》冊下，補輯卷十七，頁 1230　《全明詞》冊二，頁 497～498

【校】

〔橫玉氣〕《類編箋釋國朝詩餘》、《草堂詩餘新集》、《精選古今詩餘醉》、《御選歷代詩餘》、《全明詞》作「積玉氣」。

〔長風不斷吹秋色〕《御選歷代詩餘》作「長風不斷吹秋至」。

【箋】

〔明〕沈際飛《草堂詩餘新集》卷二云：「不是尋常月。」「詩句。」

49. 鷓鴣天　秋菊

捲翠鎔金別樣妝。寒英剪剪弄輕黃。郊原慘淡風吹日，籬落蕭條

夜有霜。　　　霜下傑，雨餘芳。已應佳節近重陽。年年輸與陶元亮，
獨對南山把一觴。　　　《壯陶閣書畫錄》卷十　藝苑眞實社本《詩稿眞蹟》　《明
詞彙刊》本《類編箋釋國朝詩餘》冊下，卷二，頁 1501 下　《文徵明集》冊下，補輯卷
十七，頁 1230　《全明詞》冊二，頁 498

【校】

　　　〔霜下傑，雨餘芳〕《類編箋釋國朝詩餘》、《全明詞》作「霜雪
操，歲寒香」。

　　　〔年年輸與陶元亮〕《類編箋釋國朝詩餘》、《全明詞》作「年年
輸與陶彭澤」。

50. 鷓鴣天　芙蓉

　　　抹雨凝烟洗玉翹。幽芳偏佔曲池坳。錦城月落春常在，仙掌金莖
露未消。　　　揚桂楫，倚蘭橈。涉江無那美人遙。自家閒淡堪遲暮，
不逐東風一樣飄。　　　《壯陶閣書畫錄》卷十　藝苑眞實社本《詩稿眞蹟》　《明
詞彙刊》本《類編箋釋國朝詩餘》冊下，卷二，頁 1501 下　《草堂詩餘新集》卷二　《精
選古今詩餘醉》卷十三，頁 407　《御選歷代詩餘》卷二十八，頁 151 下　《文徵明集》
冊下，補輯卷十七，頁 1230　《全明詞》冊二，頁 498

【校】

　　　〔詞題〕《類編箋釋國朝詩餘》作「夫容」。

　　　〔抹雨凝烟洗玉翹〕《御選歷代詩餘》作「抹雨凝脂洗玉翹」。

　　　〔幽芳偏佔曲池坳〕《類編箋釋國朝詩餘》、《草堂詩餘新集》、
《精選古今詩餘醉》、《御選歷代詩餘》、《全明詞》作「幽芳偏向曲池
坳」。

　　　〔仙掌金莖露未消〕《類編箋釋國朝詩餘》、《草堂詩餘新集》、
《精選古今詩餘醉》、《御選歷代詩餘》、《全明詞》作「仙掌風微露未
消」。

　　　〔自家閒淡堪遲暮〕《御選歷代詩餘》作「自家閒淡甘遲暮」。

【箋】

　　　〔明〕沈際飛《草堂詩餘新集》卷二云：「徵仲遼絡文場，晚年

以待詔終，宜其有感夫。」「老壯窮堅之語。」

51. 鷓鴣天　秋雁

　　萬里南來道路長。更將秋色到衡陽。江湖滿地皆繒繳，何處西風有稻粱。　　隨落日，度清湘。晚鴉衝敵不成行。相呼莫向南樓過，應有佳人惱夜涼。　　《明詞彙刊》本《類編箋釋國朝詩餘》冊下，卷二，頁 1501 下　《明詞彙刊》本《古今詞匯二編》冊下，卷二，頁 1569 下　《蘭皋明詞匯選》卷三，頁 58　《御選歷代詩餘》卷二十八，頁 151 中　《全明詞》冊二，頁 498

【校】

　　〔晚鴉衝敵不成行〕《御選歷代詩餘》作「晚鴉衝突不成行」。

　　〔度清湘〕《古今詞匯二編》、《蘭皋明詞匯選》作「渡清湘」。

【箋】

　　〔明〕沈際飛《草堂詩餘新集》卷二云：「深渾。」

　　〔清〕顧璟芳、李葵生、胡應宸《蘭皋明詞匯選》卷三，李葵生云：「閱世言，關情語。」

　　王步高主編《金元明清詞鑑賞辭典》，頁 345～346，黃拔荊、周旻云：「本辭通過詠秋雁，抒發人生的某種感喟。『萬里南來道路長。更將秋色到衡陽。』首二句寫候鳥大雁每年秋季，從北方飛向南方避寒。傳說雁南飛到衡陽即止，衡山的回雁峰因此得名。如王勃『雁陣驚寒，聲斷衡陽之浦』（〈滕王閣序〉），范仲淹的『衡陽雁去無留意』（〈漁家傲〉）。都是把南飛大雁與衡陽連在一起。『道路長』是形容北雁南飛長途跋涉之苦。『將』帶的意思。這裡不說秋天到了，大雁為了避寒向衡陽飛去，卻說大雁把秋色帶到衡陽，目的是為了突出雁，使景物增加更濃厚的感情色彩。『江湖滿地皆繒繳』一句，陡轉直下，以沉重的筆觸揭示了一個大雁全然不知的險惡前景。『繒繳』，繫有絲繩用以射鳥的短箭。『繒』，古代繫生絲以射鳥雀的箭。『繳』，繫在箭上的繩。大雁在藍天飛行，地面上卻到處布滿了殺機，隨時都有罹難的危險。即使是躲過網羅暗箭，可是西風一起，大地一片肅殺凋零，又往哪裡去覓食呢？『何處西風有稻粱』是詞人替鴻雁的溫飽和生存

擔憂。『稻粱』即稻粱謀，指覓食。杜甫〈同諸公登慈恩寺塔〉：『君看隨陽雁，各有稻粱謀。』後喻人謀求衣食，如龔自珍〈詠史〉：『避席畏聞文字獄，著書都爲稻粱謀。』至此，我們不難聯想到詞人感嘆擔憂的恐非單指大雁了。與文徵明同時的不少才情卓著的文人如沈周、吳偉、仇英、唐寅、徐渭等等，大都在政治漩渦中受到衝擊，歷盡坎坷，生活十分清苦。他們實際上是借雁的遭遇表達封建社會文人的憂患心態。　　下片寫秋雁初到異地時的種種景況。『隨落日，渡清湘。晚鴉衝突不成行。』這本來是一幅十分生動的黃昏秋景圖，與王勃『落霞與孤鶩齊飛，秋水共長天一色』相比，色彩雖欠協調，而層次感卻更爲豐富。晚霞映紅西天，湘水上整齊的雁行在飛翔，這眞是可以引出詩情畫意的絕妙景色。然而，落日黃昏，大自然的許多生物都急於還巢棲息，其中昏鴉鴰噪，橫衝直撞，把秩序井然的飛行雁陣一下子衝散了。詞人特別舉出人們厭惡的烏鴉，來與美好的貞禽鴻雁進行對比，所寓褒貶愛憎之情分明可見，『相呼莫向南樓過，應有佳人惱夜涼。』『南樓』，泛指閨中女子所居之處。雁群年年秋來春往，是有情有信的義禽，況且傳說鴻雁能傳書。這樣，大雁長空一呼，天下有多少盼團圓而音訊杳然的『佳人』更會聞雁而傷心，徒增許多煩惱，何況秋夜孤單寂寞更加難耐！因此才叮囑大雁，經過『南樓』時千萬不要高聲呼喚，以免頻添樓內佳人的痛苦和思念。結尾由雁及人，揭示出人間處處有不完美和不如意之事，因而筆致十分深刻誠摯。　　本詞借雁抒情，寫雁實則寫人。感情眞摯，寓意深刻，語言平易流暢，不用典故一任白描，意境於深邃高遠中尚含幾分蒼涼。頗具明末小品抒寫眞性情的流轉與天然特色。」

52. 鷓鴣天　秋蟬

　　抱葉清吟玉宇涼。微風吹起暮聲長。九秋服食空寒露，萬木陰森自夕陽。　　藏密陰，引圓吭。不知身後有螳螂。蛻來卻是清虛體，相伴文貂沐寵光。　　《明詞彙刊》本《類編箋釋國朝詩餘》冊下，卷二，頁 1502 上　《御選歷代詩餘》卷二十八，頁 151 下　《全明詞》冊二，頁 498

【校】

〔藏密陰〕《御選歷代詩餘》作「藏密蔭」。

53. 南鄉子

雨過綠陰稠。燕子飛來特地愁。日晏重重簾幕閉，悠悠。殘夢關心懶下樓。　　芳草弄春柔。欲下晴絲不自由。青粉牆西人獨自，休休。花自紛紛水自流。　　《吳越所見書畫錄》卷三，頁 25 上　《甫田集》四卷本副頁附錄　《明詞彙刊》本《類編箋釋國朝詩餘》冊下，卷二，頁 1504 下　《草堂詩餘新集》卷二　《精選古今詩餘醉》卷六，頁 201　《蘭皋明詞匯選》卷三，頁 64　《御選歷代詩餘》卷三十三，頁 175 中　《聽秋聲館詞話》卷九　《文徵明集》冊下，補輯卷十七，頁 1231　《全明詞》冊二，頁 498～499

【校】

〔詞題〕《類編箋釋國朝詩餘》、《草堂詩餘新集》、《精選古今詩餘醉》、《蘭皋明詞匯選》、《全明詞》於詞調下有詞題云：「春閨」。

〔燕子飛來特地愁〕《類編箋釋國朝詩餘》、《草堂詩餘新集》、《精選古今詩餘醉》、《蘭皋明詞匯選》、《御選歷代詩餘》、《全明詞》作「燕子飛來特地遊」。《聽秋聲館詞話》作「燕子還來認舊遊」。

〔日晏重重簾幕閉〕《蘭皋明詞匯選》、《歷代詩餘》作「日暮重重簾幕閉」。《聽秋聲館詞話》作「日暮重重簾暮閉」。

〔花自紛紛水自流〕《聽秋聲館詞話》作「花自紛飛水自流」。

【箋】

〔明〕沈際飛《草堂詩餘新集》卷二云：「傷憫氣不露。」

〔清〕顧璟芳、李葵生、胡應宸《蘭皋明詞匯選》卷三，胡應宸云：「（『殘夢』句）上翠樓不知愁也，懶下樓卻愁深矣，妙各難言。」

〔清〕沈雄：《古今詞話》詞話下卷云：「曹爾堪曰：余性不喜豔詞，亦爲筆性之所近而已。曾聞衡山先輩端方之至，不受污蔑。而〈水龍吟〉、〈風入松〉、〈南鄉子〉諸調，復詠吳閶麗人及閨情之作，想亦詞用情景有必然者。乃知歐、晏雖有綺靡之語，而亦無關正色立朝之大節也。」

〔清〕丁紹儀《聽秋聲館詞話》卷九云：「《古今詞話》言：待詔素性不喜聲妓。祝枝山、唐子畏邀登畫舫，預匿二姬，出以侑觴。待照憤欲投水，乃別呼小艇送歸。此與吾鄉倪雲林高士傳有潔癖，偶眷一妓，慮其不潔，令之浴。浴至再三，而天明矣。同一言過其實。抑知二老風情，正是不薄。雲林〈江城子〉云：『窗前翠影溼芭蕉。雨瀟瀟。思無聊。夢入鄉園，山水碧迢迢。依舊當年行樂地，香徑杳，綠苔饒。　沉香火底坐吹簫。憶妖嬈。想風標。同步芙蓉，花畔赤闌橋。漁唱一聲驚夢斷，無處覓，不堪招。』待詔〈南鄉子〉云：『……（詞略）』此豈規行矩步人所能為耶？」

54. 南鄉子

　　輕暖逗春肌。滿眼新嬌睡起遲。燕子不來三月盡，依依。手撚殘花玉一枝。　　風嬝鬢雲垂。無限閒愁隱翠眉。好夢不成春自去，相思。只有青團扇子知。　　鈔本卷七　《吳越所見書畫錄》卷三　《明詞彙刊》本《類編箋釋國朝詩餘》冊下，卷二，頁 1504 下～1505 上　《草堂詩餘新集》卷二　《精選古今詩餘醉》卷二，頁 87　《明詞綜》卷三，頁 42　《文徵明集》冊下，補輯卷十七，頁 1231　《全明詞》冊二，頁 503

【校】

　　〔詞題〕《類編箋釋國朝詩餘》於詞調下有詞題云：「春閨」。《精選古今詩餘醉》於詞調下有詞題云：「春暮」。

　　〔輕暖逗春肌〕《類編箋釋國朝詩餘》、《草堂詩餘新集》、《精選古今詩餘醉》、《明詞綜》、《全明詞》作「香煖透春肌」。《吳越所見書畫錄》作「輕暖透春肌」。

　　〔手撚殘花玉一枝〕鈔本、《草堂詩餘新集》、《文徵明集》作「手拈殘花玉一枝」。

　　案：「撚」字為仄聲，「拈」字為平聲。此句此處當用仄聲。

　　〔相思〕《吳越所見書畫錄》缺此二字。

【箋】

　　〔明〕沈際飛《草堂詩餘新集》卷二云：「倒春字妙。」「謝芳姿、

團扇歌説見徵仲說知冥理兩人莫逆。」

〔清〕沈雄：《古今詞話》詞話下卷云：「曹爾堪曰：余性不喜豔詞，亦爲筆性之所近而已。曾聞衡山先輩端方之至，不受污褻。而〈水龍吟〉、〈風入松〉、〈南鄉子〉諸調，復詠吳閶麗人及閨情之作，想亦詞用情景有必然者。乃知歐、晏雖有綺靡之語，而亦無關正色立朝之大節也。」

55. 青玉案

庭下石榴花亂吐。滿地綠陰停午。午睡覺來時自語。悠揚魂夢，黯然情緒。胡蝶過牆去。　　　駿駿嬌眼開仍㜭，悄無人欲出還凝竚。團扇不搖風自舉。盈盈翠竹，纖纖白苧。不受些兒暑。　　《吳越所見書畫錄》卷三，頁 25 上　《中國古代書畫圖目　二》「行書青玉案詞」(滬 1－0628)　《甫田集》四卷本副頁附錄　《式古堂書畫彙考》　《明詞彙刊》本《類編箋釋國朝詩餘》冊下，卷三，頁 1512 下　《草堂詩餘新集》卷三　《精選古今詩餘醉》卷五，頁 187　《明詞彙刊》本《古今詞匯二編》冊下，卷三，頁 1580 上　《蘭皋明詞匯選》卷五，頁 101　《御選歷代詩餘》卷四十五，頁 229 中　《文徵明集》冊下，補輯卷十七，頁 1232　《全明詞》冊二，頁 504

【校】

〔詞題〕《類編箋釋國朝詩餘》、《草堂詩餘新集》、《精選古今詩餘醉》、《古今詞匯二編》、《蘭皋明詞匯選》於詞調下有詞題云：「夏景」。《草堂詩餘新集》注云：「後段第二句多一字。」

〔滿地綠陰停午〕《中國古代書畫圖目　二》、《類編箋釋國朝詩餘》、《草堂詩餘新集》、《精選古今詩餘醉》、《古今詞匯二編》、《蘭皋明詞匯選》、《御選歷代詩餘》作「滿地綠陰亭午」。

〔胡蝶過牆去〕《吳越所見書畫錄》作「蝴蝶過牆去」。

〔悄無人欲出還凝竚〕《中國古代書畫圖目　二》作「悄無人欲出還竚」。《古今詞匯二編》、《御選歷代詩餘》作「悄無人至還凝竚」。《全明詞》作「悄無聲欲出還凝竚」。

【箋】

〔明〕沈際飛《草堂詩餘新集》卷三云：「鬢持天人境界。」「著了幽適，即無暑氣。」

〔清〕顧璟芳、李葵生、胡應宸《蘭皋明詞匯選》卷五，李葵生云：「（『蝴蝶』句）蝴蝶過牆與人何與？即作者亦明知其無與，而必欲及之，且令讀者不覺其無與。難言。難言。」「全在有意無意間，覺仲醇草堂避暑，偏帶清客氣。」

56. 祝英臺近

山茶開，梅又放，促我閒游戲。蹴踘身輕，影墜清池裏。去來情意相牽，翻衣飄縷，金蓮蹴起鴛鴦睡。　　多情味。惹起一片春心，滾滾花憔悴。殘雪初消，幾處相思淚。可憐蘊却愁懷，強尋笑語，斷腸處一枝斜倚。　　《仇十洲仕女影本》　　《文徵明集》冊下，補輯卷十七，頁 1233

57. 紅林檎近

新月掛梧桐，良宵清又永。丹桂滿庭芳，秋色盈園壟。正好度曲吹簫，檀板相和相詠。嬌倚箜篌，承寵無限情如湧。　　夫壻覓封侯，拔劍揮星烱。今夜相思，兩地月華同拱。萬里淨雲霞，寂寂清光，莫惜更闌神悚。　　《仇十洲仕女影本》　　《古緣萃錄》卷六　　《文徵明集》冊下，補輯卷十七，頁 1233～1234

58. 滿江紅

漠漠輕陰，正梅子弄黃時節。最惱是欲晴還雨，乍寒又熱。燕子梨花都過也，小樓無那傷春別。傍欄干欲語更沉吟，終難說。　　一點點，楊花雪。一片片，榆錢筴。漸日隱西垣，晚涼清絕。池面盈盈清淺水，柳梢淡淡黃昏月。是何人吟徹玉參差，情淒切。　　《吳越所見書畫錄》卷三，頁 24 下　　《葉氏耕霞館帖》、詞軸墨蹟　　《嶽雪樓法帖》　　日本《書苑》四卷九號《文氏父子集》　　《明詞彙刊》本《類編箋釋國朝詩餘》冊下，卷四，頁 1520下　　《草堂詩餘新集》卷四　　《精選古今詩餘醉》卷二，頁 88　　《明詞彙刊》本《古今詞匯二編》冊下，卷三，頁 1583 下　　《蘭皋明詞匯選》卷六，頁 125　　《御選歷代詩餘》卷

五十六，頁288上　《明詞綜》卷三，頁43　《賭棋山莊詞話》卷七　《詞則・別調集》卷三　《文徵明集》冊下，補輯卷十七，頁1234～1235　《全明詞》冊二，頁504

【校】

〔詞題〕《類編箋釋國朝詩餘》、《草堂詩餘新集》、《精選古今詩餘醉》、《古今詞匯二編》、《蘭皋明詞匯選》詞題作「春暮」。

〔小樓無那傷春別〕《蘭皋明詞匯選》作「小樓無奈傷春別」。

〔榆錢笑〕《吳越所見書畫錄》、《類編箋釋國朝詩餘》、《古今詞匯二編》、《蘭皋明詞匯選》、《御選歷代詩餘》、《明詞綜》、《詞則・別調集》、《全明詞》作「榆錢莢」。

〔漸日隱西垣〕《古今詞匯二編》作「漸日影西山」。《御選歷代詩餘》、《明詞綜》、《詞則・別調集》、《全明詞》作「漸西垣日隱」。

〔柳梢淡淡黃昏月〕《類編箋釋國朝詩餘》作「柳梢頭淡淡黃昏月」。《草堂詩餘新集》於「梢」字下注云：「一本此處多頭字。」

〔是何人吟徹玉參差〕《葉氏耕霞館帖》作「是誰家吹徹玉參差」。詞軸墨蹟、日本《書苑》四卷九號《文氏父子集》、《明詞綜》、《詞則・別調集》、《全明詞》作「是何人吹徹玉參差」。

【箋】

〔明〕沈際飛《草堂詩餘新集》卷四云：「類文帝〈燕歌行〉，絕和穩繾綣。」「方正人鍾情，比流浪人偏很。」

〔明〕潘游龍《精選古今詩餘醉》卷二云：「每每方正人鍾情，較浪子更微。」

〔清〕顧璟芳、李葵生、胡應宸《蘭皋明詞匯選》卷六，胡應宸云：「（『燕子』四句）難說情事，只在『傷春別』上理會。」

〔清〕顧璟芳、李葵生、胡應宸《蘭皋明詞匯選》卷六，顧璟芳云：「（『一點』八句）眼前景，有說不出處。」

〔清〕顧璟芳、李葵生、胡應宸《蘭皋明詞匯選》卷六，李葵生云：「緣時善感。」

〔清〕謝章鋌《賭棋山莊詞話》卷七云：「徐興公《筆精》中載

詞品十則，然如宣宗之〈寄生草〉，六如之〈黃鶯兒〉，枝山之〈皂羅袍〉，王合卿之詠蚨蝶，林廷玉之詠酒，此皆論曲，論詞只五則耳。五則中如引文衡山〈滿江紅〉調，錯誤近半，無乃失檢太甚。茲爲校正如右。『漠漠輕寒，寒字下句重出，別本作陰字是。正梅子弄黃時節。最惱是、欲晴還又雨，此句羨又字。寒又熱。寒上脫乍字。燕子梨花都過也，小樓無那傷春別。此下脫「傍欄干欲語更沉吟，終難說」二句，遂令上片無結語。　　一片片，榆錢莢。一點點，楊花雪。下二句與上二句原本互換。傍闌干、欲語更沉吟，終難說。此處脫「漸西垣日隱，晚涼清絕」二句，而誤將上片結語贅此，語意節拍，俱不相屬，尚得謂之佳作乎。池面盈盈深淺水，柳梢淡淡黃昏月。是誰人、吹徹玉參差，情淒切。』蓋明代少講減偷，故體製未辨，評騭多訛，興公有意炫博，遂生籠束之談。」

〔清〕陳廷焯《詞則・別調集》卷三云：「芊綿宛約，得北宋遺意。」

王步高主編《金元明清詞鑒賞辭典》，頁347～348，黃拔荊、周旻云：「熟讀唐宋詞，再看文徵明這首〈滿江紅〉，頗有似曾相識之感。從內容上看，本詞寫一種淡淡的閑愁，表現的是人之常情，而且多有偷語、偷意、偷勢之嫌。然而從整體綜合效果看，卻也能造成較爲完整和富有層次的主導情思，從而產生較強的藝術感染力。　　詞的上片從寫節令開始。主人公的視點是從小樓的闌干旁向外眺望的，這樣便有了因氣候寫心情的第一種感覺：『漠漠輕陰，正梅子、弄黃時節。』這一最佳寫愁方式，似乎早已爲賀鑄所獨占，他的〈橫塘路〉：『試問閑愁都幾許：一川煙草，滿城風絮，梅子黃時雨』寫出一種全方位鋪天蓋地而來的閑愁飽和的總容量，因而以『賀梅子』的美譽而成爲專利，已眾所周知。文徵明除擷取此項成果外，還化用了秦觀著名的『漠漠輕寒上小樓』中『漠漠輕寒』語意。兩者綜合以後，便化出一箇新的意境：輕雲薄霧籠罩著天空，這時又是梅子黃熟時節，氣候既潮且悶，人們在這種環境中往往感到煩躁，正如詞中所言『最惱是、欲晴

還雨，乍寒又熱。』忽晴忽雨、乍暖還寒的天氣，人正像在發無名火一般，左騰右挪皆感不適，內心煩亂如麻不能自理。『燕子梨花都過也』一句透出『惱』的消息，閑愁終於露出端倪。梨花開後，燕子來時，表明春天已經過去，因此緊接一句便點到『傷春別』。『無奈』這句表層意思是，人在小樓看到春天歸去而感到無可奈何，實質含意則是暮春懷人。這是怎樣的一種情緒呢？『傍闌干、欲語更沉吟，終難說。』主人公的情態頗值得玩味，他靠著欄干沉思，心中充滿複雜的情感，想說點什麼，但終於說不出。不是心裡明白不想說，而是說不準，是一種界定在傷感與回味之間的模糊心理，加上與時令糾纏在一起，就更說不出確切的味道了。人類有許多情感是難以用語言表達的，上片收煞處，作者正是把握住這一特徵，故意含糊，讓讀者去回味去聯想。　　但是，上片點到即止的情緒如果沒有繼續強化渲染，就會顯得十分單薄，下片是補足這片空白。『一點點，楊花雪，一片片，榆錢莢。』用似雪般的楊花紛煩雜亂，似錢串般的榆莢層疊多重，來形容心緒重重繁亂難理，用筆細致精警。柳絮翻飛如雪，取其多且亂，榆莢似錢串，取其連綿不輟。以物喻情至此真可謂妙合無垠。這情景一直延續到『漸日隱西垣，晚涼清絕』的時候。垣是短牆，這裡泛指圍牆。兩句說，太陽漸漸地被西邊的牆頭遮住，傍晚時分，寒意襲人，周圍清靜到極點。這層描寫意在表現孤獨的感受，極具傳神。太陽在中天時，還有乍暖還寒的感覺，當時還惱他的奇熱令人煩躁，可現在太陽也要離人而去，內心就愈加空虛，寒意就愈加逼人，一種不知從何而來的失落感便油然而生，因此『清絕』二字極妙。何以此時特別孤獨呢？『池面盈盈清淺水，柳梢淡淡黃昏月。』眼前的『風乍起，吹皺一池春水』，『月上柳梢頭，人約黃昏後』的意象喚起主人公許多美好的回憶，撩撥著主人公寂寞的心弦。正在此時，空中忽然傳來如怨如慕，如泣如訴的洞簫聲。這洞簫到底是誰吹得如此動情，真令人淒涼悲切而難以自持呀！『玉參差』指玉簫，《楚辭》『望夫君兮未來，吹參差兮誰思』。洞簫是一種最適於表達思戀情感和悲涼情

調的樂器，全詞以洞簫聲作結，以淒切之情收尾，有繞梁不絕，大音希聲的藝術效果。　本詞寫一種淡淡的無所不在的閑愁，這種閑愁的內核如上分析是一種戀情的回憶，但通篇卻以景物畫面出現，通過畫面的遞轉，使所要表達情思逐漸明晰起來。并以畫家的眼光注意到用詞布景，筆墨設色的蒼潤秀雅。雖然多化用前人詩境，而組織綿密精致，情思繾綣低回，仍有一波三折之韻致。復古思潮影響下的明代詞壇，於此可見文人詞創作特色之一斑。」

　　　錢仲聯等《元明清詞鑒賞辭典》，頁 257～258，陳列云：「這首詞主要是通過描寫春去夏來的景象，來抒寫傷春之情。　上片前四句著意描述了春末初夏黃梅季節的氣候特徵：天陰雲漫，連日不開。這正是梅子變黃的季節啊！最讓人苦惱的是，那似乎要放晴，但轉眼又下雨的天氣，還有那忽兒寒，忽兒熱的氣溫。燕子歸，梨花白，這已成為昨日春天的記憶了，我在小樓上，無可奈何地為春天的消逝而黯然神傷。『漠漠』，輕淡，彌漫也，『漠漠輕陰』描繪了黃梅時節陰晦不開的樣子，同時何嘗不是作者黯淡心情的折射呢？開篇頭一句就給全詞定下了感傷基調。『最惱是』以下兩句，道出了作者最為此時煩惱的兩個原因：一是變化無常的天氣，一是春景不再的時節。這裏的『欲』、『還』、『乍』、『又』的搭配連用，造成了一種盤旋而又流暢的語勢與聲情，一吐胸中之煩氣。『燕子』、『梨花』為作者從春天裏拈出的典型景物，輕盈翻飛的燕子，爛漫如雪的梨花，這些彰顯著春天的活力的美好景物卻『都過也』，這三字於看似不經意的輕輕一筆中，宕出無限痛惜，為下面的傷春蓄勢鋪墊。『無那』即無奈，在小樓上，詞人無可奈何地為春天的消逝而傷感。就在此時，傷春之情又觸動了詞人的另一番情懷。他倚欄沉思，心事重重，欲說還休，其難言之隱，如開頭所寫的氣候一樣，令人捉摸不定。『欲』、『更』、『終』三字盤屈頓挫，與前面訴說春恨時的盤旋流暢相輔相成，在其抑揚吞吐之間，形成了一種蘊藉婉曲之韻。　下片依然承接上片的意脈發展：點點楊花，隨風飄飛，片片榆莢，悄然墜落，這無不顯示春天已

過。此處詞意本於韓愈〈晚春〉一詩的『楊花榆莢無才思，惟解漫天作雪飛』。然後詞人再重點寫春末黃昏的景象：太陽漸漸從牆頭隱去，讓人感到晚上的清寒。『池面』兩句屬對工整，寫景如畫，以『盈盈』狀水之清澈豐沛，用『澹澹』來寫月色之柔和矇矓，水月相映，柳影婆娑。就在這樣一個美麗淒迷的夜晚，不知從何處傳來一陣如泣如訴、如怨如慕的玉簫聲，讓人聽了肝腸為摧！此處詞人借他人玉簫，抒自己幽情，將胸中的隱情一併洩出。　　全詞以寫景為主，將氣候景物變化與人物情緒的變化糅合在一起互為映襯。全詞意象豐富秀雅，章法盤屈多變，抒情含蓄蘊藉，故陳廷焯《詞則》贊其『芊綿宛約，得北宋遺意』。」

59. 滿江紅

　　漠漠輕陰，正梅子弄黃時節。最惱是欲晴還雨，乍寒又熱。燕子梨花都過也，小樓無那奈春別。傍欄干欲語更沉吟，終難說。　　看碧沼，田田葉。懷繡幰，翩翩蝶。更綠陰庭院，晚涼清絕。誰言難得黃昏到，黃昏正自添淒切。喚花奴莫便捲珠廉，愁看月。　　《甫田集》

四卷本副頁附錄　《文徵明集》冊下，補輯卷十七，頁 1235

60. 滿江紅

　　小院風輕，正午夜炎歊都淨。最好是寶月徐升，碧天如鏡。玉露無聲河□□，翠橫洒面梧桐冷。是誰家長笛起高樓，人初醒。　　千古事，何須問。明日□，何能定。真樂事天真，良辰美景。一笑且拋忙裏醉，三人聊共樽前影。最思量日出事還生，渾忘寢。　　《甫田集》

四卷本副頁附錄　《文徵明集》冊下，補輯卷十七，頁 1234

61. 慶清朝

　　天朗氣清，惠風和暢，勝遊何似山陰。春光自來，堪戀一刻千金。蘭舟初泛畫橋，春水一篙深。烟霏處，離離淺草，冉冉遙岑。　　且此傍花隨柳，柳陰繫馬，花外囀幽禽。擾擾蜂黏柳絮，蝶遶花心。為問著朱走馬，何如我白髮山林。新月上，竹枝風動，一派吳音。　　《吳

越所見書畫錄》卷三，頁 25 下　《明詞彙刊》本《類編箋釋國朝詩餘》冊下，卷四，頁
1526 下　《草堂詩餘新集》卷四　《明詞彙刊》本《古今詞匯二編》冊下，卷四，頁 1587
上～1587 下　《蘭皋明詞匯選》卷六，頁 137　《御選歷代詩餘》卷五十九，頁 303 上　《文
徵明集》冊下，補輯卷十七，頁 1236　《全明詞》冊二，頁 502

【校】

〔詞牌〕《類編箋釋國朝詩餘》、《草堂詩餘新集》、《古今詞匯二
編》、《蘭皋明詞匯選》、《御選歷代詩餘》、《全明詞》作「慶清朝慢」。

〔詞題〕《類編箋釋國朝詩餘》、《草堂詩餘新集》、《古今詞匯二
編》、《蘭皋明詞匯選》、《全明詞》有詞題云：「春遊」。《草堂詩餘新
集》注云：「二調前段各少二字。」

〔春光自來，堪戀一刻千金〕《全明詞》句逗斷作「春光自來堪
戀，一刻千金」。

〔蘭舟初泛畫橋〕《古今詞匯二編》作「蕩漾蘭舟，初泛畫橋」。
王兆鵬云：「此句原奪（蕩漾）二字。」（《蘭皋明詞匯選・校勘記》）
故王兆鵬校點《蘭皋明詞匯選》作「蕩漾蘭舟初泛，畫橋春水一篙
深」。

〔擾擾蜂黏柳絮〕《類編箋釋國朝詩餘》、《全明詞》作「擾擾風
粘柳絮」。《草堂詩餘新集》作「擾擾風拈柳絮」，於「蜂」字下注云：
「一作風，誤。」

〔為問著朱走馬〕《類編箋釋國朝詩餘》、《草堂詩餘新集》、《古
今詞匯二編》、《蘭皋明詞匯選》、《御選歷代詩餘》、《全明詞》作「為
問朱衣車馬」。

〔何如我白髮山林〕《古今詞匯二編》、《蘭皋明詞匯選》、《御選
歷代詩餘》作「何如我白髮園林」。

〔竹枝風動〕《古今詞匯二編》作「行枝風動」。

〔一派吳音〕《類編箋釋國朝詩餘》、《草堂詩餘新集》、《古今詞
匯二編》、《蘭皋明詞匯選》、《御選歷代詩餘》、《全明詞》作「環珮清
音」。

【箋】

〔明〕沈際飛《草堂詩餘新集》卷四云：「縷縷柔情。」「其石湖夜泛詞又云出處豈有定已。」

〔清〕顧璟芳、李葵生、胡應宸《蘭皋明詞匯選》卷六，顧璟芳云：「（『爲問』二句）自然不及。」

〔清〕顧璟芳、李葵生、胡應宸《蘭皋明詞匯選》卷六，李葵生云：「竟體秀脫。」

62. 滿庭芳

風舞垂楊，雲籠長日，池中菡萏齊芳。玉人消魄，露體摘蓮房。春筍含羞輕掩，遮不住膩質溫香。先折去，一枝並蒂，恨殺薄情郎。　　相看當此際，梧桐樹下，好取新涼。輕紗籠粉臂，扇撲胸堂。怕見冰山雪釅，切不斷牽藕絲長。莫想著，南窗將暮，薰風披象牀。　　《仇十洲仕女影本》　畫幅墨蹟　《文徵明集》冊下，補輯卷十七，頁 1237

【校】

〔風舞垂楊，雲籠長日〕畫幅墨蹟作「蟬噪綠楊，魚翻碧藻」。

〔池中菡萏齊芳〕畫幅墨蹟作「池中菡萏爭芳」。

〔梧桐樹下〕畫幅墨蹟作「芭蕉弄影」。

〔好取新涼〕畫幅墨蹟作「暗遞新涼」。

〔怕見冰山雪釅〕畫幅墨蹟作「怕見冰山雪檻」。

〔莫想著〕畫幅墨蹟作「偏想著」。

63. 水龍吟　秋闈

依依落日平西，正池上晚涼初足。看太湖石畔，疏雨過，芭蕉簇簇。院落深沉，簾櫳靜悄，畫欄環曲。猛然間何處，玉簫聲起，滿地月明人獨。　　風約輕紗透肉。掩凝酥、盈盈新浴。一段風情，滿身嬌怯，恍然寒玉。青團扇子，欲舉還垂，幾番虛撲。夜闌獨笑，還又悽涼，自打滅銀屏燭。　　《吳越所見書畫錄》卷三，頁 24 下、47 下　《西清箚記》卷三　詞卷墨蹟　《耕霞館帖》　《故宮旬刊》第三期　《嶽雪樓鑑眞法帖》　《詞

的》卷四　《明詞彙刊》本《類編箋釋國朝詩餘》卷五，頁 1535 下　《草堂詩餘新集》卷五　《精選古今詩餘醉》卷十二，頁 364～365　《蘭皋明詞匯選》卷七，頁 164　《古今詞話》詞話下　《文徵明集》冊下，補輯卷十七，頁 1237　《全明詞》冊二，頁 503

【校】

〔詞題〕《詞的》、《類編箋釋國朝詩餘》、《草堂詩餘新集》、《精選古今詩餘醉》、《蘭皋明詞匯選》、《古今詞話》、《全明詞》作「題情」。《草堂詩餘新集》注云：「前段少一字。」

〔依依落日平西，正池上晚涼初足〕《古今詞話》作：「依依落日從西下，池上晚涼初足」。

〔看太湖石畔，疏雨過，芭蕉簌簌〕周道振《文徵明集》按上兩句：「當二四字句，疑有誤。」《詞的》、《類編箋釋國朝詩餘》、《草堂詩餘新集》、《精選古今詩餘醉》、《蘭皋明詞匯選》、《全明詞》作「看太湖石畔，疏雨芭蕉簌簌」。《古今詞話》作：「太湖石畔，絲絲疏雨，芭蕉簌簌」。

〔簾櫳靜悄〕《詞的》、《類編箋釋國朝詩餘》、《全明詞》作「簾櫳靜」。《草堂詩餘新集》於「悄」字下注云：「一本缺悄字。」

〔畫欄環曲〕《詞的》、《類編箋釋國朝詩餘》、《全明詞》作「畫闌曲」。《草堂詩餘新集》、《精選古今詩餘醉》、《蘭皋明詞匯選》、《古今詞話》作「畫闌幽曲」，《草堂詩餘新集》並於「幽」字下注云：「一本缺幽字。」

〔猛然間何處，玉簫聲起〕《全明詞》作「猛然間、何處玉簫聲起」。

〔掩凝酥、盈盈新浴〕《西清箚記》、《故宮旬刊》作「掩流蘇、盈盈新浴」。《蘭皋明詞匯選》、《古今詞話》作「掩酥胸、盈盈新浴」。

〔恍然寒玉〕《吳越所見書畫錄》作「慌然寒玉」。

〔青團扇子，欲舉還垂，幾番虛撲〕《全明詞》作「青團扇子欲舉，還垂幾番虛撲」。

〔夜闌獨笑〕《西清箚記》、《故宮旬刊》作「夜闌獨嘯」。《古今

詞話》作「向夜闌獨笑」。

〔還又悽涼〕《吳越所見書畫錄》、《草堂詩餘新集》作「還又凄涼」。《古今詞話》作「紅襠自解」。

〔自打滅銀屏燭〕《古今詞話》作「滅銀屏燭」。

【箋】

〔明〕茅暎《詞的》卷四云：「寫得韶秀。」「清冷。」

〔明〕沈際飛《草堂詩餘新集》卷五云：「當其戚，強之笑，不懂。」「實事。實事。」

〔清〕陸時化《吳越所見書畫錄》卷三載文彭題款云：「右調〈水龍吟〉。此先君所賦，郭次甫愛而誦之，命錄一過。嘉靖壬戌新正九日，文彭記。」

〔清〕顧璟芳、李葵生、胡應宸《蘭皋明詞匯選》卷七，李葵生云：「（『滿地』句）人獨，更哪堪明月也。」

〔清〕顧璟芳、李葵生、胡應宸《蘭皋明詞匯選》卷七，胡應宸云：「（『夜闌』三句）燈暗後，得毋迢迢遺恨耶？」

〔清〕沈雄《古今詞話》詞話下卷云：「沈雄曰：衡山待詔性本方正，不與妓接。吳門六月二十四，荷花洲渚，畫舫絃歌咸集。祝枝山、唐子畏，匿二妓人於舟尾邀之，衡山又面訂不與妓席。唐祝私約酒闌，歌聲相接，出以侑觴。衡山憤極欲投水，唐祝急呼小艇送之。其〈水龍吟‧題情〉，亦甚婉麗，但其聲調錯落，句讀參差，稍為正之。詞云：『……（詞略）』」

案：〔清〕王奕清等《歷代詞話》卷十、〔清〕馮金伯《詞苑萃編》卷十六引《古今詞話》與文徵明詞，字句略異。

〔清〕沈雄：《古今詞話》詞話下卷云：「曹爾堪曰：余性不喜豔詞，亦為筆性之所近而已。曾聞衡山先輩端方之至，不受污褻。而〈水龍吟〉、〈風入松〉、〈南鄉子〉諸調，復詠吳閶麗人及閨情之作，想亦詞用情景有必然者。乃知歐、晏雖有綺靡之語，而亦無關正色立朝之大節也。」

64. 齊天樂

飛飛春燕穿文杏。園林氣和風靜。蛺蜨侵花，蕙蘭棲石，春意盈盈無定。閒行芳徑。不覺蕩漾心精，比肩相并。架上鞦韆，清風習習添幽興。　　軟腰肢擎玉筍。空中飛又舞，怡情適性。體似蜂翻，容似花媚，渾是陽臺雲雨。羅裳倒曳。輕散出馥馥，薔薇香露。遠映池頭，姮娥臨水鏡。　　《仇十洲仕女影本》　《文徵明集》冊下，補輯卷十七，頁 1238

【校】

周道振《文徵明集》案：「雨」、「曳」、「露」三處失叶，原文如此。

65. 沁園春

富春山下，畫舫新來。正雨過青林，波生碧渚，千峰日照，兩岸花開。北郭池塘，東門楊柳，二十年前幾往迴。重登眺，愛風烟如畫，臨水樓臺。　　追思少日情懷。猶憶先人舊郡齋。向范老祠前，春風走馬，客星亭上，雪夜觀梅。往事分明，故交零落，歎惜光陰一瞬哉。佇立久，念白雲芳草，頻去徘徊。　　《珊瑚網畫錄》卷十五　《文徵明彙稿》　《式古堂書畫彙考》卷二十四　《文徵明集》冊下，補輯卷十七，頁 1238～1239　《全明詞》冊二，頁 504

【校】

〔富春山下〕《式古堂書畫彙考》、《全明詞》於首句「富春山下」之前，有「□□□□」一句。《文徵明彙稿》於首句「富春山下」之前，有「七里灘頭」一句。

66. 醉花陰　病中憶陳氏牡丹

秀石倚空春照屋。粉露團頳玉。想見可憐人，不到經春，此意還誰屬。　　自憐不帶看花福。病與愁相續。病起定何時，生怕春歸，零落紅栖綠。　　《明詞彙刊》本《類編箋釋國朝詩餘》冊下，卷二，頁 1501 上　《草堂詩餘新集》卷二　《精選古今詩餘醉》卷十三，頁 398　《全明詞》冊二，頁 497

【校】

〔詞題〕《草堂詩餘新集》於詞題下注云：「謂以可也。」

【箋】

〔明〕沈際飛《草堂詩餘新集》卷二云：「夫花名之所不在，奔競之所不至也。幽人韻士乘間而踞焉，顧亦有福耶？有冥冥者爲之主宰耶？」「觀其落筆、駐筆清圓雅健處。」

67. 蝶戀花　屢挑以可，不應。聞花已謝，再寄謔語

花事闌珊春欲老。雨洗風吹，一夜都如掃。檀板不聞尊不倒。油闌辜負傾城笑。　　我試撩君君不報。君自無情，得我旁人惱。花若有知花亦懊。明年定不虛開了。　　《明詞彙刊》本《類編箋釋國朝詩餘》冊下，卷三，頁1509下　《草堂詩餘新集》卷三　《精選古今詩餘醉》卷十三，頁384　《蘭皋明詞彙選》卷四，頁84　《全明詞》冊二，頁499

【校】

〔詞序〕《類編箋釋國朝詩餘》作「屢挑以不可應聞花已謝再寄謔語。」《草堂詩餘新集》、《精選古今詩餘醉》作「惜花」，《草堂詩餘新集》並注云：「屢挑陳以可，不應。聞花已謝，再寄謔語。」《蘭皋明詞彙選》作「惜花，寄陳以可」。

【箋】

〔明〕沈際飛《草堂詩餘新集》卷三云：「末句善用。」「以可何詞解嘲？」

〔清〕顧璟芳、李葵生、胡應宸《蘭皋明詞彙選》卷四，顧璟芳云：「（『明年』句）不說不開，卻說不虛開，仍有屬望意。」

〔清〕顧璟芳、李葵生、胡應宸《蘭皋明詞彙選》卷四，李葵生云：「近者以可之族最蕃，亦作不得多許惜花詞也。」

68. 青玉案　寫懷

老去無營心境靜。白髮不羞明鏡。世事從渠心不定。小館停雲，山房玉磬，自與幽人稱。　　春色惱人渾欲病。把菊無由馳贈。吳楚

江山雲月夐。清眞逸少，風流安石，想見人清瑩。　　《明詞彙刊》本《類編箋釋國朝詩餘》冊下，卷三，頁1512下　《御選歷代詩餘》卷四十三，頁223上　《全明詞》冊二，頁499

69. 雨中花　春思

　　煙雨妒春聲不歇。無故把、繁華摧折。看斂網留春，斜兜花瓣，不放東君別。　　　隔檻丁香和恨結。淚滴處、衣痕成血。正冷落閒齋，重門深閉，剛是愁時節。　　《古今詞統》卷八，頁289　《全明詞》冊二，頁505

存目詞

1. 柳梢青　其一　未開

　　寒盡尋春，幾回衝雪，小橋猶隔。惆悵溪邊，瞥然相見，渾如曾識。　　莫教寒鵲爭枝，恐踏碎瓊瑤可惜。分付東風，且遲開放，峭寒輕勒。

2. 柳梢青　其二　半開

　　正擬論量，如何開折，已露新妝。欲斂難收，將舒未可，半吐幽香。　　眞心一點難藏，疏籬外有人斷腸。月色朦朧，攪人魂夢，吟繞迴廊。

3. 柳梢青　其三　盛開

　　竹撩松搭，暖風吹動，不容時霎。萬樹香雲，滿林晴雪，幾重開匣。　　偶從花底徐行，早已覺帽簷低壓。恨不折來，幽齋相對，勝添金鴨。

4. 柳梢青　其四　將殘

　　竹外斜枝，香飄點點，懊恨來遲。雪圍瑤林，風吹狼籍，雨打離披。　　枝頭青子催期，底須怨笛聲太悲。乍蕊將開，欲飄未墮，具是佳時。

　　案：此四詞爲文嘉詞。

蔡羽詞校箋凡一闋

1. 江南春　和倪瓚原韻

　　春風歇雨搖江筍。蘭光曉暎朱闌靜。花間輾玉相差池，釵傾袂壓嬌聯影。揚歌促節紅絲冷。組蓋雕帷覆銀井。夭桃飛英挂綠巾。館娃日出生香塵。　　鮮雲遲，芳風急。烟樹光沉花霧溼。流波將花去難及。東家鈴匝懸丹碧。樓船遊春女傾邑。水上花釵照人立。西園上才如吹萍。莫愁未老歡須營。　　《明詞彙刊》本《江南春詞集》冊上，頁 1157 下～1158 上　《全明詞》冊二，頁 953

徐禎卿詞校箋凡一闋

1. 江南春　後生徐禎卿敬繼嬾公高唱，國用君慎為寶惜也

　　暾風朝柔弄蒲筍。闌干透迤碧軒靜。梨花著雨嬌泣春，小燕無言雙對影。倡家抱宿怯霜冷。貧女新妝照花井。庭草搖光淨綠巾。青樓承日耀蘭塵。　　候蟲悲，飛花急。杜鵑夜啼血淚溼。歡樂幾何哀已及。湛湛露晞草頭碧。西郊送春傾麗邑。癡憶東風久凝立。人生浮體若漂萍。牀頭斗酒須自營。　　《明詞彙刊》本《江南春詞集》冊上，頁 1157 上　《全明詞》冊二，頁 613

陳淳詞校箋凡二十六闋

1. 臨江仙

　　花葉亭亭渾似采，坐閒涼思橫秋。幾回相盼越嬌羞。翠羅仍捲袂，紅粉自低頭。　　前輩風流猶可想，丹青片紙還留。水枯花謝底須愁。只消服大白，何必蕩扁舟。　　《瓶蓮圖》（庚子）　《瓶蓮圖》（癸卯）（京 1-1485）　《陳白陽集》　《明詞彙刊》本《陳白陽先生詞》冊上，頁 287 下　《全明詞》冊二，頁 741

2. 臨江仙

　　簾衣約翠風生浪，離巢燕子頻驚。小山花放不知名。幾番疏雨，斜日弄微晴。　　茗椀薰鑪殘夢醒，悠悠心事難平。含愁覽鏡不勝情。

綠窗人靜，無那倚銀箏。 〈草書臨江仙詞〉（滬1－0786） 《陳白陽集》 《明詞彙刊》本《陳白陽先生詞》冊上，頁287下 《全明詞》冊二，頁741

3. 踏莎行 其一 春

可怪春光，今年偏早。閨中冷落如何好。因他一去不歸來，愁時只自吟芳草。 奈爾雙姑，隨行隨到。其間況味爭知道。尋花趁蝶好先行，何須步步回頭笑。 《陳白陽集》 《明詞彙刊》本《陳白陽先生詞》冊上，頁287下 《全明詞》冊二，頁741

【箋】

〔清〕顧璟芳、李葵生、胡應宸《蘭皋明詞匯選》卷三，胡應宸云：「子畏吳下才人，而佳詞絕少。四時閨詞，沈天羽并登之，今只存二調者，以是選概嚴，不獨阿此公耳。」

〔清〕顧璟芳、李葵生、胡應宸《蘭皋明詞匯選》卷三，顧璟芳云：「予讀《陳白楊集》，始知伯虎閨詞俱係陳作。陳集編于其孫明卿者，諒無傳疑，予擬為改正。殿臣、西雯語余曰：『倩陳山人彩毫作唐解元風流點染也可』，乃不果改。」

4. 踏莎行 其二 夏

日色初嬌，何方逃暑。綠陰庭院荷香渚。冰壺玉斝足追歡，還應少箇文章侶。 已是無聊，不如歸去。賞心樂事常難濟。且將杯酒送愁魂，明朝再去尋佳處。 《陳白陽集》 《明詞彙刊》本《陳白陽先生詞》冊上，頁287下 《全明詞》冊二，頁741

【校】

〔日色初嬌〕《陳白陽集》作「日色初驕」。

5. 踏莎行 其三 秋

八月中秋，涼飈微逗。芙蓉恰是花時候。誰家姊妹鬪新妝，園林散步頻攜手。 折得花枝，寶瓶隨後。歸來賞翫全憑酒。三杯酩酊破愁城，醒時愁緒還應又。 《陳白陽集》 《明詞彙刊》本《陳白陽先生詞》冊上，頁287下～288上 《全明詞》冊二，頁741

6. 踏莎行　其四　冬

寒氣蕭條，剛風凜冽。薄情何事輕離別。經時不去看梅花，窗前一樹通開徹。　急喚雙鬟，爲儂攀折。南枝欲寄憑誰達。對花無語不勝情，天邊雁叫添愁絕。　《陳白陽集》　《明詞彙刊》本《陳白陽先生詞》冊上，頁 288 上　《全明詞》冊二，頁 741

7. 浣溪沙

好箇書齋鎖翠微。花枝竹節自相輝。主人延客款柴扉。　城市山林眞可愛，酒杯詩卷未相違。逗留旬日竟忘歸。　《陳白陽集》　《明詞彙刊》本《陳白陽先生詞》冊上，頁 288 上　《全明詞》冊二，頁 742

8. 浣溪沙　庭松

秀色扶疏覆野庭。滿身鱗甲似龍形。主人休倚醉還醒。　城市山林閒宰相，竹籬茆舍老書生。不妨隨伴採芝苓。　《中國民間祕藏繪畫眞品》「墨松圖軸」　《陳白陽集》　《明詞彙刊》本《類編箋釋國朝詩餘》冊下，卷一，頁 1490 下　《明詞彙刊》本《陳白陽先生詞》冊上，頁 288 上　《全明詞》冊二，頁 742

【校】

〔主人休倚醉還醒〕「墨松圖軸」作「主人依倚醉還醒」。

【箋】

〔明〕陳淳「墨松圖軸」題款云：「……（陳淳詞略）近作詞〈浣溪沙〉，並書圖上。白陽山人。」「嘉靖辛丑中秋前三日道復寫于城南艸堂。」

9. 浣溪沙　壽思親王君

一曲清溪繞屋流。映門修竹有千頭。主人終日自夷猶。　身外功名知已去，眼前花甲喜方周。百年詩酒正堪謀。　《陳白陽集》　《明詞彙刊》本《陳白陽先生詞》冊上，頁 288 上　《全明詞》冊二，頁 742

10. 如夢令　五闋　其一

吟罷池邊楊柳。酌盡幾壺春酒。水面正風來，吹亂一天星斗。消

瘦。消瘦。正是憶人時候。　　《陳白陽集》　《明詞彙刊》本《類編箋釋國朝詩餘》冊下，卷一，頁 1488 上　《草堂詩餘新集》卷一　《精選古今詩餘醉》卷五，頁 182～183　《明詞綜》卷四，頁 60　《明詞彙刊》本《陳白陽先生詞》冊上，頁 288 上～288 下　《全明詞》冊二，頁 742

【校】

〔詞題〕《草堂詩餘新集》、《精選古今詩餘醉》作「春景」。《明詞綜》無詞題。以下四首，《類編箋釋國朝詩餘》爲聯章，詞題作「春景」。

〔吟罷池邊楊柳〕《明詞綜》作「吟罷小池楊柳」。

〔水面正風來〕《陳白陽集》、《類編箋釋國朝詩餘》、《草堂詩餘新集》、《精選古今詩餘醉》作「水面上風來」。

〔正是憶人時候〕《明詞綜》作「愁在憑闌時候」。

【箋】

〔明〕沈際飛《草堂詩餘新集》卷一云：「宋人筆。」

11. 如夢令　其二

月色盈盈如水。小院夜深門閉。書幌照青鐙，端的倩人溫被。無寐。無寐。欲睡早先驚起。　　《陳白陽集》　《明詞彙刊》本《類編箋釋國朝詩餘》冊下，卷一，頁 1488 上　《明詞彙刊》本《陳白陽先生詞》冊上，頁 288 下　《全明詞》冊二，頁 742

【校】

〔端的倩人溫被〕《陳白陽集》作「端的何人溫被」。

12. 如夢令　其三

從自海棠開後。淚濕香羅衫袖。何事不歸來，平地把人消瘦。低首。低首。怕見陌頭楊柳。　　《陳白陽集》　《明詞彙刊》本《類編箋釋國朝詩餘》冊下，卷一，頁 1488 上～1488 下　《蘭皋明詞匯選》卷一，頁 9　《明詞彙刊》本《陳白陽先生詞》冊上，頁 288 下　《全明詞》冊二，頁 742

【箋】

〔清〕顧璟芳、李葵生、胡應宸《蘭皋明詞匯選》卷一，李葵生

云：「（『怕見』句）未見已怕，見時可知。」

13. 如夢令 其四

時節清明小滿。好景過來多半。立馬怨江山，何故將人隔限。腸斷。腸斷。欲去路途遙遠。 《陳白陽集》 《明詞彙刊》本《類編箋釋國朝詩餘》冊下，卷一，頁1488下 《明詞彙刊》本《陳白陽先生詞》冊上，頁288下 《全明詞》冊二，頁742

14. 如夢令 其五

前夜那人雖小。世事胸中了了。執手已堪憐，況復歌聲窈嫋。傾倒。傾倒。不計酒籌多少。 《陳白陽集》 《明詞彙刊》本《類編箋釋國朝詩餘》冊下，卷一，頁1488下 《明詞彙刊》本《陳白陽先生詞》冊上，頁288下 《全明詞》冊二，頁742

【校】

〔詞題〕《類編箋釋國朝詩餘》作「贈妓」。

〔況復歌聲窈嫋〕《類編箋釋國朝詩餘》作「況復歌聲窈宨」。傾國傾城故事。

15. 如夢令 秋月

秋院涼風縹緲。試看庭花猶小。新月上東墙，花月相輝人悄。煩惱。煩惱。誰識別離懷抱。 《陳白陽集》 《明詞彙刊》本《陳白陽先生詞》冊上，頁288下 《全明詞》冊二，頁742

16. 如夢令 獨坐

秋院桂零香冷。獨坐夜深人靜。欲睡奈衾寒，試把玉琴調整。鐙耿。鐙耿。怕見壁間孤影。 《陳白陽集》 《蘭皋明詞彙選》卷二，頁30 《明詞彙刊》本《陳白陽先生詞》冊上，頁288下 《全明詞》冊二，頁743

17. 菩薩蠻 其一

山中寂靜無人到。松筠滿眼平生好。讀罷聖賢書，一尊聊自知。 忽聞山鳥語。絕勝歌仙侶。醉醒月明時。鳥還人不知。 《陳白陽集》 《明詞彙刊》本《陳白陽先生詞》冊上，頁289上 《全明詞》冊二，頁743

【校】

〔一尊聊自知〕《陳白陽集》作「一尊聊自如」。案：知字出韻，當作如。

18. 菩薩蠻　其二

平生自有山林寄。富貴功名非我事。竹杖與芒鞋。隨吾處處蘿。　　世緣何日了。誤卻人多少。畢竟到頭來。逝波曾復回。　　《陳白陽集》　《明詞彙刊》本《類編箋釋國朝詩餘》冊下，卷一，頁1493上　《明詞彙刊》本《陳白陽先生詞》冊上，頁289上　《全明詞》冊二，頁743

【校】

〔詞題〕《類編箋釋國朝詩餘》作「遣興」。

19. 菩薩蠻　其三

夜深人靜朦朧睡。依然繾綣追歡地。夢斷事還休。空餘一枕愁。　　此情誰寄與。蹤跡知何許。明日定尋伊。一尊聊寫思。　　《陳白陽集》　《明詞彙刊》本《類編箋釋國朝詩餘》冊下，卷一，頁1493上～1493下　《明詞彙刊》本《陳白陽先生詞》冊上，頁289上　《全明詞》冊二，頁743

【校】

〔詞題〕《類編箋釋國朝詩餘》作「有懷」。

20. 行香子　題赤壁圖

峭壁橫秋。涼月垂鉤。想當年、蘇老風流。兩人爲侶，一葦輕舟。聽洞簫□，明月調，恣夷猶。　　襟懷絕俗，丰神瀟灑，歎前賢、逝矣誰儔。且將閒事等浮鷗。得嬉遊處，伊故事，要重修。　　《陳白陽集》　《明詞彙刊》本《類編箋釋國朝詩餘》冊下，卷三，頁1511下～1512上　《草堂詩餘新集》卷三　《明詞彙刊》本《陳白陽先生詞》冊上，頁289上　《全明詞》冊二，頁743

【校】

〔聽洞簫□〕《陳白陽集》、《草堂詩餘新集》作「聽洞簫」，無缺字。參此調格律，當有缺字。《類編箋釋國朝詩餘》作「聽洞簫聲」。

〔且將閒事等浮鷗〕《類編箋釋國朝詩餘》作「且將閒事頓□浮鷗」。《草堂詩餘新集》作「且將閒事頓付浮鷗」。又云：「一本缺付字，誤。」

案：「鷗」字，疑爲「漚」。浮漚者，以酒泡代稱酒。

【箋】

〔明〕沈際飛《草堂詩餘新集》卷三云：「悠然其懷。」

21. 滿江紅

秋在芙蓉，闌干外、錦雲如簇。更喜得、桂枝無語，垂垂金粟。槐院風來殘酒醒，藤牀睡起茶剛熟。倩多嬌、出手弄冰絲，彈成曲。　　人影亂，斜陽促。溪月上，新涼足。看有斐堂□，翠簾高軸。可惜重陽將近也，一般欠事無黃菊。最憐他、西圃綠涓涓，千頭竹。　　《陳白陽集》　《明詞彙刊》本《類編箋釋國朝詩餘》冊下，卷四，頁1520下　《草堂詩餘新集》卷四　《清綺軒詞選》卷九　《明詞彙刊》本《陳白陽先生詞》冊上，頁289上～289下　《全明詞》冊二，頁743

【校】

〔槐院風來殘酒醒〕《類編箋釋國朝詩餘》作「槐院風來淺酒醒」。

〔倩多嬌、出手弄冰絲〕《類編箋釋國朝詩餘》、《清綺軒詞選》作「倩多嬌、出手弄冰絃」。

〔看有斐堂□〕《陳白陽集》作「看有斐堂」。《草堂詩餘新集》、《清綺軒詞選》作「看有斐堂前」。《草堂詩餘新集》並云：「一本缺前字。」

【箋】

〔明〕沈際飛《草堂詩餘新集》卷四云：「淵明詩有道復、惜欠二公，性生與艸木相關。」

22. 蝶戀花　題真素

嫩玉柔纖新月皎。庭院深沉，滿地鋪芳草。燕子雙棲人靜悄。渾

身都是離愁遠。　　何處高樓人自好。　　《陳白陽集》　《明詞彙刊》本《陳白陽先生詞》冊上，頁 289 下　《全明詞》冊二，頁 743

【校】

〔何處高樓人自好〕《明詞彙刊》本《陳白陽先生詞》注：下佚。

案：依〈蝶戀花〉之格律，「何處高樓人自好」以下當有四句，《陳白陽集》已佚。

23. 眼兒媚

薄情煞去奈渠何。香閣自婆娑。鬢雲遲整，眉山慵畫，淚濕輕羅。　　算來恩愛成何事，贏得怨嗟多。對花不語，流春無計，九十將過。　　《陳白陽集》　《明詞彙刊》本《類編箋釋國朝詩餘》冊下，卷二，頁 1498 上　《草堂詩餘新集》卷二　《明詞彙刊》本《陳白陽先生詞》冊上，頁 289 下　《全明詞》冊二，頁 744

【校】

〔詞題〕《類編箋釋國朝詩餘》、《草堂詩餘新集》作：「春閨」。

【箋】

〔明〕沈際飛《草堂詩餘新集》卷二云：「有恩愛，並有怨嗟，奈自家不肯掉下。」

24. 桃園憶故人　閨情

玉樓深鎖薄情種。清夜悠悠誰共。羞見枕衾鴛鳳。悶即和衣擁。　　無端畫角嚴城動。驚破一番新夢。窗外月華霜重。聽徹梅花弄。　　《陳白陽集》　《明詞彙刊》本《陳白陽先生詞》冊上，頁 289 下　《全明詞》冊二，頁 744

【校】

〔無端畫角嚴城動〕《陳白陽集》作「無端畫角嚴城動」。

25. 黃鶯兒　奉石壁，付童子歌之

庭院日初長。燕歸來，正海棠。花心鳥性相飄蕩。盈盈爾妝。厭

厭我觴。人生聚散眞堪悵。不須忙。高燒銀燭，拚醉一千場。　　《陳白陽集》　《明詞彙刊》本《陳白陽先生詞》冊上，頁289下

26. 眼兒媚　題桃花竹石扇面

　　東風吹入武陵時。花發不禁持。粉腮融酒，薄羅舒翠，國色僛姿。　　多情一見魂應斷，脈脈許誰知。傷心最是，門中笑面，觀裏幽期。　　《中國古代書畫圖目　一》「桃花竹石扇面」(京4-05)

王守詞校箋凡一闋

1. 江南春　和倪瓚原韻

　　江鄉修竹抽纖筍。柳軟花嬌春日靜。珍宇溶溶翠欲流，水底空青蕩山影。吳姬當鑪羅袖冷。銅瓶綵綆汲瑤井。清狂倒著漉酒巾。蓬萊高醉超風塵。　　春歸疾，花飛急。酒痕狼藉香羅浥。秉燭追歡老將及。鴛鴦雙雙江草碧。王孫何爲離鄉邑。搴芳躊躇久竚立。百年身世水上萍。勸君加餐勿營營。　　《明詞彙刊》本《江南春詞集》冊上，頁1159上　《全明詞》冊二，頁832～833

王寵詞校箋凡一闋

1. 江南春　和倪瓚原韻

　　稽山禹穴森石筍。春暉曉麗千峰靜。天台瀑挂驚龍翔，赤城霞高見標影。谷崖雪積青陽冷，飛花羃羃鍊丹井。吾將此地褸雲巾，□堪逐逐隨風塵。　　谿山高，谿水急。春林曉露巖花濕。青鞋布襪行相及。華頂層層插天碧。千雉名都萬家邑。封侯爵賞百戰立。時翻勢轉如流萍。可憐濁世徒營營。　　《明詞彙刊》本《江南春詞集》冊上，頁1159上　《全明詞》冊二，頁840

陸治詞校箋凡二闋

1. 水龍吟　題沈周楊花圖，次蘇軾韻

　　九十韶華都尋常，鑒作黃塵飄墜。獨有楊花，寧※多情，偏動詞

人思。不放春歸遶天涯，把長門封閉。萬點芳心，一團香絮，玲瓏滾滾，凌風起。　　弄輕狂趁蝶翅蜂鬚，燕衣沾綴。遺蹤無賴，柰蠨蛸網，破池萍碎。三眠梦裏，記猶霸陵流水。湛露梢頭，顰眉瓙下，總來盡是，傷春淚。　　《中國古代書畫圖目　二》沈周「楊花圖」（滬1-0347）

　　按：陸治佚詞一首：〈水龍吟‧題沈周楊花圖，次蘇軾韻〉。所用之韻，雖與蘇詞相同，然其句逗則逕庭。亦非如蘇軾〈水龍吟‧雁〉（霜寒烟冷兼葭老）之格。待考。

2. 江南春　和雲林〈江南春〉并圖

　　象床凝香鬱蘭筍。阿閣透迤綠窓靜。佳人梦轉抱餘眠，簷外朝曦徐度影。填城綠盖朱宮冷。撲地紅烟花萬井。誰家游冶紫綸巾。寶馬青絲起陌塵。傳花遲，促羽急。酒酣掩淚青衫濕。新歡未終悲已及。油油芳草縈懷碧。長洲舊是吳都邑。帝子行宮隨處立。星移物換成飄萍。幕燕巢房還自營。　　《中國古代書畫圖目　二十》「江南春圖」（京1-1611）

皇甫汸詞校箋凡一闋

1. 江南春　和倪瓚原韻

　　夢破山房烹紫筍。蘭徑陰沉日華靜。朱絲乍歇候棋音，林鳥無聲落巖影。東風力微綠羅冷。寂寞餘花覆葵井。柴車日暮不堪巾。對此猶傷京洛塵。　　川口水，相煎急。漫挹朝霞愁吻濕。五湖舟楫行當及。七十峰巒天外碧。得失誰論萬家邑。世上浮名有草立。寫成招隱寄流萍。輕條密葉爲君營。　　《明詞彙刊》本《江南春詞集》冊上，頁1160上　《全明詞》冊二，頁862〜863

文彭詞校箋凡十六闋

1. 漁父詞　十三闋　其一

　　余有別業在笠澤之上，嘗課耕於此。因閱黃太史漁父詞，喜而繼作，聊以述其自得之樂也。

　　直西來是闔塘。分明身在水雲鄉。雲淡淡，水蒼蒼。雲水相忘一

釣航。　　《吳越所見書畫錄》卷二，頁 17 上

【校】

〔詞序〕《明詞綜》、《全明詞》作「余有別業在笠澤之上，常課耕於此。偶閱黃太史漁父詞，喜而繼作。」《吳越所見書畫錄》載陳白陽「五湖卷」，有文彭題跋，作「余有別業在笠澤之上，嘗課畊於此。偶閱黃太史漁父詞，喜而繼作。公節得白陽小景，命錄於後，時嘉靖甲子二月三日彭記。」

【編年】

據《吳越所見書畫錄》載陳白陽「五湖卷」文彭題跋，題於嘉靖四十三年（1564）二月三日，姑將此十三詞繫於此時。

2. 漁父詞　其二

檞葉新罾莋艋船。衝風避浪去如烟。無姓字，少牽纏。儂住吳淞不記年。　　《吳越所見書畫錄》卷二，頁 17 上　《文氏五家集》卷七

【校】

〔衝風避浪去如烟〕《文氏五家集》作「衝風逐浪去如烟」。

3. 漁父詞　其三

春煖融融雪乍消。江頭潑潑長新潮。風漸起，浪初高。網得紅鮮破寂寥。　　《吳越所見書畫錄》卷二，頁 17 上　《文氏五家集》卷七

【校】

〔江頭潑潑長新潮〕《文氏五家集》作「江頭潑潑長春潮」。

〔網得紅鮮破寂寥〕《文氏五家集》作「網得江鮮破寂寥」。

4. 漁父詞　其四

輕移短棹泊江隈。魚嗲浮花水面來。欲下網，且徘徊。只恐魚驚去不回。　　《吳越所見書畫錄》卷二，頁 17 上～17 下

5. 漁父詞　其五

黃梅時節雨絲綿。賴尾魴魚長滿船。隨大小，且新鮮。只是城中不直錢。　　《吳越所見書畫錄》卷二，頁 17 下

6. 漁父詞　其六

吳淞江上是儂家。每到秋來愛荻花。眠未足，日先斜。妻笑船頭看落霞。　《吳越所見書畫錄》卷二，頁 17 下　《文氏五家集》卷七　《明詞綜》卷四，頁 53　《全明詞》冊二，頁 831

【校】

〔日先斜〕《文氏五家集》作「日初斜」。

〔妻笑船頭看落霞〕《文氏五家集》作「妻喚船頭看落霞」。

7. 漁父詞　其七

八月斑魚逐曉風。家家方尺釣魚（卬／石）。蝦作餌，竹爲弓。須趁朝來日影紅。　《吳越所見書畫錄》卷二，頁 17 下　《文氏五家集》卷七

【校】

〔家家方尺釣魚（卬／石）〕《文氏五家集》作「家家方出釣魚（卬／石）」。

〔須趁朝來日影紅〕《文氏五家集》作「睡起朝來日影紅」。

8. 漁父詞　其八

釣得鱸魚不賣錢。船頭吹火趁新鮮。樽有酒，月將圓。落得今宵一醉眠。　《吳越所見書畫錄》卷二，頁 17 下　《文氏五家集》卷七

【校】

〔釣得鱸魚不賣錢〕《吳越所見書畫錄》作「鈞得鱸魚不賣錢」。

9. 漁父詞　其九

三尺絲綸七尺竿。江頭風雪正漫漫。衝浪去，破冰還。只怕官司不怕寒。　《吳越所見書畫錄》卷二，頁 17 下

10. 漁父詞　其十

臘月捱冰上白魚。衝風冒雪欲何如。膚欲裂，手仍拘。免得求人樂有餘。　《吳越所見書畫錄》卷二，頁 17 下　《文氏五家集》卷七

11. 漁父詞　其十一

夜深結網一燈紅。吹笛鄰船攪睡濃。雪夜月，雨晴風。都在漁家

一醉中。　　《吳越所見書畫錄》卷二，頁 17 下　　《文氏五家集》卷七　《明詞綜》

卷四，頁 53　　《全明詞》冊二，頁 831

【校】

　　〔吹笛鄰船攪睡濃〕《文氏五家集》、《明詞綜》、《全明詞》「吹

笛鄰舟攪睡濃」。

　　〔雪夜月〕《明詞綜》、《全明詞》作「雲夜月」。

　　〔都在漁家一醉中〕《文氏五家集》作「都是漁家一醉中」。《明

詞綜》、《全明詞》作「都在漁家爛醉中」。

12. 漁父詞　其十二

　　無利無名一老翁。筆牀茶竈任西東。陸魯望，米南宮。除却先生

便是儂。　　《吳越所見書畫錄》卷二，頁 17 下　　《文氏五家集》卷七

13. 漁父詞　其十三

　　山遠江深無四鄰。煙波惟有一漁綸。鳧雁侶，鷺鷗親。自是人間

快活人。　　《吳越所見書畫錄》卷二，頁 17 下　　《文氏五家集》卷七

【校】

　　〔煙波惟有一漁綸〕《吳越所見書畫錄》作「煙波惟有一魚輪」。

14. 江南春　和倪瓚原韻　三闋　其一

　　節序相催將迸筍。青春白晝簾櫳靜。迴塘鷗鷺浴相喧，照水鴛鴦

嬌弄影。蕩子未歸春服冷。佳人自汲山前井。誰家青鳥銜紅巾。銀鞍

玉勒隨香塵。　　春色好，春光急。朝煙未散山猶濕。山行應接不暇

及。山下湖光靜凝碧。三月遊船盡傾邑。向人語燕檣頭立。游絲網花

落池萍。流年一去誰能縈。　　《中國古代書畫圖目　三》「行書江南春詞」（滬

1－0939）　《明詞彙刊》本《江南春詞集》冊上，頁 1165 下　《全明詞》冊二，頁 831

～832

15. 江南春　其二

　　江南地暖春生筍。澤國雪消洲渚靜。虎邱不見紫玉魂，石湖曾照

西施影。落花點綴蒼苔冷。蒼苔塌盡鴛鴦井。從前興廢莫霑巾。夫

差范蠡皆成塵。　　土風嘉，人世急。風雨淒淒行路濕。歲歲遊春春不及。天涯草色傷心碧。不須萬戶封爵邑。五湖且辦如錐立。笑他長價拂青萍。不如菟裘先自營。　　《明詞彙刊》本《江南春詞集》冊上，頁 1165 下　《全明詞》冊二，頁 832

16. 江南春　其三

落花亂覆籬根筍。綠陰未盛芳華靜。燕子春深忽自來，飛鴻雪盡無留影。穀雨乍過天尚冷。當階紅藥翻金井。典衣行樂倒綸巾。歸來屐齒多香塵。　　杜鵑聲，何太急。猩紅點點啼痕濕。留春不住嗟何及。孤花遠映千山碧。誰家少女態傾邑。手搓梅子中門立。漁吹細浪翻綠萍。墙頭蠚蝶猶營營。　　《中國古代書畫圖目　三》「行書江南春詞」（滬 1－0939）　《明詞彙刊》本《江南春詞集》冊上，頁 1165 下～1166 上　《全明詞》冊二，頁 832

【校】

〔漁吹細浪翻綠萍〕《中國古代書畫圖目　三》作「飛花二日逐綠萍」。

王穀祥詞校箋凡一闋

1. 江南春　和倪瓚原韻

二月江南富櫻筍。朱門畫掩春如靜。游絲爭罥楊柳枝，翠翹倒落鞦韆影。香風輕透新羅冷。吳娃宛委窺金井。合歡醉脫紫綸巾。高歌爛漫飛梁塵。　　酒卮頻，歌聲急。彩雲低度桃花濕。草色天涯恨何及。相思遙隔山凝碧。驄馬嘶花去都邑。春情愁見當鑪立。芳心未定若飄萍。追思舊怨多營營。　　《明詞彙刊》本《江南春詞集》冊上，頁 1159 下　《全明詞》冊二，頁 916～917

文嘉詞校箋凡五闋

1. 江南春　追和倪雲林〈江南春〉詞二首

江南三月薦櫻筍。鵁鶄鸂鶒迴塘靜。蛛絲縈空網落花，雲母屏寒

浸嬌影。簾外沉沉春霧冷。綠蘿欲覆花間井。泥金小扇障紗巾。畫橋紫陌踏香塵。　　花開遲，水流急。江鴨對眠莎草濕。吳姬如花花不及。摘花笑映溪流碧。楊柳煙籠萬家邑。柳下王孫為誰立。幽渚泥香生綠萍。閑看梁燕疊經營。　　《中國古代書畫圖目　三》「江南春圖」(滬 1 －0989)　《中國古代書畫圖目　十五》「江南春色圖」(遼 2－033)　《文氏五家集》卷九　《吳越所見書畫錄》卷三，頁 50 下～51 上　《明詞彙刊》本《江南春詞集》冊上，頁 1160 上　《全明詞》冊二，頁 951

【校】

〔詞題〕《文氏五家集》作「追和元雲林倪徵君〈江南春〉詞」。

〔江南三月薦櫻筍〕《文氏五家集》、《吳越所見書畫錄》作「三月江南薦櫻筍」。

〔蛛絲縈空網落花〕《吳越所見書畫錄》作「蛛絲牽空網落花」。

〔雲母屏寒浸嬌影〕《文氏五家集》、《江南春詞集》、《全明詞》作「雲母屏碎珊瑚影」。

〔綠蘿欲覆花間井〕《江南春詞集》、《全明詞》作「綠羅欲覆花間井」。

〔泥金小扇障紗巾。畫橋紫陌踏香塵〕《文氏五家集》作「泥金小扇障紗巾。畫橋紫陌踏芳塵」。《江南春詞集》、《全明詞》作「謝公笑帶折角巾。朝來不障元規塵」。

〔江鴨對眠莎草濕〕《江南春詞集》、《全明詞》作「江鴨對眠沙草濕」。

〔摘花笑映溪流碧〕《江南春詞集》、《全明詞》作「香昏蘭氣紗窗碧」。

【箋】

〔清〕陸時化《吳越所見書畫錄》卷三載文嘉題款云：「右追和倪徵君〈江南春〉二首。偶寫小圖，筆意頗類，因錄於上。乙卯十月既望，茂苑文嘉。」

案：據筆者所見，此詞三度被題畫。《中國古代書畫圖目　三》、

《中國古代書畫圖目　十五》、《吳越所見書畫錄》，皆非同一幅。《中國古代書畫圖目　三》「江南春圖」爲扇面，《中國古代書畫圖目　十五》「江南春色圖」爲畫卷，皆無題跋，而《吳越所見書畫錄》所載爲「倣雲林立軸」，有題跋。

【編年】

　　案陸時化《吳越所見書畫錄》所載文嘉題款，此詞書於嘉靖三十四年（1555）十月十六日，作者時年五十五歲，而此詞之作更在此前。

2. 柳梢青　其一　未開

　　補之梅花，固無容贊。其詞亦清逸，此四段尤余所珍愛。舊藏吳中，屢得見之，今不知流落何處。閒窗無事，遂彷彿寫其遺意。每種并錄俚語於左，以誌欣仰之私，非敢云步後塵也。

　　寒盡尋春，幾回衝雪，小橋猶隔。惆悵溪邊，瞥然相見，渾如曾識。　　莫教寒鵲爭枝，恐踏碎瓊瑤可惜。分付東風，且遲開放，峭寒輕勒。　　文徵明《梅花卷》墨蹟　《郁氏書畫題跋記》　《虛白齋藏書畫選》「墨梅花圖」　《文徵明集》冊下，補輯卷十七，頁 1228

3. 柳梢青　其二　半開

　　正擬論量，如何開折，已露新妝。欲斂難收，將舒未可，半吐幽香。　　真心一點難藏，疏籬外有人斷腸。月色朦朧，攪人魂夢，吟繞迴廊。　　文徵明《梅花卷》墨蹟　《郁氏書畫題跋記》　《虛白齋藏書畫選》「墨梅花圖」　《文徵明集》冊下，補輯卷十七，頁 1228

4. 柳梢青　其三　盛開

　　竹撩松搭，暖風吹動，不容時霽。萬樹香雲，滿林晴雪，幾重開匝。　　偶從花底徐行，早已覺帽簷低壓。恨不折來，幽齋相對，勝添金鴨。　　文徵明《梅花卷》墨蹟　《郁氏書畫題跋記》　《虛白齋藏書畫選》「墨梅花圖」　《中國古代書畫圖目　三》「二梅圖」（滬 1－0980）　《文徵明集》冊下，補輯卷十七，頁 1228

5. **柳梢青** 其四 將殘

　　竹外斜枝，香飄點點，懊恨來遲。雪圍瑤林，風吹狼籍，雨打離披。　　枝頭青子催期，底須怨笛聲太悲。乍蕊將開，欲飄未墮，具是佳時。　　文徵明《梅花卷》墨蹟　《郁氏書畫題跋記》　《虛白齋藏書畫選》「墨梅花圖」　《中國古代書畫圖目　三》「二梅圖」（滬 1－0980）　《文徵明集》冊下，補輯卷十七，頁 1228

袁裘詞校箋凡三闋

1. **江南春** 和倪瓚原韻

　　山園紫蘀包新筍。綠波芳草西郊靜。傾城盡是冶遊人，畫船爭向垂楊影。吳姬手炙笙簧冷。風颭游絲覆金井。嬌歌豔舞整衫巾。盈盈羅襪飄香塵。　　迎春遲，送春急。乳燕泥融花雨濕。江南佳麗誠難及。澄湖如鏡連峰碧。吳王昔日爲都邑。離功別館當時立。豪華一去悲流萍。千秋霸業徒經營。　　《明詞彙刊》本《江南春詞集》冊上，頁 1161 上　《全明詞》冊二，頁 951

2. **江南春** 再和倪瓚原韻 二闋 其一

　　新茶舒芽竹抽筍。暖風遲日蘭房靜。翩翩蛺蝶戲晴空，瑣窗半掩流蘇影。清明細雨春衣冷。曉妝自汲梧桐井。珊瑚鈎挂紫羅巾。朱絃寂寞掩浮塵。　　燕來遲，花飛急。落紅萬點胭脂溼。玉關音信何年及。送君南浦春波碧。柳色迷煙滿城邑。傷情愁向樓頭立。生憎柳絮化爲萍。魚箋欲寄心營營。　　《明詞彙刊》本《江南春詞集》冊上，頁 1166 上　《全明詞》冊二，頁 952

3. **江南春** 其二

　　綺筵玉饌羅多筍。溶溶花月春宵靜。吳趨夾道起朱甍，千枝火樹搖鐙影。東風卷霧花朝冷。出入灌園自臨井。春服新裁白氎巾。水邊修禊拂衣塵。　　羽觴催，絲管急。閒尋百草青鞋溼。人生行樂須時及。桃花新水橫塘碧。遊船處處通州邑。幾行白鷺沙汀立。浮蹤飄轉類蓬萍。身外功名何足營。　　《明詞彙刊》本《江南春詞集》冊上，頁 116 上　《全

明詞》冊二，頁952

文伯仁詞校箋凡一闋

1. 江南春　和倪瓚原韻

楊柳飛綿竹生筍。鶏鴝鸂鶒林塘靜。荇帶牽絲水面長，飛帆遮斷青山影。杏花開殘春尚冷。試茶去汲山中井。東風吹我頭上巾。適意不妨污緇塵。　　舟行遲，馬行急。青鞋長漬春泥溼。清明上巳相將及。碧草連天蘸深碧。姑胥館娃在吳邑。荒基傳是夫差立。榮華已隨水上萍。杖頭酒錢須自營。　　《明詞彙刊》本《江南春詞集》冊上，頁1162上～1162下　《全明詞》冊二，頁952

彭年詞校箋凡三闋

1. 江南春　和倪瓚原韻　其一

雕盤珍羞登蒲筍。高宴山池風日靜。林香酒氣雜相聞，吳姬對舞雙鸞影。羽觴初浮綠波冷。垂楊直拂銀牀井。少年醉著紫綸巾。春裝催去踏郊塵。　　啼鶯遲，飛燕急。茂苑烟光翠如濕。秉燭追遊歡未及。落紅亂點溪流碧。五湖南望神仙邑。玉柱金庭鏡中立。晴光汎汎蕩青萍。韶華如在心思營。　　《中國古代書畫圖目　三》文嘉「江南春圖」（滬1-0989）　《明詞彙刊》本《江南春詞集》冊上，頁1160上　《全明詞》冊二，頁957～958

【校】

〔吳姬對舞雙鸞影〕《中國古代書畫圖目　三》作「吳娃對舞雙鸞影」。

〔茂苑烟光翠如濕〕《中國古代書畫圖目　三》作「茂苑烟霜翠如濕」。

〔秉燭追遊歡未及〕《中國古代書畫圖目　三》作「秉燭追遊歡不及」。

〔韶華如在心思營〕《中國古代書畫圖目　三》作「韶華疑在心

思營」。

2. 江南春　其二

　　驚雷昨夜抽新筍。霏微宿霧空山靜。笙歌合鬥采茶鄰，青旗紅斾林間影。美人羅衣觸朝冷。嘗新爭汲西施井。雙龍擘破拭芳巾。靈芽吹香嫩麴塵。　　花事遲，花信急。風雨番番畏花淫。牡丹顏色誰相及。朱闌油幕圍輕碧。王孫不歸心于邑。女伴羞隨弄花立。春江萬里一飄萍。游梁事楚將何營。　　　　《明詞彙刊》本《江南春詞集》冊上，頁 1160 下　《全明詞》冊二，頁 958

3. 風入松　玄洲畫贈素庵聯床夜話圖

　　雨餘山閣洗炎囂。絳燭頻燒。故人住近携琴至，豈煩折簡相邀。新瓷景山斟酌，小團鴻漸烹調。　　畫檐風動響芭蕉。梧竹翛翛。石牀凉思清肌骨，□□紈扇都拋。辨馬極談申旦，聞雞起舞中宵。　　《蘭皋明詞彙選》卷五，頁 114　《明詞綜》卷四，頁 60　《全明詞》冊二，頁 958

【校】

　　〔詞題〕《明詞綜》、《全明詞》作「元州畫贈素安聯床夜話圖」。

　　〔□□紈扇都拋〕《蘭皋明詞彙選》、《明詞綜》作「紈扇都拋」。王兆鵬《蘭皋明詞彙選‧校勘記》云：「〈風入松〉無七十字體。此詞後段第四句『紈扇』前脫二字，疑是『□□紈扇都拋』，若是，則與七十二字體同。」王兆彭《明詞綜‧校勘記》云：「按律此句應爲六字一句，疑『紈扇』上有脫文。」

　　〔辨馬極談申旦〕《蘭皋明詞彙選》作「辦馬極談申旦」。

【箋】

　　〔清〕顧璟芳、李葵生、胡應宸《蘭皋明詞彙選》卷五，顧璟芳云：「（『故人』二句）無愧古歡。」

　　〔清〕顧璟芳、李葵生、胡應宸《蘭皋明詞彙選》卷五，李葵生云：「選垂竣，予同殿臣步角里，復得詞數種，而孔嘉在焉，以此見奇文終當共賞，斷不久湮也，人亦烏可無著作哉！」

錢穀詞校箋凡三十闋

1. 望江梅　其一

春睡足，夢繞玉樓中。一轉秋波迴繡幕，半垂春筍映朱櫳。恰是乍相逢。　《全明詞》冊三，頁993

2. 望江梅　其二

腸斷處，催盡五更籌。金縷香銷殘月冷，玉簫聲咽曉雲浮。鎮日歛雙眸。　《全明詞》冊三，頁993

3. 宴桃源　其一

朱斗斜連雙鳳。柳陌沉沉煙動。花底散遊絲，爭繞金鞍玉輅。如夢。如夢。風雨蕭蕭春送。　《全明詞》冊三，頁993

4. 宴桃源　其二

雨過採蓮香動。綠水青娥煙共。踏盡紫金坡，隊隊玉驄驕送。如夢。如夢。依舊雲山四擁。　《全明詞》冊三，頁993

5. 宴桃源　其三

子夜玉壺聲動。舞盡白鳩火鳳。銀燭透簾櫳，著意雙眸相送。如夢。如夢。銅雀五更霜重。　《全明詞》冊三，頁993

6. 宴桃源　其四

秋月春花催送。盼殺酒爐情重。揮手弄雲和，爭奈絲絲塵擁。如夢。如夢。一片瀟湘水迴。　《全明詞》冊三，頁993

7. 點絳唇　閨詞

客夢飄零，荒階幾陣黃昏雨。落花風舞。疑是貪迴顧。　燕子喃喃，仍識穿朱戶。人空去。雕梁如故。不辨朝和暮。　《全明詞》冊三，頁993

8. 浣溪沙

靜倚東風拾繡針。雕梁紫燕展紅襟。無端往事暗思尋。　頻約鴉鬟窺寶鏡，輕勾雁柱拂瑤琴。樓頭日影又西沉。　《全明詞》冊三，頁993～994

9. 訴衷情　春游

臨行頻卻覷明粧。嬝嬝度金塘。翻惜一春煙景，強□鎖蘭房。　　蜂遊徧，蝶飛忙。好迴翔。輕兜綵扇，背掐鞋弓，無限思量。　　《全明詞》冊三，頁994

10. 菩薩蠻　春曉

碧紗明滅朝霞入。冰肌料俏當軒立。纖手掠雲窩。徐來弄玉梳。　　杏花鶯啄破。煙外殘紅墮。昨夜負刀鐶。偷將珠淚彈。　　《全明詞》冊三，頁994

11. 憶秦娥　楊花

晴煙薄。楊花旖旎嬌無著。嬌無著。亂點金鞍，輕迴珠箔。　　幾回舞過鞦韆索。凝眸又遍闌干角。闌干角。年年春盡，東風如昨。　　《全明詞》冊三，頁994

12. 畫堂春　春陰

朦朧煙鎖畫樓高。樓前楊柳眠腰。杏花昨夜隔溪銷。一片紅潮。　　半捲半垂簾幙，漸微漸遠蘭膏。無心更取翠娥描。望盡春郊。　　《全明詞》冊三，頁994

13. 山花子　雜詠

萬點紅霞綴碧峰。杜鵑啼送落花風。獨有錦江流不盡，照吳宮。　　夜夜月寒貞女石，朝朝煙鎖大夫松。春去春來何日已，問天公。　　《全明詞》冊三，頁994

14. 柳梢青　春望

倚閣臨軒。東風吹徹，麥秀連天。金爵臺高，銅駝門冷，殘照依然。　　尋思此日當年。歌舞處、朱橋畫船。黃鳥啼晴，海棠著雨，無限留連。　　《全明詞》冊三，頁994

15. 醉花陰　擬艷

紅靨輕勻生百媚。皓腕添微翠。移步出迴廊，池上花深，兩兩鴛鴦睡。　　芙蓉帳底沉香細。捲起偷垂淚。風日做殘春，不管傷心，

蝶粉朝朝褪。　《全明詞》冊三，頁994

16. 浪淘沙　憶昔

　　春雨薄簾鉤。脉脉添愁。當年纖手注金甌。婉轉碧簫如夢裡，月滿秦樓。　　無計可忘憂。欲去還留。黃昏孤枕伴香裯。縮得同心千萬縷，雁字難投。　《全明詞》冊三，頁994～995

17. 虞美人　雜詠

　　後庭花月歌將半。忘卻韶光換。三千粉黛夢茫茫。回首朱宮何處是朝陽。　　黃昏獨立鐘聲到。幾點春星照。吳山楚水露湛湛。何事一天飛雁出湘南。　《全明詞》冊三，頁995

18. 南鄉子　閨詞

　　鶯語喚香衾。似夢如醒懶繡針。約伴階前閑鬭草，幽尋。花粉苔痕羅襪侵。　　蘭麝透重襟。玉燕輕飄玳瑁簪。點著春山天著恨，沉吟。倚遍朝暉和夕陰。　《全明詞》冊三，頁995

19. 醉落魄　春閨風雨

　　煙深霧淺。絲絲小雨蕉心展。朦朧樓閣穿針倦。閑數花鬚，惱卻飛花片。　　犀紋細劈羅帷捲。珊瑚鉤落敲銀蒜。挑燈暗卜陰晴變。何處先知，馬首行人面。　《全明詞》冊三，頁995

20. 小重山　憶昔

　　一半秦淮映畫樓。春潮隨月上、木蘭舟。玉簫金管雜清謳。關心處、微暈轉雙眸。　　往事恨難留。朱簾歌舞地、暮春愁。無情江草接江流。空憑吊、西曲夢中遊。　《全明詞》冊三，頁995

21. 踏莎行　春度閨恨

　　繡幕低垂，銀屏斜護。風搖鐵馬清霜度。春光有幾耐寒侵，遲來可是能遲去。　　梅影橫窗，鶯聲入戶。起來幾被春衫誤。開簾無語最傷神，天涯何處金鞭路。　《全明詞》冊三，頁995

22. 唐多令　寒食

　　翠羽啄花陰。輕紅水面侵。簾纖細雨上羅衿。雨外斜陽知幾許，

平野近、畫堂深。　　傳燭信音沉。頻將卮酒斟。休添春思寄煙岑。昨夜杜鵑啼不住，殘夢裏、淚難禁。　　《全明詞》冊三，頁 995～996

23. 蝶戀花　春閨

午夢初消花影弄。半嚲雲鬟，重整釵頭鳳。院鎖沉沉徒目送。紅塵一線青絲鞚。　　香爐金鴨煙欲凍。試撥琵琶，恰似新鶯動。未減宵長愁晝永。春來此味知誰共。　　《全明詞》冊三，頁 996

24. 青玉案　春雨閨思

檐前細雨雙雙燕。奈乍起、宮粧倦。一曲屏山飄鳳篆。綠楊煙鎖，玉梨冰透，獨倚闌干遍。　　腰支漸與東風軟。芳草動隨遊騎遠。待織迴文伸別怨。綺窗如夢，落花如舞，無緒催金剪。　　《全明詞》冊三，頁 996

25. 天仙子　春夜

慣是春宵偏憶舊。悄背銀缸遲玉漏。鴛鴦繡被薄寒欺，煙爐後。閑金獸。整頓安眠眠不就。　　月轉花梢香露透。屈戌光清苔欲溜。分明此際是三更，眉眼皺。傷消瘦。明日臨粧應掩袖。　　《全明詞》冊三，頁 996

26. 江城子　病起春盡

平蕪綠處襯殘紅。日融融。倚雕櫳。垂楊一帶、依舊碧油通。獨覓東君歸去路，山共水，悄無蹤。　　苦箋春思訴天公。翠濛濛。暮煙重。不管傷心、還送妒花風。寄語夭桃深自愛，重見汝，艷陽中。　　《全明詞》冊三，頁 996

27. 千秋歲　春愁

鶯聲初弄。小閣東風送。纔憶起，春山重。蘭皋留玉珮，桑陌停絲鞚。憐去路，香泥應染鞋頭鳳。　　懶把金卮捧。且著晶簾擁。無限恨，千秋共。幽皇帝子淚，青草明妃塚。同寂寂，昔時紅粉今時夢。　　《明詞彙刊》本《古今詞彙二編》冊下，卷三，頁 1580 下　《全明詞》冊三，頁 996

28. 念奴嬌　春雪詠蘭

　　紫莖綠蕊，弄幽姿、趁著小春時節。漠漠同雲來朔野，玉圃瓊林千疊。寒倚銀屏，香凝薇帳，愁把緗簾揭。含情不語，能消幾陣冰雪。　　眼看無限江山，離卻湘潭，仍有搖臺月。最惜當年滋九畹，曾許佳人輕折。地擁琉璃，天浮縞素，肯共羣芳歇。東君不遠，須知翠靄相接。　　《全明詞》冊三，頁 996～997

29. 二郎神　清明感舊

　　綠楊千縷。弄盡輕煙弱雨。一棹遶芳隄，極目惹人，延佇貪誇停午。籍草穿花方未已，朱霞漸送殘陽去。空指點，千山萬壑，何處是伊歸路。　　回顧。那時擁著，雕闌繡戶。怯東風、懶將紅幕捲，看玉管、櫻桃微露。並泛宜春搖燭影，且莫問、星飛月度。算彈指韶光，攜手重來，落花無數。　　《全明詞》冊三，頁 997

30. 江南春　追和雲林先生〈江南春〉二首。丁巳之秋七月既望，畫并書

　　新梢初放林問笋。綠陰清晝簾櫳靜。海棠將謝牡丹芳，粉蜨飄香弄花影。白袷新裁麥秀冷。梧桐吐葉遮銀井。戲調鸚鵡拂紅巾。綺囪朝日靄香塵。　　花信催，風雨急。花林雨過紅泥濕。春色蹉跎嗟莫及。傷心極目春雲碧。蕩子從軍去鄉邑高樓盡日凝情立。爭如柳絮化浮萍。隨波直到海西營。　　《中國古代書畫圖目　三》「江南春詞意圖」(滬 1－1054)

陸師道詞校箋凡二闋

1. 江南春　和倪瓚原韻　二闋　其一

　　憑高宴客誇櫻笋。翠幰圍春蕙風靜。紅牙縷板對花歌，妙妓明妝豔花影。玉碗浮光蔗漿冷。雀釵珠履列井井。摘花引酒整衫巾。陽春一曲飛梁塵。　　羽音遲，商調急。羅袖圓凝唾花濕。宛轉鶯喉字相及。墮珥遺鈿眩珠碧。綠霧江煙隔城邑。披雲疑在蓬萊立。回看江漢轉雙萍。云胡不樂徒營營。　　《明詞彙刊》本《江南春詞集》冊上，頁 1161上　《全明詞》冊三，頁 1040

2. 江南春　其二

　　光風轉蕙吹新筍。遊絲縈空玉閨靜。珠簾不卷瑣窗閒，綠楊自動秋千影。睡起翠屏香篆冷。燕蹴飛紅墜金井。欲折櫻桃簪素巾。盈盈羅襪步生塵。　　夕陽遲，晚風急。月上海棠花露濕。此時行樂如不及。銀燭搖簾夜光碧。忽憶遠人心邑邑。無語傷神背花立。玉關草色上青萍。春光應到國西營。　　《明詞彙刊》本《江南春詞集》冊上，頁 1161 上～1161 下　《全明詞》冊三，頁 1041

顧峼詞校箋凡一闋

1. 江南春　和倪瓚原韻

　　時序驚心初鶯筍。瑣窗鸚鵡喧春靜。才子輕盈蕩過車，佳人潛避朱簾影。杏花著雨香魂冷。留都富貴闤鄉井。一任東風敧幅巾。馬蹄踏亂長安塵。　　花放遲，酒行急。清淚傷春落花溼。銀箭傳更挽難及。遠水如銀遠山碧。人生泡影如屯邑。鬢霜莫向風前立。楊花墮水即成萍。笑渠狗苟復蠅營。　　《明詞彙刊》本《江南春詞集》冊上，頁 1164 下　《全明詞》冊三，頁 1007

袁表詞校箋凡一闋

1. 江南春　和倪瓚原韻

　　韶華試暖初驚筍。人物紛妍都不靜。馬蹄車轂競芳游，相逐鶯聲與燕影。料峭東風甘忘冷。銀牀猶凍臨露井。痛飲花前岸醉巾。歸來踏遍郊原塵。　　光景好，管絃急。翠袖淋漓酒香溼。盡日爲歡連夜及。王孫眉鎖橫雙碧。傷春病酒生愁邑。對花獨自無言立。明朝片片欲隨萍。抖擻還將游具營。　　《明詞彙刊》本《江南春詞集》冊上，頁 1160 下　《全明詞》冊二，頁 838

袁袠詞校箋凡五闋

1. 江南春　和倪瓚原韻

　　江南三月饒櫻筍。春色飄揚庭戶靜。桃花醉眼日漸長，乳燕撩亂

斜陽影。玉鑪不管香烟冷。午窗起汲階前井。越羅裁作春衣巾。橫塘如畫波無塵。　　春來急，春去急。亂英稠葉烟雨渟。游春已暮知無及。悵望一庭蒿草碧。江南原是儂鄉邑。傷情日落江頭立。人生倏忽感蓬萍。酒錢日日須經營。　　《明詞彙刊》本《江南春詞集》冊上，頁1160下～1161上　《全明詞》冊二，頁954

2. 柳梢青　題清香次第圖卷　四闋　其一　未開

追想前春，孤山風骨。終年暌隔。慣歷風霜，休言雨露，恍然重識。　　爭誇桃李成蹊，冷淡種、誰人憐惜。枝頭漏洩，珠明玉潔，餘寒猶勒。　　《吳越所見書畫錄》卷五，頁70上～70下

【箋】

〔清〕陸時化《吳越所見書畫錄》卷五敘其形制云：「引首與墨梅俱紙高八寸八分。引首文三橋篆四字，長三尺一寸。謝湖畫墨梅，長一丈二尺。每畫一枝，書詞一首。袁褧，字向之，晚耕謝湖，因以自號，博學善屬文，尤長於詩，書法入米元章之室。見《蘇州志》。」

【編年】

據《吳越所見書畫錄》，四枝墨梅下皆印以「謝湖」印，則此四詞當作於晚年。

3. 柳梢青　其二　欲開

細數閑量。溪橋茅屋。再探新粧。南枝北榦，已舒還歛，卻遞清香。　　翹然風格難藏。眞個是、鐵心石腹。冰霜苦奈，撩人春興，試賞前廊。　　《吳越所見書畫錄》卷五，頁70下

【校】

〔眞個是、鐵心石腹〕案：參以他人和詞，「腹」字當押韻，疑爲「腸」之誤。

4. 柳梢青　其三　盛開

低枝高搭。春明晴昊，遍開時霎。栖雀爭看，蒸雲罿沓，幾層綿匝。　　不須跨蹇來尋，還愁處、風欺雲壓。壺掛青絲，溪移畫舫，驚飛陣鴨。　　《吳越所見書畫錄》卷五，頁70下

5. 柳梢青　其四　將殘

　　風掃南枝。燕泥將軟，春日方遲。撩亂閑愁，再尋吟伴，且看離披。　　不妨追數幽期。奈可是、開歡落悲。綠陰濃處，養成青子，忘却殘時。　　　　《吳越所見書畫錄》卷五，頁 70 下

袁袞詞校箋凡三闋

1. 水調歌頭　夏月盆蘭盛開

　　楚天微雨過，暑氣小堂清。最愛香開蘭葉，茸茸花滿莖。好似佩環初解，莫把沉檀來擬，珍重比瓊英。午夢醒時候，疏簾映水晶。　　夏日長，光風轉，露盈盈。襲襲幽馨不斷，虛窗九畹情。那得同心移手，令人相忘臭味，默默想餘生。但把金尊對，中天月正明。　　　　《明詞彙刊》本《袁禮部詞》冊下，頁 1836 上　　《全明詞》冊二，頁 967

2. 賣花聲　詠茉莉花

　　枝頭解吐芳。細蕊商量。一番暮雨照斜陽。朵朵半開誰比得，珠含夜光。　　花氣繞蘭房。風度幽香。纖纖素手整雲裳。摘倚闌干疑碎玉，臨軒晚妝。　　　　《明詞彙刊》本《袁禮部詞》冊下，頁 1836 上　　《全明詞》冊二，頁 967

3. 江南春　和倪瓚原韻

　　江南初嘗燕來筍。綠波芳草迴塘靜。東風纔轉柳梢柔，啼鳥換聲花弄影。半捲珠簾露華冷。晴雲耀日明丹井。宿醒未解岸山巾。高倚長松疏俗塵。　　歌板催，飛觴急。粉容汗漬桃花淫。九十春光去無及。況復湖山天外碧。士女喧駢如聚邑。村童野婦圜橋立。人生浪跡若飄萍。百年何事徒營營。　　　　《明詞彙刊》本《江南春詞集》冊上，頁 1162 下　　《全明詞》冊二，頁 967

袁裘詞校箋凡二闋

1. 江南春　和倪瓚原韻　二闋　其一

　　園林過雨生纖筍。曉霧霏微庭院靜。心情驚見杏花斜，乳燕雙雙

隔簾影。東風釀寒花露冷。柳綫含烟拂金井。春眠初起整衫巾。巾上猶餘紫陌塵。　　花開遲，花謝急。花雨溟溟透雲涇。錦騮迎風追莫及。岸草汀浦弄新碧。到處笙歌動城邑。萬點青山如笏立。浮生聚散若浮萍。只須呼酒無多營。　　《明詞彙刊》本《江南春詞集》冊上，頁1161下　《全明詞》冊二，頁953

2. 江南春　其二

春遊盤餐薦春筍。暖風暗日平湖靜。緋桃紅杏夾岸開，萬頃琉璃蕩波影。美人臨花怯春冷。銀瓶笑汲花間井。酒香狼藉污羅巾。馬蹄蹀躞郊原塵。　　羽觴飛，歌板急。朱唇半吐臙脂濕。花事催春香次及。迷天草色蔡蔡碧。郊外繁華類都邑。月明當鑪女猶立。畫船鎮日隨流萍。一春酒債還須營。　　《明詞彙刊》本《江南春詞集》冊上，頁1161下　《全明詞》冊二，頁953～954

文肇祉詞校箋凡五闋

1. 江南春　追和倪元鎮韻

輕雷一夜抽新筍。寶鴨香消山館靜。行廚竹裏起茶烟，禪榻風微撩鬢影。杏花開殘春尚冷。轆轤聲斷花間井。水清照我頭上巾。酒染青衫巾染塵。　　春來遲，春去急。殘紅數點蒼苔濕。韶華去去追何及。王孫不歸草空碧。傷春轉覺情於邑。誰家紅袖高樓立。陌頭柳花飛作萍。鵃鳩乳燕方營營。　　《文氏五家集》卷十

2. 漁父詞　四首　其一

年來生計住吳淞。舴艋斜穿錦浪中。溪柳綠，野桃紅。罾魚沽酒醉東風。　　《文氏五家集》卷十

3. 漁父詞　其二

輕雷送雨過橫塘。菱葉荷花掠岸香。新水漲，晚風涼。臥吹蘆管和滄浪。　　《文氏五家集》卷十

4. 漁父詞　其三

輕舟短棹自夷猶。開遍芙蓉古渡頭。紅蓼渚，白蘋洲。鯉魚風動

是深秋。　《文氏五家集》卷十

5. 漁父詞　其四

江天多日淡無暉。江上漁人夜未歸。風急急，雪霏霏。綠蓑青笠棹如飛。　《文氏五家集》卷十

參考書目

（以版本時間先後爲序）

一、原始文獻

（一）經　部

1. 十三經注疏整理委員會：《十三經注疏》，北京：北京大學出版社，2000 年 12 月第 1 版第 1 刷。

2. 〔漢〕焦贛：《易林》，《四庫備要》本，台北：台灣中華書局，不著出版年月。

（二）史　部

甲、一般史籍

1. 楊家駱：《新校本明史并附編六種》，台北：鼎文書局，民國 64 年 6 月初版。

2. 楊家駱：《新校本晉書並附編六種》，台北：鼎文書局，民國 65 年 10 月初版。

3. 〔清〕谷應泰：《明史紀事本末》，《叢書集成初編》本，北京：中華書局，1985 年北京新 1 版。

4. 楊家駱：《新校本漢書并附編二種》，台北：鼎文書局，民國 75 年 10 月 6 版。

5. 楊家駱：《新校本後漢書并附編十三種》，台北：鼎文書局，民國 76 年 1 月 5 版。

6. 楊家駱：《新校本史紀三家注并附編二種》，台北：鼎文書局，民國 76 年 11 月 9 版。

7. 〔明〕王兆雲：《皇明詞林人物考》，《明代傳記叢刊》本，台北：明文書局，民國 80 年初版。

8. 〔明〕廖道南：《殿閣詞林記列傳》，《明代傳記叢刊》本，台北：明文書局，民國 80 年初版。

9. 〔明〕雷禮：《內閣行實》，《明代傳記叢刊》本，台北：明文書局，民國 80 年初版。

10. 〔明〕袁袠：《皇明獻實》，《明代傳記叢刊》本，台北：明文書局，民國 80 年初版。

11. 〔明〕項篤壽：《今獻備遺》，《明代傳記叢刊》本，台北：明文書局，民國 80 年初版。

12. 〔明〕雷禮：《國朝列卿紀》，《明代傳記叢刊》本，台北：明文書局，民國 80 年初版。

13. 〔明〕汪國楠：《皇明名臣言行錄新編》，《明代傳記叢刊》本，台北：明文書局，民國 80 年初版。

14. 〔明〕吏部：《功臣襲封底簿》，《明代傳記叢刊》本，台北：明文書局，民國 80 年初版。

15. 〔明〕朱謀垔：《續書史會要》，《明代傳記叢刊》本，台北：明文書局，民國 80 年初版。

16. 〔明〕王世貞：《名卿績紀》，《明代傳記叢刊》本，台北：明文書局，民國 80 年初版。

17. 〔明〕王世貞：《弇州山人續稿碑傳》，《明代傳記叢刊》本，台北：明文書局，民國 80 年初版。

18. 〔明〕何喬遠：《名山藏列傳》，《明代傳記叢刊》本，台北：明文書局，民國 80 年初版。

19. 〔明〕鄧球：《皇明泳化類編列傳》，《明代傳記叢刊》本，台北：明文書局，民國 80 年初版。

20. 〔明〕尹守衡：《明史竊列傳》，《明代傳記叢刊》本，台北：明文書局，民國 80 年初版。

21. 〔明〕李贄：《續藏書》，《明代傳記叢刊》本，台北：明文書局，民國 80 年初版。

22. 〔明〕焦竑：《國朝徵獻錄》，《明代傳記叢刊》本，台北：明文書局，民國 80 年初版。

23. 〔明〕焦竑：《皇明人物考》，《明代傳記叢刊》本，台北：明文書局，民國 80 年初版。

24. 〔明〕過庭訓：《明分省人物考》，《明代傳記叢刊》本，台北：明文書局，民國80年初版。

25. 〔明〕文震孟：《姑蘇名賢小記》，《明代傳記叢刊》本，台北：明文書局，民國80年初版。

26. 〔清〕湯斌撰；〔清〕田蘭芳評：《擬明史稿列傳》，《明代傳記叢刊》本，台北：明文書局，民國80年初版。

27. 〔明〕劉鳳：《續吳先賢讚》，《明代傳記叢刊》本，台北：明文書局，民國80年初版。

28. 〔清〕傅維麟：《明書列傳》，《明代傳記叢刊》本，台北：明文書局，民國80年初版。

29. 〔清〕徐乾學：《徐本明史列傳》，《明代傳記叢刊》本，台北：明文書局，民國80年初版。

30. 〔清〕王鴻緒等：《明史稿列傳》，《明代傳記叢刊》本，台北：明文書局，民國80年初版。

31. 〔清〕張廷玉等：《明史列傳》，《明代傳記叢刊》本，台北：明文書局，民國80年初版。

32. 〔清〕查繼佐：《罪惟錄列傳》，《明代傳記叢刊》本，台北：明文書局，民國80年初版。

33. 〔清〕錢謙益：《列朝詩集小傳》，《明代傳記叢刊》本，台北：明文書局，民國80年初版。

乙、方志

1. 〔清〕吳長元：《宸垣識略》，北京：北京古籍出版社，1983年12月第1版，2001年2月第2刷。

2. 〔明〕王鏊等：《姑蘇志》，《中國史學叢書》本，台北：台灣學生書局，民國75年3月再版。

3. 〔宋〕范成大著；陸振岳校點：《吳郡志》，南京：江蘇古籍出版社，1999年8月第1版第1刷。

4. 〔清〕徐崧、張大純纂輯；薛正興校點：《百城烟水》，南京：江蘇古籍出版社，1999年8月第1版第1刷。

5. 〔明〕張昶：《吳中人物志》，《續修四庫全書》本，上海：上海古籍出版社，2002年3月第1版第1刷。

丙、年譜

1. 楊靜盦：《唐寅年譜》，台北：台灣商務印書館，民國36年8月初版。

2. 不著撰人：《明初高季迪先生啟年譜》，台北：台灣商務印書館，民國 70 年 12 月初版。

3. 陳正宏：《沈周年譜》，上海：復旦大學出版社，1993 年 12 月初版第 1 刷。

4. 陳麥青：《祝允明年譜》，上海：復旦大學出版社，1996 年 3 月初版第 1 刷。

5. 周道振、張月尊：《文徵明年譜》，上海：百家出版社，1998 年 8 月第 1 版第 1 刷。

丁、圖錄

1. 虛白齋：《虛白齋藏書畫選》，東京：二玄社，昭和 58 年（1983）8 月 10 日。

2. 中國古代書畫鑑定組：《中國古代書畫圖目　一》，北京：文物出版社，1986 年 10 月 1 版 1 刷。

3. 中國古代書畫鑑定組：《中國古代書畫圖目　二》，北京：文物出版社，1987 年 9 月 1 版 1 刷。

4. 中國古代書畫鑑定組：《中國古代書畫圖目　六》，北京：文物出版社，1988 年 10 月 1 版 1 刷。

5. 中國古代書畫鑑定組：《中國古代書畫圖目　七》，北京：文物出版社，1989 年 6 月 1 版 1 刷。

6. 江蘇美術出版社：《中國民間祕藏繪畫真品》，南京：江蘇美術出版社，1989 年第 1 版第 1 刷。

7. 中國古代書畫鑑定組：《中國古代書畫圖目　三》，北京：文物出版社，1990 年 5 月 1 版 1 刷。

8. 中國古代書畫鑑定組：《中國古代書畫圖目　四》，北京：文物出版社，1990 年 5 月 1 版 1 刷。

9. 中國古代書畫鑑定組：《中國古代書畫圖目　五》，北京：文物出版社，1990 年 5 月 1 版，1995 年 5 月 1 刷。

10. 中國古代書畫鑑定組：《中國古代書畫圖目　八》，北京：文物出版社，1990 年 5 月 1 版 1 刷。

11. 中國古代書畫鑑定組：《中國古代書畫圖目　九》，北京：文物出版社，1992 年 10 月 1 版 1 刷。

12. 中國古代書畫鑑定組：《中國古代書畫圖目　十》，北京：文物出版社，1993 年 10 月 1 版 1 刷。

13. 中國古代書畫鑑定組：《中國古代書畫圖目　十二》，北京：文物出

版社，1993 年 12 月 1 版 1 刷。

14. 中國古代書畫鑑定組：《中國古代書畫圖目 十一》，北京：文物出版社，1994 年 10 月 1 版 1 刷。

15. 張萬夫等：《元四家畫集》，天津：天津人民美術出版社，1994 年 12 月第 1 版第 1 刷，1995 年 7 月第 2 刷。

16. 吳希賢：《所見中國古代小說戲曲版本圖錄》，北京：中華全國圖書館文獻縮微複製中心，1995 年 1 月。

17. 中國古代書畫鑑定組：《中國古代書畫圖目 十四》，北京：文物出版社，1996 年 2 月 1 版 1 刷。

18. 中國古代書畫鑑定組：《中國古代書畫圖目 十三》，北京：文物出版社，1996 年 5 月 1 版 1 刷。

19. 張萬夫等：《沈周書畫集》，天津：天津人民美術出版社，1996 年 12 月第 1 版第 1 刷。

20. 中國古代書畫鑑定組：《中國古代書畫圖目 十六》，北京：文物出版社，1997 年 1 月 1 版 1 刷。

21. 中國古代書畫鑑定組：《中國古代書畫圖目 十五》，北京：文物出版社，1997 年 5 月 1 版 1 刷。

22. 中國古代書畫鑑定組：《中國古代書畫圖目 十七》，北京：文物出版社，1997 年 9 月 1 版 1 刷。

23. 楊新：《文徵明精品集》，北京：人民美術出版社，1997 年 10 月第 1 版第 1 刷。

24. 中國古代書畫鑑定組：《中國古代書畫圖目 十八》，北京：文物出版社，1998 年 8 月 1 版 1 刷。

25. 中國古代書畫鑑定組：《中國古代書畫圖目 十九》，北京：文物出版社，1999 年 4 月 1 版 1 刷。

26. 中國古代書畫鑑定組：《中國古代書畫圖目 二十》，北京：文物出版社，1999 年 6 月 1 版 1 刷。

27. 中國古代書畫鑑定組：《中國古代書畫圖目 二十一》，北京：文物出版社，2000 年 3 月 1 版 1 刷。

28. 中國古代書畫鑑定組：《中國古代書畫圖目 二十二》，北京：文物出版社，2000 年 7 月 1 版 1 刷。

29. 中國古代書畫鑑定組：《中國古代書畫圖目 二十三》，北京：文物出版社，2000 年 8 月 1 版 1 刷。

30. 王連起等：《元代書法》，香港：商務印書館，2001 年 12 月 1 版 1

刷。

31. 蕭燕翼等：《明代書法》，香港：商務印書館，2001 年 12 月 1 版 1
刷。

戊、其他

1. 〔宋〕岳珂編；王曾瑜校注：《鄂國金佗稡編續編校注》，北京：中
華書局，1989 年 2 月第 1 版北京第 1 刷。

2. 〔清〕永瑢等：《四庫全書總目》，北京：中華書局，1965 年 6 月第
1 版，2003 年 8 月北京第 7 刷。

3. 周駿富：《明代傳記叢刊索引》，台北：明文書局，民國 80 年 10 月
初版。

4. 國立中央圖書館：《明人傳記資料索引》，台北：國立中央圖書館，
民國 67 年 1 月再版。

（三）子　部

甲、一般筆記

1. 〔明〕沈德符：《萬曆野獲編》，北京：中華書局，1959 年 2 月第 1
版，2004 年 4 月北京第 4 刷。

2. 〔明〕何良俊：《四友齋叢說》，北京：中華書局，1959 年 4 月第 1
版，1997 年 11 月湖北第 3 刷。

3. 〔明〕祝允明：《讀書筆記》，《百部叢書集成》本，台北：藝文印
書館，民國 54 年，影印寶顏堂秘笈本。

4. 〔清〕蔡澄：《雞窗叢話》，《筆記續編》本，台北：廣文書局，民
國 58 年 9 月初版。

5. 〔清〕梁章鉅著；陳鐵民點校：《浪跡叢談》，收入《浪跡叢談續談
三談》，北京：中華書局，1981 年 9 月第 1 版北京第 1 刷。

6. 〔明〕李詡：《戒庵老人漫筆》，北京：中華書局，1982 年 2 月第 1
版，1997 年 12 月湖北第 2 刷。

7. 〔明〕陳繼儒：《太平清話》，《叢書集成初編》本，北京：中華書
局，1985 年北京新 1 版。

8. 〔元〕陶宗儀：《輟耕錄》，北京：中華書局，1985 年北京新 1 版。

9. 〔明〕李紹文：《皇明世說新語》，《明代傳記叢刊》本，台北：明
文書局，民國 80 年初版。

10. 〔明〕張萱：《西園聞見錄》，《明代傳記叢刊》本，台北：明文書
局，民國 80 年初版。

11. 〔明〕祝允明:《祝子罪知錄》,《續修四庫全書》本,上海:上海古籍出版社,2002 年 3 月第 1 版第 1 刷。

乙、藝術筆記

1. 〔清〕張丑:《清河書畫舫》,台北:學海出版社,民國 64 年 5 月初版。

2. 〔明〕汪砢玉:《珊瑚網》,《四庫藝術叢書》本,上海:上海古籍出版社,1991 年 8 月第 1 版第 1 刷。

3. 〔明〕王稚登:《吳郡丹青志》,《明代傳記叢刊》本,台北:明文書局,民國 80 年初版。

4. 〔清〕徐沁:《明畫錄》,《明代傳記叢刊》本,台北:明文書局,民國 80 年初版。

5. 〔清〕姜紹書:《無聲詩史》,《明代傳記叢刊》本,台北:明文書局,民國 80 年初版。

6. 〔清〕卞永譽:《式古堂書畫彙考》,《四庫藝術叢書》本,上海:上海古籍出版社,1991 年 8 月第 1 版第 1 刷。

7. 〔清〕陸時化:《吳越所見書畫錄》,《中國歷代書畫藝術論著叢編》本,北京:中國大百科全書出版社,1997 年 5 月第 1 版第 1 刷,影印宣統庚戌順德鄧氏風雨樓刊本。

8. 〔清〕顧文彬、顧麟士;顧榮木、汪葆楫點校:《過雲樓書畫記 續記》,南京:江蘇古籍出版社,1999 年 8 月第 1 版第 1 刷。

丙、其他

1. 不著撰人:《燕丹子》,《百部叢書集成》本,台北:藝文印書館,民國 54 年。

2. 〔漢〕劉向:《列仙傳》,《百部叢書集成》本,台北:藝文印書館,民國 54 年,影印琳琅密室叢書本。

3. 〔清〕郭慶藩:《莊子集釋》,台北縣:漢京文化事業有限公司,民國 72 年 9 月 28 日初版。

4. 〔晉〕張湛注:《列子》,上海:上海書店,1986 年 7 月第 1 版,1992 年 6 月自第 2 刷。

5. 〔姚秦〕鳩摩羅什:《金剛般若波羅密多經》,《釋氏十三經》本,北京:書目文獻出版社,1989 年 8 月北京第 1 版,1993 年 10 月北京第 2 刷。

6. 邵增華:《韓非子今註今譯》,台北:台灣商務印書館,1995 年 9 月修訂版第 3 刷。

（四）集　部

甲、總集

1. 〔明〕沈際飛選評：《草堂詩餘新集》，收入《古香岑草堂詩餘四集》，明崇禎間太末翁少麓刊本。

2. 夏承燾、張璋：《金元明清詞選》，北京：人民出版社，1983 年 1 月北京第 1 版，1997 年 7 月北京第 2 刷。

3. 〔清〕陳廷焯：《詞則》，上海：上海古籍出版社，1984 年 5 月第 1 版第 1 刷。

4. 〔元〕倪瓚等：《江南春詞集》，《明詞彙刊》本，上海：上海古籍出版社，1992 年 7 月第 1 版第 1 刷。

5. 〔明〕錢允治編；〔明〕陳仁錫釋：《類編箋釋國朝詩餘》，《明詞彙刊》本，上海：上海古籍出版社，1992 年 7 月第 1 版第 1 刷。

6. 〔明〕卓回：《古今詞匯二編》，《明詞彙刊》本，上海：上海古籍出版社，1992 年 7 月第 1 版第 1 刷。

7. 蔡若虹、石理俊等：《中國古今題畫詩詞全璧》，石家莊：河北教育出版社，1994 年 12 月第 1 版第 1 刷。

8. 汪國垣編；朱沛蓮校訂：《唐人小說》，台北：遠東圖書公司，民國 85 年元月修訂 2 版。

9. 中華書局：《全唐詩》，北京：中華書局，1960 年 4 月第 1 版，1996 年 1 月第 6 刷。

10. 〔元〕倪瓚等：《江南春詞》，《四庫全書存目叢書》本，濟南：齊魯書社，1997 年 1 月第 1 版第 1 刷，影印明嘉靖刻本。

11. 〔清〕王昶輯；王兆鵬校點：《明詞綜》，瀋陽：遼寧教育出版社，1997 年 3 月第 1 版第 1 刷。

12. 〔清〕顧璟芳、李葵生、胡應宸編選；王兆鵬校點：《蘭皋明詞匯選附蘭皋詩餘近選》，瀋陽：遼寧教育出版社，1998 年 3 月第 1 版第 1 刷。

13. 唐圭璋等：《全宋詞》，北京：中華書局，1999 年 1 月新 1 版北京第 1 刷。

14. 曾昭岷等編：《全唐五代詞》，北京：中華書局，1999 年 12 月第 1 版北京第 1 刷。

15. 〔明〕卓人月匯選；〔明〕徐士俊參評；谷輝之校點：《古今詞統》，瀋陽：遼寧教育出版社，2000 年 1 月第 1 版第 1 刷。

16. 唐圭璋：《全金元詞》，北京：中華書局，1979 年 10 月第 1 版，2000

年 10 月北京第 4 刷。

17. 上海書畫出版社：《歷代書法論文選》，上海：上海書畫出版社，1979年 10 月第 1 版，1983 年 4 月第 3 刷。

18. 〔清〕沈辰垣等：《御選歷代詩餘》，杭州：浙江古籍出版社，1998年 5 月第 1 版第 1 刷。

19. 嚴迪昌：《金元明清詞精選》，蘇州：江蘇古籍出版社，2002 年 9月第 1 版第 1 刷。

20. 〔明〕潘游龍輯；梁穎校點：《精選古今詩餘醉》，瀋陽：遼寧教育出版社，2003 年 3 月第 1 版第 1 刷。

21. 黃靈庚集校：《楚辭集校》，上海：上海古籍出版社，2009 年 11 月第 1 版第 1 刷。

22. 饒宗頤、張璋：《全明詞》，北京：中華書局，2004 年 1 月第 1 版北京第 1 刷。

23. 〔明〕文洪等：《文氏五家集》，《四庫全書珍本初集》本，台北：商務印書館，不著出版年月。

24. 〔清〕沈德潛：《古詩源》，不著出版項。

乙、別集

1. 〔明〕祝顥：《侗軒集》，明刊鈔補本。

2. 〔明〕沈周：《石田集》，收入《石田先生集》，《明代藝術家集彙刊》本，台北：中央圖書館，民國 57 年 7 月初版。

3. 〔明〕沈周：《石田先生詩鈔》，收入《石田先生集》，《明代藝術家集彙刊》本，台北：中央圖書館，民國 57 年 7 月初版。

4. 〔明〕沈周：《石田文鈔》，收入《石田先生集》，《明代藝術家集彙刊》本，台北：中央圖書館，民國 57 年 7 月初版。

5. 〔明〕王寵：《雅宜山人集》，《明代藝術家集彙刊》本，台北：中央圖書館，民國 57 年 7 月初版。

6. 〔明〕文徵明：《甫田集》，《明代藝術家集彙刊》本，台北：國立中央圖書館，民國 57 年 7 月初版，影印清康熙文然刊本。

7. 〔明〕楊循吉：《長松籌堂遺集》，台北縣：文海出版社，民國 59年 3 月初版。

8. 〔元〕倪瓚：《清閟閣全集》，台北：國立中央圖書館，民國 59 年 3月初版。

9. 〔明〕祝允明：《祝氏文集》，收入《祝氏詩文集》，《明代藝術家集彙刊續集》本，台北：國立中央圖書館，民國 60 年 6 月初版，影

印嘉靖甲辰謝雍手鈔本。

10. 〔明〕祝允明：《祝氏集略》，收入《祝氏詩文集》，《明代藝術家集彙刊續集》本，台北：國立中央圖書館，民國 60 年 6 月初版。

11. 〔明〕陳淳：《陳白陽集》，台北：台灣學生書局，民國 62 年 3 月初版，影印明萬曆四十三年陳仁錫刊本。

12. 〔明〕祝允明著；王新湛校閱：《祝枝山詩文集》，台北：正文書局，民國 63 年 1 月 1 日初版。

13. 〔明〕唐寅著；周新民校閱：《唐伯虎全集》，台北：正文書局，民國 63 年 1 月 1 日初版。

14. 〔明〕王世貞：《弇州山人四部稿》，《明代論著叢刊》本，台北：偉文圖書出版社有限公司，民國 65 年 6 月。

15. 〔清〕王夫之：《楚辭通釋》，收入《清人楚辭注三種》，台北：長安出版社，民國 67 年 9 月再版。

16. 〔明〕唐寅：《唐伯虎全集》，台北：台灣學生書局，民國 68 年 4 月再版，影印明萬曆四十二年刊本。

17. 鄭騫：《唐伯虎詩輯逸箋注》，台北：聯經出版公司，民國 71 年 7 月初版。

18. 〔明〕徐渭：《徐文長逸稿》，收入《徐渭集》，北京：中華書局，1983 年 4 月第 1 版，1999 年 2 月北京第 2 刷。

19. 〔宋〕柳永著；薛瑞生校註：《樂章集校註》，北京：中華書局，1984 年 12 月第 1 版，2002 年 10 月北京第 3 刷。

20. 〔宋〕蘇軾著；孔凡禮點校：《蘇軾文集》，北京：中華書局，1986 年 3 月第 1 版，1996 年 2 月北京第 4 刷。

21. 〔明〕文徵明著；周道振輯校：《文徵明集》，上海：上海古籍出版社，1987 年 10 月第 1 版第 1 刷。

22. 〔明〕沈周：《石田詩餘》，《明詞彙刊》本，上海：上海古籍出版社，1992 年 7 月第 1 版第 1 刷。

23. 〔明〕吳寬：《匏翁詞》，《明詞彙刊》本，趙尊嶽輯，上海：上海古籍出版社，1992 年 7 月第 1 版第 1 刷。

24. 〔明〕史鑑：《西村詞》，《明詞彙刊》本，趙尊嶽輯，上海：上海古籍出版社，1992 年 7 月第 1 版第 1 刷。

25. 〔明〕楊循吉：《松籌堂詞》，《明詞彙刊》本，趙尊嶽輯，上海：上海古籍出版社，1992 年 7 月第 1 版第 1 刷。

26. 〔明〕王鏊：《震澤詞》，《明詞彙刊》本，上海：上海古籍出版社，1992 年 7 月第 1 版第 1 刷。

27. 〔明〕祝允明：《枝山先生詞》,《明詞彙刊》本,趙尊嶽輯,上海：上海古籍出版社,1992 年 7 月第 1 版第 1 刷。

28. 〔明〕唐寅：《六如居士詞》,《明詞彙刊》本,趙尊嶽輯,上海：上海古籍出版社,1992 年 7 月第 1 版第 1 刷。

29. 〔明〕陳淳：《陳白楊先生詞》,《明詞彙刊》本,趙尊嶽輯,上海：上海古籍出版社,1992 年 7 月第 1 版第 1 刷。

30. 〔宋〕辛棄疾著；鄧廣銘箋注：《稼軒詞編年箋注》,上海：上海古籍出版社,1993 年 10 月第 1 版,1998 年 12 月第 3 刷。

31. 〔宋〕岳飛著；郭光輯注：《岳飛集輯注》,鄭州：中州古籍出版社,1997 年 5 月第 1 版第 1 刷。

32. 周道振、張月尊：《唐伯虎全集》,杭州：中國美術學院出版社,2002 年 3 月第 1 版第 1 刷。

33. 〔宋〕李清照著；徐培均箋注：《李清照集箋注》,上海：上海古籍出版社,2002 年 4 月第 1 版第 1 刷。

34. 〔晉〕陶淵明著；袁行霈箋注：《陶淵明集箋注》,北京：中華書局,2003 年 4 月第 1 版北京第 1 刷。

35. 〔明〕徐有貞：《武功集》,《四庫全書珍本四集》本,台北：商務印書館,不著出版年月。

丙、詞話

1. 〔宋〕張炎：《詞源》,《詞話叢編》本,台北：新文豐出版公司,民國 77 年 2 月台 1 版。

2. 〔明〕陳霆：《渚山堂詞話》,《詞話叢編》本,台北：新文豐出版公司,民國 77 年 2 月台 1 版。

3. 〔明〕王世貞：《藝苑卮言》,《詞話叢編》本,台北：新文豐出版公司,民國 77 年 2 月台 1 版。

4. 〔明〕俞彥：《爰園詞話》,《詞話叢編》本,台北：新文豐出版公司,民國 77 年 2 月台 1 版。

5. 〔明〕楊慎：《詞品》,《詞話叢編》本,台北：新文豐出版公司,民國 77 年 2 月台 1 版。

6. 〔清〕鄒祇謨：《遠志齋詞衷》,《詞話叢編》本,台北：新文豐出版公司,民國 77 年 2 月台 1 版。

7. 〔清〕沈雄：《古今詞話》,《詞話叢編》本,台北：新文豐出版公司,民國 77 年 2 月台 1 版。

8. 〔清〕王奕清等：《歷代詞話》,《詞話叢編》本,台北：新文豐出版公司,民國 77 年 2 月台 1 版。

9. 〔清〕周濟：《介存齋論詞雜著》，《詞話叢編》本，台北：新文豐出版公司，民國 77 年 2 月台 1 版。

10. 〔清〕周濟：《宋四家詞選目錄序論》，《詞話叢編》本，台北：新文豐出版公司，民國 77 年 2 月台 1 版。

11. 〔清〕馮金伯輯：《詞苑萃編》，《詞話叢編》本，台北：新文豐出版公司，民國 77 年 2 月台 1 版。

12. 〔清〕丁紹儀：《聽秋聲館詞話》，《詞話叢編》本，台北：新文豐出版公司，民國 77 年 2 月台 1 版。

13. 〔清〕謝章鋌：《賭棋山莊詞話》，《詞話叢編》本，台北：新文豐出版公司，民國 77 年 2 月台 1 版。

14. 〔清〕陳廷焯：《白雨齋詞話》，《詞話叢編》本，台北：新文豐出版公司，民國 77 年 2 月台 1 版。

15. 王國維：《人間詞話》，《詞話叢編》本，台北：新文豐出版公司，民國 77 年 2 月台 1 版。

16. 況周頤：《蕙風詞話》，《詞話叢編》本，台北：新文豐出版公司，民國 77 年 2 月台 1 版。

17. 〔清〕李良年：《詞壇紀事》，《筆記續編》本，台北：廣文書局，民國 58 年 9 月初版。

18. 金啓華等：《唐宋詞集序跋匯編》，南京：江蘇教育出版社，1990 年 5 月第 1 版第 1 刷。

19. 施蟄存：《詞籍序跋萃編》，北京：中國社會科學出版社，1994 年 12 月第 1 版第 1 刷。

20. 鍾陵：《金元詞紀事會評》，合肥：黃山書社，1995 年 12 月第 1 版第 1 刷。

21. 尤振中、尤以丁：《明詞紀事會評》，合肥：黃山書社，1995 年 12 月第 1 版第 1 刷。

22. 陳良運：《中國歷代詞學論著選》，南昌：百花洲文藝出版社，1998 年 8 月第 1 版第 1 刷。

23. 施蟄存、陳如江：《宋元詞話》，上海：上海書店出版社，1999 年 2 月第 1 版第 1 刷。

24. 張璋等：《歷代詞話》，鄭州：大象出版社，2002 年 3 月第 1 版第 1 刷。

丁、詞譜、詞韻

1. 〔清〕戈載：《詞林正韻》，台北：文史哲出版社，民國 67 年 1 月 3 版。

2. 〔清〕萬樹等：《索引本詞律》，台北：廣文書局，民國 78 年 10 月再版。

3. 潘慎：《詞律辭典》，太原：山西人民出版社，1991 年 9 月第 1 版山西第 1 刷。

4. 龍沐勛：《唐宋詞格律》，台北：里仁書局，民國 84 年 8 月 31 日初版。

5. 〔清〕陳廷敬、王奕清等：《康熙詞譜》，長沙：岳麓書社，2000 年 10 月第 1 版第 1 刷。

戊、其他詩文評

1. 〔明〕吳訥撰；于北山校點：《文章辨體序說》，北京：人民文學出版社，1962 年 8 月北京第 1 版，1998 年 5 月北京第 1 刷。

2. 〔明〕徐師曾撰；羅根澤校點：《文體明辨序說》，北京：人民文學出版社，1962 年 8 月北京第 1 版，1998 年 5 月北京第 1 刷。

3. 〔清〕何文煥：《歷代詩話》，北京：中華書局，1981 年 4 月第 1 版，1997 年 3 月北京第 4 刷。

4. 〔明〕王世貞：《明詩評》，《明代傳記叢刊》本，台北：明文書局，民國 80 年初版。

5. 〔清〕陳田：《明詩紀事》，《明代傳記叢刊》本，台北：明文書局，民國 80 年初版。

6. 〔清〕朱彝尊：《靜志居詩話》，《明代傳記叢刊》本，台北：明文書局，民國 80 年初版。

7. 程炳達、王衛民：《中國歷代曲論釋評》，北京：民族出版社，2000 年 11 月第 1 版北京第 1 刷。

二、研究論著

（一）研究專著

1. 吳相湘：《長城》，台北：正中書局，民國 60 年 2 月台 3 版。

2. 王家誠：《中國文人畫家傳》，台北：巨流圖書公司，民國 63 年 2 月第 3 版。

3. 江兆申：《文徵明與蘇州畫壇》，台北：國立故宮博物院，民國 66 年。

4. 羅錦堂：《錦堂論曲》，台北：聯經出版事業公司，民國 66 年 3 月初版，民國 68 年 11 月第 2 刷。

5. 江兆申：《關於唐寅的研究》，台北：國立故宮博物院，民國 68 年。

6. 王國良：《中國長城沿革攷》，收入王國良、壽鵬飛：《長城研究資料兩種》，台北：明文書局，民國 71 年 10 月初版。

7. 中華書局：《歷代畫家評傳》，香港：中華書局，1986 年。

8. 李安：《岳飛史事研究》，台北：台灣商務印書館，民國 75 年 9 月二版。

9. 吳梅：《詞學通論》，台北：台灣商務印書館，民國 77 年 4 月台 7 版。

10. 唐圭璋：《唐宋詞論叢》，台北：宏業書局，民國 77 年 9 月再版。

11. 章泰和主編：《歷代詞賞析辭典》，牡丹江市：黑龍江朝鮮民族出版社，1988 年 11 月第 1 版第 1 刷。

12. 王步高主編：《金元明清詞鑒賞辭典》，南京：南京大學出版社，1989 年 4 月第 1 版第 1 刷。

13. 簡錦松：《明代文學批評研究》，台北：台灣學生書局，民國 78 年 2 月初版。

14. 唐圭璋：《金元明清詞鑒賞辭典》，台北：新地文學出版社，1992 年。

15. 黃兆漢：《金元詞史》，台北：台灣學生書局，民國 81 年 12 月初版。

16. 李栖：《題畫詩散論》，台北：華正書局，民國 82 年 2 月初版。

17. 故宮博物院：《吳門畫派研究》，北京：紫禁城出版社，1993 年 3 月第 1 版第 1 刷。

18. 戴麗珠：《詩與畫之研究》，台北：學海出版社，民國 82 年 3 月初版。

19. 黃文吉等：《詞學研究書目（1912～1992）》，台北：文津出版社，民國 82 年 4 月。

20. 徐柚子：《詞範》，上海：華東師範大學出版社，1993 年 4 月第 1 版第 1 刷。

21. 麻守忠、張軍、黃紀華：《歷代題畫類詩鑒賞寶典》，城春，時代文藝出版社，1993 年 4 月第 1 版第 1 次刷。

22. 石光明、董光和、伍躍選：《乾隆御製文物鑒賞詩》，北京：書目文獻出版社，1993 年 7 月北京第 1 版，1993 年 8 月秦皇島第 1 次刷。

23. 上海師大圖書館：《唐伯虎傳記資料》，上海：上海師大圖書館，

1994 年。

24. 李栖：《兩宋題畫詩論》，台北：台灣學生書局，民國 83 年 7 月初版。

25. 鄭文惠：《詩情畫意—明代題畫詩的詩畫對應內涵》，台北：東大圖書股份有限公司，民國 84 年 4 月初版。

26. 林玫儀等：《詞學論著總目（1901～1992）》，台北：中研院文哲所，民國 84 年 6 月初版。

27. 劉瑩：《文徵明詩書畫藝術研究》，台北：蕙風堂筆墨有限公司出版部，民國 84 年 7 月。

28. 高洪興：《纏足史》，上海：上海文藝出版社，1995 年 7 月第 1 版第 1 刷。

29. 楊仁愷：《中國書畫》，上海：上海古籍出版社，1995 年 5 月第 1 版第 1 刷。

30. 楊新：《文徵明》，台北：錦繡出版事業股份有限公司，1995 年 11 月 4 日出版，2002 年 4 月第 2 刷。

31. 楊新：《沈周》，台北：錦繡出版事業股份有限公司，1995 年 11 月 4 日出版，2002 年 4 月第 2 刷。

32. 楊新：《唐寅》，台北：錦繡出版事業股份有限公司，1995 年 11 月 4 日出版，2002 年 4 月第 2 刷。

33. 楊新：《陳淳》，台北：錦繡出版事業股份有限公司，1995 年 11 月 4 日出版，2002 年 4 月第 2 刷。

34. 王易：《詞曲史》，北京：東方出版社，1996 年 3 月第 1 版北京第 1 刷。

35. 阮榮春：《沈周》，長春：吉林美術出版社，1996 年 5 月第 1 版，1997 年 9 月第 2 刷。

36. 劉綱紀：《文徵明》，長春：吉林美術出版社，1996 年 5 月第 1 版第 1 刷。

37. 蕭平：《陳淳》，長春：吉林美術出版社，1996 年 5 月第 1 版，1997 年 9 月第 2 刷。

38. 謝建華《唐寅》，長春：吉林美術出版社，1996 年 12 月第 1 版第 1 刷。

39. 孔壽山：《中國題畫詩大觀》，蘭州：敦煌文藝出版社，1997 年 12 月第 1 版，1998 年 7 月第 1 次刷。

40. 許伯明主編：《吳文化概觀》，南京：南京師範大學出版社，1997 年 10 月第 2 版第 2 刷。

41. 周積寅、史金城：《中國歷代題畫詩選注》，杭州：西泠印社，1998
年 6 月第 2 版第 1 次刷。

42. 楊海明：《唐宋詞史》，天津：天津古籍出版社，1998 年 12 月第 1
版第 1 刷。

43. 趙蘇娜：《故宮博物院藏歷代繪畫題詩存》，太原：山西教育出版
社，1998 年 7 月第 1 版山西第 1 次刷。

44. 戴麗珠：《明清文人題畫詩輯》，台北：學海出版社，民國 87 年 4
月初版。

45. 謝巍：《中國畫學著作考錄》，上海：上海古籍出版社，1998 年 7
月第 1 版第 1 刷。

46. 周嘉惠：《詞林漫步》（北京：中國文聯出版社，1999 年 8 月第 1
版第 1 刷。

47. 衣若芬：《蘇軾題畫文學研究》，台北：文津出版社，1999 年 5 月初
版 1 刷。

48. 嚴迪昌：《清詞史》，南京：江蘇古籍出版社，1999 年 8 月第 2 版第
2 刷。

49. 劉揚忠：《唐宋詞流派史》，福州：福建人民出版社，1999 年 9 月第
1 版第 1 刷。

50. 王稼句：《蘇州山水》，蘇州：蘇州大學出版社，2000 年 8 月第 1
版第 1 刷。

51. 趙維江：《金元詞論稿》，北京：中國社會科學出版社，2000 年 1
月第 1 版，2000 年 2 月第 1 刷。

52. 劉明華：《叢生的文體——唐宋五大文體的繁榮》，南京：江蘇教育
出版社，2000 年 8 月第 1 版，2002 年 1 月第 2 刷。

53. 梁方仲：《明代糧長制度》，上海：上海人民出版社，2001 年 7 月第
2 版，2001 年 12 月第 3 刷。

54. 鄔化志：《中國古代雜體詩通論》，北京：北京大學出版社，2001
年 6 月第 1 版第 1 刷。

55. 龔延明：《岳飛評傳》，南京：南京大學出版社，2001 年 4 月第 1
版第 1 刷。

56. 趙義山、李修生等：《中國分體文學史詩歌卷》，上海：上海古籍出
版社，2001 年 7 月第 1 版，2002 年 6 月第 3 刷。

57. 王曾瑜：《岳飛和南宋前期政治與軍事研究》，開封：河南大學出版
社，2002 年 10 月第 1 版第 1 刷。

58. 史雙元：《宋詞與佛道思想》，高雄縣：佛光山文教基金會，2002

年 3 月初版第 1 刷。

59. 張仲謀：《明詞史》，北京：人民文學出版社，2002 年 2 月北京第 1 版第 1 刷。

60. 龍榆生：《中國韻文史》，上海：上海古籍出版社，2002 年 3 月第 1 版第 1 刷。

61. 錢仲聯等：《元明清詞鑒賞辭典》，上海：上海辭書出版社，2002 年 12 月第 1 版，2003 年 12 月第 3 刷。

62. 葉知秋：《歷代筆記概述》，北京：北京出版社，2003 年 1 月第 1 版第 1 刷。

63. 南炳文、湯綱：《明史》，上海：上海人民出版社，2003 年 4 月第 1 版，2004 年 4 月第 2 刷。

64. 黃拔荊：《中國詞史》，福州：福建人民出版社，2003 年 5 月第 1 版第 1 刷。

65. 陳寶良：《明代社會生活史》，北京：中國社會科學出版社，2004 年 3 月第 1 版。

66. 王書奴：《中國娼妓史》，北京：團結出版社，2004 年 6 月第 1 版第 1 刷。

67. 胡雲翼：《中國詞史略》，收入《胡雲翼說詞》，上海：華東師範大學出版社，2004 年 9 月第 1 版第 1 刷。

68. 張德建：《明代山人文學研究》，長沙：湖南人民出版社，2005 年 1 月第 1 版第 1 刷。

69. 葉嘉瑩：《南宋名家詞講錄》，天津：天津古籍出版社，2005 年 2 月第 1 版第 1 刷。

70. 劉子庚：《詞史》，台北：盤庚出版社，不著出版年月。

（二）學位論文

1. 朴永珠：《明代詞論研究》，文化大學中國文學研究所碩士論文，1982 年 6 月。

2. 陳美：《明末忠義詞人研究》，東吳大學中國文學研究所碩士論文，1986 年 4 月。

3. 涂茂齡：《陳大樽詞的研究》，高雄師範大學國文研究所碩士論文，1992 年 5 月。

4. 陳清茂：《楊慎的詞學》，台灣師範大學國文研究所碩士論文，1994 年 5 月。

5. 白芝蓮：《夏完淳詩詞研究》，東海大學中國文學研究所碩士論文，

1995 年 4 月。

6. 李娟娟《草堂四集及古今詞統之研究》，高雄師範大學國文研究所碩士論文，1996 年 6 月。

7. 黃慧禎：《王世貞詞學研究》，東吳大學中國文學研究所碩士論文，1997 年 5 月。

8. 郭娟玉：《沈謙詞學與其沈氏詞韻研究》，東吳大學中國文學研究所碩士論文，1998 年 1 月。

9. 鄭秀容：《雲間詞派研究》，中興大學中國文學研究所碩士論文，1998 年 6 月。

10. 江俊亮：《楊慎及其詞研究》，東海大學中國文學研究所碩士論文，1998 年 7 月。

11. 杜靜鶴：《陳霆詞學研究》，東吳大學中國文學研究所博士論文，2000 年 5 月。

12. 潘麗琳：《劉基寫情集研究》，東吳大學中國文學研究所碩士論文，2000 年 6 月。

13. 雷怡珮：《楊基眉菴詞研究》，東吳大學中國文學研究所碩士論文，2000 年 6 月。

14. 李雅雲：《高啓扣舷詞研究》，東吳大學中國文學研究所碩士論文，2000 年 6 月。

15. 范宜如：《明代中期吳中文壇研究——一個地域文學的考察》，台灣師範大學國文研究所博士論文，2001 年 5 月。

16. 陶子珍：《明代詞選研究》，東吳大學中國文學研究所博士論文，2001 年 6 月。

17. 謝仁中：《瞿佑詞研究》，東吳大學中國文學研究所碩士論文，2002 年 1 月。

18. 林惠美：《楊慎及其詞學研究》，高雄師範大學國文研究所碩士論文，2003 年 7 月。

19. 蘇菁媛：《陳子龍詞學理論及其詞研究》，彰化師範大學國文研究所碩士論文，2004 年 6 月。

20. 王秋文：《明代女詞人群體關係研究》，東吳大學中國文學研究所碩士論文，2004 年。

21. 沈伊玲：《柳如是及其詩詞研究》，國立台南大學教育經營與管理研究所碩士論文，2004 年。

22. 謝旻琪：《明代評點詞集研究》，東吳大學中國文學研究所碩士論文，2004 年 6 月。

（三）單篇論文

1. 鄭騫：〈論詞衰於明曲衰於清〉，《景午叢編》，台北：台灣中華書局，民國 61 年 1 月初版，上集，頁 162～169。

2. 王伯敏：〈吳門畫家的道釋觀〉，《故宮文物月刊》，民國 80 年 12 月第 9 卷第 9 期，頁 78～89。

3. 王伯敏：〈吳門畫家的道釋觀〉，《吳門畫派研究》，北京：紫禁城出版社，1993 年 3 月第 1 版第 1 刷，頁 24～34。

4. 陳紅：〈徐禎卿《談藝錄》論詩蠡測〉，《青海民族學院學報（社會科學版）》，1994 年第 2 期，頁 70～76。

5. 王建光：〈明代學子的心態及其價值取向的歸宿〉，《史學月刊》，1994 年第 2 期，頁 37～40。

6. 談福興：〈倪瓚生年之再認定——袁華題〈倪瓚與易恒書〉考論〉，《東南文化》，1996 年第 4 期（總第 114 期），頁 104～108。

7. 丁若木：〈「惺惺漢，皮囊扯破，便是骷髏」——從吳鎮畫骷髏說起〉，《宗教學研究》，1996 年第 1 期，頁 41～47、62。

8. 戴建國：〈宋代詔獄制度述論〉，《岳飛研究第四輯——岳飛暨宋史國際學術研討會論文集》，北京：中華書局，1996 年 8 月第 1 版北京第 1 刷，頁 489～505。

9. 鄭利華：〈明代中葉吳中文人集團及其文化特徵〉，《上海大學學報（社會科學版）》，1997 年 4 月第 4 卷第 2 期，頁 99～103。

10. 周絢隆：〈論清詞中興的原因〉，《東岳論叢》，1997 年第 6 期，頁 87～93。

11. 馬興榮：〈論題畫詞〉，《撫州師專學報》，1997 年 12 月總第 55 期，頁 7～13。

12. 段學儉：〈明代詞論的主情論與音律論〉，《學術月刊》，1998 年第 6 期，頁 97～101、104。

13. 王利器：〈小說戲曲在明代文學史上的地位〉，《當代學者自選文庫：王利器卷》，合肥：安徽教育出版社，1999 年 7 月第 1 版第 1 刷，頁 271～278。

14. 劉小兵、錢震：〈真名士，自風流——元朝「四大畫家」之一倪瓚傳略〉，《江南論壇》，1999 年 1 月 25 日第 1 期（總第 97 期），頁 48。

15. 陶然：〈"詞衰于元"辨〉，《浙江大學學報（人文社會科學版）》，1999 年 8 月第 29 卷第 4 期，頁 105～111。

16. 孫家政：〈論明詞衰弊的原因〉,《寧波大學學報（人文科學版）》,
    1999 年 12 月第 12 卷第 4 期,頁 17～21。

17. 白艷玲：〈明代中後期士階層對生存方式的探索〉,《內蒙古大學學
    報（人文社會科學版）》,2000 年 6 月第 32 卷增刊,頁 103～106。

18. 周絢隆：〈實用性原則的遵循與背叛——陳維崧題畫詞的文本解
    讀〉,《首都師範大學學報》,2000 年 6 月總 137 期,頁 79～86。

19. 葉輝：〈試論《草堂詩餘》在明代的盛行及其原因〉,《唐都學刊》,
    2000 年第 16 卷第 4 期（總 66 期）,頁 76～79。

20. 張仲謀：〈明代詞學的建構〉,《徐州師範大學學報（哲學社會科學
    版）》,第 26 卷第 3 期,2000 年 9 月,頁 16～23。

21. 林淑貞：〈徐禎卿《談藝錄》之審美觀〉,《古典文學　第十五集》,
    台北：台灣學生書局,2000 年 9 月初版,頁 47～74。

22. 劉化兵：〈《徐禎卿年譜》匡補及質疑〉,《山東社會科學》,2001 年
    第 5 期,頁 67～68。

23. 楊萬里：〈論《草堂詩餘》成書的原因〉,《文學遺產》,2001 年第 5
    期,頁 51～59。

24. 張仲謀：〈明代永樂詞壇三體論〉,《泰安師專學報》,2001 年 1 月
    第 23 卷第 1 期,頁 36～41。

25. 孫學堂：〈明弘治、正德時期吳中文學思想的新變〉,《華僑大學學
    報（人文社科版）》,2001 年第 4 期,頁 71～78。

26. 劉存有：〈試論倪瓚不同時期的繪畫風格〉,《龍岩師專學報》,2001
    年 5 月第 19 卷第 2 期,頁 67～68。

27. 羅宗強：〈弘治、嘉靖年間吳中士風的一個側面〉,《中國文化研
    究》,2002 年冬之卷,頁 17～34。

28. 葉輝：〈從明代的《草堂詩餘》批評看明人的詞學思想〉,《人文雜
    志》,2002 年第 6 期,頁 95～97。

29. 馬煒：〈氣質之別與性情之辨——祝允明、文徵明比較〉,《重慶三
    峽學院學報》,2002 年第 18 卷第 1 期,頁 47～50。

30. 王國春：〈倪瓚〈憑闌人〉「水雲中環佩搖」句辨正〉,《內蒙古電大
    學刊》,2002 年第 2 期（總第 48 期）,頁 105。

31. 劉君若：〈高啓生平事跡補正〉,《華南理工大學學報（社會科學
    版）》,2002 年 6 月第 4 卷第 2 期,頁 58～61。

32. 王頲、李曉娟：〈倪瓚生卒時間及晚年行踪考辨〉,《東南文化》,
    2003 年第 9 期（總第 173 期）,頁 72～77。

33. 張仲謀：〈明瞿佑等四詞人生卒考〉,《南京師範大學文學院學報》,

2002 年 12 月第 4 期，頁 49～50。

34. 張仲謀：〈論明詞的價值及其研究基礎〉，《西北師大學報（社會科學版）》，2002 年 9 月第 39 卷第 5 期，頁 62～67。

35. 李雙華：〈徐禎卿《談藝錄》寫作時間考〉，《蘇州大學學報（哲學社會科學版）》，2003 年 7 月第 3 期，頁 67～68、71。

36. 徐建融：〈唐寅研究〉，《元明清繪畫研究十論》，上海：復旦大學出版社，2004 年 12 月第 1 版第 1 刷，頁 92～122。

37. 潘承玉、吳豔玲：〈雕琢未周、瑕疵明顯的大工程——《全明詞》、《全清詞·順康卷》疏誤綜檢〉，《求索》，2004 年 7 月，頁 181～184。

38. 張仲謀：〈《全明詞》補輯〉，《徐州師範大學學報（哲學社會科學版）》，第 30 卷第 6 期，2004 年 11 月，頁 47～52。

39. 王兆鵬、吳麗娜：〈《全明詞》的缺失訂補〉，《中國文化研究》，2005 年春之卷，頁 123～130。

40. 王兆鵬、胡曉燕：〈《全明詞》漏收 1000 首補目〉，《上海大學學報（社會科學版）》，2005 年 1 月第 12 卷第 1 期，頁 5～11。

41. 張仲謀：〈《全明詞》采錄作品考源〉，《南京師大學報（社會科學版）》，2005 年 5 月第 3 期，頁 115～119。

42. 蕭燕翼：〈有關文徵明辭官的兩通書札〉，《古書畫史論鑑定文集》，北京：紫禁城出版社，2005 年 9 月第 1 版第 1 刷，頁 253～259。

（四）網路資源（以筆畫多寡為序）

1. 中國期刊網 http://cnki.csis.com.tw/。

2. 風簷展書讀 http://cls.admin.yzu.edu.tw/。

3. 瀚典全文檢索系統 2.0 版 http://www.sinica.edu.tw/~tdbproj/handy1/。